相爱不说再见

尔容◎著

一个人的爱情是一个人幸与不幸的遭际。她做了命运手中的一粒棋子，独自下一盘没有对手的棋。像梦，不能预测也无法周全。没有出口，唯一的出口是醒来，可我不愿醒来。

长江出版传媒 | 长江文艺出版社

图书在版编目（CIP）数据

相爱不说再见 / 尔容著. -- 武汉 : 长江文艺出版社, 2015.7(2024.8 重印)
ISBN 978-7-5354-7901-3

Ⅰ. ①相… Ⅱ. ①尔… Ⅲ. ①长篇小说－中国－当代
Ⅳ. ①I247.5

中国版本图书馆 CIP 数据核字(2015)第 048874 号

责任编辑：杜东辉　　责任校对：毛季慧
封面设计：天一创意　　责任印制：邱　莉　王光兴

出版：长江出版传媒　长江文艺出版社
地址：武汉市雄楚大街 268 号　　邮编：430070
发行：长江文艺出版社
电话：027—87679360
http://www.cjlap.com
印刷：三河市百盛印装有限公司

开本：640 毫米×970 毫米　1/16　印张：19.5
版次：2015 年 7 月第 1 版　2024 年 8 月第 2 次印刷
字数：231 千字

定价：65.00 元

目 录

了，再大的风浪，过了那个风口就跌下去了。

他的心仍时时谛听着来自水莲的一声召唤。如果水莲要他回家，他一定洗心革面，重新做人，即使把阳具拿掉也是在所不惜的。他越来越惧怕年龄了。年龄这东西看不见摸不着，却像慢刀子割肉。年龄不说话，却一日千里地举鞭催命。

财富只代表一个人创造的价值，或者说是一种运气。但财富并不代表幸福。幸福是精神层面的东西，精神可以很物质，但远比物质贪婪。

人生很多的错其实都是侥幸在作祟。像那些贪官，一次得手，就不惑第二次第三次。最后，走到了悬崖边上，悔之晚矣。

其实也不能说女人爱当官的男人是趋炎附势，是不讲真情的势利眼。男人当官更能显现一个男人雄性的力量。手执权杖，指挥千军万马，将别人的命运玩于股掌之间。即使女人不想让他为自己以权谋私，也足以对女人产生膜拜的力。女人说到底是青藤，需要仰视和依附。

世上事往往是人越近越容易生罅隙。有人曾做过一个统计，说一个人一生中能与六七百人相遇，而真正会打交道的，不过百十来个，若干年后能叫得出名字的可能就只十来个了。所以，就像牙齿与嘴唇，尽管免不了碰伤，归根结底还是谁也离不开谁。人一生苦也好，乐也好，做人的滋味还是要靠这些人来成全。

水莲没想到一桩婚姻解了体，会让几十年的亲情也迅速划了线有了生涩。

这婚姻仿佛隔着玻璃，看得见摸不着；像狭长的国境线，近在咫尺，又远在天涯。她认为最大的难题都在自己这一边。所以，她觉得每天的日子都是新的，每天的生活都向着美好进发，每天的下一个时刻都潜伏着巨大的惊喜。或许铁娃忽然就来个电话，或者一个信息，说做我老婆吧，我累了！

题记

伊，揽我之怀，除我前世轻浮。

——仓央嘉措

第 1 章

烟雨莽苍苍，雾霾锁大江。清晨的武汉仿佛一艘庞大的航空母舰漂浮在一片茫茫雾霭中。无数条地铁轨道犹如觉醒的蚯蚓潜伏在地层厚实的土壤里缓缓地蠕动。纵横交织的洞穴正巨蟒般啃食肢解着这个城市。大江南北，陆上水下，体无完肤。高耸的支架，蛮横的隔板，与揠苗助长的林立的高楼组成挺拔参差的桅杆。从房子里涌出的人，从四面八方客串到这个城市里的人，像蚂蚁，与喝着汽油柴油天然气的甲壳动物们，在二十四小时不间断的机器轰鸣中，在水泥森林的夹缝里，在若隐若现的甲板上，电流般穿梭挣扎。

铁娃从挤进公交车上的那一刻起，便像负案在逃的贼，为赃物留在了公安局的某个角落而惴惴不安。他习惯性地按按口袋，糟糕！空的。本能的绝望瞬间攫取了他，似乎一场灭顶之灾倾盆而来。自此他的心紧缩一团，越揪越紧，紧成了一块铁。九点开会，迟到一分钟扣全月出勤奖，还得坐迟到席示众。从武昌到汉口，不塞车，路上至少得一个小时。此时的公交车是压缩的人肉馒头，热干面的葱花芝麻味，身体里残留的隔夜的浊气，混杂着搅拌着发酵着，熏得人晕沉沉的，十二分的憋闷。铁娃猴一般抓紧塑料吊环，稍稍喘口气，侧过身子，一张扭曲的脸问座位上的乘客：伙计，几点了？男青年掏出手机，睡眼惺忪：快八点了。

真他妈见鬼！铁娃望着车窗外蛇一样扭动的天蓝色隔板和挤挤挨挨的车流。曾经还算宽敞的徐东大街只余下一股逼仄的颠簸的车道，像消化不良梗阻不畅的大肠。车一耸一耸，似一节一节滞重的大便，间或被挤出一个臭屁来。铁娃别无退路。他现在被绑在一辆奔赴硝烟的战车上，在进退两难的决斗中，无可奈何地随波逐流。那枚随时可能引爆的炸弹，在他怀了侥幸的祈祷里，步步远去。炸弹上的引线正无可挽回地，从他手中滑落，溜走。

婊子养的！铁娃再次在心里骂道。如果不是那个女人，不是那个女人的紧箍咒，他现在早就一个筋斗云返回家里，取掉那个随时可能引爆的炸弹。可现在不行。下车不下车较量着纠结着吵嚷着，却终没斗过脚下缓步向前的公交车。不，不是公交车，是那个气势狰狞的女人。她霸道地主宰着他抉择的天平。

铁娃不是在乎那五百元奖金。他在乎他的尊严。文学树杂志社新上任的社长是个五十多岁的女人。女人爱较真。女人也容易对一件小事耿耿于怀。女人的思维是发散性的，是泡沫状的，可以瞬间放大，可以无限升级。一把鼻涕可以吹成一个沼气池，一滴水可以扩散成一片汪洋。迟到一分钟，她会记得永世三年。她会当着众人的面，说你是不是觉得我不该来当这个社长？我领导不了你是不是？纪律规章都是放屁是不是？迟到扣钱事小，尊严扫地事大。这是他从上次社长批评一位迟到的女同事中得来的经验，也是他对女人的经验。女人真的是一所学校。爱较真的女人更是比西点军校还苛刻的学校。他就是在很多所学校里摸爬滚打出来的。自从这个女人来当社长，而且是个离异女人，铁娃全身就像上了紧箍咒。他一向的懒散随性都像秋风扫落叶狼狈逃窜四处躲藏。至少他不再像原来一样，上班鬼见不着，枪打不着。

铁娃只能暗自祈祷：老天爷，千万别让老婆发现我的手机！千万千万！铁娃默默地祷告，算是临时抱佛脚。自从发现手机忘在家里，铁娃全身的神经像一块石头重压下的弓弦别扭地紧绷着，一刻也不曾松弛过。铁娃从公交车上下来，又一路猛跑，上气不接下气，总算赶在那个老女人铿锵的高跟鞋之前闪入会议室的大门。

在经历了两届社长马拉松般的任期里，铁娃从小铁变成了老铁，从小马摸石头过河变成了老马挨日子地推磨。文学树杂志是一本老牌的文学刊物。这本杂志从八十年代辉煌全国到现在偃旗息鼓要死不活，与他的生物钟极其吻合。松懒散，他喜欢。每天睡到自然醒。一杯温吞水，不烫嘴，能解渴，有菜下饭。饿不死，冻不着。这就行了。这叫知足常乐。二十多年的长途跋涉，没得到过物质上的富足，也没享受过精神上的优越。当年从武汉大学中文系毕业四蹄飞奔的朝气、功在不舍的锐气和志在千里的才气也消磨殆尽。这杂志在网络文学的围剿和市场大潮的冲击下，仿佛一夜寒霜，由青葱浓绿成了枯枝败叶。

女人强悍的办事风格往往与她卓越的办事能力成正比。这一点，铁娃坚信不疑。正是因为一刀的到来吻合了他重新崛起的事业心，铁娃决定从点滴小事做起，把新社长的任期当一张崭新的白纸。他要力争画一张全新的蓝图。要不是为这张蓝图，他的手机现在还安然地躺在他的衣兜里。手机依然会是他的掌中宝，而不是炸弹。现在，一切都像未知的哑谜，一切都像法官面前摊开的卷宗，他只能默默地等待。将一天拉长到无限，或者把一天浓缩成零，都于事无补了。他只能听天由命。

会议如期举行。一刀社长扫了铁娃一眼，又咳嗽了一声道，有的人，身在曹营心在汉。好像还没睡醒是不是？没睡醒可以回家继续睡。铁娃脱下夹克，摸了一把满脸的大汗。他再次在心里骂道，婊子养的。他们都叫这女人一刀社长，她来到这个单位只字不提她的本名或曰真名。当然会计室和人事处是知道的。铁娃懒得深究。管她叫什么呢？叫猫啊狗的都行，不过是个代号。但是一刀这名字很提神，杀气腾腾，有整肃的效果。她是宣传部面向社会公开招聘来的。这女人刚上任三个月。从封面和版式都来了个全面整容。特别是她亲自做的封面和版式设计，大气别致，韵味无穷，让铁娃刮目相看，也让读者耳目一新。比如，那封面会在一只纸杯子里放满了土，土里长出的吸管却是一只毛笔样的新芽。将两个不相干的物件巧妙地嫁接，这不就是文学的诗意吗？这是铁娃看到第一期文学树杂志封面时不由自主发出的慨叹。从那片新芽里，他似乎依稀看到了文学树从巨石板下倔强生长的希望。他想，我是不是也应该振作起来干一番事业了呢？

铁娃脱下冒着蒸气的毛衣，只余下雪白的衬衫。刚才一阵迅跑让他脸上也红扑扑地泛着微微的蒸气。他望了望左右，大家围着跑道似的会议桌，一派正襟危坐的样子。

光棍老李是在一刀说出“开会了”三个字后走进众人视线的。他耷拉着脑袋，不紧不慢我行我素地甩着两条干瘪的胳膊。他径直坐到了窗子下角落的迟到席上，表情从容，神色淡定，似乎对这个位置情有独钟。俗人昭昭，我独昏昏。他或许要的就是这个，众目睽睽，泰然自若。他穿着一件灰不拉叽的夹克。两条胳膊懒懒地搁到单薄的膝盖上。瞌睡虫似乎还蹲在他眼皮上打盹。两片薄嘴唇有气无力地开合，一个呵欠接着一个呵欠，松弛无肉的脸皮随之形成川字纹。

铁娃想，还是光棍老李幸福。光棍的最大好处就是与女人睡觉自由。睡什么样的女人，睡多少女人，什么时候睡，都是自己的事。哪用得着像我这样偷鸡摸狗地悬着心呢？

铁娃佩服老李的淡定。这叫死猪不怕开水烫。人生不就活个逍遥自在怡然自乐吗？他是任凭风浪起，我自保持惯常的生活节律。走路不急不缓，说话不急不躁，干活儿不多不少。老李离婚不下二十年了。想到老李离婚后的光景，铁娃又有些不寒而栗。他们常在回家的路上不期而遇。铁娃下班，老李从菜市场返回。瘦得一把筋的老李总是寒碜地拎着一个白塑料袋，晃悠晃悠迎面走来。袋子里装着一些简单的蔬菜和他形单影只的生活。

铁娃不理解一个大老爷们找个老婆有么难的。四条腿的母猪难找，两条腿的女人还不遍地都是？可偏偏文学树杂志社就有三条离婚的光棍，另外一个四十岁的男人还没进过婚姻的门。他们至今不能脱“光”，一个显著的原因就是杂志社穷。这是一刀社长鼓舞士气的说辞。起初大家还没掂量过小小杂志社何以光棍多，后来还是觉得一刀准。一刀砍到了死穴。一刀的非正式就职演讲里说，我的工作目标之一就是振兴文学树，消灭光棍，说得全场哈哈大笑。好几个人都笑翻了，差点背过气去。老李当时接口道，不用你消灭，我们自裁好了。大家又是轰隆大笑。一刀才发现这话不妥，又补充道，我的意思是由单变双。遗憾的是轻松诙谐的气氛很快就被严肃紧张取而代之。

铁娃走到老李面前，到窗户边桌前的开水瓶里倒了两杯开水，又顺手从旁边的茶盒里拈起几颗晦暗的陈年老茶。一杯递给了老李。老李无精打采地接了，轮着眼珠瞟了一眼铁娃。铁娃一身雪白的衬衣散发着淡淡的洗衣粉的清香。黑青的长裤笔挺有致。擦得铿亮的皮鞋上有几个灰鞋印。在一片暗沉的色系里，铁娃风流倜傥的外表绝对是独树一帜的风景。

铁娃迈着漫不经心的步子回到座位。铁娃对自己的外表是自信的。他喜欢在静中制动，牵引众人的视线，穿梭而过。即使步入中年，渐渐有了被年轻人取代的危机，他依然保持了骨子里一颗骚动不安的心。

劣质茶叶很快将水染成酱褐色。铁娃低头吹开漂浮的茶叶，嘴碰到杯沿上，轻轻喝了一小口。干涩的喉咙像泥泞的沟渠，依旧有些滞重的难受。他哗地点燃一支香烟，深吸了一口，又从嘴巴鼻子三个孔眼里喷出三只乳白的圆圈儿。他盯着袅袅散去的雾霭，再一次在心里做着祷告：别让我走老李的老路！不要！这祈祷声若洪钟，在空阔的会议室里久久回荡。

上午半天从你讲我讲他讲的编前会上蹚水而过。时光如匆匆江河，一分一秒裹挟着他一路向前。他像一粒坚硬的石子，想固执地伫立于路中央，以阻止湍急的水流。水流却浩浩荡荡，绕着他轻快地驰骋飞行。他阻止不了任何事情的发生，他只能承受被裹挟的命运。他的神经由紧张而麻木而痴呆，真正的身在曹营心在汉了。幸而多年的编辑经验挽救了他。没人发现他有什么异样。有异样的是他兵临城下的心。

铁娃在祈祷和焦虑中挨过了上午，心里一块石头仍悬在半空。水莲没来信息怒骂，也没来电话呵斥，这事若放在三年前或许他就可以推断个八九不离十。水莲是个急性子，一颗火星都可以炸开锅。不来信息不打电话八成便是她没发现手机，或者即使发现了也没有翻动。但现在他们的夫妻关系是有名无实。他们虽然仍在一个屋里生活，却早已没了肌肤之亲。没了肌肤之亲的夫妻，虽然仍有交流，仍在一个锅里吃饭，却已有了深深的隔膜。即使交流，也是隔了心的。体己的亲密已像水量不足的小溪渐渐消失在婚姻的沙漠里。水莲不知从何时起开始叫他哥哥。哥哥，你饭做好了吗？我饿了；哥哥，今晚我有个应酬，不回家吃饭；哥哥，米果的家长会是你去还是我去？铁娃几乎是被强制性地将自己的女人变成了妹妹。初听，有些难受，后来一想，三年都没沾过边了，就是洗澡更衣都避着自己，不是兄妹关系还能是什么呢？

这样的哑巴吃黄连，铁娃也是无奈。她能这样地称呼他，而不是将他扫地出门，也是在他发生嫖娼案染了性病冷战一年之后。铁娃在文学树杂志社的工资不够大款们买一条烟。经济基础决定上层建筑。他在家里的地位自然也矮了三分。家里大小事情都是妻子水莲说了算。水莲本是个性情如水的女人，但水莲在党报的子媒工作，工资福利都比铁娃高二至三倍。这种优越感助长着水莲的气势，久之水莲显出了莲的刚情，对他这个做丈夫的要求也是近朱者赤。虽然世风日下，但必须出淤泥而不染。铁娃第一次出轨多少带有扬眉吐气报复妻子的意思。自从性病暴露了他的恶迹，水莲便注销了与他的夫妻房事。铁娃不得不继续红杏出墙。

铁娃想回家去取掉那个炸弹，也许那炸弹依然安然无恙躺在枕头下期待他去拯救，可上午的会一结束，一刀社长便叫住了他，说铁娃，你是武大毕业的，中午帮忙陪一个广告客户，她也是你们学校的自考生，而且是个女的。铁娃问，为什么强调是女的？一刀说，异性相吸嘛。铁娃还要寻思拒绝的理由，一辆奥迪无声地滑到面前。车门打开，一个漂亮的鬈发女人双手搭在方向盘上向他嫣然一笑。后来鬈发女人一直在他面前搔首弄姿。云雾样的香奈尔也没让铁娃的神经有丝毫的放松。

饭局接近尾声，一刀又鼓捣大家去她的画室。一刀拿出刀片作画。那刀片黑乎乎的，他也顾不上看。一刀说要给鬈发女人送一幅万山红遍图。鬈发女人便一个劲地拉捏着铁娃的胳膊叹服不止，说，一刀社长真是名不虚传，刀出神功，一刀夺人。这刀其实是焦煤，被主人削成了一把小刀的形状，外加一枚小小的木柄，主人握于指间，运转自如。一刀说，画得好，则铿锵刚健，雄拔有力；稍不用心，则枯燥乏味，形同柴槁。我作画，常是等于一个人把自己逼上绝路，再找一条活路。

铁娃也是大开眼界，但心里绷着一根弦，赞叹起来就有些和尚念经，有口无心。一耽误，便是一个下午的浩荡时间又浑噩地疾走而去。铁娃心下几番提议要走，又说不出口。不仅鬈发女人，就是一刀作画的兴趣也全靠铁娃维系。铁娃一走，这屋子就没了风没了浪没了珠串相连的绳索，就变得了无生趣。铁娃手心里都捏出了汗，也没想出逃跑的辙来。就这样，一直挨到下班。铁娃的忍受换来了鬈发女人二十万元的广告投放。想到这个，他就觉得为文学的阵地保留住一棵文学树，即使死，也死得光荣，死得其所。

一切都波平浪静，像一场恶战前的旷野，寂寂无声。静得有些瘆人。老婆水莲没打电话找他。死水微澜的婚姻里这样的情况属于正常，但是概率很小，几近百分之五。铁娃用钥匙窸窸窣窣转开门的时候，水莲已经迎面坐在长长的皮沙发里。一股扎骨的黑气扑面而来。

王八蛋！咬牙切齿。这三个字不知积蓄了多久。一天？二十年？它里面充盈着多少火药的力量，多少恶臭的怨毒？他本能地一怵。他能感觉到字字千钧，颗颗噙恨。它们是猎人枪管里蓄势已久的子弹，终于在猎物狼狈显现之时，铿锵而出，火星四溅。铁娃尽管准备了一天，临上战场依然是瞬间的糊涂。他转身换鞋，面壁思计，好半天问：单位有人惹你了？

伪君子！你还有脸问我？你还有脸回这个家？答非所问，问非所愿。两个响槌没击在一面鼓上。或许从来都不曾心谋一处。同床异梦，貌合神离，或许一直都是他们婚姻的注脚。现在却成了最后的挽歌。铁娃心里紧绷的那根弦咚地断掉了。他能感觉到那被瞬间剥离的弦，像风中朽蚀的电线，悬于半空，摆来摆去，孤独又危险。他们像一直隔着掩体对垒的两个敌人，现在终于面对面。一场短兵相接的战斗在所难免了。

怎么啦？没摸清敌情前，他想迂回作战。铁娃把包放进卧室，也坐到沙发上。他想用柔情之水化解这个正在爆燃的火团。装出来的柔情像刚刚整过容的脸，有些紧绷，也有些生涩，连铁娃自己都觉得心有戚戚，仿佛黄鼠狼给鸡拜年。

滚！你这个肮脏的色鬼！水莲像遭遇毒蛇来袭，迅疾地挪到沙发一角。你去对那个婊子好啊！你不是说你这辈子就爱她一个人吗？你个满嘴不吐人话的淫棍！我怎么早没看清你！看来是人赃俱获铁证如山在劫难逃了。这些话正是他的罪证。那录音他每晚必听，已像光盘刻进他脑海。每听一回，都能让他身心骚乱蛟龙起舞。

铁娃不是第一次把手机忘家里。他有个习惯，睡觉时把手机调成振动放在枕头下，关上房门，一觉无忧。他们夫妻分居三年了。两室一厅的旧房子里，他们曾睡一张床，夜深人静，趁对方熟睡之际，各想各的梦中情人，各做各的自慰。他们近在咫尺，却远在天涯。这是铁娃玩小姐染性病付出的代价。他睡过多少个女人，那些女人多大年龄，做什么工作，叫什么名字，他都记不清了。她们是他生活中的走马灯，是兴奋剂，是调味品，是浮萍，是乱象，也是暗礁。他与女人的性活动是真正的瞒天过海，暗度陈仓。名存实亡，无性婚姻，是铁娃在回答每一次外遇时说得嘴皮起茧的话。

女儿上大学后，铁娃夫妇有了各自独立的房间。这对双方是个莫大的解脱。继而搬入宽敞的新房。水莲独霸主卧。铁娃睡书房。书房里有电脑，电脑在手，天下尽在掌握。铁娃当然自得其乐。他们像大多数步入中年的夫妻，三口之家的日子平稳而安宁，像一艘逐渐壮大的航母在平静的港湾里惯性地蠕动。但是，人的坏记性往往就是炸药的引子。按部就班中的一个环节出现异动，链条便环环断裂。一天的生活，甚至一生的格局将倒转逆行，全然改变。

铁娃起身到自己的卧室。他明知案底已经转移，仍侥幸地将手伸进枕头下。床单上除了几根孤独的短发，空荡荡的，像婚姻中的他，十分荒凉。他抓起枕头，蒙住头脸，然后狠狠地向床上砸去。端了一天的枪，在面临阵营时，反而出奇的平静。紧绷了一天的神经松弛下来。铁娃回到客厅，咄咄逼人地俯视着妻子：把手机还我！

滚！你个流氓淫棍，你还有脸要手机？水莲心如战鼓，愤怒和屈辱按捺了一天，现在已经发酵。她能听到体内的怒气像翻滚的油锅咕咕地冒泡。她恨不得张开血盆大口，将这个无耻之徒一口吞进肚里。又觉得他浑身脏不可闻，像沾满屎臭的绿苍蝇。她看一眼就禁不住哇哇作呕，又怎么肯有丝毫的接触。她想眼一闭脚一蹬，再也不要见这个男人，可法律牢牢地把两只蚱蜢拴在一起。他是她的肉中刺眼中钉，不拔不能净身不能安神不能安心。屎臭熏天，她也要捏紧鼻子打完这场战争。

我的手机放在我的枕头底下，碍你什么事了？你侵犯我的隐私权，你知不知道？你他妈一天到晚像个侦探，累不累！老子是个男人，你知不知道？他不想举枪缴械，他想抗战到底。或许这就是临阵突围，这就是力挽狂澜，这就会绝处逢生。

水莲站起来，像举着炸药包，大义凛然，斩钉截铁，视死如归。她不是英雄，却似正在行使一项英雄的壮举。不，不是壮举，是被生活逼到墙角的狗的反扑，是被婚姻的皮鞭追到日暮途穷者的自卫。她高声叫嚷道：你是要我砸掉它，还是留做证据！她不愿再作无谓的争辩了。争辩是挽回，是留恋，是试图和解，而她只想伸手一拽，一切都戛然而止，一切都灰飞烟灭，一切都毁于一旦。

什么证据?

王八蛋！你硬是要逼着我把你和滥女人睡觉的录音再放给你听吗?

铁娃振振有词：那都是被你逼的。你是教唆犯，你是诱导者，你是导盲犬，是你设笼子让我上的套。你把人赶进了一个死胡同，到头来却问我为什么往里钻？你也太阴险了吧？你以为我嫖女人不花成本吗？录音，就是节省成本。

水莲顺手操起茶几上一把长长的水果刀。她向刀锋吹出一口寒气，凛冽道：你以为我还有兴致跟你这种人渣开玩笑吗？这婚我是离定了。你若不离，我就死给你看！大不了我们同归于尽。这个对婚姻彻底绝望的女人将自己逼到了悬崖边上。她准备纵身一跃了。她往枪膛里推上了全部的子弹。

铁娃瞬间镇住了，惊骇的眼神绝望地盯着这个披头散发的疯婆子。他现在肠子都悔青了。早知今日，何必当初？录个什么音嘛。这不是给自己留尾巴吗？就为省他妈的那几个钱，却将自己每天的日子拴在炸药的引线上。唉，这日子就不能心怀侥幸。所有的担心都是不定时炸弹，最终都会将美好炸得四分五裂。用手机将做爱的全过程录音，无非是为自慰埋伏笔，哪会料到有天堂地狱的后果。早知如此，神不知鬼不觉寻欢作乐，也许还能将这惨淡的无性婚姻坚持到底。哪个男人愿意搞得妻离子散呢？再说45岁的男人已是日薄西山。他在与女人鬼混时也常力不从心了。偶尔还得提前服下壮阳神丸，否则一败涂地雄风不振也是常有的事。偶尔吃吃零食换换口味，谁也没想放弃主食啊。他实在不想当第二个老李。

第 2 章 不想离开有你的家

接下来的日子，仅仅一周，铁娃和水莲便揣着签好字的离婚协议书走进了区民政局。离婚证是个暗红的小本本，比结婚证不仅尺寸略小，色泽也晦暗了许多。在回返的路上，铁娃提议吃顿分手饭。水莲像忽然想起了什么，赶紧从包里掏出那个手机。她并不看他，确认手机被一双手接过去了，立即转身大踏步地走。好像不快走，后面就会有瘟神捉住她。她确乎是想尽快走出他的视线。她甚至觉得他的目光都是脏的。他身体的任何一个部件，以及身体发出的声响，身体形成的影子，身体散发的气味，都是脏的。她不想有丝毫的触碰。

铁娃注视着这个女人决绝的背影，分外沮丧。一周前，他母亲在遥远的成都听说他离婚的消息抽泣起来。他当时在电话里安慰母亲，现在离婚的多的是，全国每天至少有五千对夫妻离婚。我们单位也有五六对离了。您认识的狗子也离了，可过一年又复了。我们也只是暂时地分开，过个年把就又好了。您尽管放心！他那样的信心百倍，让水莲当时只在心里鄙夷地冷笑。她想：我当初怎么会看上一个视婚姻为儿戏的人！

铁娃办了离婚回到杂志社上班。一进院子，迎面就碰到了光棍老李。老李甩着两根芦柴棒似的胳膊，朦胧地睁着一双似睡非睡的肿眼泡，一摇一摆地从家属院深处往办公楼走来。

五十多岁的老李身体薄得透风。铁娃常打趣他，看你的五脏六腑是用不着X光的。离婚多年的老李从上到下都露出枯枝败叶的老景，唯裤裆下的那物件被老李自卖自夸，好生了得。正是从老李身上，铁娃悟出，男人再玩，也不能把家玩丢了。男人需要家的烟火气。即使两口子一日三遍地争吵，也比光棍的死水一潭强千倍万倍。一阴一阳之谓道。家庭需要阴阳的激荡。

铁娃曾经不止一次地催老李再找个人成家，可老李总说，你以为我不想？上哪儿找去？铁娃说，别蒙兄弟了。你是个夜夜做新郎的主儿，还愁找不到人？老李总是无奈地摇头。老李说，找女人睡觉是多多益善，找老婆是宁缺毋滥。铁娃问老李，你究竟搞了多少女人？老李望着远方说，像走过的路，数不清。铁娃又问还记得她们的名字吗？老李说，像读过的书，不是巴尔扎克的，也不是托尔斯泰的，哪里记得书名？铁娃还打破砂锅问到底，你对她们就没动过感情吗？老李说，投入感情的有15到20个。铁娃又问，你搞那多的女人是不是很有成就感？老李摇头又摇头。老李说，她们不过是我的慰安妇。铁娃听出了话外音，说，老李你还是希望有个老婆拴着的吧？老李说，夜夜做新郎也是身不由己。铁娃问为什么。老李说，一个字，穷。

就没一个愿意留下来和你过日子的？铁娃又问。老李摇头又摇头，说，扁舟一叶，芳心难系。又望着远方说，好在苏格拉底说，你结婚，你不结婚，都会后悔的。末了，老李转头盯着铁娃，脸上现出落单的孩子似的笑。洁白的牙齿，蜡黄的脸皮，稀薄卷曲的头发，让人看了，轻贱又疼痛。

老李瞟了一眼铁娃，继续往前走。他习惯了铁娃先叫他，可这次两人一前一后走了两三米，还没听到互相打招呼的声音，老李便戛然站住了，转身，低头，注视着垂头迈步的铁娃。老李从喉咙深处吭了一声，说，么板眼？都快撞我怀里来了。老李个子高，看瘦猴似的铁娃时，像傍晚的向日葵，头向下垂着。

铁娃这才抬头，一张苦瓜脸皮笑肉不笑地咧了下嘴。老李翁声翁气说，天塌下来了？铁娃哽声说，没事儿。老李又说，中午我请你喝酒去！铁娃狠力吞咽了一下，随即强作笑颜，打起了哈哈。好像这酒字忽然间提了神。他说，好啊。现在就走。老李说，现在还没到下班时间哩。又掏出手机，至少还有半小时。铁娃苦笑道，连你也怕那老女人？

老李哼哈道，也不叫怕，叫自觉。况且这女人还确实有两把刷子。你看，现在至少工资翻了一番吧？铁娃却狠了狠心，拽住老李的胳膊，说，走，就是那老女人一把刀铡下来，由我给你顶着。老李说，这话我爱听。走，有么事大不了的。不就几个小钱吗？咱大老爷们！难道活人还被尿憋死！

两人相互壮胆打气，推推搡搡便来到杂志社旁边一条小巷子里。巷子是比路更苗条的，隐在市井之中，却有烟熏火燎的家常味，有贴肤亲肌的熨帖和安适。这条小巷子里，杂取种种地方菜。菜好不怕巷子深。每天一到吃饭时间，远远近近的人都慕名而来。这巷子两边都泊满了车，挤挤挨挨，密密麻麻。人在里面只能曲曲弯弯扭秧歌似的穿行。这条巷子不仅养了一批食客，还肥了一批警察。违章停车，一张罚单一百元。进去时小心地泊车，出来时车脸上飞扬着白纸黄纸罚单。很多时候，一张罚单远比一桌酒菜昂贵。尽管如此，这里依然被挤得车水马龙，水泄不通。

两人走向一家叫“好再来”的小门店。两排并列的玻璃滑门，写着“农家风味，丰俭由人”。斑驳的砖墙，门口有两棵瘦弱的垂杨柳，艰难地挣扎在水泥地面的缝隙间。酒店在一个高高的平台上。俩男人低着头踩台阶。台阶是红砖砌成的，缝隙里长着小草。头天下过雨，砖湿润着，一些砖角轻抹着绿茸茸的青苔。

人还没进店，老李已开始大声叫香香，香香。香香是老板娘，三十大几的年纪，细皮白肉，丰乳肥臀，一笑脸上现出俩小酒窝。眉毛中心有一硕大的黑痣。香香笑眯了眼，迎出来。老李迈最后一道坎时，故意一个趔趄，扑进香香怀里。香香就势便搂住了老李的麻秆腰。

香香说，李老师这腰比女人的还细。老李说，要在春秋楚国，我这身材可是标准的美男子啊。香香附和道，敢情谁说不是呢？楚王好细腰嘛。老李说，你要在那个时代生意可就没这么红火了。香香又接口道，楚王好细腰，宫中多饿死嘛。老李转身对铁娃笑呵呵道，你看，这香香有水平吧。铁娃也不吱声。香香样子长得俗气，不是让他动心的那道菜。小店子里的地沟油多，加之他囊中羞涩，极少光顾。

俩光棍拣大门角落处一张小圆桌坐下。老李将香香送过来的菜谱推到铁娃面前，说，拣你爱吃的点。菜谱正反两面都写着字，上面用薄膜纸蒙着，油腻腻的。铁娃是第一次与光棍老李吃饭喝酒。他这人不大爱与同事过分亲密。同事之间是最不好打理的一门人际关系。前一个小时可能亲密无间，后一个钟头可能就成了不共戴天的仇人。一点蝇头小利就撕破脸，一点不顺意就生出嫌隙。单位就巴掌大个槽，拱来拱去，都为争那点食。人浮于事比较清贫的单位，更是槽中无食猪拱猪。但是，铁娃喜欢与老李亲近。老李这人没功利心，是淡泊名利之人，且说话办事不遮掩，有啥说啥，和老李在一起他心里没负担。铁娃想，老李还不知道我和他一样沦为光棍了哩。

铁娃望一眼香香说，你们该不是用的地沟油吧？香香站在柜台里说，您尽管放一百二十个心。我们自己也吃。老李说，我就一颗心都被你搞乱了。一百二十个心，你不是存心不让我活！说完，老李和香香都笑了。香香更是笑得一双奶子像正起锅的豆腐在红毛衣下颤动不已。铁娃问，香香你老公呢？老李抢着回答，他老公就是我。香香说，切，也不怕哪天我老公吃醋把你脑壳揪了当下酒菜。老李故意露出害怕的样子，吐出舌头，说，香香花下死，做鬼也风流。

一盘汉菜端上来。铁娃拨拉着几颗蒜瓣，见是白色，略略有些放心。老李说，在里面找金子银子哩？铁娃继续翻来捣去，说，听说判断是不是地沟油，就看蒜子用油后是不是白色；若成红色，就是地沟油。铁娃筷子一边扒，脑子里想的却是水莲灌输的这些生活经验，以后他是再无福消受了。老李说，你这人过细，吃吧，吃不死的。两人推杯换盏。铁娃对地沟油也已不管不顾，一会儿工夫就已是红光满面。

老李迷离着涨血的双眼，右手夹着筷子，捣着说，铁娃，你这名字好。铁娃低头说了一个字：俗。老李呵呵笑道，大俗，即大雅。你没见关汉卿说，我是个蒸不烂，煮不熟，锤不扁，炒不爆，响当当一粒铜豌豆？你爹妈有大学问！铁娃心想，妈的，变着法子骂我哩！嘴上却是哧地一笑，说，屁的学问。俩大文盲。老李又乐了，不读书，不代表不智慧。要是把他们放到现在这年月，保不定就是清华北大的料。你看看过去好多农村娃进清华北大，问他父母，连名字都不会写。铁娃表情木然。老李饶舌的话题根本不能引起他丝毫的兴趣。他全副的心思依旧沉浸在离婚的惆怅里，脸色如铅如云如霾。离婚就像一场突如其来的暴风骤雨，在他猝不及防的时候横扫而来，又倏忽而去。

铁娃忽然把筷子重重地往桌上一拍，咬牙切齿地骂了句婊子养的。这话一出口，他就觉得是在骂自己，骂自己怎么就没想到手机不离身的法子呢？手机，他妈的，什么玩意儿！他从裤子口袋里掏出摩托罗拉手机，往桌上一撂。又骂了句：娘稀皮的。香香微微一怵，赶紧悄悄走到里间去了。

老李不高兴了。老李歪着头端详着。铁娃端起玻璃酒杯，与老李铿锵一碰。老李期待着下文。他定定地望着铁娃，目不转睛。老李拿起铁娃的手机，看了看宽大的黑屏。看来看去也没看出什么问题。又盯着铁娃喷火的眼睛看，依旧没有下文。

铁娃捂着拳头干咳了一声。二人一时都不再下箸。铁娃又哗地给杯子注满啤酒，与老李桌上的杯子轻轻一碰，说，我先干为敬。然后说，老哥，我不如你！老李也干掉一杯，说，这是哪门子的话呢？事业上，你如日中天。那老女人现在捧你好像无所不用其极。家庭，你有个如花似玉有才有貌的妻子。女儿读的是重点高校。老弟，我看你是集万千宠爱于一身啊。铁娃听到这一阵数落，更是悲从中来，猛地扑到桌上痛哭起来，只是本能地声音有些压抑。等铁娃的肩背不再因痛哭而剧烈地起伏，老李抽出一张餐巾纸，拍了拍铁娃的手臂，说，大男人，哭个么事呢？想掉泪，把我看一眼。还有谁比你老哥我过得落魄的呢？

铁娃注视着满杯子的啤酒，觉得自己满肚子的话也像这杯里的啤酒一个劲往上翻滚。他多么想和盘托出，说出来或许就轻松了，就不会闷肠子里转屁那么痛苦了，可老李一番光鲜的描述，又是那么诱人。像一个冥冥夜行的人被人告知手里其实捏着一大把火柴。人活在这世上，不都需要一件体面的外衣吗？我为什么要图一时之快而自毁形象呢？所以，他一扬杯子，又将一杯啤酒吞了下去。

从这一刻起，铁娃彻底打消了将自己隐私交出去的念头。交出去最大的收获是博得同情。同病相怜的结局是多一个人知道自己的痛苦，而不是拯救和救赎。他又何必做那样的无用功，还要平添一份被贩卖的担忧。他要独自吞咽这杯人生的苦酒，独自。像啤酒一样膨胀，又自己回落。

更重要的是铁娃猛然想到一个致命的问题：老李心里藏不住事。老李自己的隐私都通过他自己那张嘴广播出去无以遁形。老李为什么离婚，怎样离婚，后来经历了一些什么女人，铁娃除了没亲眼得见，几乎历历在目。老李如何睡女人，与他同行的人如何搞女人，他都能绘声绘色地讲给任何人听。只要有人向他提问，他就竹筒里倒豆子。这是一个可爱的透明的男人，却绝不适合共享隐私。想到这里，他忽然大惊失色。他想，冲动是魔鬼。这话一点不错。

老李没总结自己为什么离婚。铁娃认为是因为穷。想当年老李还是一表人材的。五官身板一样不赖，只是现在走了形，且是华师中文专业毕业。从里到外，从气质到内涵，都足以把持住他老婆。可女人像灶上的猫，哪里暖和哪里去，哪里有鱼腥哪里去。这是老李的原话。老李就是这么总结女人的。老李受不了老婆给自已戴绿帽子。老李更气不过的是老婆恋上的竟是一个腿有残疾的跛子。那跛子走起路来前仰后合，好像路上没有一块地儿是平的。且跛子出身卑微，靠养鸭放鸭起家，后来鸭蛋多了，办起了皮蛋厂。跛子就是皮蛋厂的厂长。大字估计不识几个，五官也歪瓜裂枣。就是这样一个私营作坊，后来竟也倒闭了。而就是这样一个蹩脚掉价的厂长竟俘获了他女人的心。

老李当然受不了这份窝囊气。他不就是手中有点小权，口袋里多几个臭钱吗？老李要离婚，老婆不肯。两室一厅，六十平米的小房子里，老李选择了睡沙发。老婆半夜三更爬上沙发，想挤在老李身边睡，却被老李一次次推到地板上。老婆像沉重的沙袋落到地板上发出咚咚咚的闷响，老李也不心疼。哼，摔不死她就是够客气了。

老李的老婆终于死了心。离婚后的老李不久便告别杂志社下了海，好像他离婚的错真是全在杂志社的穷。那时大学搞扩招，他就介绍不够分的学生圆大学梦。大学招生如火如荼，他的生意也如日中天。三年下来竟赚了几千万元。小老板权钱在握，好不威风。老李开始在女人的海洋里如鱼得水。他身边的女人真如过江之鲫，穿梭不息。他发现离婚真好。他甚至有些感激前妻的成全。否则他可能终生只守着吃那一道菜，而不知天下美味无穷了。看来真应了那句话：塞翁失马，焉知非福！外面的世界真精彩。老李身边的女人走马灯似的你方唱罢我登场。她们像蚂蟥粘附在老李精瘦的躯干上，吮吸着老李的精液和金钱。然而好景不长，高校扩招止步，一道死闸哐当一声切断了老李的财路。老李像措手不及的仓中鼠，被门板夹住了尾巴。最后一次，老李拿了别人的钱，却没把别人的子女送进大学。一辆警车呜呜呜开进杂志社大院，将老李锁上手铐带进了警局的铁栅门。老李光鲜一时，曾经在这个大杂院里掀起的艳羡的风潮被这最后的警笛掐断了尾巴。老李又一贫如洗，以十足的瘪三形象回到了杂志社。人们再谈到老李，心里嘴里便又恢复了轻贱和不屑。铁娃有时嘲笑老李是渔夫与金鱼的故事里的那个老太婆，男老太婆。

铁娃不停地打着酒嗝。啤酒在肚肠里发酵，形成一串串气泡，按一个下去，又冒上来一个。铁娃目光有些恍惚，头脑里却硬撑着一个死闸。铁娃说，哥，哥，你是我大哥，你是我亲哥。还是哥坦荡。你的苦我知道，你的乐我也知道。以后咱哥俩就是亲兄弟。我寂寞了找哥，哥寂寞了找弟。老李打着哈哈道，找你有个屎用啊？

铁娃被老李搀扶着回杂志社。一路上，铁娃不停地嘟哝着，咋办呢？她是个好女人。你说咋办呢？像老旧的磁带卡进某个槽卡里，反复播放。嘴角沾着红辣椒和油腻的肉末，一张厚嘴皮，一开一合，酒气混合着菜味喷吐出来。老李闻不得，只得侧过头去搀扶。

老李像追问一个梦呓的人：你说谁呢？谁是好女人？铁娃沉浸在自言自语的絮叨里，也不作答。老李的手伸进铁娃的裤子口袋摸钥匙，却被铁娃狠狠地打了一巴掌。铁娃自己掏出钥匙开了办公室的门，一头栽到破旧的人造革沙发里，像狗一样蜷着，一会儿就沉沉地坠入梦境里去了。老李合上门退出去。丈二和尚摸不着头脑。铁娃睡了一觉，总算醒了酒。酒醒后还在回忆检省，自己是不是说漏了嘴。

下了班，依旧回家去。铁娃想，我得找理由多蹭一些时间。蹭一天算一天。我可不想过一个人孤零零的日子。他走到老房子楼下，想这可是我们家日子改善后淘汰下的废旧品，可我又要回来了。唉，人生是一日千里地飞行，我过的却是倒退的日子。

铁娃进了屋，就蹑手蹑脚，把每个屋子搜索一遍。他想看看水莲在不在。水莲正在书房看书，低着头，一声不吭。窗子紧闭，天光微茫。水莲是故意躲懒。她什么事也不想做，更不想一不小心视线里触到铁娃。铁娃现在是一锅汤里的一颗老鼠屎。

铁娃见水莲像往常一样安静地坐在屋子里，舒了口气。他喜欢回到家，一眼能见到自己的家人，一个都不少。可不久他就要卷铺盖走人。这房子，这女人都将从他生活里屏蔽和远离。他感到一阵揪心的悲凉。离别方知情重。他多么想一切从头来过。可是估计不能够了。这女人是说一不二的。

铁娃故意将背包弄得发出响声。他希望水莲咳嗽一声，或者起身做个回应，或者甚至骂他一句。要在往日，水莲会发嗲说，哥哥，你回来了？快做饭吧。我肚子饿得呱呱叫。女人撒娇，女人示弱，对铁娃来说是一件赏心乐事。家里消费AA制，但在家务劳动上，铁娃付出的多。这也算是这个家的一个平衡点。

铁娃自己咳嗽了几声，然后去超市买菜，砰的一声关门，然后进电梯。他站在电梯里盯着红色的数码29，想，奋斗了半辈子好不容易住进电梯房，不久我又要回破烂的老楼栋里爬六楼了。走在绿树成荫、健身器材齐全的小区里，他心里也灌进一股惜别的惆怅。想这一切的美景怎么像梦境中的人翻了个身就全然不见。到了超市，他决定买水莲最爱吃的菜。牛肉、鲫鱼、土豆、玉米、青豆、青椒、香菜、鱼腥草。他挑拣得很细心，只想这样的时光慢点再慢点。买了菜回家坐到沙发里，将一方块厚实的记账本拿过来，正要记下买的什么菜，菜钱多少，才忽地想起，已经没必要了。家散了，A A制也结束了。走进厨房，一个人淘米，洗菜，切菜，做每一项动作，都很用力又有些恍惚，有些言在此意在彼。他慢工细活地做，恨不得一餐饭做一年，恨不得世上所有的钟表都拨慢了指针。

菜端到西餐桌上，铁娃叫水莲吃饭。叫过三四遍，又到书房里请了三回，水莲都没吭声，也不挪窝，手中的书翻得哗哗响。水莲后来不请自来走到餐厅，无神地看了看五个不锈钢的盘子摆成了一朵花。豆瓣鲫鱼、香菜牛肉、清炒四季豆、凉拌鱼腥草、干煸土豆片。水莲默默地吃菜，胃口还不错。菜盘里，铁娃的筷子动过的地方，水莲都不碰。两个人谁也不说话，只听见牙切菜的咂咂声。

水莲终于发声了。她看着菜盘说，赶紧要租房子的另选地方搬走！越快越好。铁娃说，人家没到期，我怎好意思赶人家走？婚是你要离的，这得罪人的活儿你做。水莲将筷子往桌上一拍：是我要离的吗？是我愿意离的吗？你若不怕丑，我讲给大家听，讲给你妈你姐你弟听。铁娃立即卷住舌头噤声。

水莲恨不得一棍子将这坨屎戳走。她一天都不想见到这个仇人。可又有什么办法呢？就是一堆臭狗屎她也得忍着。二十年的夫妻情，孩子她爹，她总不至于无情到让他住宾馆。浪费他一分钱，其实也是消耗孩子的钱。她不忍。

吃罢饭，铁娃又收拾碗筷，默默地去水池边清洗。水莲坐到沙发里看电视。收拾好厨房，铁娃也像一只癞皮狗蹭到沙发一角看电视。他不时拿余光偷觑一眼水莲。她的侧面有着顺滑圆润的弧线，是属于天庭饱满地阁方圆的旺夫相，这是命相书上说的，可事实是她旺家不旺夫。她没旺他，反将他扫地出门了。铁娃想到这里，眼里便有了隐隐的泪水，如泉上涌，在眼眶里转了转，又被冰冷的自尊拦截了回去，咽进了肚里。他长叹了口气，沮丧地盯着电视屏幕却视若无物。两个人的沉默，像生硬的铁板。空气都凝固了一般。

水莲没好气地说，赶紧给那两个女孩子打电话，趁她们晚上在家。铁娃被水莲突然的发号施令吓了一跳。他瞟了一眼水莲，起身进卧室拿手机。这个手雷炸掉了婚姻，自己却安然无恙。铁娃举着手机复回客厅，站着拨通了其中一个女孩的电话。水莲瞥了一眼，目光落在那手机上，眼珠子似触到烧得通红的烙铁，猛然一阵扎心的抽痛。

合租房子的两个女孩子是刚从大学毕业后参加工作的。她们接到铁娃的通知都非常生气。问理由。铁娃说，我要住。一个女孩子说，神经啊。放着新房子大房子不住。另一个女孩子在电话里对铁娃叫嚣，你们得赔偿损失。铁娃说，希望你们理解，因为我和我老婆离婚了。我毁约，当然也会按合同办。俩女孩的怒气顿时萎了，不无同情地说，那你总得给我们找房子的时间。铁娃说，你们就慢慢找好了，时间不限。水莲听了却不依。水莲削尖了嗓子说，谁说时间不限？外面的中介多的是，找个房子一天都能搞定。铁娃说，你也不能为赶我走，而对两个女娃子不管不顾吧。水莲说，你让他们拖延时间，我就让你去住宾馆。给她们说，宽限一周。七天内必须搬走。水莲知道，租一次房子，房里的设施就会受一次损失。比如墙壁，地板，水龙头。房子腾空后还得整理，打扫，然后才能搬家。至少半个月内，她依然要和这个冤家抬头不见低头见，还得在一个锅里吃饭。想到这些，水莲就憋闷无比，愤然起身回书房去。

隐离婚

第 3 章

水莲离婚的事只有父母兄弟知道。工作圈生活圈她都没吱声。她很感激新婚姻法对人权的保护。特别是离婚不需要向单位开证明，更让她一头扎入隐婚一族，逍遥地活在过去婚姻的假象里。

走进小区，遇到住同一个单元一楼的徐新容。徐新容见了水莲，便像户籍警问个不休。徐新容问，水记者，怎么一直没见你老公？水莲眼里闪过片刻的惶惑，又将在肚子里酝酿已久的话信手拈来：他下班晚，回家时，你们估计都睡了。徐新容便说，你老公是在文学树杂志社工作吧？水莲嗯了一声，就想夺路而逃，不料，徐新容抒情起来了。他兴致高昂，似有拉家常的意思。他说，过去八十年代我也是文学青年，那时天天手里都有一本文学树杂志。现在不同了。水莲脚不停步，低着头应付说，是的。那人竟接着问，你老公是不是换单位了？水莲含糊地摆手，说没有，没有。好在电梯门开了，她逃也般钻进了电梯。电梯关门的刹那，耳边还追来一句话：文学边沿化啰！

水莲一心堵别人的嘴，却将自己的心堵得发慌。水莲地砰一声关上门，才算是幸运地又挨过一天。没人发现她离婚，她是安全的，也是无畏的。她长吁一口气，一屁股跌坐到沙发里。

水莲正一边低头看书，一边吃饭。手机响了。她一看来电显，竟是五峰的堂姐水上锦。本来出了阁的女儿与这些父辈的老亲是不常来往的。但水上锦的女儿水萍在武汉读大学，今年正值毕业需要找工作。水萍在二本大学学中文，希望到水莲所在的报社当记者。水莲说，现在单位进人是凡进必考。我也没个一官半职，是说不上话的。可水上锦偏指着报纸，说我们这里谁不知道你这个大名人啊。天天报上看到你的名字。只要你开口，领导没有不买面子的。水莲，你可是我们水家最有出息的一个。现在，姐就这个姑娘。你可一定要帮姐这个忙。水莲跟她讲不清，但电话是不能不接的。

水莲叫了一声姐姐，水上锦便笑成了一朵花。她说，莲子啊，我就爱听你这一声姐。你心里有我这个姐，我就感谢我爹生了我，和你成了姐妹。虽说我们不是一个爹妈生的，但我们同爷爷奶奶。以后的孩子都是独生子，哪有这样的福气？所以，我们不是亲生胜似亲生。你说是不是这个理？水莲说，姐，您不用讲这些道理，我都懂。我帮不上忙，不是我不肯帮，是我有心力不足。水上锦又敞着嗓子笑说，我就爱听莲子妹妹说话。有心就好，有心就能办成事。不是有句话叫世上无难事，只怕有心人吗？水莲无语。

第二天，水莲正陪北京来的老同学林子业逛黄鹤楼，电话响了，一看来电显又是水上锦。水莲就任电话响个不止。水莲有些心焦，接通手机，便有些没好声气地喂了一声，连一声姐姐也免了，等着下文。水上锦倒很简洁，只问莲子，你在哪里？水莲说，在外面。水上锦说，你在武汉吗？水莲说，问这个干什么？水上锦说，我来武汉了。就在你小区门口。水莲便有些大惊失色。顿了一会儿，问，你来做什么？电话这么方便，什么事在电话里说不一样吗，何苦大老远跑来？水上锦说，我给你送来一些土特产。腊肉、茶叶、核桃、橘子。应该是你喜欢吃的吧？

水莲便有些惭愧。四年前，水上锦送女儿上学来过水莲家。水莲说，不用这么客气。这些东西超市里都买得到。水上锦说，超市里卖的不如我们农家自产的。水莲说，那是当然。可你这样也让我受不起啊。

水上锦说，这事就不多说了。你什么时候回来？水莲想，水上锦一定去的是铁娃住的秀水小区。她可不能让堂姐见了铁娃而露了馅。水莲便说，我今天在外面出差，不回家哩。水上锦便有些着急，说，唉呀，这可怎么办呢？铁娃什么时候回来呢？水莲有些措手不及，顺口道，他也出差了。水上锦更是一迭声地唉呀呀，这可怎么是好？水莲说，叫你别来嘛，以后电话就行了，不必大老远地跑。水上锦说，我是想我们姐妹俩见见面，当面说说话。电话里总显生分些，也说不清。水莲说，你这样才是不信任我。我哪能使得上劲而不着力的呢？水上锦说，我把东西就放门房行吗？水莲说，也只能这样了。真对不起。到了家门口，还不能让你进屋。要不，你去我妈家里住一晚吧？水上锦说，不必麻烦老人家们，我去姑娘学校挤一宿。水莲终于长长地吐出一口气。

水莲开着车呼啸着回到秀水小区。看到这个墙壁斑驳的老生活区，人生的感慨触类旁通。水莲却来不及伤感，就进门房将堂姐送来的土特产一一装进车里。正要回到司机座位，铁娃出现了。铁娃手里拎着从超市买的半斤肉和一小捆白菜。他这样晃荡着的时候，脑海里叠现的是老李那形单影只的样子。依稀仿佛，人生何处不相似？

铁娃自然是喜出望外，说，你怎么来了？我正要找你帮个忙。这对劳燕分飞的夫妻平常几乎不曾联系。除非偶尔涉及女儿米果，也只是在电话里简明扼要地说事。水莲沉着脸说，有什么事轮到我帮忙？铁娃说，这是你买的车吗？想不到你日子过得很滋润啊。离婚后成果斐然啊！水莲没好气地说，你明白就好，过去二十年跟着你，用过你几个钱，享过你一天福吗？铁娃说，我们都离婚了，还有必要一见面就吵架吗？水莲便一语不发。怨气像枪管里残余的火药似乎从来都没尽兴地扫射出去。她钻进车里发动了汽车引擎。

铁娃却抓住了车门。他搔了搔稀疏的头皮，有些吞吐道，明天我们单位派人来家访，家家到，户户落。能不能借你房子用一下？水莲轻蔑道，切，真新鲜！你们是小孩子吗？一个穷得要死的单位，还喜欢搞花板眼。家访能救家吗？铁娃嗫嚅道，是个新上任的女领导。新官上任三把火吧！水莲说，是不是听到不良风声了，要整整内院？整内院是领导干部的事，应该也轮不到你们这样的穷单位吧！铁娃倒敝帚自珍了。他斜着眼，抖了抖腿说，你能不能不开口闭口轻视我单位？它再差再穷，也是我衣食父母！

水莲牙笑肉不笑，将手放到门把上，有关门大吉的意思。铁娃再次双手扳住了车门。离婚的事我没对任何人说，帮我遮掩过去，算我求你行不？水莲冷笑道：一个男人有什么不能担当的！有什么见不得人的吗？这时，水莲的手机响了。是水上锦问她礼物拿到没有。水莲说，谢谢姐姐这么盛情。东西都拿到了。水上锦又问，妹夫在家吗？代我向他问好。请他有时间到宜昌来玩。水莲向铁娃乜斜了一眼回答，好的，好的。谢谢，谢谢！便匆忙挂断了电话。

铁娃说，离婚的事你都对单位的人讲了吗？水莲也不看他，只盯着车里的仪表盘：我说或不说，是我的事。铁娃说，还是别说的好。外面的人都是看戏不怕台高。你以为别人真的同情你啊。水莲说，我离婚是做了见不得人的事吗？离婚对我来说是天大的解脱，是人生一大喜。我庆幸还来不及，我需要人同情吗？铁娃便垂下了头。望着车轮子，又抬头望着小区那锈迹斑斑的铁栅门。

水莲转动了一下钥匙，车熄了火。她双手搭在方向盘上，盯着前方说：你又不是没房子。

我这房子进来一看就会看出底细。明显没有女主人。而且当初我们买新房搬新家，单位的人是知道的。铁娃低声下气道，就是两个人，小坐片刻，我就领着他们去餐馆吃饭，保证不损失你一根毫毛。

水莲叹了口气，说，这又何苦来哉？就实话实说呗。躲得了一时，躲得过永久吗？以后类似的事还会有，那怎么办？假若我找了新人，新人会怎么看？而且我是绝不见你们单位的人的。

铁娃说，回单位别人要刨根问底，难以招架。也不要你和他们见面。我就说你出差了。水莲正愁没了金蝉脱壳之计，便顺水推舟道，我明天还的确要出差。去广东。她怕铁娃不相信，又补充说，你会看到报道的。两人一时都陷入无奈的沉默。就说分居吧！分居也不是什么见不得人的事。再说，都是成年人，哪个的婚姻没有点问题？水莲说完便扭动钥匙，发动了引擎。

铁娃深深地叹息了一声，松了手。他知道这个女人一旦三句话还扳不过来，便是十头骡子也拽不回了。水莲长吐了口气，狠踩了一脚油门，逃也似地消失在前夫的视线里。她脑海里一片懊恼。她反复地嘟哝着一句话：何苦来哉！何苦来哉！

铁娃沮丧地望了一眼那疾驶而去的小车，悲哀地想：我到底是永远地失去她了。

第 4 章

铁娃坐在自己寒碜的屋子里，一边抽烟一边嗑瓜子。他像一张弓窝在旧猪皮沙发里，双腿懒懒地搁在案几上。右边的扶手上放着一包拆封的烟、打火机、烟灰缸和一个装了葵花籽的铁盘。瓜子壳在屁股右边一个小塑料袋里装着。沙发衣服和落伍的水磨石地面上散落着一些走失的瓜子壳。那只罪大恶极的手机在右边扶手上播放着凯丽金演奏的萨克斯名曲《回家》。心绪不宁的时候，他会选择听萨克斯乐曲。他最喜欢听的还是《永浴爱河》。他反反复复听，百听不厌。听一次，往事的温馨和现实的残酷就会涌出来交锋。忏悔无奈也会走出来纠结。然后是劝诫抚慰一点点融合，情绪缓缓舒展飘飞。这期间偶尔泪水也会出来凑趣。萨克斯缠绵忧郁的气质吻合着他的心境，成为他寂寞生活里一缕安魂曲，给他清寂的屋子和空荡的日子平添了生气。

现在铁娃正抬头深情地注视客厅正上方悬挂的一幅毛体书法作品，是毛泽东的《沁园春·雪》，上面写着“赠水莲雅正”。看了书法，再环视屋子，这是过去完好的家的遗址。屋子里的东西老态龙钟，苟延残喘。家具都旧了，淡淡的黄漆泛着白。吊顶上的装饰灯有三只老眼昏花，两只闭了眼，也不知是哪儿出了问题。他偶尔无意中瞟一眼，却懒得换。有几个柜子的门垮了，是活页断了，他也懒得修。除非全聋了哑了，不逼到绝境，他连指头都懒得弯一下。反正现在这是他一个人的家。与其说家，不如说是窝。这里让他避雨，让他睡觉，偶尔弄点口中食。每件家具上或许还有水莲的指纹。柜子里还有被水莲遗弃的三五件旧衬衣旧袜子旧棉袄。租户没动，他也没舍得扔。他记得自己从新房子里搬离的时候，有意留下了一件T恤一件夹克一件羽绒服，是四季的念想，也不知被水莲清理掉没有。水莲曾打电话问他这些衣服还要不要。铁娃说不要了，你自己看着办。铁娃当然寄希望她留下。即使水莲将来找了新人，说不定还可以当家居服穿穿。睹物思人也是好的。他后来几次三番想问，更想故居重游，可惜都没如愿。

水莲建议说分居，让铁娃心里多少泛起一丝希望。既然水莲也在隐瞒自己离婚，可见，在外人那里，他依然是把我当老公的。或许填表的时候依然写着丈夫：铁娃哩。想到这里，他就有些自鸣得意。女人的虚荣心看来也是婚姻的保护色。水莲是做情感记者的，对男人出轨的事应该是见怪不怪。而且女人随着年龄的增长，会褪去一些天真烂漫的梦想，而多一些对世俗的包容。那时，说不定她就会回心转意，就赦免了他。这是完全可能的。他的一个远房表亲狗子就是在外面搞女人，被老婆休了。后来老婆却主动提议复了婚。这就是女人。女人的情绪是夏天的温度计，容易暴涨，也容易回落。

这时，老李竟然打电话来，说，打算辞职做私家侦探。铁娃很吃惊。好端端的一份四平八稳的工作，去做什么侦探呢？铁娃说，你以为人生是小说吗？你想当中国的福尔摩斯？别说这样的机构在中国没有合法的地位。即使有，也是像暗娼样的东西。敢大行其道，正大光明吗？而且那是一份与法律有关的工作。你通过司法考试了吗？你有上岗证吗？老李听了，大摇其头。他说，伙计，你Out了。电话里一时说不清。

明天中午，我们去香香那里喝酒再说。

第二天，两个人相约来到香香的酒家吃午饭。这次，两人依然坐在进门后的右角落里。这里通透又雅致。中间隔了大门的走道，与厅里其他两桌形成相对隔离的状态。屁股落上靠背椅，铁娃便说，今天我埋单。老李说，想还我情啊？也行，就算饯行酒吧。香香早侍立在侧。老李说，香香，以后你只怕难见我了。香香问，您不照顾我做生意了？老李说，也不是。从一定角度讲也是为了更好地照顾你生意。我来总不能吃白食吧？现在杂志社，我的工资是最低的。一个月两千多块。够做么事呀？说了不怕你笑话，来你这一趟，我是省了牙缝里那一口，不然你得把我当人质。香香笑道，李老师就爱开玩笑。铁娃笑道，你当人质有个么用？老李长叹道，男人没钱就没尊严哦。香香哧地一笑，说，您这样的大贵人，我们可是恨不得天天当神伺候的。

老李还准备磨牙，铁娃打断了他，问香香，你家老板呢？香香说，买菜去了。话音未落，就见一矮壮秃头的半老头子进了屋。背上扛着，手里拎着，全是肉和新鲜蔬菜。铁娃又扬起脖子向外看，门口停着一辆脏兮兮的旧摩托车。铁娃没想到还算标致的香香男人竟是这番模样。望了一眼那男人厚实微驼的背影，心里有些为香香抱屈。铁娃说，你老板负责采买啊。香香说，也负责炒菜做饭。铁娃说，你们这是名符其实的夫妻店啊。香香也不回话，默默地倒茶水。

老李向香香摆了摆手，说你去忙吧。铁娃请老李点了四菜一汤：一盘香菜牛肉，一个武昌鱼，一个莲藕片，一个小白菜，一个西红柿蛋汤。老李说，这么丰盛啊。真的给我饯行啊。其实，我还没底哩。

铁娃说，没底，怎么说得像铁板钉钉了？老李说，我也是看了报纸介绍，说武汉的私家侦探公司生意火得很。特别是卧底婚外情，真是又刺激又弄钱。搞婚外情的，多是有钱人。有钱人的老婆为了抓住老公出轨的把柄，在花钱的问题上是在所不惜啊。说完拿出一份《长江都市报》。铁娃瞄了一眼报纸，“卧底婚外情”五个赫然大字特别夺人眼球。他又侧头看了下记者名，竟是水莲的笔名深读。铁娃心里一暖。这女人脑子就是好使。可惜，她好与坏都与自己无甚关联了。要在过去，他可能还借此炫耀一下：这是我老婆写的。单位的人都知道他老婆在报社工作，却不知道她到底做什么。铁娃似乎很早就有不愿活在老婆光环下的心理。他自劝自解：这叫低调。

铁娃说，做那生意也是有风险的。至少目前为止，我国还没有法律确定私家侦探的法律地位。我昨天也百度了下。现在这样的公司全国3700家，从业人员两万多人。但是，他们是为私人服务的，采取的手段也不光明甚至不合法。比如，万一追讨债务过程中出现伤亡，么办呢?

老李说，我不追讨债务，我只想侦察婚外情。你要晓得，婚外情的市场大啊。而且，女人誓死保卫家庭，舍得花钱。商场，女人永远是最大的客户。你不觉得吗？你看化妆品、服装、装饰品，川流不息的全是女人。盯着女人的需求做生意，没有不发的那一天。你要相信老哥子我的判断。

铁娃说，那也只是一部分女人。有的女人不会这样，遇到男人出轨，干脆离婚了事。除恶务尽，一了百了。老李却固执己见:女人才不会轻易把家拱手相让哩。你没看到好多女人和第三者在大街上大打出手？铁娃想举出自己离婚就是一个实证，可他本能地截住了舌头。

老李说，女人的直觉往往起大作用。她们判断男人出轨往往是八九不离十。男人搞婚外情往往既高明又笨拙。只要调查，是一查一个准。十男九偷，做贼心虚。所以，即使被男方发现，谅他也不敢对侦探下手。

铁娃说，我看你去赚钱是其次，满足你的偷窥欲和好奇心倒是真。老李说，你这话只说对了一半。我这人最大的特点就是追求人性的自由和解放。五十大几快退休的人了，不能一辈子锁在一个要死不活的杂志社工作。我得丰富下人生，挖掘一下人生的潜力，看我能不能做点有挑战性的活儿，既刺激又赚钱。你看，我在相貌上有优势。

铁娃笑道，你这还算一表人材？放在过去还凑合，现在日薄西山啰。老李哧地笑道，这你就Out了。人盯人是私家侦探的看家本领。你要我风流倜傥，貌比潘安，可是大错。那不是我盯人，而是别人盯我。盯梢，就是要隐没在人群里，一点都不扎眼。铁娃笑起来。他左看右看，觉得老李手脚灵活，其貌不扬，还真是那个事。离婚多年的男人因生活的凌乱而因陋就简，呈现一派残枝败叶的暮气。

铁娃高声叫：香香，再来两瓶啤酒。香香应了声，就低头在服务台的后面搬啤酒箱子。老李又压低嗓门说，以后别问老板的事，他们不是真夫妻。铁娃又是平地一声惊雷。老李说，待会儿再讲给你听。铁娃萎靡的心立时有了兴奋。

香香再拿酒到桌边时，铁娃便认真地抬头看了一眼香香。他在想，这女人也真够色胆包天啊。那男人能把香香搞上手想必也是有两把刷子的。他想起老李的老婆看上跛子厂长的事。老李曾说，男人要么有钱，要么有权，不然老婆就是给别人代养的。女人就像树上的鸟，总是攀高枝的。男人不就靠这两样吸引女人吗？想到这里，他又恍然觉出水莲的好。水莲何曾因为他穷他地位低而嫌弃他呢？她抛弃的是他的不忠。看来，自己看上的女人才是世上最珍贵的女人。可我怎么糊里糊涂将她弄丢了呢？唉，想不清。世上也没后悔药卖。

两个人在回返的路上，老李告诉铁娃，香香和那个男老板都是进城打工的。男的四川人，女的恩施人。打工的人组成临时夫妻，已是打工界公开的秘密。铁娃说，这样不好。这样对得起在家守家的那一个吗？老李说，怎么叫对得起，对不起呢？离井背乡，自己舍不得吃舍不得穿，赚点钱都往家里寄。他们也是在为家庭付出啊。关键是他们年纪轻轻，性饥渴。人的道德能挑战人的本能吗？人无论怎样进化，都脱不了动物性。铁娃想起自己在外找女人不也是情有所迫吗？他妈的，全怪水莲太不宽容了，错一次就打入冷宫。你水莲不让我碰，我总不能天天自慰啊。那东西经得起几扯呢？再扯都要拧下来喂狗了，严重下去还可能狗不理！他想，这离婚后的日子，解决性问题应该是天高任鸟飞了。

铁娃说，这个男老板完全可以叫自己的老婆过来，开自己的夫妻店不是更省事贴心吗？老李说，上有老下有小，能来不来肯定有他不得已的理由。铁娃问，香香呢？香香家里是什么情况？老李说，香香的儿子读高中，男人在云南一建筑工地打工。两人过年才能见次面。铁娃说，他们可以在一个城市打工啊，何必一个南一个北？老李说，这个我也提过建议。可香香说，在云南找不到现在这个工资。女人进工厂受不了三班倒，只能在酒店里端盘子，而且像她这个年龄，大酒店不会要，只能当洗碗工清洁工。铁娃不断地摇头叹息。

老李说，你看他们现在这样子，对外称夫妻，我不说你晓得个鬼啊。两个人都各取所需。钱挣了，性也得到满足，不是两全其美吗？铁娃说，他们的家属竟然不来看他们吗？老李说，你以为农村人没钱还搞个探亲旅游什么的？他们出趟门可是精打细算，一分一毛都要用到刀刃上。要是来个突然袭击那可就惨了，铁娃真的很担心。这样的明目张胆，胆大妄为，简直就是吃了豹子胆了。老李说，伙计，你这就叫杞人忧天了。你以为香香会相信他男人在云南没找女人吗？打死你也不相信吵。铁娃说，看来婚姻的真谛就是装糊涂。香香还真是聪明人哩。老李望了一眼天说，是啊，婚姻就是一门糊涂学。

铁娃瞟了一眼鳞次栉比的小酒店，说，要是被家乡的熟人撞见估计也是有口难辩的。不过，这样的概率小。又问老李，如果把你老婆偷情的事放到现在，你会原谅她吗？老李说，我好像从没想过。铁娃说，那你现在想想。老李又看了一眼天空，说为什么不说你老婆外遇？铁娃说，我老婆爱干净。老李歪了下头，说，这个与外遇有关系吗？铁娃想了想，也是的啊。难道跟自己的老公就是干净的？不过，水莲正因为嫌我脏，才不再让我拢身的。老李说，自己的女人外遇，说到底还是男人无能。男人要像太阳一样，自己的女人就会像月亮和星星，一直绕着太阳转。铁娃说，伙计，你这算是一大发明。

老李说，若真放现在，我估计不会做那些过激行为。铁娃又问老李愿不愿意复婚。老李说，你问这些做什么。铁娃无语。他似在从别人的答案里寻求药方，又觉得他们的病痛并非一处。他的药治不好他的病。何况老李的生活也成了顽症。现在这样地磨牙，不过是一种探讨，无话找话。自从离婚后，铁娃开始对婚姻多了一些思考。他觉得婚姻是人类给自己设置的一个最大利益集团，也是最可怕的紧箍咒。他现在就被自己的利益集团清退了。利益受挫。无论是精神还是物质，都受到重挫。

老李沉浸在话题里。他有一搭无一搭地回答着铁娃的咨询。铁娃像个爱提问的孩子，对老李的生活充满了好奇心。老李也很受用。他在铁娃面前像一座富矿，可以挖掘不止。老李的内心世界几乎不设门。陌生人以为有门，只要接上话，就会发现即使有门，也是虚掩着的。目光一碰，就会吱呀一声打开。

老李说，复婚几乎不在考虑之列。轻舟已过万重山。我们都经历了那么多，都不再是原来的两个人了。如果孩子小，看在孩子分上还有可能。现在，我女儿都要当妈妈了，我还有那个必要走回头路吗？毕竟那也是无法抹去的伤。两个伤痕累累的人在一起还能严丝合缝吗？不可能了。与其让记忆复活伤痛，不如放手，永远放手。

铁娃说，时间是个橡皮擦，会抹去很多东西。铁娃说这话的时候，想到的是时间会让水莲平复对他的恨，也会冲淡他与水莲婚姻的温度。以后的结局会是什么样子，我与我的结发妻子还能在一个屋檐下生活吗？按老李的说法，是很难了。可他身体上有一根筋固执地搭在水莲一边。与任何人对话，他依然是有老婆的样子。他一边大肆地宣扬着夫妻经，在外人眼里演绎着夫妻和谐的独角戏，一边心里虚寒着。悔恨都留给自己默然地吞咽。两个人这样地话不离口，走进了杂志社办公楼。

一刀似乎一直在守株待兔。铁娃屁股刚落座，一刀就推门而入了。铁娃纷乱的神经被酒分子搅得满天飞。他其实是打算喝杯茶，然后在沙发上眯会儿觉的。他需要安静，需要修复，需要清空。这女人简直就像一个劫匪，横刀夺爱。他很不客气地挥挥手，示意一刀出去。可一刀偏有一肚子的话要等着倾倒的样子。一刀开口了。一刀见他一脸的酒色，样子又一番愁苦，她一番劝勉的话便缩了头。她的话转了个弯，问的是组名人稿的事。哪知，铁娃就借题发挥了。铁娃的怨气便一发而不可收了。他对一刀的积怨是从被水莲扫地出门开始的。若不因为这个女人，他依然是水莲的老公。他的家里依然萦绕着女人的气息。他的生活里即使难免有争吵，依然可以叫人间烟火气，而不是现在的形影相吊和冷锅熏烟。失去方知珍贵，他深切地明白自己是需要婚姻的。如今生活是轻松了，可知冷知热的人没了，一起说体己话的人没了，一起分担喜怒哀乐的人没了，一起成双成对出入的人没了。他唇亡齿寒了。他失魂落魄了。他形单影只了。他自说自听了。他是他一个人的家。他被家清退了，比下岗工人还难受。下岗工人有可以公开陈诉的理由，他没有。他的理由很晦暗，见不得人，见不得光。下岗工人能赢得别人的同情，他不能。他只能一个人隐忍着。

一刀也光火了。一刀对铁娃已够宽容了。一刀是在工会主席老谭回来汇报了家访情况后，打算对铁娃来一次体贴式调研的。家访回来的老谭说，铁娃离婚了。一刀暗暗有些吃惊，怜悯之情油然而生。老谭接着说，他先是不愿意接受家访，后来又不愿意让我们去他家。到了他家，发现他住的是个老二居室。他不是早炫耀过他搬大房子搬新家了吗？我们进了他的屋，茶还没喝一口，他就急着要带我们去酒店吃饭，说酒店有水喝。我们想参观参观他的房间，他竟有些恼怒。我离开的时候悄悄推开了他的卧室门，发现床上只有一个枕头。丝毫看不出女人生活的迹象。后来，我问他夫人呢？他说出差了。我还想再问关于他们夫妻感情上的事，他有些不耐烦地岔开了话题。后来，我们吃完饭，我问了小区的居民，他们说至少一年没见过他妻子。临分手，我低声问他，你婚姻上是不是出了问题？要向组织说实话。铁娃看我一脸正色，才说，是离了。都一年了。希望我给他保密。老谭是快退休的老职工，是经历过文革的人。他说，社长，我觉得我不能欺骗组织，所以，我如实向您汇报。一刀听了心里有些五味杂陈。她说，按他说的办，保密吧。毕竟离婚现在要算个人隐私。组织可以知道也可以不知道。

一刀算了算，铁娃离婚应该是在自己任内。出这样的事多少与自己有关。一刀对铁娃便有了自责。她是想来关心关怀慰问的，不料铁娃竟是这样无礼。一刀的火爆脾气也是一点就着的。她允许自己向别人主动道歉，却不容许别人对自己不尊。她不露声色道，现在是工作时间了。刚规定中午不许喝酒。怎么政策一出台，你就首先闯红灯呢?

铁娃可不依了。我喝酒怎么了？我喝你的酒了吗？我喝酒影响工作了吗？一个穷杂志社，不抓钱，只抓人。皮之不存，毛将焉附？我看你还能抓几天。你就等着我们一个个辞职吧！你当你的光杆司令去！

一刀也不依了。一刀指着门口，说文学树的大门每天都敞开着。谁想走，一个不留！针尖对麦芒。一刀心想，老子好心遇到驴肝肺了。不是我一刀来当社长，你几时能坐到主编的位置？有些人想了一辈子的交椅，我轻而易举就拱手相让了。你还要我怎样？你离婚是在我任上，可我要你离婚了吗？我才上任一年多，就能影响你们几十年的夫妻情？那也太神化我这个社长了吧。当然这些都只在一刀心里叫嚣、诘问和抗辩。一刀的嘴上却是不依不饶。你铁娃说一句，我要说出十句来。我就比你狠。于理于情，我都没有冒犯你的意思。是你狗咬吕洞宾，不识好人心。铁娃最怕与女人吵架。他简单粗暴了。他指着门口，吼一声：滚！就背朝门，头仰到椅背上闭目养神了。

两个人的争吵震动了三层老楼，惹起了整栋楼的窃窃私语，也引来了闻风而动的老李。老李从门后进来，往一刀摊开的手掌里塞进一张纸。一刀扭头一看，老李正顽劣地笑着。一刀决定调转枪口。一刀狠狠地瞪了一眼：你捣什么乱？老李依然一脸淡泊的坏笑。置身事外，又身在其中。一刀扯开白纸，只见“辞职书”三个字赫然醒目。一刀一掌推开老李，一股旋风急冲冲回了办公室。老李好半天才耷拉着一双胳膊被请到眼前。

一刀问老李辞职理由。老李只努了努嘴，意思是纸上都明白着哩。一刀只有一目十行地看。一刀只在发稿单上见过老李写的用稿理由，龙飞凤舞，寥寥几笔。读老李的文章却是头一次。一读才发现老李才华横溢，文采飞扬，简直如骆宾王的《讨武氏檄文》，可以发表，可以传世。她着急了，她惊愕了，她臣服了，她刮目相看了，她另眼相向了。这个迟到惯犯，这个花心浪子，这个不怕开水烫的死猪，竟然写得一手字字珠玑的锦绣文章。这样的编辑可不多。世有千里马，然后才有伯乐。这样的编辑怎么能白白流失？一刀开始自己扫雷了。她投降了。她反思了。她想文学树这小小的深潭里还藏有多少蛟龙？她太狂了，太自负了，太自以为是了。她小看这棵文学树了。她是前任社长搞不下去了，杂志一年发行不到一千份，文学树近于枯萎，人员下海的下海，出国的出国，调离的调离，四分五裂，兵微将寡，她是临危受命来了，她是当救世主来了。一个字，穷。一个单位的穷，也像一个人的穷。人穷便志短，人穷便在人群里自矮三分。她敢对达官贵人为所欲为喝来唤去吗？不会；她会对着灯火辉煌富丽堂皇的大厅颐指气使大呼小叫吗？不能。她居高临下，她大刀阔斧，她盛气凌人。一半是因为她的军人气质，她见不得拖沓萎靡，见不得扯皮拉筋，见不得玩世不恭；一半则是她骨子里对文学树怀了轻贱的歧视。人必自辱而后人欺，小到单位，大到国家，也都一样。

她提出以后他的工作时间是自由的。他甚至可以一边当编辑一边当作家。老李嘿嘿冷笑。老李可看不上这些妥协。他要的远不是这些东西。一刀要老李开条件。老李没想到事情会忽然峰回路转。一刀一句话竟让他觉得一世界美好的东西像街上的柳絮漫天飞舞蜂拥而来。他需要的太多了，根本的有两条：一是钱，二是自由。老李与铁娃都提到了钱，多么俗气！我们的文人一心钻钱眼了。他们怎么一个个都那么低俗，全然没有文人的高雅与纯粹。钱让一刀非常反感。正是钱夺走了她的婚姻。钱又让她吃尽了苦头。她选择到文学期刊来应聘，只因为文学是精神的庙宇。她想脱离金钱的低级趣味。

老李最后的通牒是：杂志社如果不能改变穷的命运，我们都会走光的。一刀沮丧极了。一刀说，俗话说得好，儿不嫌母丑，狗不嫌家穷。文学树在八十年代也是风光过的。那时你们也得过她的好。杂志社这么多员工都是名牌大学毕业的就是明证。现在她穷了，你就想另择高枝。浅处说，是你对杂志社不讲感情；往深处说，是缺德。见利忘义，忘恩负义。看得出你还是个有骨气的文人。文人向来崇尚威武不能屈，贫富不能移。人有高峰低谷，一个单位也有曲折起伏。我们为什么不是选择同甘共苦，重振雄风，而是自暴自弃，远走高飞呢？

老李第一次近距离听这个老女人的专题训话，但老女人的话确有振聋发聩的力量。一刀在继续做军营式的思想武装。我们为什么不能像爱母亲一样爱我们的单位呢？单位与母亲的角色至少有四点是吻合的：一、她与我们朝夕相处，是我们事业立足的地方；二、她给我们工资和福利，给我们提供最基本的生活保障；三、单位是除家庭以外陪伴我们时间最长的地方；四、单位让我们感受集体的温暖和力量，为我们成才和奉献社会提供平台。当然，若对人宣称，我爱单位就像爱自己的家爱自己的母亲一样，似乎有些矫情，像豪言壮语，像模范作报告，可事实就是这样。单位也是有体温，有灵性，讲感情的。举头三尺有神明。你对她不离不弃，真心付出，她心中有数，总会回报你的。她以静默的方式俯瞰着众生。谁全心全意，坚持到最后，谁就是最终的受益者。

一刀说，给我时间，给文学树一些耐心。我们一起来让杂志社脱贫好吗？老李发现一刀的舌头不是舌头，是刀片，锋利无比。老李嘿嘿地发笑。他笑了好半天，笑容凝固在脸上，让他陷入了一种新的沉思。不错，他是因为热爱文学才读中文系的，因为有个作家梦才进杂志社的。现在让他一下子连根拔起，心里怎会没有一丝疼痛？他在沉默了半晌以后，受理了一刀的妥协。他答应一年，留任一年。一年内没有转机，他继续走人。他说，人各有志。你有这样的思想境界，我没有；你是在组织面前立下契约的，我没有。我在文学树杂志社干了一辈子，最美的青春献给了文学树。在这里结婚，也在这里离婚；在这里致富，也在这里受穷。听说你是个女强人，我对你是抱有幻想的。但说实话，我依然看不到希望。你能告诉我，你能给杂志社带来怎样的转机？一刀说，我不能肯定我能让文学树像八十年代那样红透全国，但我相信长江不断流，文学树常青。

铁娃第二天在下班的路上依然与老李不期而遇。铁娃起初以为老李出场及时，大有英雄救美的英雄气概。后来到底觉得老李还是一副软骨头。他不知老李怎么瞬间就被收买了，当了甫志高。甫志高背叛的是组织，老李背叛的是他自己。老李刚刚在铁娃心中树立起的英雄形象便訇然倒塌。他原来对老李的笃信不疑也产生了根本的动摇。原来人是一种极易变节的动物，连老李这样我行我素的人也可以被组织收买。

老李照例重复着昨日的形象，一个塑料袋里晃悠着他形单影只的生活。日复一日，年复一年。不同的是今天眼里多了些神采。铁娃故意低头，准备装没看见走过去。老李却主动打招呼了。老李说，铁娃，我给那老女人一年的期限，一年不行，我继续走人。铁娃没有回答。老李走出老远，又回头大声说，饯行酒不会白喝的。

铁娃觉得老李这人琢磨不透。他是打算步老李后尘的。只要老李当侦探赚到钱，下一个辞职的就是他铁娃。杂志社是铁饭碗不错，可这铁饭碗现在成铁公鸡了，拔不出一根毛了。杂志社成了一个垂暮的女人，人老珠黄，门前冷落车马稀。我为什么还要对她痴心不改恋恋不舍呢？老李那些陈述的理由还没变成行动，却将铁娃说得心动神摇。这是老李没料到的。铁娃犹豫不决的是自己往哪里跳。他可以把铁饭碗变成泥饭碗，但前提是泥饭碗要像景德镇的泥巴，能烧成景泰蓝。那样，铁饭碗打个滚，仍旧成了金饭碗。这才是他想要的。他不可能像老李那样做私家侦探。那样即使发了财，也是见不得光的。弄不好被人打得残脚破手，更坏的是锒铛入狱，身败名裂。工作上偷鸡不成倒蚀一把米的事打死他也不会干的。想当初，十年寒窗苦读，人人争过独木桥，不都为端铁饭碗吃国家饭吗？况且君子爱财，取之有道。他不想让一世界的人耻笑他，更怕水莲对他彻头彻尾地失望。可老李这个摇旗呐喊的人首先打了退堂鼓。铁娃就有些哀其不幸，怒其不争了。

第5章 其实不想一刀切

铁娃自从与一刀吵了架，心里就有些发虚。他毕竟是受了她恩惠的。虽然执行主编在官职上入不了正册，与孙行者得的弼马温差不多。可与过去漫长的苦煎青春怀才不遇相比，至少算得上矮子爬楼梯了。第二天他上班的心都没了。一身的雄心壮志都泄了气。他磨磨蹭蹭起了床，一直到日上三竿才往单位去。

到了杂志社，办公室老闫就通知下午开会，开全体员工大会。铁娃愤愤地说，又谋财害命。老闫竖起大拇指，压着嗓子说，兄弟，这里也只有你敢发出点声音。铁娃说，哪里有压迫，哪里就有反抗！

一刀依然坐在跑道桌迎门正中的位置。她环视了一周，问都到齐了吗？办公室张主任应声起立，再将全场扫描了一遍，说，除了老李，都到了。一刀便说，老李在家写个材料。我们开会吧。话音刚落，老李进了门。大家便轰隆大笑。老李习惯性地往迟到席上就座。一颗头像失了水分的瓜垂在脖茎上。一刀尴尬了。她与老李的君子协定是私下的，不能公开的。如果公开，就成为所有人以辞职和违纪要挟她的借口。这也是她没想周全的地方。一刀想让老李不坐迟到席，可老李似乎心安理得。那就随他便吧。

一刀又说，我还有件事向大家说明，我本名叫姚依林，谐音是“要依您”。发现这个谐音，还要感谢铁娃同志，是他一语点醒了我。铁娃便想，这话猴年马月了，她竟记得！

那天也是他的手机像手雷炸掉婚姻的那一天。当时女老板卷心菜没叫一刀社长，而是称姚姐。当时，铁娃就冷笑。这绰号有意思。铁娃便戏问一刀：社长在什么院工作过？一刀不明就里。铁娃继续说，她不叫您窑姐吗？一刀正色道，我姓姚，当然叫姚姐。铁娃调侃说，哦，这姓好。这姓出名人啊。一刀说，出什么名人了？铁娃说，四人帮中不也有个姓姚的吗？一刀便沉了脸。卷心菜奇怪了，下属竟然不知道领导姓甚名谁？铁娃说，我们只知道她叫一刀。一刀好，一刀有杀气。一刀下去，片甲不留。一刀嘿嘿直笑，说你损我哩。我的名字很温柔的啊：姚依林。铁娃便像发现了新大陆，嗯，不错，要依您。民主！

一刀说，希望大家不要误解。以为我这人说话办事喜欢一刀切。我其实是崇尚集思广益的。一刀是我的笔名。因为我用一把小刀作画，所以，画界的朋友都叫我一刀，后来，我也就取了这个笔名。大家可能没见过我的画。今天我正好带来一幅，请大家过目，也欢迎大家批评。又展出一把焦煤小刀，说，这就是我作画的刀。

杂志社十三颗人头齐齐地伸长脖子，像一群鸭被人提拎着。拎着的人忽地将手一松，大家立即缩回脖子，摇头晃脑，发出一片嘘声。一刀站立着，两手拈着一个斗方的画角，前后左右地展示。大家都疑惑：小刀也可以作画吗？这老鹰展翅，形神兼备，桀骜不驯。琥珀般的眼睛射出凌厉的光，咄咄逼人，望而生畏。人说字如其人，看来也画如其人。那山瘦硬如铁。那水柔曼若云。这些真是一把小刀能做到的吗？

一刀说，其实有句话我特别相信。那就是世上无难事，只怕有心人。我们每个人都有颗私心，但更要有一颗公心。只有有了公心，私心才有安放的地方。人心齐，泰山移。昨天，我去逛了一下图书城，去时兴冲冲的，到了却凉嗖嗖的。为什么呢？五年前，这里一栋楼全是书。上上下下川流不息的都是人。现在去，一楼和二楼都成了小商铺。三楼的卖书区很小。我当时脑海里就现出一个浅水湖的形象，像敦煌的月牙湖。我们的书店正在被沙漠化啊。最近，北京一夜之间倒掉了上百家实体书店。上海著名的《沪上晚报》宣布停业。昨天，我在宜昌的一个朋友寄来他主编的《三峡文艺》，这份刊物在八十年代也算是全国有影响的市级文学刊物。可我打开杂志，几乎找不到一点文学的身影。我的心又凉了半截。我想说的是，科技的革命，社会的发展，正对所有的纸媒提出前无未有的挑战。文学树杂志的生存压力显而易见。文学树杂志作为我省第一品牌的文学期刊已走过五十多年历程。杂志社的同志需要生存，文学更需要阵地。我从走进文学树杂志社的那一天起就有一个梦想，那就是：长江不断流，文学树常青。没想到这句话话音一落，全场掌声雷动。

掌声鼓舞着一刀。一刀环视大家说，我相信这也是每个人的梦想。文学是养人灵魂的艺术。文学期刊作为文学的主阵地，没理由没落和消亡。即使是数据时代的到来，我们依然需要纸媒。纸可以世代传承可以不被篡改。这是我能想到的两点优势，还有很多不可代替，需要我们坚守。我现在提出的问题是，同志们，时代变了，我们应该怎么办？大家能不能为我们共同的梦想出出主意？

铁娃说，现在是消费至上、娱乐至死的时代。人都一心往钱看。即使赚不来钱，也图个个人享受。他愿意打牌赌博，看看电视，或者唱唱卡拉OK，洗洗脚，找几个人磨牙，也不愿坐下来读读书。读书的都是我们这些搞文字工作的苦行僧，觉得一书在手，乐在其中。我一个大学同学现在是全国知名人士。他在接受中央电视台采访时说，他去美国和西欧一些国家，一进地铁，非常安静。一眼望去，十之八九都在低头看书。但是，在北京、上海，地铁上你几乎见不到一个读书的人。多数人是喋喋不休地八卦，或者玩手机，打游戏的声音不绝于耳。这就是我们的国民素质。他们做过一个调查，日本、美国和欧洲一些国家人均一年读四五十本书。中国呢？中国人均一年读不到一本书。在这样的大背景下，你有什么力量对抗？

一刀喝了口水，说，铁娃同志，记得你提醒过我，说话办事不要一刀切。我觉得你分析的有道理，但绝不是全部。正因为现在是个少有人读书的时代，所以更显示出我们工作的必要性和紧迫感。不读书的原因，有环境的因素，也有我们做书人的因素。我们做的刊物面目可憎，读之无味，还贵得咬人。这就是我们的问题了。现在，人们的生活节奏加快，总是奔波在路上。我们能不能提供便捷的快餐？比如，我们的杂志不要重得像砖，拿在手上死沉死沉的，块头又大，卷着摊开包里都放不下。我们不妨向轻型文学转型。行话我说不好。我认为就像女人的化妆小样，可以放到随身携带的包里，随时取用。既轻便，又实用。在装帧上，我们的杂志可以小巧一点，封面上艺术一点，纸张轻薄一点，内文更贴近人们的生活一点。这样，我们既坚持了文学，又适应了读者。你们看，这可不可以成为我们的一个办刊走向？

同事们都像鸡啄米似的点头，好一阵蜂飞蝶舞的嗡声。铁娃哧地一笑，说，前提都不存在，后续你做得再好，又有什么用呢？人家是任尔好书歹书，我自坚决不读书不买书。不问远的，你就问问我们自己，有几个人到书店买过书？

老李说，我发现一个现象,就是那些发了财的商人都爱附庸风雅。你看他，敬杯酒他还要说且慢，听我吟一首诗：美酒千杯难成知己，清茶一盏亦能醉人；君子之交淡如水，小人之交甘若醴。不求甚解，却牵强附会装点门面。大家一齐高声哄笑。老李接着讲，发了财的土豪们总以和文人同桌吃饭自豪。在酒席上时不时来段古诗词背诵，或者备好纸墨，一顿酒足饭饱，请文人墨客现场挥毫泼墨，是常有的事。我就参加过好几次,当然是被朋友喊着去混吃混喝。有时书画家事先没带印章，事后商人还几次三番登门送礼,一定要盖印为证。我认为这是个可喜的文化现象。发了财的人如果文化水平不高，是要受人闲谈的，而一个有文化的人即使受穷也容易受到乡人的尊重。这就是中国的传统文化。不说那些暴发户，说说我们吧。试想想，在我们的脑海深处影响我们审美判断的还是那些经典的文学作品。说起吝啬鬼，我们就想起葛朗台；说起人丑也心灵美，我们就想到《巴黎圣母院》里的敲钟人；说起精神自慰，我们就想到阿Q；说起妓女也讲真爱，我们就想到茶花女；说起身残志坚，我们就想到保尔·柯察金；说到以身殉国，我们就想到楚辞中的屈原。谁也不能抹杀伟大的文学作品在推进历史进程中的作用。这作用看似微弱，却像清泉潜入土地，是润物无声，潜移默化的，可以说甚至伴随人的一生，透骨彻髓。谁能否认文学的力量呢?

铁娃起身将老李拉到自己旁边的空位上坐。大家用掌声表示赞同。铁娃说，老李讲得很好。可他说的仍然只是一部分发了财的人和像我们这样的书呆子。据我所知，很多暴发户除了小时候上学读过几本书，后来的成长路上连书皮都不曾碰过。但是，现在社会流行的是一个“富”字。高富帅，白富美。年轻人择偶，是这样，“富”字是中心，是终极追求。远胜过去“三转一响”。有钱人追求遍地流金，无钱人追求物欲横流。不是有小伙子为冒充高富帅，逼母亲卖肾的吗？这就是我们的年轻人。说到底有钱人掌握和主导着话语权。可他们是天生鄙视文化的。就像和尚出身的朱元璋和文盲打手出身的魏忠贤一样，他们自身的文化水平不高，所以对高深高雅的文学有天生的抗拒。他们的选择又瘟疫一样影响着社会。

一刀按捺不住了。她听出了她最厌恶最鄙视的铜臭气。她断然起立，打断了铁娃。她说，我与铁娃的看法恰恰相反。我认为人往往对自己不曾达到的东西恰充满无限的向往，就像上一代没进过大学门的家长拼死拼活要让下一代考进大学一样。老实说，文学也是我的短板。我十五岁就出去当了兵，文艺兵。那时，文化课基本被耽误掉了。我听说萧伯纳也是十五岁就因家贫而辍学的，但后来他成了英国伟大的戏剧家，而且在1925年获得诺贝尔文学奖。他把当时这笔约合8000英镑的奖金捐出去,创立英国瑞典文学基金会。我之所以应聘当这个文学杂志的社长，其实是受了他的鼓舞的。我不会写那些漂亮的文章，不能当作家，却能为作家服务，为文学服务，就算弥补了我人生的一大遗憾。我坚信只要有文字在，就有文学在。任何时代背景下，人总是精神的人，是需要灵魂抚慰的人。我们的文学正是治疗文化贫血和道德滑坡的一剂方子，是人们精神交流的家园。

不知谁领头拍起了巴掌，随即十三名员工全都爆发出热烈的掌声。一刀转头，她见到了铁娃脸上平和的笑容。这让她深受鼓舞。

张主任说，我谈点个人不成熟的想法。张主任五十多岁，穿着打扮很时尚很花哨。花上衣，白长裤，白皮鞋，头发在脑后束一个小扫把。外人初见都以为他是艺术家。他也是个离异人士。与老李不同在于，他二结二离，目前的妻子是第三任。张主任不缺钱，这是大家从他油光可鉴的行头上一眼就能看出来的。有人背后称他是穷庙里的富和尚。

张主任说，我是兼做发行的。文学树一直以来发行渠道主要有两条，一是发动全体职工，下指标订刊。特别是利用编辑的发稿权利和社会资源，实行任务摊派。二是通过邮局，社会自由订刊。前面这条路走得很没面子，后面这条路又越走越窄，都像一条本来水量不足的沟渠，现在渐渐干枯见底了。我建议，我们既不要低三下四，也不要过于清高。不低三下四，就是不要去求别人，或者用不光彩的手段要别人买我们的杂志。不清高，是我们不要把自己当作一个纯粹的知识分子。我们虽然还是事业单位，但本质上讲，它更像企业。我们是出产品的事业单位，说通俗些，是对作者的来料进行深加工的工厂或者车间。做好我们的产品是第一位的，但销售出去，获得利润，才是我们的目的，也是我们的生存壮大之道。应该怎么办呢？我想过很久。一是要把我们的杂志铺到人们生活的最前沿。比如，候车厅，报摊，地摊，相对稳定的零售书店。二是要与网上书店书商建立业务往来。我们也可以打折销售，送书上门，书到付款。三是要投放广告。我们的刊物是个老牌子的刊物不错，比共和国小不了几岁。但老百姓不知道啊。我们先不做全国人民家喻户晓的美梦，我们先立足武汉总可以吧？武汉有多少人口？一千万人有吧？这里还是高校云集的地方。除掉那些没钱买书的，没时间读书的，没兴趣读书的，舍不得花钱买书的，总不至于像我们现在一千多本的发行量吧。如果没有财政给我们发工资，靠这点发行费怎么能生活？十几号人喝这点老鼠尿，嘴唇都打不湿啊！

老李说，张主任的话乍听都有道理。但是，有一句话我不赞成。你说我们是个企业是个工厂，销售出去获得利润才是目的。我觉得不准确。至少是不完备的。这样的结果就是迎合市场。就像《三峡文艺》，一味地迎合，而少了应有的坚持，那她连自己是谁都丧失掉了。我觉得文学杂志完全走市场对文学的坚守是不利的。就像百花园里千姿百态，没有哪两种花是完全一样的，但正因为各有特色，才吸引了众人的目光。所以，我们应该做到的不是迎合，而是坚守；不是随波逐流，而是独一无二。我们只有坚持了原创的特色品质，在全国文学期刊中确保了我们的原创品牌，我们就在这一领域占领了潮头，成为读者的首选。人的选择是多元的，但我相信总有人选择了文学。现在看似人们的选择被泛化了，但具体到个人，仍有与文学死磕的读者。他们正是我们的上帝。我们要吸引和保护的正是这拨死党，要悉心呵护他们对文学不离不弃的热情，而不是让他们因为读不到理想的作品而失望地离开。吸引优秀作品，无疑需要高稿酬和杂志在全国的声誉地位。所以，我建议要申请政府的扶持。政府能拿钱修路建楼堂馆所，为什么就不能投资文学呢？文学也是精神文明啊，而且是精神文明的源流和载体，是国家的软实力。我党不是提倡物质文明与精神文明两手抓，两手都要硬吗？这个能不能要来钱，就要看主要领导的工作了。

一刀在笔记本上做了个重点符号。

铁娃说，全国很多地方都把杂志改企了。政府觉得鸭子甩到水里死不掉的。你要政府投钱那不是逆流相向吗？老李说，那些让文学杂志改企的领导都是短视的。别人什么服装啊娱乐杂志改企是可以的，可文学不一样。文学的阵地丢了，那一个民族的精神支柱可能就离瘫痪不远了。铁娃说，我赞成你的看法。但是，如果政府投了钱，依然没人看依然没人买，也是可能的。大环境是这样，我们总不能站到马路上，把我们的杂志硬塞到人手里扯下别人的眼珠子让人看吧？而且，现在是个日趋电讯化的时代，人人手里拿着一个手机。一机在手，什么都有。即使喜欢读书的人花三元钱就可以在网上读到一个长篇小说全本。谁愿意掏十元钱买我们一本文学杂志？

一刀点头。她说，降低成本，让人买得起，这很重要。编辑小罗说，我家儿子一天到晚就趴在网上看网络小说，什么仙侠、穿越。我把杂志拿回家送到他鼻子底下，他闻都不闻。大家又稀拉一笑。

编辑老任说，有人说屏显会取代纸媒，我认为简直是无稽之谈。我们看来稿都愿意看纸质的，不喜欢盯着电子屏。眼睛受不了啊。阅读能离开眼睛吗？何况文学是文字的盛宴，更需要反复地玩味咂摸文字。我们的生理条件决定了文学纸媒永远不可能消亡。电子屏固然省事，传输和储存也便捷，但我可以肯定的是一旦说到读书，我们首先想到的还是纸质阅读。期刊在手，可以随时停下来抽支烟，或者放下来回味一下，看到喜欢的字句可以折个记号。阅读其实是包括由外到内的一种审美。看着装帧，闻着草木油墨香，这是电子阅读办不到的。一刀微笑道，老任说得好，这就是文学树应该抱有的信心和前景。

张主任说，热干面从一年前的一块伍涨到现在四块，人们还是纷纷掏钱买。可我们涨一毛钱，读者就会嫌贵，骂我们瞎涨价。我看关键还是一个必须与非必须的问题。文学对生活来说可有可无。所以，做这种不对等的买卖，我们心理上首先就要打折扣。

铁娃说，其实我们都看到了问题的症结。但我敢说，谁也别想对抗时代。时代是泰山压顶，是洪流泄闸。在时代面前，我们都是小小的蚂蚁，只能低头和顺应，而不是对抗。为什么八十年代是文学的黄金期？我认为根本的原因有两条。一是经历了文化大革命十年浩劫，人们从思想文化的摧残和禁锢中解放出来，文学成为一个时代精神倾诉的载体。人们也渴望在文学里寻求精神寄托。二是文化生活的单薄，文化渠道的单一，文化样式的单调，使文学期刊的思想性娱乐性和丰富性得到凸显，被众星拱月推到了前台。现在，人们的文化生活极端多元化，特别是在经历了改革开放后，让一部分人先富起来，社会贫富差距巨大，有人过上了纸醉金迷的生活，大部分人还在为上学、住房、医疗、养老发愁。贫富差距的拉大，让人们不再满足于精神的富有或者文学的画饼充饥，进而转向对物质对金钱的疯狂追求。所以，文学被淘金大潮冲到了岸边，冲得四分五裂，七零八落。我们就是被冲碎后依然苟延残喘的那一拨。而有的早就像浪花一样被肢解得无影无踪，连渣都看不见。所以，归结起来，还是时代的因素在主导人的选择，在重新分配社会的成分。铁娃一句话将所有人的情绪再次推入低谷。

一刀不依了。她急性子脾气一上来，就开始打机关枪了。嘟嘟嘟，她火星四溅。她声腔提高了八度。她说，铁娃，你这个人眼里看到的怎么尽是刺，而不是花呢？我们今天是要众人拾柴，现在火还没点起来，你就一瓢一瓢地泼冷水。你这样与文学树杂志社过不去，灭自己的威风，长他人的志气，是什么意思？儿不嫌母丑，狗不嫌家穷，怎么说文学树也养你几十年吧？

铁娃觉得这女人愚蠢得狠，完全听不出倒正是非。他索性也露出了铁榔头。铁娃说，那你就一个人唱高调好了。你到底是经历过文革大跃进的人，喜欢听颂歌，喜欢浮夸，喜欢水数字。我还以为，你这50后的人经历过上山下乡，经历过饿肚子，能吃苦，有战斗力，没想你也不过是个孬种！你想来这里捞取你的政治资本，在穷庙里当富方丈，你就拨错算盘珠子了！让你这个外行来领导内行，一个只会搔首弄姿的女人来领导爷们，宣传部也真是瞎了狗眼！

听众都震撼了。有人跟着吐出一口恶气；有人看戏不怕台高；有人冷眼旁观，事不关己高高挂起；有人觉得这仗打得有些无厘头。大家开始左顾右盼，开始众说纷纭，开始落井下石。

老李站出来解围了。老李在众声喧哗里起立。他的样子很孱弱。他的形象也从来不高大。他站与不站，都是棵豆芽菜，是石板下探着头的一棵秋草。老李说出来的话却掷地有声。老李说，你们两位都没错，但是针尖对麦芒了。铁娃冷了点，社长急了点。其实，铁娃的分析一点不错。他摆出的是问题，是病兆，也是病根。他不会绕弯子。他的话一针见血。他是个郎中，一眼看到了病根。所以，摆出来的话都是冷冰冰的，是脓血，很不体面，让人听了看了很不舒服。社长是急性子，性格属于多血质，火象型。她要的是方子，是解决问题的方案，是出路。她没耐心听郎中啰里吧嗦分析病因。这就是你们打仗的原因。其实你们的愿望是一致的。看到这一点，你们就不是对手，而是合作伙伴，是最佳搭档。

大家都鼓掌了。大家都刮目相看了。这个软柿子，这个边缘人，这个平时藏锋露拙的家伙！一刀转弯了。她的思维是火箭筒，也是及时雨。她会瞬间爆发，也会瞬间止步。是她带头鼓掌的。她还特别走到铁娃身后弯腰致歉。铁娃没有起立，目不斜视，甚至连头都没扭一下。一刀知道自己这样做是维护老李，也是安抚铁娃。老李看着铁娃，他猜不出一刀对铁娃的感情，是纵容是包庇是袒护还可能是别的什么，但他在那一瞬间明白，一刀对铁娃的宽容高于所有人。这个一刀砍不坏的铁头娃！

一刀说，今天的会议成果远远超出了我的意料。老李说得对，我们要看到前景，也要泼冷水。这就叫淬火炼真金。大家继续，继续奉献智慧。我就代表文学树，是个病人，向大家问诊求医来了。

铁娃不屑道，张主任刚才的营销蓝图不错，可资金呢？没有钱，什么也别想办成。张主任说，是的，至少先要建一支营销队伍。我一个人单干，纵有三头六臂也是不行的。铁娃哧地一笑道，说来说去，还是一个“钱”字。钱就好比一个人身上的血。文学树现在需要的是输血，然后才能造血。谁来给文学树输血呢？等天上掉钞票啰！

会计小马说，血库从来都是紧俏的。我们得去要，去化缘。向财政要，向有钱的老板要，还可以像提倡义务献血那样，发动读者自己掏腰包。长期客户可以享受一些优惠，比如可以发他一篇推荐来的或者他本人写的好稿子。铁娃笑着鼓掌，说好了，这都是你的职责范围。小马翻白眼说，凭什么是我一个人的事？我一个小跳蚤能顶得起一床大被窝？

一刀说，看来我这名字非得改回来叫。今天大家提出了很多金点子，这是我没料到的。萧伯纳有句名言，我们一人一个苹果，交换后还是一人一个苹果。但是，如果交换我们的思想，我们每个人就拥有了两个思想……

铁娃私下说，左一个萧伯纳，右一个萧伯纳。好像全世界就只有他一个作家。老李嘿嘿直笑。老李说，人家一兵妹子，这样已经很不错了。跟你啊，真是秀才遇到兵，有理说不清。铁娃也呵呵一乐。

这时，办公室张主任接到一电话，又将手机递到一刀手里，说，找您的。一刀接过电话，贴着耳朵说，在开会。正要挂断电话，却听出是房地产公司的郝总。郝总是房地产老板，兼业余诗人。一刀不住地点头，说好的，好的，应该的，应该的，您客气。姚依林挂断电话，看看挂在墙上的时钟说，一晃竟是半天过去了。今天的会就开到这里吧。我把私人邮箱公布一下，请大家有什么好的点子，发到我邮箱。我每天都会开邮箱的。

一刀接到这个电话，心里顿时云开雾散。她说，老李、铁娃、张主任和小马四位留下。其他同志散会。会议室很快空荡下来，一刀说，留下的同志今天中午和我一起参加一个宴请。张主任说，要不要叫个车？一刀说，不用。一会儿，他派车来接。铁娃问，哪个？一刀说，先留个悬念吧。铁娃说，知道悬念，竟自谦不懂文学？一刀笑道，这不是被你们和文学树熏陶出来的吗？在场者无不大笑。

铁娃说，等一等也好。等杂志社的同志们都下班回家了，我们再走，免得以为我们是搞腐败去了。一会儿，张主任接了电话，随即说，我们都下楼吧。司机等在下面了。

铁娃下了楼，一眼就瞧见坐在林肯车上的郝裕国。郝裕国黑森林般的板寸头特别夺人眼球，满脸的横肉更是颤抖有声，蓦然看去像油光发亮浑身流脂的弥勒佛。铁娃问一刀，是他请客吗？一刀目光前视，微笑着频频点头。她此时眼里闪闪发光，像扑向一堆金山。她没顾上回答铁娃，已几步上前与伸出车窗外的那双手激动相握。铁娃脑海里顿时想起郝裕国那首肉欲十足的诗：春天来了／怎不烦恼／昼看狗爬／夜听猫咬。还有一首是这样写的：你的红唇放飞我生命的青鸟／河水滋润阳春的枝条／冬藏的根苗／百媚千娇。这是什么狗屁诗！铁娃红笔一挥，稿签纸划成了两瓣。

一共来了两辆车。一刀坐上郝裕国的车疾驰而去。张主任张罗着其余的人坐另一辆车，司机稳稳地坐在车上。张主任拉开车门，殷勤地说，大家赶紧上车吧。铁娃却忽然退后，说，你们去吧。我想起中午还要出去办点事，就不去了。张主任说，这怎么行呢？老李和小马也说，答应得好好的，怎么又变卦了呢？小马说，这不是说曹操，曹操到吗？为杂志冲锋陷阵的时刻到了啊。铁娃淡定地说，不影响你们冲锋。我确实去不了。老李把铁娃拉到一边低声问，到底咋回事？吃了饭再去办不行吗？总是要吃饭的啊。铁娃说，我怎么像有当妓女的感觉？老李问，你说什么？铁娃说，我知道这个人的诗写得臭极了。你们如果为了那点银子，牺牲诗歌的尊严，任他嫖，你们就去好了。我不反对。我仅为我个人代言。老李愤然道，不当婊子那么容易来钱吗？文学的尊严算个屁。

铁娃说，你们去好了，我反正是不去的。说完，便挥手转身向院子门走去。老李无可奈何地摇头又摇头。他钻进车子，一路沉默。小马倒是欢喜得像个孩子。她反复说，看，被我言中了吧？张主任问，言中什么？小马抚了抚滑到鼻翼上的眼镜，向旁边的司机努嘴，又摆手。张主任会意地点头一笑。

大家到了东湖五星酒店，见一刀已和郝裕国坐到酒席的上首。一刀起身招呼落座。她起初以为铁娃落在后面，或者去了洗手间。郝总问可以开席了吗？一刀说，等一等，还有一位主编。小马说，他家里临时有事不来了。一刀满腹狐疑，愣了下神，就只当没请这个人，赶紧介绍主人和嘉宾。郝裕国长得天庭饱满，细皮白肉，说话也是声如洪钟。他提起茅台，给大家一一满上，说，你们都是我的贵客，也是我文学上的老师。我先干为敬。说完一饮而尽。

一刀在心里狠狠地骂着铁娃，犟驴，酸文人，臭骨头，不受抬举的东西。一刀一下就喝高了。她说，郝总，你比我年轻十来岁，但冲着你买我们一万本杂志，我舍命陪君子。你说，你能喝多少，我奉陪。小马说，社长您年长些，别伤了身体，我来。说着，便凑到郝总面前，媚笑道，郝总，我发现您是高富帅哩。郝裕国身子往后一退，说，我一米七的个子算得到上高吗？小马噘嘴道，您形象高大啊，须仰视才见。老李听了扑哧一笑，一口乳鸽汤全喷出去。汤水顺着下巴往下淌。他只得弓腰扯起桌布擦下巴。小马看了鄙夷地鼓了鼓眼珠子。

一刀红眼指着老李说，不能只顾着自己吃啊，快来给郝总敬酒。张主任凑过来说，我来敬。郝总可是我们杂志的大恩人啊。老李只得颤颤巍巍地举着小酒杯过来，说，郝总，您的诗歌有多少，我们给您发多少。稿子直接发到我邮箱就行了。郝总说，一刀社长，您这位下属口气可比您大啊。一刀说，他说的就是我说的。您放一百二十个心。不仅您写的诗，就是您推荐的任何一个人的诗，我们文学树杂志都敞开大门欢迎。

老李吞酒像喝水，一杯又一杯，醉眼惺忪的样子说，他妈的，牌子就是牌子，茅台就是茅台。郝总，您不可惜吧？张主任说，开什么玩笑，人家郝总缺钱吗？瘦瘦小小的小马又用胳膊推开两个男人，凑到郝总胸前说，郝总，我担心您那一万本杂志往哪儿放啊？郝总说，这个不是你关心的事。一刀也过来说，杂志别堆着，书不到读者手中就失去了我们工作的意义。郝总举杯与一刀轻轻一碰，说，社长您放心。到时您给我在杂志上印一个封条，赠仁爱地产高端客户。一刀笑道，还是郝总智慧。

铁娃独自走在回家的路上。开了半天的会有些饥肠辘辘。他想，妈的，老李他们现在正山珍海味胡吃海喝哩。唉，人各有志。他走到香香酒店的巷子附近，肚子更加闹意见了。由于早餐吃得简洁，一个馒头，一碗稀饭，现在早已粪化，颗粒不剩了。他停下脚步，打算去“好再来”吃饭，可一想自己与香香并不熟，香香是老李的朋友，也就犯了矜持。不去，不去。别让乡下打工女见出自己的落魄。他进了一家路边店，要了一碗热干面，呼呼啦啦吃起来。热干面里放了芝麻酱，营养又实诚，吃下一碗，喝几口水，立时就将瘪下去的肚皮撑圆了。他想就是这样，也比郝裕国的人参燕窝席吃得自在，吃得有尊严。

第 6 章

铁娃似乎一直没找到重回单身生活最舒适的姿式。或许是荷尔蒙分泌紊乱，他呈现在外表的处理事情的方式也是一片紊乱。他对人对事越来越没了耐心，硬得像铁。他的周身都似装了火药。一句话不投机，便成为一颗火星，可以立即将他引爆，也将他周遭的空气和人引爆。他不是铁娃，成了枪娃。

一刀社长是唯一宽容他的人。有时一刀会主动来到他办公室坐一坐，问他最近组了一些什么名人稿。铁娃非常漠然，甚至恼怒。他会暴跳如雷。他说，什么狗屁名人，我们认稿不认人。名人拉出的屎也是香的吗？趋炎附势，趋炎附势。你们真是为虎作伥。你们认为我们的社会资源被那些所谓的名人侵占得还不够全面不够彻底是吗？最近，我听一个在人民文学出版社出版过小说的作家说，他找××文艺出版社，问能不能出版他的长篇小说，想投来看看。那边回答说，我们年初就给编辑规定了约哪几个作家的稿子，除非是这几个作家的，否则投来我们也不会看。你看，这就是我们办书刊的。大家都盯着名人。名人因此坐享其名，粗制滥造在所难免。这种巴儿狗现象，我们为什么要参与？垄断永远是市场繁荣的大敌。我们就是要尊重自然来稿，主张沙里淘金，给每一个作者平等亮相的机会，否则我们的源头只会越挤越窄。你要搞清楚，我们办的是文学树，不是名人文学。名人也是人。名人也是从不出名开始的。都用名人的，自然来稿就不来敲门了。你知道吗？原来我每天收到的自然来稿至少有三麻袋，现在呢？现在有三份就不错了。

一刀是社长。社长是一船之舵手。水手的意见要听，但船行的方向和速度她得掌控。一个作家，从不出名到出名，需要多么漫长的过程。这可不像电视上的选秀造星，一夜成名天下知。作家却是千淘万漉虽辛苦，吹尽狂沙始到金。她没有这个耐心，她的任期只有五年。读者也没这个耐心。读者从腰包里决定掏不掏钱时，是刊物里有没有他欣赏的人的作品。铁娃是老水手。老水手懂水性，知险情，有变革的梦想，也有既定的章法。打破他的意志取出他骨子里的认知远比推倒一堵墙做一场手术艰难。铁娃像一块铁，生硬固执，但引导好了，为我所用了，铁用到了刀刃上，就锋利无比，就成了铁打的营盘，钢铁的意志，铁打的江山。她最恨铁不成钢。她得因势利导，顺着毛摸。他毕竟有娃的天性。娃有娃的柔软，有娃的顽皮，有娃的天真和可爱。他说的有错吗？没错。我们的期刊要向所有的写作者敞开大门。但我们也不能没有名人。名人是点缀。名人是读者的兴奋点。名人也是我们刊物的脸面。她要的是市场，他要的是品质。他们都没错。但他需要她成全。她想成全，但很难知行统一。她的唇枪舌剑是常规武器，是对付一般人的。她在他面前明显的软弱无力。她深知世上的顽石不是以石击石攻下的，而是柔软的粉末攻克的，是刻刀柔软的雕刻拿下的。世上的坚船利炮不是武力，而是智谋。所以，一刀在铁娃面前是卑微慎重的，是俯身屈就的，是委曲求全的。

一刀与这个血性男人争论得多了，便像一个瘾君子上了瘾。她开始注重自已的打扮了。在推开铁娃办公室门的时候，会理理头发，扯扯衣服，看看鞋帮上是不是一尘不染。文学树杂志毕竟是个老牌刊物。稿费不高，但影响深远。铁娃是资深编辑，很多名作家的处女作都是他发的。他若不下气力组名人稿，其他人恐怕更办不到。一个作家一年生产的精品是有限的，全国的大庙小庙都要从他们手中取食，明显就有了交情的争夺，有了价格的比试。一刀在与铁娃的争论中，渐渐明白铁娃骨子里是清高的。他不愿意求人。他愿意别人向他俯首称臣。他愿意别人永远亲切地称他铁老师，而不是有些人一旦有了名气就不分伯仲，称他老铁，或者小铁，有的甚至直呼其名。谁又愿意求人呢？人不求人一般高。问题的症结是稿费太低，一千字五六十元稿费，最高的一百元。名作家也是社会人，他们谁愿意与钱过不去？如果顺其自然，低稿费的刊物就全是生面孔。生面孔固然也有优秀作品，但读者没耐心啊。读者一册在手，是要见名人的啊。就像一部电影，没有名角可以，得是名导啊。这就是信任。信任这东西也是个没耐心的家伙。信任不喜欢过程，而信任的产生依赖过程。或借助他人，或依靠自己。没有一个漫长的过程，信任根本无从谈起。但信任的执行又是反对过程的。信任一上来就是肯定，不信任一上来就是否定。人们拿着信任走捷径。这捷径就是名人效应。可铁娃偏不组名人的稿。他不是不在乎名人，而是不愿低头求名人。

铁娃说，名人是势利的产物，像我们这种稿费能抓来好稿子吗？即使要来，也是他不好意思拿给别人的次品。他在这里以次充好，我们还得感恩戴德。一个刊物办到这分上也真是与乞丐无异。一刀说，我希望在我们每一期的稿子中至少有一篇是名人稿。毕竟社会是势利的。一些青春偶像的书，全是图画，没有作者几个字，可读者仍排着长队地买。这就是我们的市场。

铁娃便不再吱声。一刀最后站起来拍了拍裙子上沾着的几片人造的皮革屑说，就算帮帮我的忙吧。稿酬的事我会想法的。

一刀一直有句话如鲠在喉。她想问铁娃为什么离婚，他的妻子是做什么的，有没有复婚的可能，有没有再婚的愿望？一想到铁娃是在自己任上离的婚，她就觉得自己背负了沉重的债务。她想试探提提婚姻或者家庭二字，可他太敏感了，而且他俩的谈话从来都是公事公办。他们的感情仅限于工作层面的往来。在一刀心里，是千次万次地将他看作了自己人，而铁娃却拒人于千里之外。她与他近在咫尺，却远隔千里。有火爆脾气的人内心其实是最柔软的，是极脆弱的。外面的尖牙利角都是伪装，掩盖着内心的忧惧。她拿自己做例子，觉得有道理。她也是个火药桶，可内心柔成了一片汪洋。她很孤独。她需要取暖，需要彼此的靠近，需要在一起说些体己的话，可他们都一个个远离她。即使有些人满嘴的甜言蜜语，像个尾巴前前后后地跟着，看上去是那么的虚假，像绚丽的泡沫，一戳就穿。她装聋作哑，是给溜须拍马者留面子，也是维护自己的尊严。她甚至知道这墙头草是随时就会改弦易辙的。她却乐意受用。比如会计小马就在私下叫她干妈。干妈长，干妈短，让她有被虚假热情绑架的别扭，可她批评了几次也不奏效，也就随她了。她内心最渴望靠近的人却一直与她别着扭着，让她难受，又充溢着一种征服的欲望和热情。这种征服随着对方的抗拒一天天被激怒，以反向的力拉拽着她，让她的征服多了一层水雾样的迷离和柔情。

一刀眼睛逼视着铁娃，像地线与火线固执地相连。两人的目光就在交汇的刹那似乎通了电。她的脸立即起了两坨绯红。通过一股电流，他似乎就要将她洞穿，让她体无完肤，赤裸在他面前。她不敢，她有何德何能？她比他大八岁。男人，尤其是被文学熏染太久的男人，对女人对妻子带上了太多文学理想化的标准。他们心目中理想的女人一定是水做的骨肉，而她是个粗大兵出身。她没有女人的温婉贤良，没有女人的柔情蜜意，没有体面的学历文凭，她的身上烙下了太多生活粗硬的线条和印记。十五年的单身生活，已像一个熔炉，将她锻造成铮铮铁骨。

一刀起身告辞了。她不能让自己失了态，更不能让对方看出些苗头。她干干地咳嗽了一下，低头撩了一下掩到脸面的头发。恰是这小小的动作，录入铁娃的视线，让他铁硬的内心柔软了一下。铁娃看了一眼身材如少女的一刀社长，高挑的个子，齐肩的鬈发，忽然觉得这个女人自有其可爱处。

铁娃离婚后最怕同学聚会。他与前妻水莲是大学同学。任何一个同学的到来，都会有一根神经将两人彼此勾连。要将离婚的事保密，首先面对的就是这支队伍。铁娃不是怕说离婚，也不是怕离婚露丑揭短，而是他对水莲存有复婚的念头。他们不过是两片分裂开来的碗，总有一天是要合起来的，又何必将伤口剥开给人看呢?

偏是心里最惦记什么，事情偏是往刀口上碰。朱前约铁娃喝酒。朱前是《长江论坛》杂志的总编。长江论坛是公开发行的理论刊物，主发领导干部和教授们的学术文章。领导晋升，教授晋级，都求着这本杂志。所以，尽管这杂志也富不到哪里去，但在这里当领导和编辑还是有油水可图的。在这里发文章没有稿费，反要作者自掏版面费。纵然这样，一年十二期也是粥少僧多，供不应求。只要供不应求，就能呼风唤雨，就有人烧香进贡。长江论坛在八十年代远不及文学树杂志有气势有声威有影响力，但它是不倒翁，是可以坐收渔利的，所以，凡同学聚会，只要有朱前在场，必是朱前埋单。朱前就靠这身份在同学中打出了声威占住了主角，成为人人阿谀奉承的人物。铁娃现在贵为执行主编，却也是十足的瘪三一个。铁娃想，这大约就叫男怕投错行吧。

朱前说，把水莲叫上。我也把老婆带着。周末两家一起到东湖爬爬磨山。再不动，肚腩皮都挡路了。朱前的话没有行政命令，却有一呼百应的力。铁娃这次却硬着脖子说，女人们就算了。要聚，搞几个哥们儿一起玩。女人们在一起爱嚼舌头。婆婆妈妈的，反倒容易破坏心情。朱前说，这话放我太太身上倒是恰如其分。你怕我太太唠叨，我就不带她了。水莲可不是像你说的这样吧？她是知性女人，情感大记者啊。水莲具有双重身份。她不仅仅是你一个人的，也是我们大家的，大家的同学，对不对？铁娃耳朵里立时就起茧。这茧不是别的，是朱前话不离口的"太太"二字。铁娃忒不喜欢这味儿。从小到大，他就没听人称自己的妻子叫太太的。太太是洋泾邦的语气。一个土里掉渣的农村娃考到了省城工作，不好好叫老婆，端腔拿调叫太太。有时还自称夫人。真是让人齿冷三天，笑掉大牙。可事实是人家夫妻感情好。他老婆是电力公司的会计，比他大三岁。女大三抱金砖。她恨不得天天把朱前系在裤腰带上。偏偏朱前的饭局多如牛毛。朱前晚回家一小时，他电话就不断线地响。朱前一看来电显是太太的电话，就会提前对周围的人打预防针说，太太来电话了。女人们便立即噤声。因为他太太在他电话里听不得女声。听到女声，当时不兴师问罪，回家也是一顿狠训。朱前一次喝多了酒，一双夫妻送他回家。女的电话问朱前老婆他家怎么走。朱前老婆当即河东狮吼，并挂断电话。尽管如此，人家依然夫唱妇随，打不断，拆不散。人人讥朱前"妻（气）管严（炎）"，可人家是老婆手中的宝。铁娃虽是抱得美人归，在老婆心里却是根草。当然这与铁娃不珍惜有关。妻子在他心里尽管也是宝，他嘴上却故意显出轻慢。他认为对自己女人的轻慢就是大老爷们的威风。他在同学堆里有句名言，老婆三大职能： 洗衣、做饭、生孩子。不料，这久而久之口头上的轻慢渗进了行动里。水莲就曾骂过他：钱看不到一分，权看不到一寸，大男子主义的派头倒是玩得足足的。看来行动上的不尊重是从口头上的不尊重起源的。铁娃后来在家洗衣做饭当保姆，与文学树地位下滑有直接关系，也与水莲有意颠覆他的谬论有关。铁娃被朱前逼得无奈，只能含混地答应，好吧。如果水莲那天不出差就让她来。

到了周五，朱前再打电话时，铁娃便说，水莲出差了，到湖南采访一个感人的爱情故事去了。朱前问什么爱情故事能有你们俩的动人啊。你们可是我们那届唯一鸳鸯戏水戏成夫妻的一对。没水莲参加，朱前对爬山也没了兴致，就带了一个作者朋友。铁娃也叫上了老李。四个男人喝得天昏地暗，喝到舌头打绞腿抽筋。桌上菜稀杯空。大家脸上都泛起了酒色。肚肠里翻滚着上扬的气泡。这时，朱前身子向铁娃一靠说，给老同学打个电话总可以吧？也不容铁娃同意不同意，手机号已拨出去了。铁娃的心提到了嗓子眼。

水莲接到朱前的电话，很是诧异，半夜三更的。她的第一直觉是朱前知道她离婚了。可朱前只说，老同学，过来喝酒吧？水莲一时语塞。朱前暗恋过水莲，直到毕业十年庆，闹哄哄的场面里，朱前给水莲敬酒才坦白交代。两个人都已各有其主，说出来只当个笑话，风过了无痕。水莲当时还故意做右脚前踢的动作，说，喂，这样的好事怎么水落三秋了才说呢？早说早结啊。当时幸而两人的配偶都没到场。打情骂俏，不过凑个热闹。

朱前的形象气质与大学时相比，简直改天换地判若两人。其实当初水莲对朱前暗恋自己是有感觉的。他每见了她总像女人羞红了脸，似做了坏事被人捉了赃。水莲偶尔在路上遇见了与他并排走路，他会扭扭捏捏像背上有虫子在抓在挠。一会儿扭头看后面，一会儿侧身看旁边，好像在看是不是有人跟着，有人盯着，总之浑身不自在。偶尔壮胆看她一眼，不是正眼理直气壮地看，而是作贼似的瞟。水莲若正好也看他，他立时就低头一闪。水莲心里极生气，觉得跟这么个人走一起都是极累的事。她压根儿没把他当男人看。他只是她的同班同学，仅此而已。朱前浑身上下蹿着一股十足的乡土气，成天穿得土里掉渣。衣服洗来洗去看不清本色。有什么穿什么，完全没美学搭配的概念。夏天的衬衣旧得透纱，伸根手指就可以捅破，却总在穿。以为当抹布了，第二年夏天却又上了身。似乎不穿得见洞是不放手的。朱前见了大场面也不敢扬头，即使上台领奖也像是欠了别人一身债，背佝偻着，不敢伸直。总斜眼看人。说话也是吞吞吐吐，一句话要停顿三四次才说得完。好像全世界的聚光灯都照着他，让他不敢面对又无处可逃，拘谨着防范着警惕着。整个儿一猥琐男形象。朱前唯一的优点是学习成绩总在全系前三名。这也是所有人不敢蔑视他的地方。现在的朱前呢？全身名牌，头发油光可鉴，皮鞋锃亮照人。说起话来也是众声喧哗里只有他朗朗有声鹤立鸡群。请客吃饭，他十之八九坐上首正中。所有人都环绕着他，给他敬酒，向他说奉承话。他嘴角高高地翘着一根烟，间或吧嗒一下，烟把子微微地一翘一翘，像玩跷跷板。有人敬酒，他一只手捏起杯子，也不看对方，喝下一口还是一杯都由他自定。身边时不时有个女人相陪。他与旁边的女人左一杯右一杯地碰杯，好像在一个小世界里，喝得逍遥自在。他往哪里一站一坐，都是中心，举手投足，气场强大，俨然一成功人士。

水莲笑道，朱前，你们同学聚会也不叫我，吃成残茶剩饭了，才想起我，也太没诚意了吧？不告诉我还好，现在告诉我，心情反而受挫。水莲的话又让朱前心驰神往心荡神移了。朱前认真其事地辩解，这可是天大的冤枉。铁娃没跟你讲吗？水莲便支吾道，说是说了，可我现在都准备睡觉了。朱前说，在哪出差呢？很久没听见你声音了哩。坐在客厅里的水莲只有信口胡诌，说在重庆。朱前又说，铁娃不是说你去湖南了吗，怎么又去了重庆？水莲便虚与委蛇：先是去了湖南，然后又到了重庆。朱前又问，朝天门广场还是那么热闹吗？峨眉山去了吗？还没听到水莲的回话，手中的武器却猝不及防被铁娃缴了械。朱前说，你这人也太小气了吧？只许你和我同学睡觉，就不许我和我同学唠嗑儿？这世道还有人权吗？

老李发言了。老李醉醺醺地说，凭我对男女之情的全部经验，朱总编对铁娃的夫人可是居心叵测啊。朱前说，老李，你怎么能这样无原则地往我脸上泼粪呢？今天这顿饭买单的可不是铁娃，是我朱某人哦。老李便连连摆手：若早知是您朱某人请客，我就不来凑数了。边说边从口袋里掏出一个钱包啪地拍到桌面上，叫小姐，小姐，埋单。朱前带来的作者抢上前来付账，也被老李一手挡了。铁娃醉眼朦胧，将老李的钱包一把抓在手里，说，让我数数，有几位毛爷爷？一张，两张，三张，四张，五张。嗯，不错。还是总编买吧。你我就别打肿脸充胖子了。老李却执意要买。老李说，我今儿是看在你的分上来喝酒的，可这酒里怎么像放了老鼠药？我李某人虽是穷了点，无权无钱，浪里白条，可人家李白还天子呼来不上船，自言臣是酒中仙哩。钱没有，权没有，臭骨头还是有几根的。来，小姐埋单。不够，我这里还有卡。朱前的作者站立一旁，钱握在手里，却没机会付。老李的劲头一上来，就像当年受了老婆的欺辱，是十头骡子也拽不回的。这次喝酒，便有些兴味索然。

席终人散，朱前要老李和铁娃坐自己的奔驰车。朱前脸上心里都充满了失言的歉意。老李坚持自己招了辆的士，一溜烟就不见了。铁娃上了朱前的车。朱前的酒已被惊退了大半。他说，你这同事有意思。铁娃含混地问，么意思？朱前说，有个性。想必喜欢他的女人也是有的。铁娃说，那是自然。他还真有一次真爱。十年前一群编辑到十堰组稿。一个二十多岁的女大学生被他媚上了。当时去的男编辑有五个，可偏偏是他搞定了那姑娘。导致醋瓶子倒了一地。那女孩后来跟他来到武汉，像老婆一样伺候他，还催他结婚，可他那时仗着手里有几个钱，就想玩玩女人，就是不结婚，天天守在麻将桌上，最后钱输光了，那姑娘也流着泪离开了。老李人财两空。肠子都悔青。几天头发全落光，还为那姑娘割过手腕子。朱前说，上天给人的真爱只有一次，错过一次就错过了永远。铁娃说，什么爱不爱的，再好看，再新鲜，用久了都成了烂抹布。朱前碍于有自己的作者在场，没有辩驳，心里却生出了无限的悲凉。这悲凉是对水莲的。他为水莲惋惜。

水莲刚坐到床上，就要关机睡觉，电话又响了，是铁娃。铁娃在徐东大街就要求下了车。他不希望朱前察觉他重新住回到秀水小区。除非醉得不省人事，铁娃内心总绷着一根神经，那是隐私的护栏。

朱前的车一走，铁娃便在自家的楼下哇哇大吐，直吐得眼冒金星，肝胆倒悬，泪水泉涌。他胡乱地擦了一把下巴，抖索着手掏出了手机。他温情地问，水莲，在哪呢？水莲没好气地答在家。水莲对铁娃的电话从来都是一问一答，简洁干脆，没有拖泥带水，没有旁逸斜出，没有添枝加叶，没有未完待续。这个女人的怨气似乎一直鼓鼓囊囊，从没有丝毫的泄露。水莲从不主动给铁娃打电话。铁娃也很知趣。铁娃实在想念水莲了，也是以女儿为托词。只要涉及女儿米果，水莲的话就会像山涧泉水汩汩直冒。水莲会要求铁娃与女儿多交流多谈心，注重思想沟通，发现一点苗头不对要及时引导；说，现在的大学也是是非之地。有跳楼的，有往饮水机里投毒的；说，我一个人说了她或许不以为然，你当爹的说了，她或许会引起重视。那口气依然像一家人，依然有一个严妻对丈夫的声色俱厉。铁娃很受用这样的时刻。他唯唯诺诺，他言听计从，他照章执行。这是家的味道，这是妻子的味道。女儿是黏合剂，让两个冤家之间巨大的裂隙有了暂时的遇合。

铁娃依然举着手机，紧贴耳根。他听出水莲的口气有些和缓，完全没了往日的火药味，大约是朱前刚才一番电话热身。他得抓牢这个缓和的机会。铁娃有些气短，说，我们今晚几个男人喝酒，朱前是要我叫你的。可我知道你不会参加，所以就找了个由头推了。水莲不作声，算是默认。铁娃希望水莲回问自己在哪。可水莲只听不问。铁娃只有自己撒娇了，说我喝多了，刚才吐了一大摊，现在还在楼下，连爬楼的力气都没了。水莲听出了弦外音。他想要她去扶扶他，照顾一下他。过去，铁娃每次醉酒后，水莲总是不厌其烦地服侍他，给他洗脸，脱鞋，洗脚，擦背。他一直想告诉水莲，自己特别感念醉酒后的待遇。这句极具温情的话他在别的男人面前炫了无数次，却对真正的主人一次也没提及。他现在也极想说出来，可这话真正的主人已经失去了接纳的兴趣，甚至都不愿站在说话人面前了。他现在触景生情，往事的温馨历历在目。昔日的温情都像城市的灯光被夜色涂黑了，被尘埃覆盖了。水莲末了说，赶紧回去睡觉吧。以后少喝点！这要算是自离婚一年多来，铁娃从水莲口里掏出的最温暖的话。这话是赏赐给他的，不是针对女儿米果的。他想到一夜夫妻百日恩。二十年的夫妻又怎会全部恩断义绝？他脑海里浮想着初婚时的美好。它们像遥远的星光照耀着他踉踉跄跄往黑暗的楼道里去。

第7章 备受煎熬的夜晚

一阵绵绵细雨后，便是亮得耀眼的暖阳。阳光明晃晃的，照得万物都蠢蠢欲动。武汉的春天非常妖娆。南北居中的地理优势，更显出兼容天下的气象。梅花、樱花、牡丹、荷花，这些南来北往的奇异之花都能在这里找到扎根的土壤，而且领先全国。武汉的柔情是东湖濡染出来的。大街小巷的香樟弥散着软语似的香醇。人走香缠。与武汉的春天同时到来的是男人女人种子破土般的情欲。

铁娃的夜晚备受煎熬。好几次他被夜半的猫叫惊醒。猫声此起彼伏，一阵赶过一阵，呼朋引伴，交欢撕咬，让他感伤不已，感伤自己猫狗不如。感伤不已的铁娃脑海里便浮起郝裕国的那首猫狗诗：春天来了／怎不烦恼／昼看狗爬／夜听猫咬。他想，看来当一个优秀的编辑也得体验生活。他忽然想到一个问题，难道富得流油的郝裕国，也有愁女人的时刻？又想，自己与水莲尽管总有口舌之战，但性生活却是天造地设的一双。现在形单影只不说，身体也是饥渴不定。他原以为人生在世就是尽力将天下的美味一网打尽。他万万没想到，男人与女人的搭配也像螺栓与螺帽，严丝合缝的只有那么一对。他可以肯定的是，他与别的女人只是性事，不是性爱；是机械的活塞运动，不是感情的琴瑟相合。可这一切都明白得太晚了。生活这本书只教人读懂，却不容许人重写。这是生活最固执最残忍的地方。

铁娃不得不开始谋划如何找个女人止住生理上的饥渴。他常常孤独地躺在阔大的席梦思床上翻来覆去地烙煎饼。现在天宽地阔，他是尽可以放胆一搏的。可不知为什么，他竟比在婚姻里更审慎了。有婚姻时他有恃无恐；没了婚姻，他竟如履薄冰。他现在才发现婚姻是一间可以遮风避雨的屋子，是一道院墙。男人的玩世不恭，是因为这屋子和院墙的存在。现在屋子拆了，院墙倒了，生活成了一片无遮无挡的废墟。一个人的出没便有了荒凉，有了唇亡齿寒，有了瞻前顾后的忧虑，有了独木难成林的艰难。他睡在黑夜里。床似乎悬空了，在黑暗中飘浮着。他成了一只可怜的蜘蛛，没有网可以依附。这婚姻真是奇怪。有它时，觉得它是紧箍咒；没它了，又惦念它的好。他现在拿不定主意，将来还要不要婚姻。有人说离婚是大彻大悟，再婚叫执迷不悟。他现在什么也没悟出来，竟是一整个糊涂虫了。铁娃很怕半夜醒来，醒来就是对自己的盘剥和审讯。一个人的旷野空间太大，掉进去一时半会儿都爬不出人来。铁娃就这样在被婚姻清退的日子里备受煎熬。

铁娃走在路上，鞋子在地面拖着，完全一老李的翻版。他也不再穿雪白雪白的衬衣。没有水莲照顾的生活，他因陋就简。他的衣服一律进入深色系，像他一个人的生活，沉重，拖沓，黯然无光。他像一个吃了败仗的士兵，丢盔弃甲，溃不成军。走进屋子里，偶然楼上传来夫妻的争吵声，他听来却十分的亲切，那是婚姻的奏鸣曲。他的屋子沉寂着，冷冰冰的。外面是红杏枝头春意闹。他的屋子是贼心无奈栖梢头。

生活上的懒散像细菌源，很快向铁娃生活的各个领域成倍地复制和扩散。他的办公室也开始萎靡不振，零乱不堪。窗台上积了乳薄的浮尘。几个花钵的土板结着，荒凉地插着几枚钢钉般的烟蒂。他对所有人的交往都成了无可无不可。他的日子成为浮尘，寂然地飘来又荡去。

他现在终于明白老李的我行我素，老李的从容淡定，老李的死猪不怕开水烫，实际都是离婚给单身老男人留下的后遗症。一个人的家像蜗牛是随身携带的，一个人的责任是一人做事一人担，一个人的思想也是花谢花开两由之。他的单身生活去掉了婚姻的繁复和琐碎、婚姻的喧嚣和牵扯，而变得轻装上阵，随遇而安，夫复何求了。

当初对工作的狂飙突进也渐渐被按部就班、随波逐流取代。像长途行军中的士兵，望梅止渴终究是个鼓劲的谎言。铁娃不再与一刀较劲。人家是一家之主，我费个什么劲，操哪门子心，讨不到半点好，还惹一身骚。真是不划算不划算。人到中年的人了，老牛拉磨了，按既定的轨迹划弧就行了。他的生活开始水波不兴，成了老山林里一口无人问津的深潭，静泊地守候时光。他除了兢兢业业地工作，每个月固定组到一个名作家的稿子，其余很多时候都以办公室为家。单位有食堂，办公室能睡觉，他人在哪里家就在哪里。这样的日子，过得倒也无波无澜安然自在。

偶尔铁娃会一个人去香香那里吃饭。去久了，香香也很照顾他。每次去会给他泡宜昌绿茶，是免费的。对他是特例。后来，偶尔也有作者给他送茶叶。他索性放到香香这里，来了客人坐下聊天，就用自己的茶叶。香香的酒店只需提供开水、茶具和场地。有了这层照顾，铁娃几乎每天下班后就去香香的酒店。偶尔点单吃饭，多数时候只喝茶。在这里，有人陪着，有人讲话，不必自己动手，自然比冷清的家里强了十倍百倍。

有时，铁娃会叫香香陪自己喝杯啤酒。香香却并不坐下。铁娃说，大酒店里女老板都要陪酒的哩。香香才有些矜持地接过铁娃手中的啤酒，一饮而尽。香香一边喝酒，一边眼里就瞄着厨房。厨房只与前厅隔着一堵墙、一道狭窄的门。门帘是塑料长片，已经泛黄，上面积了厚厚的油烟。有时，铁娃一时兴起，会举着杯子贴到香香鼓鼓的胸部，那弹性的柔软竟让他雄风一振。这样的时刻一次，两次，多了，两个人眼里便有了春水荡漾，再见时彼此都多了眉来眼去。

铁娃很享受这样的时刻。有人说偷不如偷不着。他现在明目张胆地偷，简直就与抢无异了。抢又不是明抢，而是暗度陈仓。这就有趣了。人啊，说到底还是精神的人。吃到嘴里叫物质，悬在嘴外叫精神。精神是享受过程的愉悦；物质是过程的终结。精神具有弥漫性；物质具有唯一性。所以，挑逗永远比接吻可爱；恋爱永远比结婚可爱。人就爱玩个趣味无穷。铁娃想，我这人是不是天生就是个偷食的贱命？

铁娃还不想太快与香香上手。做爱是结果，调情是过程。过程似猫儿捕蝶，似渔翁钓鱼，要的是捕和守，是你逃我赶。他想玩玩猫捉老鼠的游戏，咬一口放一下。在这样的游戏里，主动权永远在猫手里。他不想一口吃下去。吃下去果了腹，嘴里很快就消失了味道。人与性，有时像吃东西。东西是进到胃里去了，但吃的快感不由胃说了算。

铁娃与一刀的关系也渐渐有了向好的改善。不是渐行渐远，而是渐行渐近。一刀每天都打扮得很时尚，涂脂抹粉，香气流溢。她几乎一年四季都穿着裙子。一次，中午下班之际，铁娃见了一刀，故意开玩笑说，社长，我怎么从来就没见您穿过裤子呢？一刀社长顿时面红耳赤，骂道，光天化日之下，你个没正经的东西。铁娃又指着过路的会计小马说，我说错了吗？你说，你几时见一刀社长穿裤子了？会计摆摆手，拘谨地笑着，匆匆而过。铁娃说，你看，现在没一个人敢坚持真理了。

一刀却叫住会计小马，小马，小马，你年纪轻轻的，天天穿着长衣长裤，大好的青春和身材不是给浪费掉了吗？铁娃讪笑着。后来，在一刀的身体力行下，杂志社的女同志一年四季都流行穿裙子。

两人并肩去食堂吃饭，调侃的笑声如影随形。铁娃对一刀说，灵王好细腰，宫中多饿死啊。一刀说，我倡导女人的美，有错吗？古时候的女人比现在的女人更女人。她们穿着裙子，戴着耳环，插着金木簪子，在家当她们的家庭妇女。男人在外面挣钱养家。这样的分工不是很好吗？现在是女人里里外外都当一把手。女人既要挣钱，还要当贤妻良母。男人挣不了几钱，养不了家，回家还要充大老爷们。男女职责不分，男女装束混淆，这就是阴阳倒错婚姻解体的重要原因。现在大多数家庭累的不是男人，而是女人。还有些怪现象，男人打扮得像女人，女人打扮得像男人，叫什么中性人。我看，性别混乱往往是道德沦丧的前奏。铁娃说，看来你还不是一个纯粹意义上的女权主义者啊。我是说你怎么喜欢穿裙子画画做针线活哩。

一刀说，时代再怎么一日千里，一些传统美德的东西还是沉积在大多数人骨子里。至少审美判断都是一致的。你能说女人穿裙子不是更女人吗？用裙子从外形上区分男女，让男人更像男人，让女人更像女人。铁娃说，现在是个非常宽容开放的时代。我们要学会见怪不怪。这才是与时俱进。一刀说，看来你也是赞同同性恋结婚的啰。铁娃说，同性恋是生理上的需求，与生俱来。生理上的东西，你阻拦得了吗？一刀说，我看就是你们这些人宠了惯了的。一些媒体还跟着瞎起哄。有人高调宣布出轨，有的大张旗鼓地举办婚礼。这样下去，不要断子绝孙吗？铁娃说，看看看，又犯“一刀切”的毛病了吧。你让我想起类似的一个话题。一个对佛教有兴趣的女教师对大师说，如果世人都像你一样出家，人类还能延续吗？一刀豁然大笑。这就是一刀的快乐。一刀过去的生活里是没有的。一刀的单身生活缺少的正是一个男人开阔的智慧。所以，每每与铁娃对一次话，一刀就享受了一次智慧的盛宴。她是从里而外的舒心爽肺。

一刀的前夫是在深圳常驻办事处有了外遇的。那时正是全国一片扑通扑通下海之声。这声音构成声势浩大的交响乐，在全国各地响彻云霄。小平同志一声召唤，顿时春潮涌动，人们从禁锢的体制里解开了手脚，忽然探头一望，海变了，原来的波光粼粼变成了金光闪闪。海阔凭鱼跃。全国人民都跃跃欲试，胆子大的就放胆一搏了。一刀的前夫就是第一拨下海游泳的人。他从纺织厂纵身一跃，跳下了海。他淘了些金，也湿了脚，湿了身。他抱着美人鱼乐不思蜀。他抛妻别子，什么都不管不顾了。

有句古诗说得好，悔教夫婿觅封侯。一刀那时一副愁肠寸断叫天天不应叫地地不灵的样子。纺织女工一刀很快下岗了。她也想下海，这时她不叫下海。下海是有工作却抛弃工作经商。她不是。她是自己的家被海撞散了。她孤立无助，向海求援。可她手里牵着十岁的儿子。儿子是她唯一的精神依靠，又是她唯一割舍不了的拖累。她只得带着孩子，学摆地摊。天天被城管赶得鸡飞狗跳。然后，她想让自己活得有尊严一点，她学画画。黄鹤楼成了她泅渡的海。她每天在黄鹤楼前给人画像。黄鹤楼养活了她。她为了回报黄鹤楼，继而画黄鹤楼，画黄鹤楼的蓝天白云。一个偶然的机会，她的画被国家旅游局局长看中。一句不经意的表扬，她被当作特殊人才引进武汉市旅游局工作。她知恩图报，以拼命三郎的精神创五A。黄鹤楼成为武汉市唯一的全国五A景区。她被提拔为副局长。她在旅游局工作最大的收获是认识到文学的力量。她认定黄鹤楼就是崔颢一首诗、李白一句话，扬名天下，名垂千古的。

正在这时，功成名就在高原上来回徘徊的一刀听说文学树杂志十分萎靡，几近独木难支的境地，宣传部面向社会招聘文学树杂志社社长。她想试试，她想为这个时代的文学做点什么。她应聘了。她过关斩将入围了。她顺利成为文学树的领潮人。她对文人有天生的敬仰。当然这敬仰后来被她总结发现其实是因文学作品而爱屋及乌幻想出来的。铁娃更成为文学树上一只大鸟，让她可望而不可即。让她有了捕捉和拥有的欲望。她没进过大学的门，但她每天读文学杂志。她每个月去省图书馆借八本文学名著。她读的书相当于一个本科生，一个研究生。她的底气正来自雄厚的阅读。读书破万卷，下笔如有神。她不下笔，但一看就通。文学作品中那些如诗如画的爱情更是滋养着她，唤起她无限的憧憬。她期待着生活的白马王子。比来比去，铁娃是最能触动她心房的人。有了这份热望，她上班就成了度假，成了旅行，成了相亲。所以，你任何时候看她，她都是花枝招展的，香气袭人的。每天都精神抖擞，唯一露出真容的是她说话的声音和语气，有男人的气概，有军人的声威。

第8章 一颗心被两个人占着

夏天的雨像一个滥情的人总是没有定性，一会儿淅淅沥沥，像女人抽抽搭搭的哭泣；一会儿雨大如豆，倾盆如注。间或夹以电闪雷鸣，似男人苍白发怒的脸。铁娃本是想闲逛一下，就回家的。可这天忽然心里起了惆怅。经过香香酒店门口的那条小巷时，仿佛巷子是一节电线，他走到这里，就通了电，浑身不自在；又像香香身上的一根血管，弥散着女人的体香。我去看看她吧。看看，就看看。那男老板不会多心的。顾客总是上帝。你不是“好再来”吗？想想那男人荒凉的头顶、佝偻的背、土沟般粗深的抬头纹，心里又为香香叫屈。量体裁衣，搂香香睡觉的男人应该不是这样的吧。

铁娃至少有半个月没来这里了。当他走进香香视线的时候，他看见香香的嘴唇哆嗦了一下，几乎瞬间眼眶红润溢出两颗晶莹的泪花。香香背过脸擦了擦眼睛，再转回来时就换了张明媚的脸，四目相对，有电闪雷鸣，也有雨过天晴。她逼近铁娃的身体，声腔似乎也比平时高了八度。香香说，哟，铁老师是稀客呀。这久不来，莫不是有新去处了吧？话音刚落，劈天就是一声炸雷。香香吓得直往铁娃怀里扑。屋子里立即暗黑下来。雨唰唰地拍打地面。

铁娃似乎早有接球的准备，来者不拒，正中下怀。他牢牢地抱住了这个临门一球，香香的，肉肉的。好在店里并无客人。他是唯一早到的食客。铁娃瞟了一眼厨房的门帘。厨房里传来刀笃笃笃落在砧板上的声音。声音像鼓点，更像警告。铁娃的心惊悚地跳了一下，随手拧了一把香香的奶子。香香羞红了脸，退回到服务台后面。她拉了拉衬衣领子和边角，又回复了老板娘的表情。

铁娃自从老母亲搬来与他同住，腿上就像绊了根绳索。尽管母亲的意思是来给儿子做饭，怕儿子吃不好。倒是很多时候，铁娃不忍心看老母亲为自己劳累，常是自己买菜回家，亲自下厨。母亲爱唠叨。母亲见了他总说，想想法子，还是要把米果她妈弄回来。几十年的夫妻哪能说散就散了呢？女人的心服软不服硬。铁娃很无语，后来干脆不愿待在家里。母亲腿脚灵便，她能独自照顾自己，铁娃便一天天地丢手。只要能在外面蹭饭吃就吃到昏天黑地再回家，多半是母亲已睡得鼾声四起了。

铁娃坐下后，趁香香递菜谱本的时候，将香香的手捏住了，停留了数秒，香香才赶紧抽回来。铁娃看了一眼香香。香香脸红扑扑的。眼里似有隔夜的露珠要掉下来。铁娃悄声说，晚上去你那里。香香连连摆手。头也跟着晃。铁娃铁青着脸，起身就要走人。香香将双手搭到铁娃肩上，轻轻一下就按回了原座。

铁娃盯着香香的奶子，又伸出舌头，像蛇信子在嘴唇外搅了搅。香香大声问，铁老师您今天吃啥菜呢？铁娃怪笑了一下，说，吃你豆腐。“你”字很低很短促，只有香香能听见。香香低头一笑，在小本上记着。还要什么？香香又巧笑着问。铁娃吐了下舌头说，吃你的舌头。这句也是专对香香低声说的。香香娇笑道，今儿还真有卤舌头，像是专为你准备的哩。铁娃馋笑地望着香香，说，香香，你今天的声音真比夜莺还好听。香香便撒娇了，夜莺？为什么偏偏是夜莺，而不是白天的莺呢？铁娃便说，这个恐怕你比我还清楚。香香也不多辩白，只当是无话找话的调笑，不言语了，只拿目光斜斜地瞟这个男人。所有的语言都不及这目光耐读，耐人寻味了。

铁娃在香香酒店里磨磨蹭蹭，五瓶啤酒喝了近三个时辰。男老板二柱后来也被铁娃叫出来陪酒。二柱执意不喝，浓重的川音说，这是店里的规矩，朗嘎儿能占客人的便宜嘛。铁娃将手搭到男老板肩上，说，你不想占我便宜，我能不能占你便宜呢？二柱不作声了。他不知道这位一向文质彬彬的客人怎么与自己这么套近乎。铁娃硬是强行将老板按到座位上，斜着眼说，你比我幸福。你知道吗？来，我敬你。男老板见客人站着，自己倒坐着，就立即站起来，却又被铁娃按回去了。你坐下。你有福气，所以，该你坐。我罚站。

香香站一边，心知肚明地看着两个男人。她说，二柱，你就喝一杯。铁老师也是咱家的老客人了，莫拘什么礼。又转头对铁娃笑说，以后，我们就高攀您，把您当我们的朋友。铁老师，您看行吗？铁娃喷着酒气，故意踉跄一下将眼睛贴到香香胸脯上，随即挤出一个酒嗝说，那是当然。香香赶紧往后一退。二柱喝了一杯，就举双手抱拳给铁娃作了揖，起身回厨房了。他很响地甩了下帘子，就一直不再出来。

铁娃走在回家的路上，又给香香酒店的服务台打电话，说，香香，你出来，我们开房睡觉去。香香没作声，就把电话扣掉了。香香放下电话，心里扑通跳个不止。想，真是黄昏胆子大。二柱问，这么晚了，总嘎儿还有客人过来嘛？香香一时着了慌，说，是，是有人预订明天的饭。二柱说，哪个？你问要么事菜了么？二柱的口音是土话与武汉普通话混搭。不伦不类，初听很是别扭。香香说，客人说随便，只要留位置就行。二柱又问，中午晚上？香香有些不耐烦了。香香说，你能不能少啰嗦几句。需要怎么做，我会提前给你说的。二柱望了一眼作烦闷状的香香，便不作声了。

“好再来”酒家一直忙到凌晨两点多，才关门打烊。二柱放下沉重的卷闸门时，又听见了服务台上电话的响声。他听来就像催命鬼一般，周身莫名地打了个尿噤。他骑在那辆唯一的交通车上，双手握着把手，使劲踏一下脚，马达轰隆由低到高地发出了野兽出林般的吼声。他一只手转动着把手上的油门，一只脚点地。他一声不吭地等着香香贴到自己背上。等了好一会儿，背上依然空荡荡的。他转过头来看一眼香香，发现这个女人丢了魂似的听着屋里的电话铃声。他又看了看卷闸门，铃声正使劲冲撞卷闸门，很闷很闷，像鬼叫。

二柱咳嗽了一声，香香才抬起右腿，手扶着后座轻轻一摞上了车。二柱分明记得香香每次上车是要搂着他后背上去的。可今天没有。今天，香香双手撑着座垫上的车。坐到车上，以往香香会附在他耳边说悄悄话，有时会向他耳里吹口气，故意撩撩他。香香的手过去是搂着他屁股的，有时还会在屁墩上揪几下，可今天香香的手握在后座的把手上。二柱周身就显得空荡了。无所依附的空荡。他下意识地狠拧了一把油门。车便像从笼子里冲出来的野兽向前狂奔。这突然的加油，让香香恐怖地叫了一声，也骂了一声：要死啊？开这么快！说完，本能地抓住了二柱的腰。二柱这才回复了平静。他要的正是女人的亲昵。他们依偎着，借助兽的翅膀，在风雨欲来的街道上七弯八拐，进了一条灯光晦暗的偏僻巷子。他们少有的一路无话。

这一夜，他做得很疯狂。窄小的床单被一次次卷走。有几处床单薄如纱，被二柱的粗脚忘情地蹬出了好几个窟窿。二柱湿漉漉的背上沾了好些零星的棉絮。他几乎一夜都在折腾，一直干到香香告饶。

香香也玩得很尽兴。她脑海里翻云覆雨的都是铁娃。香香在黑夜里一次次将二柱幻想成铁娃。她捂着二柱的嘴，不许他猪似的哼哧。这声音一出来，就搅走了她的幻想。她在幻想中疯狂地叫着娃，娃，娃。在二柱听来却是哇哇哇的高潮奏鸣曲。在二人向最后的高峰冲撞时，香香一边大叫一声娃，一边紧紧地搂住了二柱，两行热泪也随之奔涌而出。她听见了自己的哭音。

铁娃自从给香香打了那个电话，又觉得后悔。香香明显不是自己想要的那个款那道菜。她充其量是个肉肉的性感的女人。她的身份、地位和处境都不适合自己。他甚至担心香香真的赴约，他会不会受不了她头发上的油烟味。无论香香受过什么样的教育，她毕竟是农民的妻子。与她相配的是农民，而不是城里的知识分子。他不过是一时的寂寞。他太空乏了。他有些闲极无聊。他像个在街上四处晃荡的混混，见了任何商品都上前用手摸一摸，而那些东西并非他之爱物。他不知道他轻轻地一撩，有多少人会心荡神移。他不在意别人的想法，他只在意自己。他现在对女人有两手准备，一是填补性饥渴，一是替补水莲的位置。他家人和他的本意是要与水莲重修旧好，可他根据自己的判断觉得已是长江一去不复回。她不是中华鲟，断不会溯江回槽。

接下来的几天，铁娃便有意回避那条巷子。他故意绕大弯，走大路，而不抄小道了。他想让自己断了那个念想。事实是他很快就将香香屏蔽了。他脑海里不再有一分钟想起香香。到了单位，有一刀有意无意的奉迎；下了班，他有母亲要对付。所以，他的生活既充实又平静。

倒是香香一颗心像风拂过的湖面不再宁静。她开始仔细关注城里女人了。每来一个吃饭的女顾客，她都留意她们的打扮穿着，包括说话的口气。有时甚至主动向她们打听如何保养，在哪里可买到好看又便宜的衣裙。她用城里女人的习惯打扮自己。她开始对着镜子抹眼角的皱纹。她不再用大宝和郁美净，还有上海的百雀灵。她去商场买电视上做过广告说能抹平皱纹的巴黎欧莱雅。她平生第一次给自己买了两片面膜。她要柜台里的小姐算了算，从洗面奶到爽肤水到精华液到日霜到隔离霜到粉饼到胭脂，再到眼霜，到眉笔，到眼线笔，到睫毛膏，这些护肤品若一次性买齐，得花掉她两个月的工资。她左算右算，总算精减到一瓶爽肤水、一瓶日霜，和一个粉饼。这些也几乎花掉了自己半个月的工资。一天晚上，洗完脸，她就对着镜子贴一片丝绵纸的面膜。面膜湿漉漉的。只露两个圆眼孔两个鼻孔和一个嘴巴孔。她起初对着镜子贴，镜子里的人却把自己吓得一悚。她不对镜子了，但不对镜子，就贴的不是地方，而且贴得也不平整。不平整的结果只有一个，那就是把本来没折子的地方弄出折子来。想到将要面对一个城里的知识分子男人，她就勇气倍增。她就瞪眼看着一张白似骷髅的脸贴来贴去，总算贴紧了贴服帖了，果然脸就有了滋润紧绷的感觉。她就躺在床上等二柱从洗澡间出来。二柱从卫生间出来，往床上一望，吓得哇哇大叫，一边叫一边骂，你个狗娘养的！装个什么鬼，吓死我呀！

香香扑哧笑个不止。嗲声说，你个土冒，这是做面膜，城里女人天天贴的。二柱却背过身子不敢看香香。香香偏站起来走到二柱面前。二柱吓得不敢睁眼。香香就一直站在二柱面前。二柱吓得没法，上前就去揭香香的面膜。二柱一把将面膜扔到地上，还狠狠踩上一脚。香香可生气了。香香上前就是一巴掌，打得二柱一愣一愣的。香香气愤至极，说，这可不是纸，是十五块钱啊。你个王八蛋！

二柱从香香嘴里史无前例地听到了“王八蛋”三个字。这让他很受伤。顿时有不认识香香的感觉。这个女人变了，变得不像我屋子里的女人了。我几时在乎过她的脸她的年龄呢？二柱沮丧极了。他从此无话。他默默地上床，一个人蜷在床上睡觉。一夜几乎无眠。第二天到了店里，也不主动与香香说话。他成了一个沉默的人。

后来，还是香香自已转了弯。香香到底是明智的。她端的是二柱的饭碗，住的是二柱的房子。她每个月两千元的工资净落。有时耍点手腕，撒点娇，还会得些外快，蹭几件衣服穿。比如，她会要加班费，要节日礼物。这些都是有现例的，一点都不过分。二柱能接受。

二柱像个女人，既主内又主外。两个人的用度，都由二柱采买。包括一瓶雪花膏也是二柱在超市买的。超市化妆品柜里，什么最便宜，他就买什么。买回去，倒也不会出质量问题。香香落得省钱省事省心，所以，她天天就在租住屋与饭店两个地方活动。她与二柱这样相依相守，相安无事地过五六年了，一切都风平浪静。她很享受现状。没有夫妻的名誉，却有夫妻之实。各赚各的钱。名副其实的搭伙过日子。

香香这天趁店里没人的时候，主动将嘴凑到二柱的脸上，猝不及防地让二柱享受了一个响亮的吻。二柱先是一愣，接着用手抹了一下脸，继续低头切菜。香香见二柱还是没作声，便伸手往二柱的腋下去挠痒。二柱手里的刀哐当一下落了地。这下严重了。香香抬头见二柱的脸色依然沉沉的，像冬天的天空，灰蒙蒙的，心里就有些吃不消了。香香说，我什么地方得罪你了？我放着自己的家不管不顾，跟你没日没夜地干，还要陪你睡。你说我哪点对不起你了？二柱便瓮声瓮气地说，我没说你得罪我。香香说，那怎么像我欠了你五百担谷子。脸阴沉沉的，一个闷屁都不晓得放！

二柱这时便笑嘻嘻的了。他看着香香嘟着的红嘴，上前就是一啃。香香却往后一退。二柱扑到了香香怀里。二柱扯着香香耍无赖，说，我要吃奶！香香却打了二柱一下，骂他没正经。说原以为你是老实人，现在越看越不老实。二柱回嘴说，都是你教的！香香说，哼，老流氓！一来二去，两个人总算云消雾散。

香香安抚好了二柱，生活就回到原来的轨迹上惯性地行走。她的心海却被人扔进一粒石子，早已春心荡漾。时令并不是春情勃发的时候。现在已是凄风苦雨的深冬。干旱数月后，忽然就下起了雨。雨淅淅沥沥地打在水泥地面上，无精打采地响，像老男人拉尿，有一声无一声断续无力地充盈着耳鼓。

香香坐在服务台后高高的凳子上，看着门外的雨，眼珠半天都没转一下。她是入了神了。入了什么神，她又不清楚。她就那样定定地看着雨水滴到一个水泥面的小洞眼里，然后溅起多芒的水花。水滴石穿。这是忽然蹦到她脑海里的一个词。这个词无来由地击中了她的神经。她有些恍惚有些无力有些困顿。说实话，昨天她失眠了。她一向是天塌下来仍能打鼾的主。昨晚她脑子里转来转去都是铁娃。她把他翻来覆去地想了很多遍。她想他对她是有意还是无意，是真情还是调戏。铁娃的老婆是做什么的，铁娃与老婆的关系怎样。总之，我与铁娃可能吗？一个城里的知识分子，一个打工的农家妇女。两个人可能发生什么事，结果会是什么？她想来想去都没想明白，原因只有一个，铁娃往她心湖里投了一颗石子，便不再露面，销声匿迹了。他成了一个谜，不幸的是她成了那个急于打探谜底的人。

香香不知发生了什么事，她应该守株待兔，还是主动出击？她犹豫着，怯懦着，越这样犹豫不决，就越按捺不住，火烧火燎。她是日渐地魂不守舍了。香香这样地想念一个人，就像回到了少女怀春的时代。脸上泛着春花荡漾的红潮。谁的声音轻轻一碰，便是一地的落红。

老李的到来挽救了香香。老李在门口一显形，香香就像看到了附着在老李身上的铁娃。香香见了老李，眼睛却穿过老李的肩膀，往后面看。结果，看了好半天也没见铁娃，心里便涌起铅重的失落。老李不悦了。老李说，怎么客来主不顾？按常规，应该是香香答：应恐是痴人。可香香的神思飘远了，只余下一具皮囊在此，所以，老李的戏谑没有得到期待中的回应。老李坐下后，将手中的茶杯使劲一跺。香香才如梦方醒，吓了一跳。香香立刻罩上了一副热情的面具。她甚至主动地坐到老李对面，为老李倒茶酌酒。老李感慨，很久不来，香香变漂亮了，身上飘香了。香香不好意思了。香香故作轻松地打听铁娃怎么没来。老李说，来前叫了铁娃，可他说有事。香香的目光便暗了。老李说，当领导的就是屁事多。

老李请香香喝酒，香香也没心思接了。香香在屋子里转来转去，也没琢磨个头绪来。最后，香香还是坐到老李对面，鼓足勇气打听铁娃的家庭情况。香香当然没笨到直奔主题。她是先问老李的家庭，然后才拐到铁娃身上。老李将香香的手一摸，说：都老掉牙的朋友了，还不知我老李是光棍一条？香香便笑了。这个她当然知道。老李的香艳故事香香何曾只听过一次？当香香知道了铁娃的老婆是漂亮的女记者时，心里熊熊大火便瞬间覆灭了。她觉得她压根儿就不是铁娃老婆的对手。她当然还想问问他们两口子的感情，可一想大家都是婚姻中的人，又何必明知故问。即使问了，又能咋样？不能取而代之，顶多让别人玩玩。这样的下作事不划算。

香香回想起铁娃每次独自在店里喝酒的神情，心里又平添了许多的怜惜。她想，一个编辑一个记者这样的搭配也应该是天造地设的一双了，怎么还会想着打野食呢？可见天底下的男人都是吃着碗里望着别人锅里的。她便觉得铁娃的形象立时暗淡了。城里知识分子的形象矮小了。文学杂志编辑配党报记者，不说是牛郎配七仙女，起码也是高配他铁娃了。你铁娃何苦还往我头上动心思？这样一想，香香便释然了。香香把铁娃的投石探路，当成了男人的有口无心，只当玩笑，只当一时兴起，轻轻抹煞过去了。

老李回到杂志社，特地到铁娃办公室拉呱。老李估计也是嘴里闲得慌，便添油加醋，将香香的变化大大美化了一番。又将香香向他打听铁娃妻子的情况也戏剧化地演绎了一番。铁娃将信将疑是一定的，对香香背后打探自己家庭又生出厌恶。但他想去看看香香，去验证香香的变化也是真。老李末了还故作神秘地说，我看啦，那八成是遇到新的相好了。这女人我一看就晓得是不可能守住一个男人过日子的。这末了的话是带了钩子的，让铁娃想放也放不下了。她香香是因谁起的变化呢？无风不起浪。老李再怎么夸大其词，多少也是有些根本的。

铁娃现在的兴趣倒不是探讨香香的变化，而是香香这个女人应该是个怎样的定位，值不值得男人动心思。当然他首先是将自己撇开的。他是有老婆的人，而且是个优秀的老婆，他怎么可能对这样的人动心思呢？当然这是他意念中的假象。但假戏演多了，就让自己乱了真。他问的是老李，老李，如果香香是单身，把她介绍给你当老婆，你要还是不要？

老李没有立即回答。当然首先是香香的农民身份。他老李不管咋样也是重点大学毕业的，读了一场书，为的是跳农门。他可以离婚，可以单身，但怎么可能娶一个农民当妻子呢？那不是要笑掉前妻的大牙吗？

他在慎重地思考了一番后回答，这样的女人可以睡觉，但不可能扶正。

铁娃当然是意犹未尽。后面一句与铁娃的心思是吻合的。可前一句就值得探讨了。为什么值得睡觉？我倒想听听老哥子对女人的审美取向。老李说，这个自然是我有发言权吵。这香香五官算不上标致，但也耐看。香香最可取的是八个字：香肌玉骨，丰乳肥臀。你看，她虽然是农村妇女，但一双手伸出来根根像葱。由粗到细，均匀细嫩。一双手半张脸。在我眼里，女人的手远比女人的脸更能激起我的性欲。想想，你闭上眼想想，男女之事是要触摸的啊。这触摸就是手的功劳，是手的功夫。当然还有体香，肉感。如果除掉她的身份，香香算得上一个美人胚子。堪比杨玉环。

这话就言重了。铁娃好似听了旁人对自己老婆的溢美之词，谦虚了躲闪了。老李的一番无心之言以为是男人间的闲扯，却再次在铁娃心海里刮起了十二级台风，似要把他连根拔起，即刻将他吹到香香面前去。他恨不得立即抱住香香啃个不止，啃得渣都不剩。

香香放下了铁娃，脸上的表情便回到了当初的清澈。一脸的阳光，一脸的温旭。“好再来”的生意依然如火如荼的好。当然这好是表面的。客来客往，座无虚席。由于价格远低于大酒店，一天的毛收入也就五六百元左右。

正在香香心安理得地过家外有家的日子时，丈夫黄卫国打来了电话。黄卫国用十分亲昵的口气说，老婆，还有两个月就过年了，到时我们一起回家吧？香香听到丈夫的声音先是一惊。她警惕地问黄卫国在哪里。黄卫国故作神秘道，远在天边，近在眼前。

这话可把香香吓得不轻。香香始料未及，语无伦次了。尽管这样的时刻她预想了很多次，也做了很多以备不测的预案，但事情真的逼到眼前，她还是傻眼了。香香举着手机来到店外，低声问，你真的来武汉了？黄卫国调侃道，好像不欢迎啊？香香苦着脸战战兢兢地说，怎么会？黄卫国说，你先告诉我地址，我来找你吧？香香正要琢磨是告诉他工作的地方还是住宿的位置，对方电话里传来了一个尖利的女声。女声说，国子，你又背着我给哪个小妖精打电话呢？黄卫国的电话立即仓促地挂断了。再打过去，电话关了机。一直等到晚上，香香才拨通了丈夫的电话。黄卫国打着哈哈说，是骗你的。我到时一车就坐回家了，有必要出那个冤枉钱跑武汉吗？香香悬着的一颗心这才回了位。回了位的心却并不舒坦，而是起了颤栗，起了疼痛。那天晚上，她恨不得立即飞到黄卫国身边，揪出那个妖精女人。后来又对镜自照，觉得自己不也是侵占别人丈夫的妖精吗？一颗愤怒的心才缓缓有了回落。

人说眼不见心不烦；人说只许州官放火，不许百姓点灯。轮到自己，依然是难以释怀，是千疮百孔，是无可奈何，是剜心的疼痛。这天晚上，二柱要和香香亲热的时候吃了闭门羹。香香将胳膊一摞，就侧过身去了。二柱的心一下就塌方了。他想，看来这女人是真有问题了。她是不是有了新的相好？二柱也来气了。二柱嘴里嘟哝了一句，不做拉倒！就腾地翻转了一下身子，两人背对背了。香香此时泪水下来了，滚滚如潮，从眼角，到鼻翼，到嘴，汹涌着奔向腮帮子，瀑布般消失在低硬的枕头上，混入漆黑的夜。香香起初还是默默的，是一个人的悲伤。接着就开始吸鼻子，鼻孔一抽，有了喝稀饭的声音，是泪水和鼻涕混合的声音，看来是涕泪长流了。二柱诧异了。好端端的哭个么事？不让我碰，狠话还不让我放么？二柱寂静地听着，耸着耳朵。她在哭，确实在哭，而且大有一发不可收之势。深更半夜的，女人的哭很瘆人。

二柱必须主动了。他抱住香香，香香没反抗。他又摸了摸香香的脸，果然全是鼻涕泪，湿了一把。事态严重了。二柱得承认错误。可他不知道自己错在哪里。但每当女人生气，不论缘由，男人得一律承认错了。在女人面前服输服软，让女人赢。这就是男女和谐的法宝。他虽然没找到自己错在何处，还是稀里糊涂地认了错。他说，香香，对不起，是我错了。香香的抽泣没有止住。二柱又说了一遍。他怕她没听见，还欠起身子，将头翻过香香的侧峰伸到香香的奶子面前。事实是香香不仅没止住抽泣，反而变本加厉，哭出声来了。这下，就更让二柱丈二和尚摸不着头脑了。他惶恐了，他错乱了，他再次将自己这几天的言行检省了一遍。早上还有说有笑哩，怎么一到晚上就出鬼了？二柱想到刚才的粗鲁了。秃顶的二柱性欲十分旺健。几乎每天都要与香香亲热。即使香香例假了，他也不放过。他会让香香用手用嘴用奶子，总之香香身上的任何器官都足以让他达到高潮。这也是他将香香当宝贝的原因。

二柱的耳轮子擦到香香水蜜桃奶子上，那物件便又不识时务地雄起了。这物件一雄起，二柱就嘴软。他叫了一个肉麻的词：宝贝！这词一直就在他心里。他也是按这个词执行的。可香香没像往常一样，用水样的柔情和火一样的动作回应他。香香再次愤愤地将二柱的头往外推了一下。哭声止住了，吼声却起了。香香吼道：你们男人都没良心！二柱愣住了，他打算洗耳受训。

香香脑海里此刻翻涌的全是自己丈夫与那个小妖精滚床单的图景。黄卫国英武雄壮，当过二年空降兵。当初嫁给他，别人还说香香比他逊色些。可就是这样一个男人到工地上做起了粉刷匠。每天一身灰地回家，连眼睫毛上都是灰。那一身灰不仅诋毁着一个男人的形象，也没给家里带来多大的起色。加上儿子进入高中，钱这个大雪球越来越迫在眉睫地滚到生活面前。雪球是雪不是钱,是一个冒着寒气的数字。后来，一个战友一忽悠，她就放他去了云南。这一去就是六年。她明知自己的男人在外面不会不找女人，就像自己不可能不需要男人一样，可那小妖精的声音以铁板钉钉的事实撞击她耳鼓的时候，她还是像一层浆糊纸一下被捅了个大窟窿。她崩溃了。她受伤了。她凹陷了。她恨不能现在生出一双翅膀来，即刻飞到黄卫国面前。她想对丈夫说，走吧，咱们一起回老家种田。种点吃点，饿不死的。那样，心是甜蜜的，心是快乐的，心是干净的，心是坦然的。现在天各一方，夫妻都被别人占了。人受了辱，身子也脏了，钱也没挣个富字来。想到这家不家，人不人的日子，香香就有无尽的委屈。一切都被钱这个王八蛋给绑架了。

香香翻了身，仰卧着。她温柔了。她和缓了，刚才一阵暴风骤雨横掠过去了。香香突然伸出丰腴的胳膊，搂住了二柱的脖子。香香说，这样的日子我不想过下去了。我想回家。二柱愣住了，从梦想国里跌落了。他何尝不知自己会有梦醒的那一天。二柱说，朗嘎儿忽然变卦了？香香说，什么叫变卦？二柱说，原来不是说好一直这样的吗？香香猛地向空中呸了一声，说，想得倒美！凭什么？我给你当牛做马，你却把钱大把大把送回自己的家。你榨取我的血汗，霸占别人的老婆。这是你一个男人该做的吗？

二柱不吭声了。二柱很想说，当初不是你情我愿的吗？记得你开始来我店里打工，我还嫌你年龄大没看上你哩。你来了七说八说，说什么比尔·盖茨的秘书还是大妈级的哩。你说女人没生过孩子，没受过婆婆的气，是不成熟的，也是靠不住的。你一来就不走了，硬是要试试。一试就把别的小姑娘给挤对下去了。你成了店里一枝花。要跟我过日子，也是你的主意。那年夏天，实在太热，我脱了衣服炒菜，你就跑过来说，你人长得丑，身体却好看。后来，不知朗嘎儿搞的你就跑到我床上来了。我当时还后怕哩。可你说，人不能光为家活着。两边瞒着哄着，白头偕老，也不错。如今朗嘎儿说变就变了呢？可他只敢闷在心里说。香香现在在气头上，他不能顶撞。他怕一顶就真把嘴边的香肉顶跑了。

二柱老老实实地缩进了被子。他的手不知该放到哪里。他很想抱抱香香，像摸一条发怒的狗一样。狗大多数时候是温顺的，听话的，偶尔发发脾气也是情有可原的，需要耐心地温暖地抚摸。顺着毛，摸一摸，火就熄了，气就顺了。可香香今非昔比，由泪人变成了一个刺猬。他不敢碰，不敢语。他听天由命。他将香香的怨气想了一遍，觉得还是自己理亏。在钱的问题上，他的天平的确是偏向自家的。香香在店里顶了大半边天，得到的却是十分之一，有时十分之一都不到。他尽管爱着香香，可毕竟香香是别人的老婆。他重任在身，上有八十岁的老母，下有十二岁的姑娘。起初二柱是带着老婆一起来武汉打工的，当时姑娘读小学，却被一个老头子拿五元钱引诱，差点就坏事了，幸亏邻居看见了。八十岁的老母请邻居打电话过来，二柱才赶紧要老婆回家。自那以后，他就一人独自在大学门口推着车卖麻辣烫，赚了些钱，就租下这个店面做早点，然后做一日三餐。为了省钱，他很少回家，甚至好几年连春节都没回老家。过年，火车票难买，而且回家，人情世故多，裤兜里的钱经不得几掏就底朝天了，索性就不回了。后来有了香香，他更是把这里当成了自己的家。现在姑娘还在读初中。老婆体弱多病。田里的活儿是指望不上的。能种上菜，自己够吃，就不错了。他当然也喜欢香香，可让他离婚他做不到。一是不忍，二是责任。他很感谢老天爷将香香赏赐给他，这等于是白捡了一个媳妇。他尽量节俭。赚得的钱除了店里周转，剩下的就是香香的工资和养家费。

香香也从没想过离婚。一是她爱自己的丈夫，她与黄卫国有感情基础。二是身边从没遇到一个男人足以将她从家里拉走。她比较来比较去，只有一个可能，就是如果铁娃也像老李一样是单身，她就打算豁出去。舍得一身剐，敢把皇上拉下马。

这个念头直到天亮才闪入香香纷乱的脑海，却给她带来了炼狱重生的希望。

第9章 抛弃的不仅是穷，还有专制

老李到底还是离开了文学树杂志社。老李走得非常果决。他汲取了上次的教训。过了国庆节就没来文学树了。他不辞而别了。像两个恋爱的人，其中一方若不辞而别，那就是没给对方任何挽留的余地。寻找和规劝都免了吧。

老李离开文学树前只与铁娃喝过一次酒。喝完了才说他已到汉口一家侦探公司上班了。铁娃依然吃惊不小。他说，文学树杂志现在一年仅电信和房地产公司就有两万份，这个订数在全国都不算低。文学树正蓄势待发，有大病初愈重拾旧山河的气象。你为什么还要离开呢？你不是给一刀下保证书了吗？

老李吞下一小杯白酒，翻着白眼说，一刀当社长改变了杂志社的发展面貌不假，但是原有的波平浪静一团和气没有了。有些人骨子里的奴性暴露无遗。有几个女人像他妈资本家暴发户的乏走狗，摇头摆尾，简直到了吮痈舔痔的地步。庙小妖风大，池浅王八多。在这里多待一天就恶心一天。不如眼不见为净。铁娃在脑子里将同事们拉胶片样地过了过，觉得这话也不假。比如，小说编辑小贾就是最会摇尾乞怜的人。年龄不大，工龄不长，欺下媚上的功夫却是天生一流。有人议论过，这女人要在文革，一定是冲在最前面的造反派。手里天天举着一刀的尚方宝剑。好在铁娃也身居要职，享受的待遇算是按摩级的。小贾的两张嘴脸，尽管是公开的，透彻的，不加虚掩的，一目了然的，倒没刺激到他。最受刺激的当然是无权无钱的老李。老李是杂志社最底层的人民。别人无权无钱，他还多一条，无家。老李这个硬骨头，受不了的正是媚骨。

铁娃诚恳挽留：不管怎么说，一刀对你还不错。老李却不依了。老李说，造成这样的局面，根子还在一刀。高度集权一个直接的后果，就是养出一批点头哈腰吮痈舔痔的奴仆。铁娃朗声大笑。老李正色道，女人干政说到底是个阴阳颠倒的错误。中华民族浩荡五千年，历史上又有哪个女人能真正治理天下？至少男人可以三宫六院，女人就不可以嘛。铁娃说，武则天不是有面首吗？老李说，她敢三宫六院吗？铁娃脑海里立即浮现出成群结队的面首等着一个女人翻牌子的图景，确实不像话，也不可能，便无言以对了。

有老李这番话作警示，铁娃就提防着自己与一刀社长的往来，不要让人有奴仆的嫌疑，更不能糊里糊涂“被”成了面首。一刀是杂志社第二个知道铁娃离婚的人。她推己及人，对铁娃的好就渐渐显出了偏袒。比如，老李和铁娃同样是睡懒觉迟到。一刀会说，铁娃是年轻人，家也离得远些，偶尔迟到情有可原。老李上次的辞职尽管赢得了一刀的网开一面。老李可以不再坐迟到席。不是一刀不让他坐，而是老李不想让一刀为难。凡集中开会，他都不再迟到。他用行动支持着一刀。一刀当然是感激的。这就使得老李的特权不特了。

老李的离开与文学树的苟延残喘有关，更与他自己的心态有关。他到底像一尾鱼，回到了他渴望自在的江河里。在他眼里文学树上布满了老而不死的百足之虫。

铁娃知道一刀这个离异老女人对自己的偏爱。这是他过去二十多年工作生涯中没有过的。他像热带雨林中的寄生植物，不必多费力也能左右逢源被抬着捧着。可人到底不是植物。人心可以瞬息万变。上一刻她喜欢你罩着你，你就是人上人；下一刻主人变脸，他就成了奴才，成了人下人。况且，她对他的好带有肉欲的私心。这并不是他想要的。反是他极力回避的。他是人在屋檐下不得不低头。他想迎合她，不为别的，为那点权和钱。元大臣严忠济说，宁可少活十年，不可一日无权。有权就有钱，钱是王八蛋，没钱就讨饭。他可以得罪一切，却不能得罪权先生钱小姐钱荡妇权这个王八蛋。他与一刀社长相处久了，眉来眼去是免不了的。一刀爱穿白衬衣，黑包裙。上衣短而紧，硕大的奶子在胸前形成一片松软的高原。肥厚的屁股也是浑圆如球。一刀社长与铁娃面对面时，就会提前将领口的扣子解开三颗。这样无论是直立，还是弓身，两个半弧挤出的乳沟便一览无余。

铁娃终于忍不住，问道，听说社长是单身？一刀社长脸唰地红透，竟有少女般的羞涩。铁娃说，我纳闷，您怎么看上去总是那么滋润？一刀社长索性坐下说，早睡早起，吃好睡好，合理的膳食，适量的运动，良好的心态。我想大约就是这些的功劳吧。铁娃邪恶地笑了笑，说，没别的？一刀也莞尔一笑，你觉得还应该有什么别的？铁娃说，这我就不好意思瞎猜测了。阴阳调和对女人不适用吗？我真的不知道，不好瞎猜疑。一刀社长坐得非常笔挺，还要深呼吸，因为她怕腰上的游泳圈损害了形象。她伸长紧致的秀腿说，铁娃，你是个有才华的人。我看好你。你是个有福气的人，好好珍惜。一刀说完就起身离开了。表情非常淡漠，比冬天放了一碗的白开水还凉。铁娃想，女人真是捉摸不透的动物，瞬息万变。

一刀当然是个明白人。她阅人无数，见过的男人多如牛毛，想占她便宜的更是无计其数。但她深知他们不过是逢场作戏。她要的可不是这个，她要的是天长地久，要的是一心一意。她前夫并不缺少才华，也不缺钱，不缺身份地位，缺的就是专一。她起初是希望与单身着的铁娃擦出点心灵火花，然后日久生情。尽管她比铁娃年长了八岁。可年龄有么关系呢？真正的爱情与年龄有关吗？只要铁娃愿意，她是一点含糊都没有的。她的前夫是因为做生意发了财，在深圳长期住公司办事处才出了问题。铁娃没有钱，而且天天在自己的眼皮底下晃悠，这样的婚姻难保还会出什么问题？正因为有这份私心，一刀对铁娃格外手下留情。可她从后来与铁娃的谈吐中看出了挑逗之意。那目光那语气简直像个嫖客，与她期待的爱情，哪怕一点点爱意都相去甚远，简直是八竿子打不着。一个男人对女人没有尊重没有矜持，八成是不含爱情成分的。她对他当初朦胧的好感和期盼便一天天一点点地溃散了。

铁娃不完全明白一刀的心思。铁娃想，我一个大老爷们放走一个如花似玉的结发妻子，换来的竟是一个比自己还大八岁的黄脸婆么？你是社长又如何？女人的价值可不是用官位来衡量的。我即使找个没受过教育的乡下姑娘，只要她年轻漂亮，也足以打败水莲的心高气傲。对男人来说，青春和美貌才是一个女人至高无上的资本。

铁娃最近有个心魔，那就是香香。他觉得与香香睡觉，也远比与一刀社长睡觉要强千倍万倍。他越来越害怕年龄，害怕皱纹，害怕眼袋。即使一刀的外形看上去比同龄人至少小十来岁，他依然像个行医多年的江湖郎中，长着一双极光般的透视眼，能将她考究的服饰下松软的皮肉照看得淋漓尽致。他对一刀唯一的欲望是她高耸的双乳，而那只是一座老房子外遮挡的窗纱，晃动和撩拨着他偶尔的性趣。越是晃动越让他想到老房子陈旧的墙土。不到万不得已，除非饥不择食，铁娃不会与一刀上床。

铁娃觉得与一刀玩玩暧昧是可以的。这有利于身体血液循环，有利于激活自己一潭死水的生活，根本的是有利于保全个人利益。所以，当他觉出一刀对自己的冷漠时，又主动出击。大江退潮，激起风的追赶。他会偶尔给一刀送一盒护手霜，一袋巧克力，一个苹果，或者一条小丝巾。去的时候，用胳膊将一刀肩头轻轻一碰，放下东西便走。他不叫她一刀，也不叫她姚依林，而是叫她姐。这是他们私下的称呼。她叫他铁娃。收到礼物的一刀自是好一番心荡神移。铁娃却神色泰然，像所有向领导讨好行贿的下属一样，他希望一刀这样认为。一刀心荡神移的当然不是那点蝇头小利。那轻轻一碰，简直好比地震之于一棵草上的露珠。她深情款款地望着这个男人，想，他到底对自己是有点意思的。

老李半月不见人，三次会议都缺席，起初没引起一刀的注意。她是这样想的，既然自己有言在先，老李现在也算是赚足了面子，那就让老李体会到我对他的宽容和诚意。这其实就是用待遇留人，用感情留人，用事业留人。可有人有意见了。办公室张主任站起来义正词严了。他说，昨天我去火车站铺货，看到老李了。老李行色诡异地穿梭在人群里。他没看见我，我却看见他了。听编辑部的同志说，老李半个月都没来上班，连个招呼都不打。在我印象里三次旷会，若按制度规定，就该除名了。请问一刀社长，这要做何处置？一刀脸唰地红了。好像她与人伙同作弊，同伙被擒，自己被逼问是招还是不招？

一刀在脑子里迅速盘算如何回应这个棘手的问题。铁娃吭声了。铁娃从喉管深处咳嗽了一声，脸上带着调侃的坏笑说：他已经不必劳驾组织除名了。一刀立即扭头问什么意思。为稳定军心，一刀对老李前次的辞职只字未提。现在，她本能地想到老李到底还是抛弃了杂志社。像一个有前科的人再次犯同样的问题是迟早的事。一刀心里虽然一直吊着这根弦，却没想到他会不辞而别。招呼都没打，这等于是全然置她于不顾，毅然决然地在她脸面上插了一刀，否决了她两年来的全部努力。一刀沮丧了，失意了，受打击了。她颓丧地低下头，右胳膊肘撑到桌上，支着翻江倒海的脑袋。万千的烦闷蜂拥而来。她像一个曲意取悦丈夫的新嫁娘，倒头来还是冷不丁被丈夫无情地休了。她不知道自己错在哪里。她尽力了，她几乎使出了浑身解数。可她还是落到了这个下场。

铁娃从一刀的表情里读出了老李的胜利，不是小胜，简直是完胜，是大获全胜。有人开始议论，还有五年老李就退休了，这时辞职不等于前功尽弃吗？这人怎的这么傻？有人说，我看这老李就是不一般，他不按常人的思维出牌。有人说，他又不是演员，也不年轻，有必要用这样的噱头博名出位吗？铁娃旁听着窃笑着。他想，老李总算在自己人生的末站来了个华丽转身。值，太值了！一个人的日子何必给自己设定那多的条条框框？他终于活出他自己的人形了。

铁娃心里的小九九也开始运作了。他期待老李再次出现在文学树人面前时，是衣锦还乡大富大贵的样子。那就是他回答同事们质疑的最好的答案。也是他步老李后尘最坚实的理由。

这次会开得有些像凭吊会，人人情绪亢奋中饱含低落，都有些言在此意在彼的意思。老李的离职太帅了，像重磅炸弹在人们心里炸得尘埃四起。可以想象这烟尘也会像雾霭飘散到各自的家庭和茶余饭后。

一刀开始反思了。老李上次离职的讨刀檄文还躺在她上了锁的办公室抽屉里。她拿出来看了又看读了又读。她一一对照审视和检查。她给自己评估打分，觉得八十分是够得上的。可为何在老李那里却吃了鸭蛋呢？一刀百思不得其解。一刀反思讨刀檄文后只有一个明显的效果，那就是一刀说话办事不再咄咄逼人了。她变得和颜悦色了，有时甚至有曲意讨好，摧眉折腰的意思。她开始想到思想政治工作的重要性。她觉得还得有一个制度必须建立，那就是社长与职工的联系谈心制度。这制度是对她一个人的约束，却怕自己一时冲动一曝十寒。她叫来了办公室主任，要他立即起草这个新制度，她审阅后再人手一份发下去。秦主任坐在办公室里仰望着一刀。一刀补充说，要求社长必须至少每两个月找每个职工谈一次心。谈心内容视情况，可以公开，也可以不公开。对职工反映的共性问题和建设性建议要限期整改。

一刀私下问过院子里退休的老同志，文学树过去有人干过不辞而别的事吗？没有。绝对没有。有调动的，有异常死亡的，却从来没有不辞而别，把杂志社给休了的。那简直是胆大包天，离经叛道。一刀羞愧了，自责了，汗颜了。一刀觉得该是下狠劲的时候了。不然，这事会像传染病打退甚至摧毁杂志社前进的斗志。

一刀开始调研，开始借他山之石。她走访，电话采访全国还健在的名杂志。像《人民文学》，像《收获》，像《十月》，她得出了一个比较一致的结论。文学必须回归她的公益性。作为一个大省的文学阵地，更离不开政府的支持和赞助。这是当初老李贡献的智慧，可她一直太自信。她觉得等靠要是对自身能力的诋毁。她不愿意向政府伸手要钱。一刀跑了省外跑省内，她做了很简练的调查报告。主管、主办、发行数、资金源。就这么简单。这期间，她还发现一个有趣的现象。办文学期刊的人见了面，不能问发行量，像女人不能问年龄，男人不能问收入，一个个讳莫如深，又仿佛讳疾忌医。她往宣传部跑，往省政府跑，往省财政厅跑，她跑来的结果共性的答复只有一个，那就是文学很重要，但爱莫能助。除非获奖，省政府有奖励。末了，还说，现在哪个人有时间读小说？几个名作家全是八十年代红起来的，看不到一点青春的气息，看不到一部让人眼前一亮的新作品。这二三十年文学树又出过什么名作家名作品？那也是财政出了钱的啊。钱扔到水里，还能鼓个泡发出点声音，你们文学树呢？你们要死不活是我们的错吗？你们不从自身找原因永远都是被动挨打！有的说，现在是市场经济，刊号给你们就是资源，能不能在市场经济的大潮里生存下来不取决于政府，取决于你们自己。有的说，政府需要花钱的地方很多，财政能给你们发工资就不错。你们要想办法给政府减负，而不是增加负担。

一刀听了，觉得人家说的也句句在理。假若文学树是她一个人的，她决不会死乞白赖来找上级部门讨钱。再穷再苦再累，她都能一个人顶着扛着。她这人不怕压力不怕困境。她总觉得环境再恶劣，像时间挤一挤总是有空间的；压力再大，学会转身总可以看到赏心悦目的风景。可杂志社的同志们迫不及待。老李的不辞而别更是瘟疫的引子。她必须主动出击了。一向不求人的尊严，一向好胜好强的面子，在一个群体的共同利益面前屁都不是。众人要的是立竿见影，是吃到嘴里装进兜里的实惠，否则她也什么都不是。

一刀不依了。一刀将桌子一拍，唾沫横飞了：你们这些贪官污吏吃什么长大的？没文学你们能坐到这交椅上吗？你们贪污行贿吃喝玩乐有钱，办文学就没钱了？你们如果不怕曝光，我把你们的言论发到网上去。这话有杀伤力，有火药味。当然也有以偏概全一刀切的毛病。可有时候说话就像发射武器弹药，不大面积进攻就不能显示其威慑力，鲜花野草一起烧毁就在所难免了。一刀拍拍手中的文学树杂志说，办杂志固然要走企业化管理的道路，但在目前情况下，没有政府的投入，杂志就挺不起腰，就做不起人，就不可能吸引更好的作家作品。现在你们问问去，泥瓦匠一天的工资是多少钱，一个作家的一本书是多少钱？告诉你们，泥瓦匠一个月的工资至少九千。一个作家花两年写的书，稿费只有一万。花几个月写一个中篇，稿费只有两千多块。当然你们会说这是市场行为。可我要告诉你们，文学需要义工，但更需要政府的扶持。文学可能被边缘化，但永远不会过时。只要我们还是精神的人，就需要文学。你们为了自己的政绩，愿意花钱修桥建房子。做那些看得见摸得着的面子工程，你们很来劲。做文学这样的隐性工程，你们就推三阻四不屑一顾。可我要告诉你们，文学更是桥是房子。文学是通向人们精神心灵的桥，是书中自有黄金屋的房子。

一刀这一趟下来，一路都是火星四溅，是披荆斩棘，是别开生面。不久，宣传部找一刀谈话了。宣传部人事处黄处长问一刀，如果将文学树杂志纳入公益事业单位，你的年薪就取消了。你就得按职称拿工资，你愿意吗？一刀说，这个没问题。舍小家为大家。一刀没职称，一刀是个裸户，可她说我能拿大家的平均工资就行。一刀总算舒了口气。

巧合的是第二天宣传部副部长桥三石来电话，要一刀马上到宣传部去一趟。桥三石从公文包里掏出两本杂志，递给一刀说，这可是你们办的杂志？一刀拿过来一看，封面上写着文学树，翻开里面全是耸人听闻的所谓高层人物事件内幕。封面上是林彪举着毛主席语录站在天安门城楼上。桥部长说，这是我在新疆坐飞机时在机场书店买的。我看了既眼熟，又陌生。如果是别人冒用你们的刊名，你们可以状告他们侵权。一刀的脸霎时就红了，素来所向披靡的锐气顿时缩进了地洞里。她心虚说，这是我们办的。一个文化公司。向我们交管理费。

桥部长诧异了，说，乱弹琴！你们要砸自己的招牌吗？一刀说，这也是没办法的办法。我们都要揭不开锅了。我自当这个社长以来，天天没睡过一个完整觉。早上一醒就是文学树的柴米油盐。这家我当不了了。桥部长问，他们给你们一年交多少钱？一刀说，十万。桥部长说，文学也不能为五斗米折腰啊！一刀顿时泪水如瀑。心想，岂止为五斗米折腰，为半斗米丢了家的都有。好半天她止住了哽咽，用桥部长递过来的纸巾擦了泪，说，有您这句话，我们文学树就有盼头了。我们也愿意把腰挺直着走路。桥部长沉默片刻说，我给你们提三个条件，你们达到了，我们每年按需拨款。一刀说，别说三条，就是三千条，我们也保证达标。桥部长提的三个条件，一是作品转载率高；二是作品在全国获奖率高；三是读者购买量高。桥部长还补充说，这“三高”虽然没有明确的数字，参照系却明摆着。不用我细说吧？一刀连连摆头，不用，不用。其实您提的这三条一直是我们矢志不渝追求的目标。

桥部长问要达到这些条件，你们可有困难？一刀说，至少先给我们垫两年的印刷费和作家稿费，让我们能周转。两年内见成效。桥部长说，行，先资助一百万元。如果不达标，后面就没下文了。你可别跟我做一锤子买卖！一刀摇着桥部长的手，久久不愿松开，脸上眼角都溢出了五彩的霞光。

一刀兴奋得一夜不眠。兴奋的一刀便磨刀霍霍向猪羊了。一刀将这个好消息像稻草箩堆在肚皮里，在床上翻来覆去烙了一夜煎饼。她在想这么好的消息一定会把杂志社的十二号人乐疯的。她得润物细无声地将消息传递出去。当然，把上级的拨款拿到手还有个过程，但一切都成为板上钉钉的了。她发现其实最忍耐不了好消息的是自己。好消息之所以好，就在于它具有爆发性膨胀性。一膨胀人就像气球整个儿飘起来，必须想法把气放些出去。还没落实的好消息，像墙外红杏很撩人，说早了又怕中途有变，到头来同志们会给她扣上好大喜功吹牛皮的帽子。说晚了，那好事好像是天上掉馅饼与自己的努力没半毛钱关系。思来想去，一个万全的办法就是只对某个人说。这个人的分享就像在气球上扎下一个小小的针眼，慢慢地最后还是将气跑光，却多了舒缓低调和后发制人的效果。

这样一定，第二天，一刀就一身光鲜地推开了铁娃的办公室。铁娃当时就愣住了。他第一反应是这一刀果然有闯劲。铁娃脸上霎时拨云见日。每一丝笑纹都像他内心的无线电波一圈圈地浮现出来又荡漾开去，像春日的牡丹，像初生的朝阳。铁娃甚至情不自已啪地站了起来，伸开双臂，做了一个双臂前伸的动作。如果一刀也往前略略倾斜一下，可能就给那个空阔的环填了空。可一刀经过一夜的沉淀已冷静多了。一刀在心里笑这个男人，嘿嘿，看来他对文学树是有真感情的。铁娃是有些失态了。他心里想的是什么呢？他想，我对这个女人的估计一点没错。强悍的女人与她强悍的办事能力成正比。铁娃还想到一个人。他是老李。他在心里说，老李，你又失算了吧？

一刀对铁娃感慨说，其实，我们党的队伍里还是有一些好官的。铁娃说，包括你吗？一刀笑道，我算不上。我连党员都不是。铁娃自嘲道，我的党龄比工龄还长，可那又能怎样呢？原以为入党是当官的门票，哪知门票早过期了。一刀笑说，看你，动机不纯吧！铁娃愤懑道，现在有几个是纯的？社会是他妈一大染缸。就是初心纯正的，也早染黑了。一刀说，别发牢骚了，还是干正事吧！我总相信，精诚所至，金石为开。铁娃说，如果你说我对文学树不诚，就是冤枉好人了。一刀按了一下铁娃的肩，极力安抚和道歉。

铁娃说，目前看这三个条件中，第三条最难。现在谁愿意掏钱买书啊？单从邮局和书摊两个途径看，我们一年的发行量不到两千本。一刀说，这是时代造成的困境，我们也没办法。我们只有在宣传上多下功夫。

铁娃说，我建议增加两个部门，一是办选刊，确保办刊质量。这样，我们总有一本优中选优的作品是可以堵政府嘴的。桥部长提的第一个条件我们轻而易举就能打个擦边球。而且选刊的稿费低于正刊，我们何乐而不为？一刀当即拍板，可以。二是办个网站，让纸媒与电讯接轨。过去，我们无法预测发行量，但通过电讯，比如微信，我们可以找到点对点的阅读。我们的杂志可以整体出售给电讯平台，由他们转发。这个应该有一笔收入。根据收入算到发行量，应该可以与桥部长说的发行量打个擦边球。一刀笑起来，说，铁娃真是人才！铁娃说，只能算是一块好铁。好铁就怕没用到刀刃上。一刀说，看来我们是天生一对！铁娃脑筋来了个180度急转弯，才算恍然大悟。

历史上前所未有的文学树小说选刊问世了。人手成为迫在眉睫的大问题。第一期选刊是一编双刊。但时间不能长，长了就成了负担，就成了应付，就有了怨言。招编辑。对，他们开始在网上打广告。广告一出，打进的电话蜂拥而至，爆了。接听电话的人耳朵震麻了，手接软了。电话铃声此起彼伏，像耸立的峰峦起伏着，绵延着，昭告着严峻的就业态势。原来所有单位的门外都站满了蚁群般的大学生。门开一条缝，就潮水般涌来。这门一开，铁娃清醒了。铁娃想，看来自己不走是对的，一走填空的人就到了。一个萝卜一个坑，那时后悔都来不及。老李的位置很快被大学毕业生占领。

负责招人的是铁娃。一楼大厅水泄不通。铁娃和人事处的两个同事坐在一楼临时办公做招聘办。人事处小覃在门口一个个传唤。小覃是个结婚不久的少妇。声音细细切切的，在喧嚣的人声里却自有一番高人一等的威严。铁娃的眼睛盯着一个个如花似玉的女大学生，从衣着到气质，从外形到文凭，那气势简直像皇宫选妃，非常自得。胖嘟嘟的水萍举着自己的毕业证和学校推荐就业表夹在熙来攘往的人流里。水萍挤到小覃面前递过毕业证。小覃侧目瞟了一眼，不动声色，又叫下一位。水萍不依了。水萍叫嚷，凭什么？水萍不由分说挤进了办公室。铁娃倒是和颜悦色。他扫了一眼水萍的毕业证，淡淡地说，对不起，你不符合我们的聘任条件。

铁娃说，至少是211。但从目前情况看，必须是985了。985都已是百里挑一了。水萍当然不知道这主考官竟是与自己沾亲带故的前姨父。水萍其实早料到这个结局。可她不甘心。她又从包里掏出一卷发表过文章的报刊。说，我就爱文学。我是我们校报的主编。我上岗就是熟练工。我做起事来或许比清华北大的高材生还牛。给我一个机会行吗？铁娃断然地摆头，面无表情说，叫下一位。

水萍撕下报纸的一角，唰唰唰写下自己的手机号留给了铁娃。她的字写得龙飞凤舞，抬头时向铁娃挤了个媚眼。男人就需要勾。在外面坐台的女同学王嫚说，只要用心勾，没男人不咬钩的。铁娃在水萍胖乎乎的脸蛋上停留了数秒。青春的花朵饱满欲滴。他将纸条团成一团，推到了桌子的一角，然后对同事讪笑说，现在的女大学生！他摇头再摇头。铁娃后来还是趁同事离开的当儿打开了那个纸团，又趁同事回位时，将纸团扔进了垃圾桶。

第10章 感情上的事是不能游戏的

这天，乡下的天空漂浮着群羊般的白云。已近夏至，农作物一片葱绿，生机勃勃地往上往季节的高空拔节。一派风和景明的样子。铁娃在武汉郊区凤凰岛度假村参加野外生存训练。可以住帐篷，也可以住别墅，可以吃烧烤，也可以吃桌餐。攀岩，走桩，划竹排，大家各取所需。这是文学树杂志社为活跃职工文化生活搞的一项娱乐活动。让大家放松一下，呼吸下户外新鲜空气。田野里到处是荷叶荷花和细细的秧苗。一些无名的野花小草在风中摇摆。白鹭闪着银白的光在空中翻着筋斗。农人戴着草帽赶牛耕地。水田里的水明晃晃的，像镜子反射着天光。铁娃啥活动也没参加，就在田野边走走看看，或者席地而坐，用手机拍拍照，再用微信及时播放自己在户外的生活。

度假村是杂志的广告客户。老总名叫李生辉，长得黑壮，双手中指和无名指上各戴一枚硕大的绿宝石和黄金戒指。四十岁出头，短平头，上身总是一件黑底红碎花的短袖衬衣。声音有些沙哑。十年前因打架致人重伤在监狱里待过九年。他也不忌讳自己的历史，而且恰是这不算光荣的历史对来客有整肃的效果。别的庄园都有欠账呆账，他这里却是来来往往宾客盈门，也来去两清。

李生辉并不是看中杂志的宣传，而是看中了一刀的山水画。一刀来这里后，几乎足不出户闭门作画。一刀一个斗方的山水画，在武汉诚信拍卖公司最高拍卖价是三万元。一刀答应送李生辉十幅山水画。后来还是铁娃挽救了一刀。铁娃对李生辉说，这岛上本来就风景如画，何不来个户外写生？用社长的妙笔画你们的风光，作品发到我们杂志上，不是两全其美吗？哪需要十幅，一幅精品足够！

现在铁娃就坐在一个荷塘边。荷花盛开的不多，倒是一些尖尖角让他觉得像饱满的毛笔，像拳拳之心，星星点点散落于田田的绿叶里。蜻蜓和蝴蝶轻盈地盘旋。偶尔有鱼跳起来发出一声啪的巨响。时而钻出一两只野鸭，发出嘎的叫声，又倏忽扎进荷叶丛里，只漾起一圈圈涟漪，像无线电波荡漾开去，止于无形。他看着拍着，怡然自得。他想，当初爱上水莲，一个重要因素也是她名字里有荷花。这荷花出污泥不染，迎着烈日，中通外直，不蔓不枝。花香清远，花瓣也是朗正丰腴。荷花生于水中，想要轻易地得到也是不能够的，真是只可远观不能近玩。看来，名如其人是有道理的。他看到一朵盛极的花瓣已经零落，几个残片挂在一个倒锥形的小莲蓬上。他记得水莲说过，那莲蓬就是她的心，被生活扎得千疮百孔。想到这里，他在心里说，看来水莲受苦是注定的。即使不与我铁娃结婚，你也改变不了一朵荷花的命运。拳拳之心，终是千疮百孔。又想到自己的名字，难道我真是一颗铁石心吗？

一刀在远处架着画板作画。一刀远远地看见了铁娃。他穿着白衬衣专注荷塘的背影让她心生感动。刀就将铁娃当风景画了进去。她想，这幅画是不能公开发表的，也不能送给他人。算是我的一片心，送予他，或许他是喜欢的。

铁娃忽然想起香香了。他觉得香香身上有泥土的气息，虽然远不及荷花的清高和雅致，但泥土能让自己牢牢地抓在手里。泥土可以任人拿捏。这样一对比，他就想到香香身上许多的好。这样想着的时候，他就按捺不住，一骨碌从地上拍拍屁股起立。他伸了个懒腰，向正在作画的一刀走去。一刀抬头发现铁娃正大踏步向自己走来，现出如临大敌的慌乱。她立即从宽敞的挎包里掏出一张新纸，盖住下面的画。她静等着铁娃的到来。

铁娃过来先转到一刀背后看她作画。铁娃说，怎么还是一张白纸？一刀说，刚刚画了一幅，才换上新纸。铁娃便低头在地上寻找。他说，画呢？让我欣赏欣赏。一刀说，会给你看的，但是现在不行。现在是没蒸熟的馒头，不能随便揭盖子。铁娃嬉笑道，还跟我打哑谜哩。犯得着吗？他绕着一刀走了一圈。一刀被看得不好意思了。一刀胡乱地在纸上粉刷，说，找我有事吗？铁娃说，我想请假回去。我八十岁的老母来了。我不在家不放心。她一身的病。一刀说，一身的病在吃药打针吗？铁娃说，走到哪里都是一袋子药。高血压、心脏病、肾炎，还有阑尾炎动过手术，至今腹部捆着宽腰带。一刀说，哦，这样啊。你老婆不能照顾一下吗？铁娃说，她出差了。一刀瞟了他一眼，继续说，来之前为什么不把她送到你兄弟家呢？铁娃说，我妈就喜欢搞突然袭击，刚接到电话，她已经到我家了。

一刀无可奈何了。她没有作声。她当然明白人家是有备而来，你却是仓促上阵。铁娃已转身离开，大步流星往别墅走去。她想，他也不过是跟自己打个招呼，批不批准都是要走的。她想，这就是她喜欢的男人，一股子拗劲，让她总是被动地默许或俯首称臣。

铁娃叫了一辆的士便往城里赶。上了车，就给香香打电话。香香听到铁娃说要回来与他一起过夜，既惊喜又害怕。香香低声问，哪里？铁娃说，我家里是不能去了。我妈来了。香香嘟哝着，噘起了嘴巴。铁娃说，你说吧，去哪里？香香说，要不去你住的别墅去。我还没住过别墅哩。铁娃说，什么别墅，不过跟你们乡下的房子一样。你们乡下不都是一家一栋楼地住着吗？那就是别墅。香香说，那才不一样哩。否则，为什么城里人叫别墅，不叫楼房呢？听说，别墅都是城里富人住的。我就想看看城里富人住的别墅是啥样子。铁娃想，这乡下女人真够固执的。怎么办呢？听她的吧。反正不要我掏钱，于是给司机说调头回凤凰岛度假村。

铁娃正往回赶，又接到香香电话。香香说，你来接我吧。我不知道怎么走。铁娃想这去来的士费都超过百元了，而且真的来别墅，万一碰到一刀查岗，岂不让丑闻在单位炸开锅？女人的嫉妒心更是一把尖刀，是可以杀人的。思来想去，觉得不能让香香来。他可不想在饭碗里放炸药。那结局一定是万劫不复死无葬身之地。

铁娃给香香发了条信息：单位通知开会，今天见面取消。信息的好处在于避免了语言及时相碰，可以给思考留下缓冲的余地。香香再反对，他不回话也是说得过去的。沉默有时是金蝉脱壳的法宝。

香香后来又至少发来三十条信息，都是铁娃一时兴起挑惹起来的。恋爱中的女人，心是一堆轻飘飘的飞絮。男人嘴巴一张一合，那飞絮便不安分地四处飞舞。千山万水也要飞向男人的天空，让他云遮雾绕，让他坐卧不安，让他奇痒难耐。动了情的女人，只要把心之所想所盼换成文字，也是尽皆成诗。恋爱中的女人都可以成为诗人。香香此刻就有几句话极具诗情画意，也让铁娃对香香刮目相看。

香香是这样写的：有时候世界很大，大到我们一辈子都没机会遇见。有时候世界又很小，小到一转头就看见了你的笑容。亲爱的铁娃，老天爷让我们遇见就是我们铁定的缘分。我爱你也是铁定的情痴。无论你在哪里，请将我带上。即使不能显形，我也愿做你白衬衣口袋里那一撮烟末。它们和我有同样的名字：香香。亲爱的，就让我贴在离你心窝最近的地方。那样，我能随时听到你内心呼我唤我的回响。铁娃想，这哪里是个农民工啊。后来，铁娃打听到香香是读过高中的，作文常当范文，只因严重偏科，高考才落了榜。

感情上的事是不能游戏的。铁娃心里有了隐隐的不安。铁娃现在似患了上班恐惧症。杂志社人不多，但他已渐渐感觉人们向他投来的目光都带了芒刺。人们要找一刀通常是有畏色的，但有人却会曲径通幽找铁娃。凡认为不好与一刀交锋的事都说与铁娃听。铁娃成了代言人和传声筒。有人会说，这事一刀社长知道不？有人立即回答，铁娃主编同意了。这事便无事。起初，铁娃沾沾自喜，以为这就是一个男人权力在握的成功，是众人俯首称臣的自豪。现在却渐渐不自在。很多时候，他甚至不敢接住对方的目光，那目光里有太多意味深长的内容。他猜不透，又不愿触碰。

一刀出去办事往往把铁娃叫上。一刀嫌铁娃穿得寒碜，主动到商场买了两套名牌衣服督促他换上。铁娃想，不穿白不穿，反正不要我出钱。再说我也是为公家办事，走出去代表杂志社的形象。最近一次醉酒，是请省委宣传部文艺处王处长喝酒。一刀也是豁出去了，一杯一杯地吞，像喝白开水。一刀说，王处，只要您答应把我们杂志列入农家书屋，我今儿就是喝死在这里也是赚了。那可是一万份啊。一万份，由政府买单，我就能天天睡到自然醒。

王处长身材魁梧，一笑眼睛就眯成了一条线，眼珠都看不见了。他说，你们的责任就是把杂志办好，让我在办公会上提出来时不至于有人拿你们的质量问题与我扯反劲。一刀就命令铁娃起身执壶，给王处长满上，然后三只杯子狠劲一碰，都是一仰脖子，一饮而尽。铁娃本来不胜酒力，也被架到一个高地，不断冲锋陷阵。

最后，一刀携铁娃与王处长握手告别。一刀趴到车窗边，反复嘱咐王处长的司机，把车开好啰，一定要保证王处长的安全啊，小伙子。这可是我们敬爱的王处长啊。没他就没我们文学树的明天啊。王处长坐司机后座上，不停地挥手说，行了，行了。铁娃听了浑身都起了一层鸡皮疙瘩，在后面拍了拍一刀的背，一刀这才松车罢手。

铁娃叫停一辆的士，将东倒西歪的一刀塞进车里。正欲合上车门，却被一刀一把拽住，问你哪里去？铁娃说，我坐前面。一刀摆头说，就坐这儿，来。又将肥硕的屁股使劲往里挪，却终是纹丝没动。铁娃只有挤坐到一刀身边。一不小心坐疼了一刀只穿了一步裙的大腿。一刀发出娇嗔的尖叫。铁娃连声道歉对不起，对不起。我说要坐前面吧！看把你挤着了。一刀双目紧闭，顺势将头倚靠到铁娃肩上。铁娃顿时周身再次蹿起一层冷飕飕的鸡皮疙瘩，那感觉仿佛火烧赤壁时万箭齐飞插入稻草人。

铁娃要车往东湖路开。一刀却摆摆手说，错了错了，我早不住那里了。又说去江夏石头岛。铁娃也不作声，只叫司机调头往江夏去。一小时后，他们来到石头岛。一刀被风一吹似乎清醒了许多，昂起头，看了看窗外，说，就是这里。

铁娃见面前竟是个两层独栋的小院，惊奇地问，这是你的新家吗？你刚到文学树时还不住这里哩。一刀说，我没醉到连自己的家也不认得吧？铁娃惊叹道，土豪啊。一刀凄然一笑，孤家寡人的，有么好？铁娃再次艳羡地望了望这栋隐没在黑暗中的白色小楼，说，那您进去吧。我走了。转身就往车里钻。说时迟那时快，一刀又是一个踉跄扑到铁娃怀里。铁娃手疾眼快一把上前扶住。一刀醉眼朦胧说，你真狠得下心啊。铁娃连连矢口否认，没，没。送我进屋。一刀命令道。铁娃十二分的不情愿，说，这，不好吧？一刀竟伸腿向铁娃狠踢了一脚。

一刀将随手携带的小包递过去，说，钥匙。铁娃心领神会从包里摸来摸去掏出一串钥匙，叮叮当当地打开了外面的铁栅栏。进得里面的院落，顺着一条蜿蜒的石子路来到楼房门口。两侧竹影婆娑，风摇叶响，有些鬼魅的可怕。铁娃暗想，这女人也真够胆大的，独自在这偏远的乡下住这大的别墅。进了屋子，倒是一屋子的书卷气。墙壁上，包括旋转木梯的侧面，全张挂着装裱过的书画，横七竖八，长的方的，彩的素的，琳琅满目。

一刀的头依旧靠着铁娃的肩，拽住铁娃一屁股跌坐到沙发上。一刀目光朦胧，一手指了指正中的墙壁，说，铁娃，你看看有没有让你眼熟的？铁娃撇开困扰，走近去，确有一幅似曾相识。嫩绿的秧苗，田田的荷叶，星星点点的荷花。一头水牛静静地吃草。两只白鹭一前一后，一只蹲在牛头前，一只蹭在牛蹄子旁。一只灰喜鹊站在牛背上翘首以待。这一切都是那么熟悉，那么深铭于心。最亲切的图景是田埂上坐着一个男人。那着短袖白衬衣黑长裤的背影，虽然只是一个剪影，却分明是自己的棱角。铁娃重新穿上白衬衣是与香香好上以后的事。离婚两年的深色系实在像铅云让他压抑沉重。白，实在是男人的经典色，轻盈干净，自有一番简到极处的高贵。什么肤色的男人穿白衣服好看是一定的，就是难得招呼打理。必须上下配套，从头到脚，一尘不染。但凡对生活有期待有信心的人都爱穿白衬衣。它是一种朝气与活力。单身的铁娃重拾白衬衣，外人看不出变化的迹象，他自己却是经历了由晦暗到振作的过程。

铁娃由衷地感叹，你画得真好！一刀意乱情迷的样子，嗲声说，本来是给你准备的，一直没机会送给你。你喜欢就拿走吧。铁娃正要上前去取，忽地想到此情此景，这画又顿时成了烫手的山芋。他回转身说，还是挂你这里吧。我那屋子里寒碜，配不上这么好的作品。一刀娇嗔起来，不嘛，你拿着，就是取走了我这颗心。你就是不在我眼前晃动，我的心却总能跟你在一起。

铁娃听了浑身再次隆起一层厚厚的鸡皮疙瘩。他没料到平日里出口像刀子走路像狂风办事像救火的女人，说起情话来竟也像娟秀的小姑娘，情意缠缠，温情脉脉。铁娃站在空旷的屋子里，觉得四周透出一种鬼魅的气息，将他笼罩着包裹着，他的内心竟有呼救的声音，大叫着要他奔逃。一刀间或呻吟一声，间或叫一声铁娃，他却望而却步毛骨悚然。他甚至不敢再看一眼幻梦中的一刀，嗫嚅道，您好好好休息，我回家去了。

一刀却像蛇吐信子猛然伸手一把箍住了铁娃的细腰。铁娃吓得浑身一颤。一刀将脸紧贴到铁娃的肚皮上，来来回回地摩挲，像个迷路的孩子。她嘤嘤地哭诉着，别走，求你！我的好铁娃。你不知道，我有多爱你。铁娃不知所措，像根呆木桩，大汗淋漓。他的腰直直地挺着，一刀像个沉重的包袱挂在他腰际间。一刀终于停止了哭泣，开始寻找铁娃的嘴巴。铁娃却将嘴紧紧地闭着，头伸得像鸭颈往上提拎着。一刀说，我今天不会放你回去的。我早知道你离婚了。你回去了也是一个人睡。在我这里，你即使不和我睡，我也有床给你，又何必深更半夜大老远地跑来跑去呢？

铁娃将一颗慌乱的头晃得像拨浪鼓。脸上本来不多的松弛的皮肉也颤抖得厉害。一刀用脸蹭开了铁娃上衣的纽扣，他们终于肌肤相亲了。一刀微闭着双眼，沉醉在她朝思暮想的男人的体香里。她转过头鼻子贴着铁娃的肚脐眼深呼吸，说，好香啊，铁娃。铁娃如针芒在背，又动弹不得。他的紧张让全身都有了狂风扫荡秋叶般的哆嗦。

一刀呓语道，我哪点配不上你？我不过比你大八岁。可真正的爱情是没有年龄界限的。尽管我比你年龄大，但我有一颗少女的心。我爱你，铁娃。这话在我心里藏得太久了，我都快憋死了。我什么都不缺，就缺一个爱我和我爱的男人。你知道我为什么到乡下来住吗？这样你和我就可以远离众人的目光。我们不知不觉地结了婚，在这里颐养天年，白头偕老，不是很好吗？不受人关注，也不被人打扰。这不是你想要的生活吗？我比你钱多，而且比你能赚钱，当然我不是有意打击你的自尊心。

铁娃听到这里愤然推开了一刀。他凛然的样子像视死如归，说，对不起，一刀社长，你不是我想要的女人。一刀更紧地箍住铁娃的腰，说，对不起，我说错话了。铁娃，娃儿，请你不要把我当一个女强人。只要你愿意娶我，我可以为你放弃一切。我在家做个家庭主妇，给你端茶递水，给你洗脚捶背都行。铁娃，这是真的。自从我走进文学树，就喜欢上了你。我记得第一次进你办公室，那天你穿着白衬衣，蓝西裤，头发喷过啫喱水。你腰背直直地站着，干净利落，一股清新的文人气息。我一下子就被吸引了。这几年来，你在我面前自由自在无拘无束，别人有你这权力吗？别人不敢在我面前说一个不字。你这个木头人，铁石心！说着，额头被一只蚊子叮得奇痒难耐，索性腾出一只手挠痒。铁娃却趁机猛地往后一退，然后转身向门口一个箭步迈出去。他说，对不起，我不是你想象的那个男人。砰的一声脆响，铁娃如释重负逃出了那个女人的掌控。他甚至不敢回头看一眼这栋阴影笼罩的别墅。他一阵小跑往大路奔去，身后立即传来一个女人凄切苍老的哀鸣。

第二天，铁娃以为一刀不会来上班。不料一切照旧，周而复始。太阳照常升起。日出日落。一刀像一股风轻轻推开了铁娃办公室，见铁娃正低头看稿件，就不请自便无声无息地坐到沙发上。铁娃猛然抬头吓得一悚，见一刀眼睛有些浮肿，估计是昨晚哭得太久，心里又有些隐约作痛。一刀嗓子喑哑地说，昨晚酒喝多了，失了控，请你不要放在心上。只当我什么也没说，什么也没做。说完，轻轻地转身开门合门离开。铁娃缓缓起立，有些欲言又止。他想，我能说什么呢？我铁娃是个什么东西，竟有这多的女人倾心于我？可我百般地屈尊讨好，怎么就从来没赢得我爱的水莲的心呢？唉，这天底下的女人，我至今都没搞懂你们中的任何一个。

第11章 青春无敌

两年的单身生活让水莲对陌生来电都保持着警惕。一个人的日子她得给自己充当铜墙铁壁。上周三的深夜，她从梦中被轰隆的擂门声敲响。幸而她养成了进门就将门反锁的习惯。对方说，快开门呀，我怎么打不开？水莲气不打一处来，说，凭什么给你开门。对方说我就住这里呀。水莲放声大骂，放你妈的屁！对方立即噤声。第二天，水莲在楼道里就看见了物业的一则告示。是说最近有强盗用技术开锁的方式闯入本小区和周边小区作案。小偷已被逮住。前天中午，水莲在湖边散步，在进公园大门时，上衣口袋的手机不翼而飞。景色怡人的风景区，有人公然行窃，这是水莲万万没料到的。她一个劲地叹息自己幼稚。同事怂恿水莲报了警，笔录做了一长串，一问一答，相当于进了半小时的考场。她又主动将手机的IEMEI报给女警官。水莲说，听说IEMEI就是手机的身份证。只要有人用，就能查到。女警官在电脑上做着固定模式的简答题。末了让水莲签字按指印。女警官抽空说，我们没有这个权力侦察。我们只能在公园大门例行检查时，看到可疑的手机可以盘问和没收。水莲便有些不耐烦，冷笑起来。她说，这不是开玩笑吗？大海捞针有多大的概率？唉唉，水莲连呼上当，手机被盗不算，还加上时间被盗，这就是雪上加霜了。

水莲又破费了一个月的工资换了新手机。手机响第三遍铃声时，水莲才拿起手机，显示的是武汉本地来电。电话是水萍打来的。水莲起初有些抗拒。她已习惯不被任何人打扰的生活。水萍说，莲姨，我到长江晚报当见习记者了。我不会给您添麻烦的。只是想来看看您。说真的，虽然我从没见过您。可在我心里，您和我妈一样亲。就是这张小甜嘴，让水莲心中的那座块垒瞬间化作冰山缓缓漂移。现在年轻孩子的办事能力远远超过成人的预期。看来，这孩子继承了她母亲的基因。

水莲赶紧换掉了家居服，到超市买菜、零食和水果。家里久不来客了。她打算像迎接自己的孩子一样接待水萍。而且，水上锦几次三番地打电话送特产，让她觉得心里有了亏欠。她想一个农村孩子在举目无亲的城里过日子也不易，我们虽是老亲，但终究是有血缘的。血是热的，总可以拿亲情取暖。

水萍按水莲指示的路线，坐公交车直达东湖车站，小区有一千多个住户，十五栋楼房。水莲问要不要到站台去接。水萍却笑道，莲姨，我在武汉生活四年多了，您相信我吧。我会亲自把自己送到您面前。水莲听出这孩子扑面而来的自信和阳光的气息，微微一笑。她喜欢这样的孩子。不娇气，不矫情，聪慧，坦荡。她又将家里的沙发地板柜台擦拭了一遍，将精致的人参榕盆景每个叶片都擦干净了，从阳台上搬到茶几上搁着。现在，她环视自己三室一厅的房子，棕黄的地板光亮可鉴。孔雀羽毛在景泰蓝瓶中熠熠生辉。山水牡丹国画在玻璃框里亦是光彩照人。这应该是一个书香浓郁品位雅致的家居环境。水莲不想让侄女见出自己的落魄。她被水上锦捧到了神坛上。她就要以那样的面目回赠她的女儿和她们生活的世界。她是城里还不算落拓的知识分子，至少属于中等的生活水平。这就是她给自己的定位。她要展示和维护的正是这个。

水萍站到水莲面前的时候，水莲微微地有些失望。她失望的不是水萍阳光的表情，白皙的圆脸，而是她过于丰腴的身材。水莲见女孩一脸的汗水，红扑扑的，像从枝头刚采摘的苹果，又为水萍怒放的青春感动。想当年自己读大学时不也喝开水都长肉吗？水莲问水萍多大了。水萍说二十岁。水莲笑起来。水萍问莲姨笑什么。水莲说，我看到你的今天，就想到我的昨天。水萍说，您的昨天是一枝花。就是现在看上去也依然是一枝花。水莲感慨，是一枝枯萎的花了。水萍说，才不是哩，是盛开的花。水莲说，美酒饮至微熏处，好花看到半开时。你现在才是人生最美的季节啊。

水莲要水萍坐到沙发前吃茶几上摆放的零食和瓜果。见水萍有些拘谨，就将一个西瓜切了，陪着水萍啃了几口。水莲问工作还顺利吗？水萍说，还行，就是每天都处跑。前一个小时还在江南，下一小时就转战到了江北。省里市里文化活动还是挺丰富的。一个研讨会，一个首发式，一个书画展，都要我们记者到场。水莲说，年轻人就是要多锻炼腿脚。又问收入状况。水萍说，比我想象的要好很多。水莲笑起来，说，哦，怎么个好法？水萍说，凡是请我们去的单位，一般都会发两百至三百元不等的车马费。有时候半天就是三个会，实在赶不及，就要对方传通稿过来，稍微改一下就发出去了。

水莲说，你比我收入高啊。一天跑六个单位，就有一千到两千元的外快啊。一个月下来，光是工资以外就有六万元左右的收入啊。水萍说，也不是天天有那么密集的活动，天天手里有进账是真的。水莲笑起来，你不说，我还真小瞧了那些豆腐块。过去是通讯员以发豆腐块为荣，现在我们的记者也以发豆腐块致富啊。水萍说，除去打的费，生活还算滋润。像我这样的小文化记者，要的就是两个字：腿勤。水莲玩笑说，早知如此，我也愿意在外面跑了。

水萍说，您只看到强盗吃肉，没看到强盗挨打吧。有时豆腐块被挤掉了，或者一时发不出来就漏稿了也是两头受气。我就遇到过一次很尴尬的事。不是我，是电视台记者讲的。那是一个业余作家的作品研讨会，因为正赶上四川芦山地震，新闻联播就全被地震消息挤占了。研讨会的消息本来作一条简讯领导都签发了，但就是没档期播出。后来时效性一过，更是流产了。当时电视台去了三个记者，一下就拿了别人六百元车马费。那作家的研讨会是自费的。他开研讨会的目的不是把脉问诊强身健体，而是给宣传自己找个平台和理由。他那钱也来得不容易。他自己虽然是个副局长，但也是化缘来的。哪能出了钱不办成事的？所以，那作家就几次三番地催，先是催作协工作人员。因为研讨会是作协具体操办的。作家说，消息都见报了，但电视台怎么一直没看到播出？作协工作人员就给电视台记者打电话。电视台记者陈述了情况，表示很无奈。作协工作人员表示理解，就向作家本人转达，结果那作家认定是记者受到某人的挑唆故意不播的。他说他在当地有个仇人，而仇人的儿子正在电视台工作，并恳请作协出面要求电视台一定要播，改个时间也要播。作协工作人员只好又向电视台记者转达作家的愿望。电视台记者就说，播是不可能了。原因就是芦山地震。如果作家实在要坚持。我只能退掉车马费。

水莲像听故事，津津有味，问结果呢？水萍笑说，结果您猜！水莲说，把钱退了，两清。水萍呵呵一乐，说，不是。作家说，他误解我了，我哪里是在乎那点钱呢？最后，电视台记者只得提出另一条建议，就是今年在做全省的综合文学宣传时，把他的作品带进去宣传。这下，作家才罢休。

水莲说，你们的任务是把评论家的评论情况报道出来，指陈作品的得失优劣，既宣传作家作品，也引导读者。水萍说，按道理是这样，但事实不是这样。我们其实就是作家出钱请来的廉价的吹鼓手。通稿是作家或作协工作人员事先起草好的，自然是一篇措辞完美的颂词。水莲说，评论家只歌功颂德吗？如果是这样，研讨会的钱花得多冤枉！水萍说，评论家大多来自各大高校，他们倒是有一说一，有二说二。说话都非常犀利，一针见血。可是，我们记者不能这样写啊。我们把问题写多了，发出来作家要骂人的。我就被骂过一次。那是我第一次参加作品研讨会。别的记者蜻蜓点水坐十来分钟就走了，只有我一人像个学生恭敬地做会议记录。后来，我如实指出这个作家的作品其实是失败的，又把评论家的观点列出了五方面问题。结果，那作家从作协要到我的号码，把我痛骂了一顿。

水莲说，评介作品，召开作品研讨会，应该是作协的事啊，为什么要作家自费呢？有钱就开，这不是为有钱人服务吗？自费，当然就容易出现这样的问题。作家掏钱买不到想要的效果，当然不甘心。水萍说，有公费也有自费。公费是作协主张的他们认为优秀的作家作品。自费是作家自己提出来的，以借助作协的平台宣传推广自己。水莲问作协是什么平台。水萍说，比如作协出面可以请到比较权威的评论家。然后，因为这个研讨会，就可以名正言顺地召集各大新闻媒体。一个名不见经传的写手就有机会在媒体上露脸了。我就听一个作家感叹过，他的名字在报上可以进新闻标题，这是即使一个厅级干部都难以办到的。他说这就是写作和开作品研讨会带给他的成就感和满足感。据我所知，大凡召开个人作品研讨会的，多数是自费。因为作协主张是很难平衡各方关系的。凭什么给某人开，不给我开？唉，看似清纯的文坛也颇不宁静啊。

水莲说，我看有些作家并没开过研讨会,粉丝却黑鸦鸦一一大片哩。其实有读者有市场才是硬道理。以后凡是研讨会只许讲问题不许唱颂歌，或许风气就扭过来了。像一个人生了病请高明的医生会诊。这样才有利于作家的进步。你作为记者应该给作协领导提建议。水萍在心里想，我的莲姨好单纯啊，简直是一颗童心哩。有人说凡有人的地方就有江湖。难道连这个她都不懂吗?

水萍沉重地叹了口气：坦白地说，人还是很势利的。对已成名的作家画家，我们不得一分钱，还长篇累牍地报道。绝对不敢只发豆腐块。对劣质的作品，我们又看在钱的分上，集体在媒体上说谎。水莲说，要是我，只要我认为这个人的作品确实不错，我就用我的笔不断地宣传，硬是把他从名不见经传弄到家喻户晓。

水萍笑起来：现在这样仗义的人不多了。您现在敢说这个话，可能也因为您不在其位不谋其事。写名人，容易吸引读者眼球啊。发稿也容易，记者也跟着出名。现在是个浮躁的时代，人人都希望短平快，快出名，快致富，快升官。人人都在马不停蹄，谁都耐不住性子，谁都想走捷径。

水莲笑道，现在知道社会是个什么样的课堂了吧？不进入社会，就不知水的深浅。但是尽管这样，我认为做人还是应该有职业操守和公平正义。人像一粒种子，随风飘到哪块土地上，都要为那片土地奉献一片绿荫。不能只盯着个人私利，要发挥自己有限的职能为那些弱者代言。当年的张艺谋一部电影《红高粱》捧红了巩俐和莫言，其实也捧红了他自己。这才是一个人的远见和谋略。人云亦云拾人牙慧的事要尽量少做或不做。认定了就百折不挠。胡适说功不唐捐，没有一点努力是白白丢了的。七分证据不要说八分话。这是一个新闻记者应有的操守。水萍说，莲姨说得对，我会记着的。

水莲用纸巾擦了手，又将五十英吋的电视打开，要水萍自己调台看。自己起身去了厨房。水萍也起身，要跟着进厨房做个帮手。水莲连连摆手，说菜都洗好切好，就等下锅，呼啦一下就炒好了。炒早了，是怕你来得迟，菜凉了不好吃。说完就要合上厨房的玻璃门。水萍实在不好意思参与了，只有退回客厅，信手拿起茶几上一本杂志翻起来。是《文学树》，她的心被烫了一下。她随手翻了翻，对这杂志没好感。又盯着电视看，也没看进去。她处于激动的慌乱中。

一会儿工夫，水莲和水萍已坐到西餐桌的两端吃饭。两人面对面，水萍还是有些矜持。水萍不敢自己拈菜，水莲要她随便吃，想吃什么拈什么。可水萍答应着，我很随便的，却只拈自己碗面前的娃娃菜。对肉鱼都不敢伸筷子。水莲便转身进厨房又从箸笼里抽来一双筷子，往水萍碗里夹了武昌鱼和青椒牛肉丝。喜得水萍双手捧碗接过就往嘴里送，边吃边说，莲姨弄菜比馆子里还好吃。水莲说，米果可不像你这样，她是难得赞美我的厨艺的。我这人平时生活都不精细，更不爱理厨房的事。水萍便说，家务事是不是姨爹承担得多？水莲顿了一下，说，是的，你姨爹这点好。家务事基本由他承担。我只洗洗衣服，买买菜。

水萍又笑道，还是我莲姨幸福。一看，莲姨也不是做粗活儿的。看我莲姨的一双手，这双手天生就是握笔杆子的。水莲笑道，现在什么都被电脑取代了，哪还轮到笔杆子？刚看到一个小笑话，说从今往后，写文章的人不要随便自称笔者了。——称什么？水萍歪着头问。水莲一本正经地说，如果用键盘，就自称“键人”；如果用触摸屏，就自称“触生”；如果用手打字，可称“打手”；如果用鼠标，就谦称“鼠辈”。水萍听了笑得前仰后合。这就是笑话的好，轻易地就将陌生消解于无形。

水萍笑得咯咯的，像鸡打鸣。她想，这样前卫的笑话自己的母亲是绝讲不出的。即使听，也像听天书。水莲说，好了，别把饭呛气管里了。水萍喝了口水，又接着说，在我们家，家务活儿基本是我妈包了。我妈把饭做迟了，我爸都要吼她。做饭洗衣种菜收屋子都是我妈的活儿。水莲说，你妈是标准的家庭妇女啊。你爸一个人种地养活你们一家也该享受啊。水萍说，地里的活儿，也不由我爸一个人做，我妈也做。耙田，撒种，耗草，剪枝，打农药，摘棉花，割谷，码稻草箩，我妈样样都得干。而且，农村的女人都和我妈一样的，里外都是一把手。水莲笑起来。水莲说，水萍，看你对农活儿还挺熟悉的哦。水萍说，从小耳濡目染的全是这个。放寒暑假，我也是家里一个硬扎劳动力哩。这些农活儿，除了背着桶打农药没做过，其他都做过。水莲顿时啧啧称奇。

水萍受到鼓舞，就又讲些农村的趣闻。水萍说，这个季节，我若在家一定爬树摘桃子、枇杷、杏子，再过些时摘梨。说得水莲口里都冒酸水。水莲说，你一个女孩子家敢上树？树那么小一点点，经得住你爬吗？水萍呵呵笑道，您可没见过我们山里的果树，那可不是您小区里那些做风景的树。城里光讲好看不讲实惠。在我们农村，树要么得结果子，要么做房梁，不成材的东西就当柴火。我们那里的果树都长得比屋还高。人爬到树上见不到人。农村的孩子都爱爬树爱偷别人家的果子。

水莲说，那被主人发现了怎么得了？不罚款不挨打么？水萍嘻嘻笑得更欢，说，莲姨，这就是咱农村的好。像读书人之间窃书不算偷，我们农村里家家户户都有果树。今天你吃我的，明天我吃你的，都是无妨的。罚个啥呀，主人还怕你摔下来把腰闪了把屁股跌疼了哩。

水莲喜滋滋地望着有野孩子气的水萍，说，羡慕！我就想过这样的生活。一直很希望住一个这样的宅子：绿荫环绕，果树飘香。果子熟了就邀朋友小聚，须得自己爬树采摘，不时发出童声的尖叫。有一片荷塘，可以钓鱼可以游泳。有一块菜地，自己耕作，不打农药，想吃什么种什么，和虫子一起分享。再养五六只鸡鸭，两条狗。它们没有围栏铁链。养两匹马。马只是宠物，偶尔代步。水萍说，这简单啊。您可以带着姑爹、米果，一家人到我们家度假呀。我们家房子大，不像城里都像鸽子笼一样悬在半空。我们的房子占的面积比这一栋楼占的面积还大。后面还有猪圈，鸡笼，有牛棚，也有马圈。合起来在城里可称作大庄园了。水莲说，我一个人就不能去么？水萍说，当然可以呀。一个人玩就是没一家人在一起玩热闹。一个人玩有时会觉得孤独的。水萍又问，您为什么不带姑爹一起去呢？米果在外地上学是没办法的事，可姑爹也是城里人，他也会像您一样喜欢我们那儿的。如果嫌我们家不好玩，还可以到山里看风景，看瀑布，玩溪水漂流，划竹排也不错。反正，我们那儿确实比城里空气好，好看的好吃的应有尽有。

水莲不作声了。水莲想，告诉不告诉这孩子自己离婚了呢。算了，没意义，而且还是个孩子，不能让她过早地知道婚姻的残酷。但她是真的喜欢这姑娘了。水莲望着叽叽喳喳的水萍问，你怎么跟你妈一个姓呢？水萍说，我爸家里弟兄多，他是我妈倒插门的女婿。水莲便笑说，看来你妈是家里女皇了。水萍嬉笑道，现在我接班了。水莲笑个不止。

水萍盯着水莲看，觉得莲姨笑起来真漂亮，像盛开的水莲花，唯一显年龄的地方是眼角有鱼尾纹。水萍郑重其事地说，莲姨，您大笑时就用手指将眼角撑开。这样眼角就不起皱纹了。水莲疼惜地摸了摸眼角，叹息道，岁月不饶人啰。水萍说，我和莲姨走出去，别人会以为我们是两姊妹。这话说的，句句都填了水莲的心坎。她想，这孩子不简单。

水萍忽然想到一个至关重要的问题，就是姨父叫啥名，在什么单位工作。原来问过母亲，母亲水上锦只说是个斯文的文化人。只记得姓，名字和单位都没问过。农村人打听别人家事，城里人会不喜欢的。水萍一直忍着没问，但想到自己也是城里人了，便有些理直气壮。

水莲有些为难。这个位置现在空缺。新人杳无音讯。她又不可能信口胡诌。水莲琢磨了一下，又叹了口气还是沿用了前夫的姓名和单位。水萍听了却是心头一震。

水萍脑海里浮现的是铁娃纠缠自己的情形。文学树杂志面试结束，当晚铁娃便拨通了水萍的手机。铁娃是这样想的。这孩子虽然算不得美女，但饱满得像个雏儿。既然你主动勾引，我又何苦资源浪费呢？为此，他还预留了一个校对的职位。文学树虽然过去没设过这个岗位，但现在有钱了，质量也要上去，专职校对就完全有理由闪亮登场。这一关，他相信一刀会答应。他相信一刀，不如说相信一个单身男人对离异老女人的魅力。

铁娃的大半生浑噩得似水东流，才品尝了一把权力的滋味。一朝权在手，便将令来行。这要归功于一刀。他从内心里对一刀充满着感激。男人与女人在一个磁场里活动久了，彼此就有了心照不宣的力，有了相吸相斥正副相抵，有了一眼见底的默契。一刀一件新上身的衣服，一款香水，都会让铁娃在经过一刀身边时产生由内而外的兴奋。这兴奋却止乎于礼，是近在咫尺远在天涯的感应和感动。而恰是这不长不短的距离在一刀心里漫染出若即若离的万般情绪。这样也挺好，两人都心知肚明，却不点穿，不靠近也不疏远，像卫星绕着行星转。消弭了孤独，点缀了彼此的天空。

当水萍听到对方介绍自己是文学树的主编铁娃时，眼里嘴角闪出一抹狡黠的笑。随即笑声像泉水，叮咚叮咚的。这叮咚叮咚的笑声远胜她的外表，以滴水穿石的力敲击着铁娃，从耳鼓到心扉，訇然洞开。这是久违的青春的气息，这是老谋深算的狐狸正抬头望着树上乌鸦嘴里的肉。他激动了，他亢奋了，他心里伸出铁爪来。他想伸开双臂一把搂住这个小妖精，满足他，也满足她。一切都是那么顺乎天意，那么顺其自然，那么投其所好，那么水到渠成。可水萍只是咯咯地笑，笑到公鸡打鸣，笑到铁娃魂魄尽失，浑身无力。

铁娃邀请水萍共进晚餐。一张美丽精致的网即将撒开。水萍按时赴约。吃了龙虾，吃了鸭舌，吃了木瓜炖雪蛤，两人的瞳孔里都多了些彼此的影子。铁娃说了很多话，都有关风月，有关文学，有关学养。他是博学的，他是温文尔雅的，但也是世俗的，是迫不及待的。水萍依然只是吃吃地笑。眼睛笑，嘴角笑，脸皮笑，她的周身就像一枝阳光下的花苞，幸福地无忧无虑地摇曳着她的花瓣。在开与未开间撩绕着，撩拨着，有意无意地，有心无心地。让铁娃如坠五里晨雾里，恍惚着，刺探着，专注着，却找不着出口，找不着路径。

铁娃浪费了五六百元的烛光晚餐，在他感觉这个女孩就要彻底从身边溜走的时候，他伸手道别。水萍也伸手，礼节性地。然而，铁娃下了个决心，蛮横地近似霸道地将这个女孩抱到了胸前。他触电似的感受到姑娘丰满的乳房的熨帖。那种舒服，那种肉感，让他久旱逢甘霖。

水萍一直挺立着，像电线杆，像一棵树。她仍旧笑着问：铁主编，后续节目是什么？铁娃张口结舌了。他说，开房！他在女孩脸上没看到他期待的回应。她太一本正经了，简直像例行公事，不，不是这样的，今天不是我谋划她，是她在算计我。铁娃以同样的话题反问水萍。水萍便原地转了个圈，扬起右手，直视前方，向后面的人挥挥手背，嘴里说了声Byebye，便翩然远去。

铁娃被一个女大学生给戏耍了一回。这在他年近半百的人生履历里还是新姑娘上轿头一遭。他狠狠地记住了这个叫水萍的女孩。要知道五六百元的烛光晚餐对于铁娃来说已是铁公鸡拔大毛了。水萍当然也记住了这个叫铁娃的老男人。女孩子再丑，可青春无敌。这也要算是个明证。水萍后来将这事讲给同学王嫚听，两人笑得前仰后合，肚子都笑疼了。

早知铁娃是自己的姨父，或许事情就有了全然不同的格局。或许她现在就是姨父的同事，一个文学编辑。可铁娃对漂亮女学生垂涎三尺的样子让她恶心，让她想到了戏耍，想到惩治。她一手导演的戏耍却并没给她带来真正的快乐。水萍联想到这一幕，既羞且愧。她望着水莲，竟涌起无限的悲凉和怜悯。她想，嫁给这样的男人也确实委屈了我姨。她甚至计上心来，想要好好地报复一下铁娃。她问水莲，莲姨，我能为您做点什么吗？这话有些侠骨柔肠，也有些不自量力。水莲一笑置之，摆手再摆手。她怎么看得上这个小黄毛丫头呢?

送水萍走的时候，水莲说，以后嫌单位伙食差了，就来莲姨家改善改善。没什么好吃的，总比外面干净。水萍不住地点头，末了还鞠了一躬。水萍走进电梯前又回头对水莲说，姨，您对姨爹要看紧点。水莲苦笑了一下，情不自禁摸了下水萍脑后马尾巴样的一把刷子。水萍从水莲家里出来后很郁闷也很开心，一路都是心事重重。

第12章 猫鼠之欢

香香对铁娃来说就像手边的一只茶杯，伸手可及，唾手可得，现在就差一张承载鱼水之欢的床。他当然可以去宾馆开房，可他舍不得花钱。即使几十元的钟点房也不亚于打水漂。成本太高，不是他的行事风格，也不是他的处事之道。他要的是一本万利，要的是你情我愿，要的是顺水推舟。他记住了追求小姑娘的教训，他总结的规律是花钱玩女人不算本事，不花钱将女人搞到手才是魅力。感情买不来，买来的没感情。他现在就为这张床犯难。

铁娃坐在办公室里，立即给姐姐铁芹芹打电话，要她把老母亲接到她家去玩，说我工作忙，一个大老爷们也照顾不了她老人家。让快八十岁的老人家照顾我，好说不好听。铁芹芹说，你是老娘的掌中宝。你现在孤单一个人，她当然最放心不下的就是你。你要她离开，除非一个理由。铁娃赶紧支棱起耳朵。铁芹芹说，除非你把水莲接回家。你们破镜重圆。

铁娃酸水苦水往上一涌，说，老娘不懂，你也不懂吗？这法律上已成定局的事还可以翻案啊。再说，我若能搞定她，还轮到现在？老娘现在就像个警察对我实行监视居住，我非常难受。铁芹芹笑起来，说，你这是自作自受。水莲哪次告状，我没劝过你，你就是不听。现在后悔了吧？铁娃一听，火冒三丈，梗着青筋暴绽的脖子吼道，我后悔个屁！天下就她一个女人不成？离了她一个胡萝卜还愁整不出满汉全席来！铁芹芹也火气上蹿，几乎和铁娃同时挂断了电话。

铁芹芹立即给老母亲打电话，说，老娘，您又何苦老待在弟弟家，您就没看出您在那里碍手碍脚吗？您自己又不是没房子，您嫌闷可以到我家来。我天天晚上陪您散步聊天。她母亲却气愤不过，说，芹芹，你这是什么话，我住你弟家碍你什么眼了，轮到你来教训我？我住儿子家，是天经地义。铁芹芹十分窝火，十二分不耐烦说，算了算了，算我多管闲事。您爱么样么样。不是他求我，我会想着撞您这一鼻子灰？他落到今天这地步，还不是从小您娇娇宝宝地惯侍的结果。娇儿不孝，娇狗上灶。母亲打断她的话说，芹芹，你也不要看戏不怕台高。你弟弟离婚了，终归是你弟弟。你告诉他铁娃，我来就是打定主意碍他眼的。他以为离了婚，就无法无天了。老娘我在一天，就不会任他胡作非为。铁芹芹有口难辩，喘着粗气说，真是清官难断家务事。您就继续护吧。看护出个么好结果来！她母亲支棱着耳朵，恍恍惚惚只听见“结果”二字，就又愤然道，你们都给我等着，看我把他这散了的家怎么捏拢。说完就气咻咻地挂了电话。铁芹芹却呵呵笑起来，嘀咕道，我的老娘唉真是个老娘。

铁娃这天回到家，就受到母亲好一番数落。她说，铁娃，你嫌妈在这里碍眼了？你要晓得妈有个怪脾气。你嫌我碍眼，我偏要在这里住。你是我儿子，你养你老娘天经地义。你还记得我给你讲过你姐的公公卢老爹吧？他一个乡下的老头子，到了六十岁就硬不下地干活儿了。他说他要和城里人一样六十岁就退休。他的生活费全是四个儿子分摊的。到期不拿钱，他就搭梯子上屋揭儿子家的瓦。他这样做我看好得很。现在儿子们都一个个规矩得很，到期都交养老费。铁家祖祖辈辈没一个离婚的，就出了你一个败家子。我当初在成都你妹妹家，若是插翅能飞，我当时就飞到你这里来了。我就不信，有我在，你和水莲还敢离婚！

铁娃一听，就知是姐姐打过了电话。心想姐姐到底是刀子嘴豆腐心。听母亲一席言，也觉得惭愧万分。母亲三十五岁开始守寡，带大了他们姐弟妹四个。想想母亲忍受了多少青春的孤苦。他垂着头，烟一支接一支地抽。愁眉苦脸隐没在一片袅袅的烟雾里。他母亲又说，你弟弟前几年也闹过一阵子离婚，结果没离成。现在不照样过得好好的吗？婚姻的事不能急，一急就容易走极端。么事不能拖着办。拖一拖，女人的气就消了。心平气和了，还有么事摆不平的？

铁娃想想母亲的话也有道理。他说，妈，您不晓得当时的情况。我不同意离婚，她就要和我同归于尽。他母亲说，儿子，你这就不懂了。女人的话岂是可以全当真的？女人寻死觅活，都不过是个招数。像洪水来了，再大的风浪，过了那个风口就跌下去了。要是我在场，我说，你们若离婚我就死给你们看。你看她水莲是离还是不离？铁娃说，原来你们女人都是爱用狠话威胁人的。母亲说，儿子，你还要修炼啊。家庭其实是一所非常好的学校，可惜你还没悟到人生的大道理就被学校辞退了。这是件多么遗憾的事。

铁娃的母亲做了一辈子吃百家饭的裁缝，嘴有一张，手有一双，三十五岁那年丈夫得肺癌去世，从此独自拖着四个孩子艰难度日。她把这个望来的长子看得比命还重，对他从小最是娇生惯养。没想到，这最大的儿子反不如小儿子争气。小儿子铁锤在部队团职干部转业，现在国税局工作。家里吃穿用度样样优越。小儿媳在企业工作。家里一应大小事务都由小儿子掌舵。小儿子说一，小媳妇不会说二的。

铁娃的母亲又叹息道，当初你娶水莲时，我就觉得你比她略矮了些。铁娃蹿起身，将手往头上一抹说，我一米七三的个子，竟比她一米六的个子还矮不成？他母亲说，我是说条件，整体感觉，不是身高。我当初就觉得这孩子心性比你高，是个求上进的孩子。而你虽然一身聪明，却贪在一个玩字上。一个男人不求上进，在家庭里时时处处被女人占了上风，这家庭十之八九就有些阴阳倒转。阳气本来是要上扬的，却被阴气压着。这家庭就不能和谐。过去讲夫唱妇随是有道理的。男人在这个家里做不了主，这个家就是逆水行船，不进则退。现在看来，我当初的疑虑得到了验证。

铁娃想，我妈到底做过几年代课老师和居委会的妇联主任，要与她交锋还得费我几颗子弹哩。他说，妈，我不是不求上进，是男怕投错行。我不该当时分配到文学树杂志社工作。要是当时进了党政机关当了国家干部就肯定有另一番作为。他母亲说，我看你最大的问题，不是投错了行，是管不住自己。你进了国家机关，管不住自己，问题出得会更大。进班房掉脑袋的领导干部何其多啊。一个人在大是大非面前若管不住自己，就容易铸成大错。现在一说当官的个个都是贪官，我看不尽然。关键是管住自己。人一生都是一个遭遇各种诱惑的过程。我做一辈子的裁缝从来不落人布，反要给人省着做，让人家得便宜。这样我的生意从来都没断过。那些喜欢落别人布的反而做一次就断了二回生意。人不能见什么都想要。要了不应该要的就要割肉受疼付出代价。

铁娃低下了头，手指胡乱地搬弄着。他没想到自己近八十岁的母亲分析起问题来还能入木三分。他握拳放到嘴巴下，干咳了一声道，妈，您就放心在我这里住。有我吃的，就有您吃的。您不必担心没有儿媳，您儿子就过不下去。岂有豪情似旧时，花开花落两由之。没媳妇，您儿子照样是日吃三餐，夜眠七尺。英国首相希思说：我从不因为没有老婆而后悔，我只听到许多人后悔自己娶了老婆。世上一辈子单身的伟人多的是。科学家诺贝尔、思想家恩格斯、音乐家贝多芬，画家达·芬奇都是一辈子没结婚。婚姻给了我一个聪明孝顺的孩子这就足够了。您孙女米果很争气，年年在学院排第一，年年得奖学金。您孙女没受到影响，这婚姻还存不存在就无所谓。他母亲竟忽然说，妈明天就去你姐家。在她那里，我是衣来伸手饭来张口，比你这里轻松。等米果放暑假了，你

要她去接我，

铁娃没想到，事情会突然峰回路转。他双手虎口相握，使劲一捏，几乎要抱起他母亲转圈。他望着他母亲，掩饰不住心花怒放道，妈，其实我很希望您在这里。您在这里，我觉得更有家的温暖。提到家，一时竟泪水盈眶。他母亲不再说什么，只是长长地叹了口气，就起身进了厨房。铁娃跟上去，说，妈，您要喝水吗？您说一声，我来倒不就行了吗？他妈依然没吱声，自己从冷水壶里倒了一杯凉开水喝了一口放下，又走到客厅的沙发里坐下，将遥控器对着电视机一按，老人家就与眼前这个世界隔离了。

第二天吃过早点，铁芹芹就开车来接母亲。铁芹芹手里拎着母亲的衣服袋子，铁娃搀扶着母亲。小心翼翼下了楼，母亲转身对铁娃说，娃儿，要耐得住寂寞守得住性。四十多岁的女人再婚不是件容易的事。铁娃向姐姐铁芹芹挥了挥手，姐弟俩会心一笑。铁芹芹挤了挤眼说，铁娃，听明白了吗？铁娃大声说，明白，然后“哐”的一声合上车门。

铁娃送走了母亲，心里一时空荡荡的。他颓丧地往楼上爬。他很想按母亲设想的那样，给水莲打个电话，向她献献殷勤。可回想起水莲那副高傲的老公主样子，就又打了退堂鼓。这天周二，杂志社只在一、三、五上午上班。他看着一个人的天下，又顿时如鱼得水。他抓起手机给香香打电话。服务台上的电话响了三声，香香才接。香香刚嘱咐二柱多买些藕带，最近食客们几乎桌桌都爱点这道菜。二柱答应着，拧一拧把手上的油门，噌地一下就跑没了影。

香香接过电话，听出是铁娃的声音，顿时心就像猛地从深谷里提起来扑扑乱跳。铁娃直奔主题，报了住址：小区，楼栋，单元，房间号。说你打的过来，起步价就到了，打车的钱我出。香香沉默着，她一时不知该怎么办。铁娃继续催促，说别磨蹭了，他买菜至少是一个小时。

香香没再多想，就打算关门。又一想，关门是此地无银三百两，平常这个点从不关门的。那就把钱带在身上，这屋子里没啥可偷的。屋子强盗也搬不走。一台冰箱大白天的也不好偷。又想，带着钱，若慌里慌张掉到车上，那不出大事了吗？想来想去，还是决定把柜子里的钱装进塑料袋里，再放到冰箱的底层，然后用一个冰冻的青豆袋子压着。做完这一切，她就匆匆出了门。

香香拐过街角才招手拦的。坐到车上，掏出一面小圆镜，抿唇擦了口红，又将发夹取下来，用塑料梳子梳了几下，再将长发用夹子卡紧。她想幸亏昨晚洗澡时顺便洗了头发，不然头发有汗臭和油烟味。她对自己还有一点不满意。她今天穿的不是她最喜欢的碎花连衣裙。她穿的是黑长裤，粉红衬衣。裙子早买好了，现在回家换时间来不及，又想，男人才不注意你穿什么哩，到了床上还不是一丝不挂。这样一想，就精神抖擞起来。她现在唯一的期待，是别让二柱回去得太早。千奇百怪的问题如潮奔涌，她还没完全想清，的士就停在了一个破旧的小区门口。她又打电话确认，才下了车。她想，铁娃原来住的并不是高档小区啊。但想这又有什么关系呢？我看中的不是他的钱，我看中的是他这个人。

香香进了小区抬头看六楼，就见铁娃头和手都伸出了窗口，在向她招手。香香恨不得铁娃扔下一个吊桶将自己提拉上去，雀跃着三步并着两步就上去了。香香有几次都因跑得太快，而不得不将手碰到了灰溜溜的铁扶手上。手指上沾了很多灰。她在敲门前又将手指伸进人造革的小包里，在布面上反复搓了搓灰。铁娃的门是虚掩着的，香香一推，铁娃就将门合上了，靠到门上，双臂就将香香揽进了怀里。两颗心怦怦直跳。铁娃像猪拱食亲吻着香香的嘴，又扒开香香的上衣，嘴巴径直拱上去。香香低声呻吟着说，别把衣服拉烂了，待会儿走不出门。铁娃感觉下体瞬间膨胀。他欲火中烧，将香香连推带搡推到了自己宽大的床上。

铁娃一边自己解裤带，一边低声说，快脱。香香也不扭捏。她想他们得珍惜时间。时间将所有预想的浪漫和柔情蜜意都挤碎了。香香将自己脱得还剩下一条内裤，一个乳罩，就躺到了床上。她看了看这床上棉质的床单，松软的大枕头，刷过白漆的木床，一切都是那么大气。她又盯着卧室的吊灯，想，这就是真正的城里人生活。我若是这个家的女主人多好。不容香香想入非非，铁娃已如饿狼扑食压住了她。铁娃粗暴地拉掉了香香的乳罩，又用脚褪去了香香的花短裤。他喘着气说，穿这些烂玩意儿做什么，难看！香香有些难为情。她看了一眼自己已洗得发毛的乳罩，又看了一眼自己被蹬到脚头的花短裤，真后悔自己起初就应该脱个精光。又不是处女，何必害羞呢？竟让城里人瞧她不起。她盯着铁娃稍显清瘦的身体，干净的瓦片长发，这些都与她过去的经验不同。她的男人都是膀大腰圆的粗汉。她喜欢铁娃文弱的书生气的身体。她抱着铁娃有些苍白的身体，将自己融入了这个如火如荼的阵地里去。

香香想，城里的男人会是怎样做那事的呢？她非常好奇，她期待着城里男人的高雅知识分子的温情，可他不是她想象的那样。这个陌生的让她浮想联翩的男人，与她已有的两个男人一样，动作都很粗鲁。香香也开始喘起了粗气。她紧紧地搂着铁娃。她期待着他的进入。可忽然铁娃将她的手臂粗鲁地搬开，另一只手从枕头下摸出一个避孕套。香香看着这个陌生的男人。他那么专注地盯着自己的家伙，正熟练地往那上面套头。这让她瞬间想到了自己在家耕田时给牛上嘴笼头。给牛上嘴笼头是怕牛吃庄稼；给那物件套头，不是戴手套握手吗？她扑哧笑起来。铁娃像个熟练工一下就套好了，问香香笑什么。香香说，你们城里人就是礼性长。——什么礼性长？——就是穷讲究呗。铁娃说，你给我闭嘴。

香香还想和他多说会儿话，多调会情也行，可铁娃单刀直入，已不由分说地犁入了她的身体。铁娃一耸一耸的，香香正想全力配合，认真体会一下城乡男人做那事的差别，城里男人已像一摊泥巴瘫软在身上。她抱紧这个男人，她想，他一定是着急了。他赶时间哩。她没有得到她想要的死去活来，也没有得到浪漫如诗的情人爱抚。铁娃已像一块生铁滚到了一边。香香坐起来，见那个透明的橡胶袋现在像个瘪了气的鱼泡耷拉在草丛里，末端是一团乳白的鼻涕。香香正打算低头去探个究竟，却被铁娃自己伸手取了，用一卷卫生纸裹成一团，扔到了地板上。

香香问，你老婆呢？铁娃说，问那多做么事？香香说，你不怕她万一忽然回家来吗？你不怕，我还怕哩。铁娃双臂交叉枕在头下。他望着头发蓬乱的香香说，既然我敢让你来，就一定是安全的。香香俯身抱住铁娃的头，在他前额上亲吻了一下，起身时，已从枕下摸出塑料发夹。她用手指抓了几下头发，就用发夹束成了一个马尾巴。

铁娃摸了一把胸前的汗，气喘吁吁说，你还在乎别人有没有老婆？你老板没老婆吗？香香不作声了。香香说，我跟二柱是没办法的事。我儿子马上就要高考了，我不能让儿子因为没钱读不起大学。我儿子读书很厉害的，在班上总数一数二。铁娃说，你们非法同居，你不怕你老公万一哪天找来把你俩剁成肉酱吗？香香苦着脸，说，你能不能不提这些？本来就提心吊胆，还要受你的吓。你找我不会是想挖我的隐私吧？铁娃支起身子，嘬嘴吸了一口香香迟迟没穿乳罩的奶子，说，快回去吧，别磨蹭了。香香嗯了一声，赶紧拿起乳罩，又说，我得洗洗。铁娃伸手捏了一下香香的大腿，问，想好出来的理由了吗？香香说，没有。铁娃说，我帮你想好了，就说去旁边看了看衣服。见没什么合适的，又回来了。香香哧地一笑，就跳到地上，猫着腰进了卫生间，冲洗了下，又裸身折回卧室穿衣服。她出门的时候，踮着鞋尖回到卧室，温情地问，你不起来送送我么？铁娃摇了摇头。他说，我累了。

香香穿戴齐整就轻轻拉上大门飞也似的飘下了楼。香香坐到出租车上才想起，铁娃忘了给自己打车的钱了。她想，下次，不知道他会不会记得这事。否则，这一趟自己真是担惊受怕，还倒贴钱。若这样就不划算了。

香香回到酒家的时候，没见到二柱，一进屋就二柱二柱轻轻地蹑手蹑脚地叫。二柱，你在哪呢？她进了厨房，又推开卫生间的门，确实不在，心里才嘘了口气。香香又跑到冰箱面前，将那包钱从底层的柜子里取出，拿在手里冰冰的，赶紧放进服务台的柜子里。正上锁时听见熟悉的摩托车声，知是二柱回来了，也不急着出去。她还没准备好以怎样的心情见二柱。二柱在外面大声叫着香香，香香。香香才清脆地答应着跑出来。她脸上红扑扑的。二柱瞄了一眼香香，说，朗嘎儿搞的？你没听见我回来吗？香香说，我正理钱哩。二柱便说，你去拿五十块钱来，我还欠别人菜钱。香香赶紧返回屋里。二柱接过五十元钱，说，这钱朗嘎儿这么冰，像从冰窟窿里拿出来的。香香说，是你自己热，所以觉得钱冰。钱又没出去晒太阳。二柱说，你把这些菜拿屋里去，我把钱送去就来。香香也不接话，只顾埋着头去搬地上的白菜萝卜。二柱说，猪肉还是我来搬，你搬不动。

香香看二柱三下两下像螃蟹张着腿脚在前面走，几步就跨过了门前的阶梯。她想，二柱长得不好看，但做那事比铁娃有劲。看二柱油垢不净虎背熊腰的样子，又觉得还是铁娃的书卷气清新爽人。她觉得刚才的一番偷情像一杯水只打湿了嘴唇。身体虽没解渴，却圆了一个遥远的梦。与二柱在一起，他是把自己掏空又注满。那样的激烈，总让她想起公狗与母狗打架。她现在觉得自己是一个无比幸福的女人。丈夫给她家，给她一份女人的保障和退路；二柱给她性和钱；铁娃给她一个做城里女人的梦想。

你就是我最大的隐私

第13章

自从老李抛弃了文学树杂志，便与铁娃少了联系。偶尔铁娃穷极无聊给老李打个电话想扯会白填补下寂寞，可老李总是不接，要不就是回个短信：现在不便。铁娃感叹，你就没个便的时候。想到都为生计忙碌，也就很少再打电话联系，除非老李主动打电话来。铁娃也幸亏有了香香，日子也就一日一日没有驿站没有终点地向前滑行。

一天晚上，老李电话约铁娃去香香酒家吃饭。这可是天上掉馅饼的事。铁娃反正闲着也是闲着，吃饭见情人两不误。何乐而不为？两人坐下后，铁娃说，一直忙得神龙见首不见尾，怎么忽然又想起我了呢？老李说，上个月还在你家喝了酒哩。男人之间一个月能在一起见面喝酒就是好基友了。你说是不是，香香？香香笑着点头。她想说自己在这城里一个朋友也没有，除了这个店，还是这个店。这店是她的天，是她的地，更是把锁，把她牢牢地困住了。可她没说，因为说了没意义。她无法改变这个格局。与她上过床的两个男人都在眼前在身边，可他们都没真正把自己当家人。她不过是男人的娱乐品，是男人的性工具。想到这些，她就向铁娃投去了暗淡的目光。铁娃望了一眼香香，见香香神情漠然，也没往心里去。他想，她到底是个聪明的女人，在外人面前分寸还是拿捏得好的。

俩光棍在一起无非图个嘴巴痛快。当然铁娃离婚仍瞒着光棍老李。铁娃本认为朋友间应坦诚相见，可他怕老李管不住嘴。尽管他现在离开了文学树杂志，但同事间总有千丝万缕的联系。想到这些，便为自己隐情不报心安理得。

老李感叹，人在这世上跟鸟兽无异，无非是满足上下两张口。铁娃笑道，你他妈的，总是三句话不离本行。你说女人是上下两张口还行，男人下面哪里是口呢？老李说，看你年过半百的人了，竟然没认出自己身上的东西。老李望一眼香香说，香香，你最有发言权。你说呢？铁娃说，人家女老板对自家男人有发言权，对你还有发言权不成？老李淫笑着，低头夹菜。

铁娃要老李讲自己的工作见闻。老李说，我的工作绝对比你有趣。铁娃说，与人的隐私打交道，本来就像一场游戏一场谜局。老李便说，关键是有人为这游戏埋单，这才是它其乐无穷引人入胜的地方。铁娃看了一眼老李说，你怎么黑瘦了些，但精气神比原先饱满多了。老李说，私人侦探说白了就是别人付钱，我当小偷。小偷心理素质再好，也提心吊胆啊。铁娃笑道，你这样说，让我想起一句话，只看见强盗吃肉，没看到强盗挨揍。老李呵呵一乐。他抹了一把下巴上的酒沫，意味深长地看了一眼铁娃。

铁娃催促说，快讲几个精彩的案例来。老李说，我不讲你也猜得出。文学树杂志里还少吗？我们无非受人之托用非法手段获取证据。有的铁证如山，对一个家庭来说就是毁灭性的打击。很多家庭就因为我们提供的证据而土崩瓦解了。我有时真的很矛盾很困惑。追求真相，揭穿欺骗，从道义上讲都是绝对的真理，但事实是真相让良心受折磨。这是我始料不及的。而且，偷拍，在公众场合下是侵权，在私人场合就是违法。我怕万一哪天出了事，将来给我送牢饭的人都没有哩。

其实话到这里，老李是希望听到香香加入的。他希望香香至少看在老食客的分上，说没人送我送呗。可香香压根儿就充耳没闻。她沉浸在自己纠结的心事里。铁娃听了，陷入无边无际的伤感。

老李又说，大型节日，特别是情人节，我们的生意最红火，简直叫车水马龙，应接不暇。铁娃说，马上是七夕了哩。老李说，你也知道这是中国的情人节。中国人很会给自己找乐子的，一年要过两个情人节。也无怪乎男人不满足于一个女人了。

铁娃说，你也牵强，男人外遇与节日有一毛钱关系？老李说，这你就别否认。中国的女人骨子里其实是最浪漫的。一句话一朵花就能把一个女人弄到手，你说这是不是浪漫呢？浪漫的中国女人在日常生活中就特别重视节日生日和纪念日。为了考验男人对自己是不是真心，往往非得在这些特定意义的节日里考量男人对自己的感情。追求浪漫，把男人放到刀山火海里考验，这都是女人们的专长。一些男人也被逼无奈铤而走险。节日往往成为问题高发期。

铁娃想了想自己的前妻水莲确真也是个讲情调的人。每年情人节，都希望自己买一枝玫瑰回家，结婚纪念日要在一起吃烛光晚餐。唉，我不过在外面寻求点身体的刺激，何曾对别人动过情呢？自从离婚后，铁娃也不曾为任何一个女人献殷勤。他的心仍时时谛听着来自水莲的一声召唤。如果水莲要他回家，他一定洗心革面，重新做人，即使把阳具拿掉也是在所不惜的。他越来越惧怕年龄了。年龄这东西看不见摸不着，却像慢刀子割肉。年龄不说话，却一日千里地举鞭催命。他现在与香香约会，总要在卫生间里暗自服一点壮阳药。否则，香香会让他两次三次不停地折腾，似要将他生命的汁榨干。他终于明白色是刮骨的钢刀。有人说这世上，只有耕坏的犁，没有耕坏的地也千真万确。

老李将手中的酒杯与铁娃狠劲一碰，说，发么呆呢？喝酒。铁娃说，昨天喝伤了，今天没酒兴。讲点有趣的故事吧。老李说，我可是忙里偷闲约你喝酒。什么情人节，对我们来说，就是“擒人——节”。老李边说，边伸出胳膊，做出手到擒来的样子。又说，据我的同行们讲，每当情人节将至，全国会有百万妻子雇用私人侦探抓那些“偷情”的人。铁娃朗声大笑。老李得意地往嘴里丢黄豆。他是用筷子夹紧一粒炒豆，眼不离盘，径直往嘴里丢，像高手投球，一丢一个准。嘴里嘣吱嘣吱地脆响。筷子像钟摆来回地摆动。他的嘴还一心二用地说话：昨天晚上才从十堰，坐火车回来。累得够呛。没办法。太忙了。停下筷子，抬头说，最近，我们公司一天接了三单业务，其中一单被我轻松搞定。

铁娃像小孩子听故事，来了兴致，催促老李，讲讲，快讲讲，你怎么搞定的。老李说，目标人王某是武汉一家公司的高级业务经理，36岁。王某向妻子提出6月12日，要到十堰出差，那天是农历的七月初三。他妻子想马上就是情人节了，会不会是和别的女人幽会。去十堰坐火车还得三个半小时哩。她又不方便跟踪，所以委托我们查个水落石出。6月12日，我到达十堰，对男目标人进行了跟踪。王某整天以工作为主，先后由六堰到五堰拜访客户，与客户沟通交流，我完全没发现任何关于出轨的蛛丝马迹。晚上大概七点多回到五堰某酒店。我在门口蹲守到差不多十二点多，见目标人没出酒店，只得离开。昨天，早上7点多钟，我在酒店门口守候，将近8点，目标人提着一个手提包走出酒店。我紧跟其后，但通过一上午的跟踪，王某依然是拜访客户，并无其他线索。妈的，老子心灰意冷了。

铁娃说，这男人很敬业的啊。如果把拍到的录像和照片发给他老婆，他老婆应该感动才对。老李说，男人搞婚外情，往往是公私兼营的。他不会让老婆轻轻松松给单位打个电话，就露出马脚的。明明没有公差却出差，这是低智商的人才搞的事。以我的经验判断，越是敬业的男人在外面越可能招花惹蝶。所以，我忍住了性子，继续蹲守。要是弄不到那女人需要的东西，我这趟公差就得承担一半的差旅费。还好，中午三点左右，一个三十多岁的女人出现了。他妈的，我全部的神经都兴奋起来。这女的和王某打了个招呼，两人就向朝阳路的方向走去。一路上两人有说有笑，随后进入一家饭店吃饭。我远远地坐到另一张桌上喝水点单。我发现，他们举止亲昵，不时有搂抱。下午4点左右，二人终于来到一家宾馆。一切都像他妻子预料的那样。经调查得知，那约会的女人与王某曾是中学同学。

铁娃下着狠劲说，看来女人的直觉像狗的嗅觉。女人要是变成狗，一定个个可以当警犬。老李说，一点不错。以我的工作经验看，凡女人举报的案子，几乎没有扑空的。就看她的男人有没有反侦探的警惕性。

铁娃问老李所在的公司叫啥名。老李说，你有业务找我吗？铁娃说，你他妈用心险恶！轮到我找你，老子还不如自裁。老李嘿嘿一笑，说，那敢情好。不过，我们公司向所有人敞开大门。我们公司叫铁爪商务咨询有限公司。铁娃喷茶而笑。嘴里一口茶全喷到了菜碗里。老李斜了一眼菜盘，继续说，与你有得比吧？你是煮不烂的铁头娃，我们是一抓就准的铁爪牙。

老李又转身问香香，把你手机号告诉我吧。我经常工作到很晚才回家，一个人也懒得做饭，就吃面条。这样下去我担心下次你只认得面条认不出我了。香香笑道，那您屁股后面可热闹哩。老李嬉皮笑脸道，成老皮了，吃不动了。要吃，也该吃香香这样的哦。又转向铁娃意味深长地笑。铁娃也不作声，端起酒杯抿了一小口。

香香说，您直接打店里的电话吧。我们一般到凌晨两点左右才关门。老李说，你还没听明白我的意思。我是希望在你这里吃饭更方便些。比如更晚，我就会提前打电话告诉你。特别是做我这项工作的，难免需要发信息，而不是打电话。你放心，我绝不会骚扰你。说完呵呵一笑。香香用眼神得到了铁娃的首肯，便报出了一串数字。老李边掏手机边说，慢点慢点，我保存到手机里。老李又从包里掏出老花镜，弄得七手八脚。香香的手机号只告诉过她生命中的四个男人。四个都是与她有肌肤之亲同床共枕过的男人，其中一个是她肚子里掉出来的儿子。为了儿子，为了长远的幸福，平常她恨不得把一分钱掰成两半花。舍得花钱买这手机可是她追求幸福婚姻的秘密武器。铁娃像只铁公鸡，除了在家做饭吃，几乎不为她额外花钱。

吃完饭，老李提议香香和铁娃一起送他回家。他脚步踉跄的样子，像是喝多了，嘴里喷吐着菜酒混杂的浊气。香香心下一喜。她望了一眼铁娃，以为老李是与他串通一气的，不料铁娃也乜眼看着老李。老李红着眼，两只干枯的鸡爪子撑在铁娃肩上，说，怎么样，兄弟？铁娃向老李的脸上喷了一口浊气，点头。香香顿时既喜且嗔地瞟了一眼铁娃。可香香故意说，我就算了吧。外面黑古隆咚的，送了您还得由铁娃送我回转来。那样张三送李四没完没了了。老李便问铁娃，你说咋搞？铁娃笑道，就十送红军呗。香香又嗔怪道，我可做不了主。你们可得给我的老板请假。老李就大声叫道，老板，老板，你给我出来。

二柱便系着油黑的围裙从厨房钻出来，满头大汗。老李说，拐子，我是在你家喝醉的，你说你应不应该派人送我一下。而且，有我的好兄弟铁娃一起护送。你对香香一百二十个放心。我安全到家，香香也会安全回到你身边。

二柱双手捂围裙，不住地点头，应该，应该的。莫说您是我们店里的老主顾，就是头一遭来的，我们也要保证安全。铁娃在一旁帮腔道，是啊，有的酒店客人喝醉了，还派人代驾哩。二柱说，那就快去快回。若是太晚了，店子就关门了。香香得了特赦令，心喜得流水。

其实酒店离文学树杂志大院仅两里路。铁娃连扶带拽架着老李，走得东倒西歪。好在老李的身体薄如蝉翼。老李时不时将胳膊往香香胸前贴，香香警惕地绕到铁娃身边。香香擦着铁娃的身体亦步亦趋。送到老李家门口，老李倒能自己掏钥匙。铁娃接过钥匙开门开灯。老李的屋子还算干净。只是一眼看去空空荡荡，一贫如洗。老李转身便合门，说行了，你们可以走了。铁娃和香香嘱咐老李早点睡觉，返身下楼。

在昏暗的宿舍楼里，香香小女孩样地拽住了铁娃。铁娃咳嗽了一声，轻轻扒开了香香的手，匆匆忙忙走在前面，三步两步就走进了小区婆娑的树影里。香香在后面一路紧跟。一直走出杂志社院墙，香香才一眼看见铁娃候在墙根，划燃了一根烟。香香问走那么快干嘛。铁娃吸了一口烟说，快走，这里尽是熟人。香香一颗焦虑的心这才平复。

二人很快回到了铁娃的家。铁娃一身臭汗就一个饿狼扑食，掀起香香的裙子，疯狂地云雨起来。事毕，香香终于忍不住放出淤了一肚子的怨气，说，铁娃，你也太抠门了。我跟你一年多，没请我上一顿馆子。衣服化妆品也一样没买过。我是白白跟你担惊受吓。

铁娃说，让你吃到我亲手做的饭菜已是老婆待遇了。香香便说，我就要当你老婆。只要你点头，我就回去离婚。铁娃笑道，不可以，不可以。你怎么可以为我离婚呢？我有什么好值得你嫁给我？香香说，你哪儿都好，我又不图你什么。我就是爱你，爱你。你以为我不爱你会上你的床吗？我跟二柱上床是因为他给我钱给我工作。你呢？我图你什么？你说跟你都一年了，我几时找你要过一分钱的东西？

香香又气咻咻地说，你早就离婚了，竟瞒着我。你是怕我想嫁给你，填这个空是吗？铁娃裸着身子，仰卧着。他望着香香丰满白皙的身子，什么也没说。香香的身子白而柔软，像一团白面，手感和触感都好。这是水莲比不上的。水莲的身材虽是衣服架子，但在他身下是僵硬的，不懂迎合，像她的脾气，固执而生僻。水莲的长项在五官，凹凸有致，经得起凝眸，而香香的五官一马平川，鼻子小而塌，嘴巴没棱角，发际线很低。铁娃往往尽量回避看香香的脸，而径奔身体上去。若看脸，他就兴味索然，性欲不振。香香的优点只有一个，就是白，幸亏一白遮百丑。香香还有一个优点，也是水莲不及的，那就是香香懂得取悦男人。所以，自从睡了香香，精神上尽管是抗拒的，肉体却是欢悦的。

香香是在铁娃家的抽屉里看到那份离婚证书后才咬咬牙买的手机。香香俯身抱起铁娃的头耳语道，你知道吗？铁娃，你不知道当我知道你是离了婚的，我有多疼你。要是早知道你出出进进只一个人，我会像老婆一样为你多尽一些义务。

铁娃长叹一口气说，别为我离婚，我不值得你这样。香香问为什么。铁娃说，我其实从肉体到灵魂都不是你想象的那样干净。香香说，我喜欢就行。就是你刚从泥坑里爬出来我也要。铁娃说，粪坑里呢？香香说，不许你这样糟践自己。我香香的男人还能不香吗？

铁娃一把搂住香香，翻身骑到胯下。香香放肆地欢叫起来。香香的欢叫当然有几分虚张声势。她与他像螺栓与螺帽，并不是最合套的那对，但香香懂得男人什么时候需要什么，更因为脑海里澎湃着登堂扶正的美好愿景。即使造假也是为堂而皇之地打开那扇门磨钥匙。她得让这个单身男人品味到有她的好，至少在身体上离不开她。这是她的法宝。香香假戏真做的疯狂叫嚣，在铁娃听来却似战斗正酣的将军耳边响彻千军万马奋勇冲锋的呐喊。作为一个身体日渐疲软的中年男人找到的是高歌猛进所向披靡的自豪荣誉和信心。所以，尽管香香并非他中意的那款，二人的关系却依然能推波助澜滚滚向前。

两人享受了鱼水之欢，香香一边往身上套裙子，一边说，你怎么不问我是怎么知道你离婚消息的？铁娃说，既然知道了，还有必要问吗？香香说，上次来你家时我就知道了。其实我一直忍着，是希望你自己亲口对我说。那天，你在厨房做饭，我在你屉子里找手纸，真的不是故意找你的隐私。

铁娃说，你就是我最大的隐私。香香咯咯笑个不停。铁娃问你笑什么。香香说，我笑我们做夫妻是缘分天注定。原来，我是担心你有老婆，现在简单多了。铁娃懒懒地翻了个身，一会儿就打起了呼噜。醒来，香香已离开。

第14章 饭局与蹲坑

老李这天不知哪根神经搭错了位置，无来由地起了兴奋。或是职业的惯性使然，等铁娃和香香回转不久，酒劲也失了宠一般无趣而退。他情不自禁独自呵呵地发着憨厚的冷笑。他想开个玩笑，或者说想试试身手，或者想阻挠些什么。

果然，一切都像他嗅觉底层泛起的白沫，他闻到了一对骚狐狸偷食的气息。女狐狸有些肆无忌惮。肥硕的腰肢一唱三叹狂放地扭动起来，接着，她搂住了男狐狸的腰，是从屁股往上像火苗一样的走势一路上行飙升。深夜的路灯光给这对情欲膨胀的男女拉着暧昧的帷幕。行人寥寥，即使有，也都各不相干，见怪不怪。男狐狸有些警惕地回头张望了一下，又向两边摆动了一下。老李赶紧像壁虎贴到墙根。他身子薄，几乎就与墙浑然一体。铁娃左手落到香香肥浪的屁股上，狠狠地一揪，香香夸张地哆了一声。铁娃招停一辆的士，两只狐狸融入车里倏忽消失在漫天明灭的夜里。

老李没像往日那样兴奋。他忽然非常沮丧。他磨磨蹭蹭回了家，在黑暗中拨通了铁娃的电话。铁娃的声音有些气喘。这一切都在意料之中。老李就是想败兴想往火堆里泼水。铁娃一看是老李的手机来电，怕是老李出了紧急情况，需要救援之类。战斗正酣，也不得不拿起手机。不料，老李说的是明天我再请你喝酒。老李的声音有些调侃，有些装萌，可铁娃哪有闲心关注。铁娃以为多大个鸟事，嗯了一声，就要挂断电话。老李又补充说，不去香香，去山乡。铁娃也不多言挂了电话。二人争分夺秒继续战斗。事毕问香香，你们没得罪老李吧？香香一副天真烂漫的样子。顾客就是上帝，我们怎么会得罪他？铁娃想，那八成是别人请老李，附带将我捎上。便催促香香快穿衣回家。香香依然忘不了打扫战场。一头钻进卫生间，用淋浴的喷头对着关键部位一阵猛喷。又对着镜子，把披散的头发重新用花结子束好。往红扑扑的脸蛋上拍了点冷水，端起铁娃的漱口杯往嘴里一倒，咕噜噜将铁娃的烟味涮掉，才吐了口气，急匆匆回卧室道别，再拉门而去。

第二天，铁娃坐在办公室里从一堆小说稿件里抬起头来，拿起手机一看已是下午五点多了，就想起老李约吃晚饭的事。老李工作忙记性也不好，便主动给老李拨个电话。老李此时正坐在一家五星级酒店的大厅里，目不转睛地盯着一个板寸头的中年男人。他是郝裕国。老李换了三个角度，来了个360度无死角观测。他再次肯定了他的判断，千真万确就是郝裕国。

正在这时，老李的手机不识时务地响了，一看是铁娃，才想起与铁娃的约会。他没发言，按了手机，又疾速地发了一则短信：不便。改日。铁娃坐在办公室里苦笑了一下，脑子里似有一双千里眼，猜他又在蹲坑。

老李十二分的纳闷。老李想一定是郝裕国的老婆程小琳多疑。老李反复问过程小琳，你是不是郝总的原配。程小琳说当然。老李说，至少比郝总小十岁吧？程小琳说，小十五岁，当初也是他主动追求的我。情诗写了一厚本。老李左看右看都觉得程小琳是一枝花。圆圆的脸蛋，水润的杏眼，是传统的旺夫相。只是嘴角上扬，有掩饰不住的硬朗和泼辣。老李又问，你们多久没做那事了？程小琳觉得老李有流氓的嫌疑，后来觉得这其实正是问题的关键。就老实地回答，一个月都难得碰一次。老李说，你主动点不行啊？程小琳说，可能还有个原因，我不想生孩子。我怕。怕流血牺牲。老李说，这就是你的不对了。中国的传统是不孝有三，无后为大。你既爱你先生，就要不怕牺牲。何况女人生孩子好比母鸡下蛋，有什么可怕的呢？程小琳说，我有个表姐就是生孩子得了抑郁症后来跳二桥了。我过不了这个坎。老李说，看来你完全没必要找我们公司。看心理医生好了。老李问，你想得到的结果是什么，是保卫婚姻还是散伙？程小琳说，这些都是我自己的事，你只管认钱做事。我要的是我先生与这个女人在一起的证据。老李说，你这样只会适得其反。程小琳说，你不管。老李便长叹一口气，摇摇头，拿预付金走人。

一连跟踪了三天，郝裕国都与一个五十岁左右、身材丰腴的女人出入六月花酒店。先是坐在二楼的小包间吃饭。席间，两个人边吃边聊，内容听不清。郝裕国总是给老女人夹菜。老女人其实也不老，只是比他的妻子年长，比郝裕国至少大了十来岁。那女人倒是神态像少女，端庄大方，吃相很优雅。老李拍了好几张照片，也录了像。后来，老李又尾随郝裕国开房。但老李左等右等也没见那女人跟来。

老李是在老女人离开后突然坐到郝裕国对面的。郝裕国婚姻在手却不管不顾不珍惜，这可是玩火自焚啊。老李坐下后，不请自便叫服务员给自己倒了一杯白开水。他喝下一口，又故意咳嗽了一声，郝裕国才发现了他。郝裕国刚才正低头看微信。

老李说，郝总还记得我吗？郝裕国在脑子里搜索了好一会儿。老李只有提示他：与一刀社长一起喝过您的茅台酒。郝裕国赶紧放下手机，欠身与老李握手。老李说，看您一个人，正巧我在这边参加一个饭局就过来了。郝裕国说，幸会，幸会！这些时间太忙，没怎么写诗，见了编辑老师深感惭愧。老李仔细端详了下郝裕国脸部的肌肉运动，还有眼里的光，都觉得这话没有造假。老李说，诗是内心激情的自然流露，像男人的遗精，满了自然会出来。郝裕国愣神了，有这样口无遮拦的文人吗？郝裕国谦逊说，您教导的是。我也是想写时就写，不想写时不硬写。

两个对手很快成为惺惺相惜的朋友。你一言我一语神侃起来。老李更是将自己对于男女之事，对婚姻的认识一吐为快。郝裕国忽然就有了酒逢知己千杯少的痛快。他叫服务生拿来一瓶茅台，又点了三个菜，强行喝起来。老李当然是顺水推舟，脑里心里涌动着救人一命胜造七级浮屠的快意。二人喝着喝着，就开始老兄老弟地称呼了。老李说，郝兄，你是成功男人，是资本家，而且是个诗人。这就太难得了。你诗写得好不好，这个不重要，重要的是你有一颗诗人的心。

郝裕国的心微微地打了个嗯吞，随即打起了哈哈，说，我的诗可能不是你们眼里真正的文学，是滥竽充数。但从感情上讲，我从不惭愧自己是名副其实的诗人。我写诗不是为了赚钱扬名，纯粹是一种活下去的方式。我的诗不是笔写出来的，是血里流出来的。那种感受，那种句子，不是天外飞物，是我身体里长出来的。老李听了，暗想这不是诗又是什么呢？老李说，我发现你的诗就在你嘴里你的日常生活里啊。郝裕国凄怆的表情说，老哥，您不知道，这么多年来，如果我不写诗，可能您在这世上就见不到我了。老李微笑问，去哪儿了？郝裕国说，我早抑郁死了。老李呼哧一笑，说，您会抑郁？像您这样富可敌城的人还会抑郁？无数人都望您项背哩。郝裕国说，财富只代表一个人创造的价值，或者说是一种运气。但财富并不代表幸福。幸福是精神层面的东西，精神可以很物质，但远比物质贪婪。说实话，现在我宁愿去做个文学编辑。老李笑起来：看来要改个说法。不幸的人是相似的，幸福的人却各有各的幸福。

两个男人正说着，那个老女人出现了。老女人坐下，郝裕国便起立介绍。老李这才明白，他们正在谈公司的合作意向。老女人陈小米是北京怡家影视公司的老总。陈小米这些天来一直在极力说服郝裕国投资文化产业。陈小米一听老李是文学树杂志社的编辑，马上双手呈上自己的名片。老李却不好意思，对自己现在的职业讳莫如深含糊其辞，说名片没带。三个人一交谈，陈小米觉得老李到底是文学编辑，学养和对人生物事的认识很有见地。陈小米说，我们现在差两样东西，都与二位有关。一是差好剧本，二是差资金。看来，我今天是三生有幸。老李听了蓦然生出回头是岸的感觉。可他回不去了。陈小米要老李帮他组织些优秀的作家作品。老李很想推辞，但不容他推辞，郝裕国已代他接下了这个活儿。郝裕国甚至说了酬劳。老李真是有口莫辩。

陈小米目光清澈，眼里有电有热，心醇气和的样子。皮肤温润着，没有时光划过的折皱。定睛细看，才会发现她大笑时眼角是有鱼尾纹的，从内而外透露出精明干练。气场很大。老李问，你俩怎么认识的？郝裕国哈哈笑道，我尊敬仰慕的李编辑李老师竟有当侦探的职业习惯？老李霎时愣住了。狗日的，一语道破天机！老李一时辨不清是真是假，难道他知道我改行了？不，我的秘密只有铁娃、香香和二柱知道。他们不可能与他产生什么交集。即使产生了，也不会讲这个。老李说，其实我倒是希望当一个出色的侦探。现在一些人表面一套背地一套，有太多见不得人的勾当。而小到一个家庭，大到一个国家，就因为这些表里不一的东西，才有了太多不安宁的因素。侦探就是揭露阴暗、消除腐败的隐患，何乐而不为呢？郝裕国笑道，李老师说的有道理哩。老李问，郝总孩子多大了？郝裕国愣了一下，叹了口气。陈小米说，郝总的孩子自然是富二代。老李又问陈总的孩子多大。陈小米说，等我成了富一代，再生个富二代。老李便说，如果不呢？陈小米说，不就不呗。

郝裕国说，我老婆是能生却不愿生。陈小米说，这么好的条件却不生孩子，恕我直言，郝总的夫人对您感情还没到位啊。老李说，我看未必。郝裕国说，她怕，她怕生孩子出问题。因为她表姐是生孩子得了产后抑郁症人都不在了。这个对她打击太大。唉。陈小米说，那几时让我跟您夫人见个面，我们谈谈。老李说，我同意。要在诸子百家时代，陈总完全抵得上苏秦、张仪之流。陈小米说，我做过几年心理医生。遇到过好几个类似病例。老李说，这我就放心了。这脱口而出的一声感慨却将二人弄愣了。陈小米感慨道，看来李老师是忧他人之忧，乐他人之乐。你俩是至交吧？郝裕国也一时没想清这话的来龙去脉，只得附和着点头，是至交至交。老李起身告辞，说，那我们改日再见。希望我们所有的愿景都实现。

老李后来将这次谈话录音放给程小琳听。程小琳说，我看这女人别有用心。我才不会引狼入室哩。老李便又给陈小米打电话，叮嘱她，郝总的夫人醋劲大，要注意工作方法。陈小米笑道，她再怎么吃醋，也不会吃到我这个老太婆头上来吧。老李说，也不能低估你的魅力哦。陈小米说，我自然有让她接纳我的法子。您放心吧。

第15章 家家有本难念的经

铁娃在一刀与香香之间玩得惊心动魄。他对一刀的态度应该说那天晚上就有了结论，可一刀只是保持了距离。她知道一个老女人远不及权力和荣誉对一个单身男人的诱惑。一刀是理智的，也是清醒的。像一个取暖的人，不论目前有多寒冷，她都不能全身扑进火堆里，或者靠火太近。她选择了若即若离，选择了权力和荣誉作为辅助工具。过去的发稿会，一刀是必参加的。后来，她就放了话，铁娃全权受理。也就是说稿子只要铁娃认为行，那就是行，否则行也不行。

一刀的简政放权让铁娃成了文学树的铁腕人物。上上下下里里外外，铁娃成了说一不二的实权派。铁娃自从大权在握，便将自己对文学的理念放到发稿会上给编辑们洗脑。他坚持惟稿不惟名，惟稿不惟官，惟稿不惟利。一时间，文学树杂志连续好几期都成了无名作家的天下。他甚至下令拿掉了几个名作家的稿子。他说，他将这样的次品交给我们，本身就是瞧我们不起，我们又何必捧他的粗腿呢?

首先在铁娃这里碰钉子的是郝裕国。碰钉子的也不是郝裕国，而是张主任。碰钉子的也不是张主任，而是张主任拿来的郝裕国的诗作。铁娃在发稿签上大笔一挥，就将郝裕国写家乡春天的组诗毙了。等到第七期文学树杂志一出来，发行部张主任上门了。张主任指着铁娃的鼻子骂，瞎了你的狗眼！这是谁？你给我看清楚了。铁娃也伸出食指，大拇指也直直地竖着，其余三指弯向掌心，这就形成了一支手枪端然地直逼张主任，说，我们只认作品不认人。你想么样？张主任大吼道，这可是我们的财神爷。你可别狗仗人势，你个面……这后面省去的一个字仿佛通红的烙铁哧地一下就将铁娃的铁烧疼了。铁娃问，面什么？你给老子讲清楚。你今天不给老子讲清楚，你就站着进来躺着出去！两个人像两只斗公鸡对峙着。

总算有人叫来了一刀。一刀听到铁娃嘴里一直逼问着面什么？她也似不明就里，对张主任说，就是面试嘛。张主任是不是？你昨天问以后进人要重视面试，是这事吧？这话总算搭了梯子。张主任借梯下台说，是的，我说的就是这事。铁娃心里跟明镜似的。他知道张主任说的就是面首。可他也不想往自己脸上抹屎，也就算了。但通过这件事，让他明白了同事们投射在他身上目光的内涵了。铁娃认定的是清则自清，浊则自浊。他还有个习性就是，踏着敌人的血迹前进。

铁娃虽是被一刀解了围，一天的心情却沉到了谷底。老李这天恰恰心情晴好，又电话约铁娃吃饭。铁娃虽是答应了，却没有好声气，末尾还补了一句：别到时又放我的鸽子啊！老李爽快地打起了哈哈，说，今天的任务就是请你吃饭。铁娃没有回应就挂了电话。

晚上，老李又提前半小时约铁娃，铁娃心里才踏实。二人来到山乡人家。与香香所在的好再来酒店隔了一条街。两人到二楼的桃花包间坐下。老李要铁娃点菜。铁娃也不客气，边翻菜谱边说，又盯了个大的？老李说，也是你的老熟人。一会儿，两人就开始推杯换盏。铁娃也不接话，他不想让老李违逆职业道德。老李说，我今天想跟你谈三件事。铁娃说，我就知道天下没有免费的午餐。老李说，你也别受吓。三件事中只有两件与你有关。铁娃说，那就只说这两件。老李说，只怕我不说那第三件，你会催着我说。铁娃笑起来，举杯相碰。

老李说，这前两件，我也掂量个先后，就先谈工作吧。北京有家影视公司，想与你们合作，用你们的作家作品资源开发影视。铁娃一听，想这不是瞌睡来了遇到枕头吗？怎么合作？老李说，下次你们三方见个面。你们自己谈。铁娃说，目前我正在筹划一个与影视公司合作的会议，到时把你说的这位老总也叫来参加就行了。老李说，待会儿把她的联系方式给你。铁娃又问怎么还有个第三方？老李往嘴里丢进一颗花生米，说，看看看，我说我没说你会催的吧？那只有把第三件事提前说了。铁娃笑了，给老李斟了一杯啤酒。铁娃说，看你现在这个鸡巴屌样，真是辞得其所啊。老李说，呵呵，你只看到强盗吃肉，没看到强盗挨打。铁娃说，我看你不会。你比水里的鱼还精。

老李说，但愿吧。能在这个行当寿终正寝就好。老李接着说，这第三件哩，就是郝裕国。他是资本家。铁娃说，这还要你告诉我？老李说，影视其实是个商业资本运作的过程。别跟我谈文学是一切艺术之母。做影视，你得向资本家低头。铁娃想了想，不置可否。老李说，与北京这家影视公司合作有个便利的条件，就是郝裕国会无条件投资。铁娃问，他们是什么关系？你说的北京影视公司老总是女的？老李诡异地笑着点头。铁娃说，世间事无非“男女”二字。老李说，算你说得对，也不对。铁娃说，人类的历史，就是男女那点事的历史。老李说，他们可不是你想象中的男女关系。其实，我也发现一个规律，大人物即有大孤独。铁娃笑道，我面前坐着的也是大人物哦。老李说，你也别取笑我。我这是表面上的孤独。真正的大孤独是名利喧嚣中的孤独。铁娃举杯相敬。老李说，郝裕国是大家眼中的土豪。过去我们有句口号叫，打土豪，分田地！仇富是个很可怕的社会心理。这是不对的。除了一些人以不正当手段得利，多数土豪还是靠自己的智慧和诚实劳动所得。铁娃说，看来你当侦探，成果斐然。老李说，实话告诉你，我这次盯梢，盯的就是郝裕国。铁娃说，他的事我不想关心。他与我天生有仇。老李说，人家富可敌城，你凭什么与别人为仇？铁娃愤然道，他发他的财，与我鸟关系。我就见不得他拿钱强奸我们的文学。老李嘿嘿冷笑道，说我臭，其实你比我还臭，又臭又硬。

老李索性就将郝裕国的家庭情况倒给铁娃听。又说，后来才知道，郝裕国为什么对陈小米言听计从，就因为郝裕国在北京读大学时是陈小米接济了他。郝裕国其实是个孤儿。铁娃这才同情起郝裕国来。他说，要是我是郝裕国，早离了再娶。我一孤儿更有传宗接代的神圣使命啊。老李说，你看，这就分出了高下吧。人家就是不离婚。人家是爱我所选，无怨无悔。铁娃豁然大笑，说，妈的，原来你是有意抬他贬我啊。

老李这时的表情严肃了，目光也歪斜了。他依然往嘴里不停地丢花生米，有几颗掉到桌上，弹到地下，他也不管。铁娃心里也潮起潮落。两个人都默然地喝着闷酒。

老李又抬眼瞟了一下铁娃说，我现在才发现这第二件才是我最不好开口的，其实也是我请你到这里吃饭的原因。铁娃疑惑了，警觉了，甚至有被暗算的恼怒了。铁娃挑衅似的望着老李。

老李说，你也别拿这样的眼光看我，我不会坏你的事。我总是为你好。你要明白我希望你幸福，永远幸福！这是我作为朋友一个最起码的品质。与朋友交而不信乎？铁娃哧地一笑，说，你现在不就干着损友利己的勾当吗？老李打起了哈哈。老李便将关于侦探揭露阴暗的理论搬出来。铁娃却是自有主张，不认同也不反对，抖着腿沉默着。

老李说，我离婚二十多年，别以为我给你讲那些黄故事是我寻开心，其实都是婚姻失败的无奈。我想给你提个醒，你放着那么好的老婆不珍惜，在外面与香香不三不四，就不怕万一哪天被老婆发觉，把家拆了么？你也是快五十的人了。男人到这个年龄也是江河日下，日暮途穷。你何必玩火自焚？铁娃不作声，垂首而听。他心里的淤泥堵得难受。老李以为戳到了痛处，接着说，人生很多的错其实都是侥幸在作祟。像那些贪官，一次得手，就不愁第二次第三次。最后，走到了悬崖边上，悔之晚矣。再退一万步说，你就是想换个口味，有必要与香香上手吗？你不怕降低了你的身份，也不怕二柱找你算账？与一个农民工惹出风流官司来，那不是掉你的价，掉文学树杂志的价？

铁娃开始掉泪。老李愈是这样说，愈是堵住了他的嘴。他已经离婚的事实，他需要女人的无奈，他不爱香香的真相，他渴望复婚的无望，这些都像堆积如山的杂草埋在他心里，纠结着腐烂着。老李递过一张餐巾纸，说，知错就改还是好同志。亡羊补牢未为晚矣。铁娃语咽在喉，说，多谢老兄！又说，其实香香是个不错的女人。我没记错的话，你也是农村考出来的，怎么就鄙视农村人呢？老李说，我倒不是鄙视农村人，但她和你夫人是没法比的。为这样一个女人总是不值。铁娃说，我看你老爱和她打情骂俏，一有空你也爱和香香磨牙哩。老李说，不过是逢场作戏嘛。

铁娃听了这句话，心里确实为香香起了悲哀。想到香香对自己的一往情深，想到水莲的刚情决绝，想到人生而平等，想到人生而苦短，想到人必自辱，而后他欺。铁娃在心里就对老李起了鄙视。铁娃说，你的心意我领了。老李从铁娃脸上端详着内心的变化，他看到了沮丧，还有乌云背后几缕惆怅的阳光。

第16章 影视怪现状

第二天，铁娃向一刀提出组建文学树影视工作室。他说，现在是个影像的时代。人们的生存压力巨大，都想马不停蹄地赚钱。心浮气躁，很难坐下来平心静气读书。消遣和解压成为他们的精神需求。他们对文化的兴趣，可能就是看看电影电视剧。文字太沉重太繁复对读者要求太多。影像却比文字来得轻松直白简单。所以，我可以预言，随着大数据时代的到来，平面的纸媒文学将面临更多的市场挤压。我们要想法将文学作品转化成影视，扩大文学的生存空间。这样就能实现真正的双赢和多赢。

一刀说，我也有这想法，文学尽管是一切艺术的妈，但靠妈一人单打独斗，很累也收效甚微。我想起我的个人经验，说实话，很多世界名著，我都是先看了电影再记得作家再读他们的书。电影电视剧可以伸入千家万户，这是我们的书和文学期刊做不到的。你的想法我举双手赞成。铁娃自然无比振奋。他很响地舒了口气。一刀问，别叹气，我会支持你！铁娃忽然想到的是，两年前自己的判断是对的。他将一刀的任期当一张白纸，画最美的图案。他要干一番事业，为他钟情的文学，而这一切正向他悄然走来。他疑惑的是为什么事业与爱情不能两全，不能并驾齐驱。曾经还有人说过，情场得意，赌场失意。这些也都应验过。为什么，为什么？

铁娃揣着无数个为什么回到自己办公室，拿工作方案。一刀认为自己一个人同意是不够的，她又走到铁娃办公室，说明天上午九点组织全体职工会，你主讲影像与文学的关系，讲成立文学树影视工作室的必要性和初步工作方案，也多听听大家的意见。第二天，铁娃精神抖擞，口若悬河，在杂志社干了几十年，他似乎刚刚找到当家做主人的感觉。20个员工像发现一座埋没多年的金矿，眼里闪着欣喜的光。

一刀也听得津津有味，她频频点头，又不断地将自己脸上的兴奋通过转身环视，传递给在场的每一个人。她发现不知何时起，自己压力减轻了。她不再像个保姆对杂志社的方方面面大包大揽。她似乎在这一刻才恍然悟出一个优秀的领导者其实是最大限度地将自己的担子分出去。而且这担子是别人争先恐后自愿接过去。这份积极性就是一个单位前进的不竭动力。她像一个奋力挖渠的人，终于从原来的单干变成了大家群策群力。文学树现出了冰河消融万物复苏的大气象。

一刀简政放权，只在节骨眼上出主意拍板。涉及对外，为了表现文学树的诚意和重视，一刀就出面跑腿。比如，联合省委宣传部文艺处向全省所有影视公司发出召开影视合作座谈会邀请函。文艺处王处长出席了座谈会。每个与会代表面前都摆着几本文学树杂志。大家边听边翻阅杂志。会议由一刀主持。王处长作提纲挈领的引导性发言，讲完就道歉，说因为还有个会只能提前离开。合作的必要性和工作设想由铁娃主讲。会议开得很成功。在讨论环节，十六家影视公司的老总和五个作家代表都感叹不止，说这样的联姻正是他们求之不得的，是雪中送炭。有三家影视公司当天就与作家签下合作协议。

作家心泪是个漂亮的少妇，在会上发言时脸上像打了鸡血。脸上的红与她上衣的红相映生辉，一眼看去，就像一团娇小的火苗，十分可爱。她在会上推荐了自己的小说《旺家三十六计》。她说，不在于这篇小说写得有多好。她的意义在于为当下的婚姻家庭提供了一副疗治沉疴的方子。人的幸福感其实很大程度上来源于家庭。家庭很像车辘子。为了生计生活，人们赶着自己的战车一路狂奔，结果是甚嚣尘上，身心俱疲，把灵魂跑掉了，把车辘子跑丢了。这时，我们开始无比怀念那些最基本的情感，那就是来自家庭的温暖。陈小米听了故事核，觉得这个有现实意义，抢先说，你这个小说我先要了。心泪说，我这是个中篇小说，只适合拍电影。陈小米说我想拍电视剧。心泪说，电影表现主题可能更集中。陈小米说，我们要的是你的故事核，至于剧情和细节，你一个人的智慧是不够的。我们可以组织一个班子。只要我们确定一个项目，欢迎其他作家们一起合作共同完成剧本。

心泪不依。心泪说，这对原作者来说是不是构成了侵权？至少我不愿意。文学创作是极个人的事，怎么能像工厂一样走流水线呢？陈小米说，你刚才用的一个词很对。电影电视剧其实就是一条工业生产的流水线。如果一个作家独立完成一个电影剧本是可能的，完成一个三十集的电视连续剧剧本也是可能的，但时间和资金不等人。我们不可能等你一个人完成成品后，再投入拍摄。再说，一个人的智慧总是有限的，集思广益群策群力集中了优势取长补短。如果你是影视公司的老板也会这样做。几千万的投资，压在你一人身上，你受得了吗？你会喘不过气来。特别是一个剧本还要经过导演和演员的再创作，到时让你单是改剧本，改成泪人是轻的，改得让你举手投降，甩摊子走人那几乎是普遍规律。你不愿意，我们当然更不可能冒险。

心泪无语了。铁娃说，隔行如隔山。我们还是应该对影视公司多一些信任和尊重。当然，我也有个建议，作家你可以只出售改编权，至于怎样编剧交给影视公司自己做主好了。他们肯定不愿意把你的好作品改差，我想只会锦上添花。毕竟他们要靠市场赚钱嘛。你们可以看看一些电影电视剧，再读原作，一比就出来了。心泪感激地望着铁娃说，我相信铁主编。以后大凡我的小说被影视公司看中，铁主编给我做主好了。

一刀瞟了一眼心泪，见这年轻女子估摸三十多岁，脸上现出一片红晕，眼里也似有万般柔情。她是听说过铁娃对作家怜香惜玉的，心想也不知他们之间关系好到哪一步。会后铁娃又请心泪和两个男作家吃饭，叫一刀参加，一刀却说有事。陈小米自告奋勇随着人流走，她自然是冲着埋单去的。

这天郝裕国本来应该参会，但听说是铁娃召集的就找个理由推掉了。铁娃倒是与陈小米一见如故。陈小米戴着金边眼镜，薄羊毛碎花连衣裙外搭米白小坎肩。衣着质地考究，色系搭配温和，说话做事体贴周到。他想起老李讲的那番话，有一种女人对男人的诱惑力不在外表，在内在的修为。跟这样的人一起做事，心里亮堂，也有踏实感。

铁娃与陈小米成了朋友。心泪的《旺家三十六计》很快进入改编剧本阶段。本来铁娃是不必劳心费力的，但心泪在电话里说她离婚了，钱都被前夫卷走了，还独自抚养五岁的女儿，现在心里对钱就伸出无数只爪子来。铁娃听了，便觉肩上平添出许多的义务。客观上讲，心泪并不是一流作家，甚至算不得真正的作家。只是心泪在网上写小说，一天能写五六千字，渐渐练出了编故事的本领。写网文的作家，尽管文字功夫不及传统纸媒作家，但人气都以百万计。文学树杂志开设一个网络作家专页，并不是有多仗义，而是利用网络作家的人气促销。这样想，铁娃就觉得有利用别人的嫌疑。其实网络写手在网上写得好好的，只要每天及时更新，只要把故事编得扣人心弦，是可以拿稿费过日子的。只是网文必须在免费一二十万字后才开始VIP收费阅读。心泪的稿费已达到月进账三千元的收入。但自从铁娃向这些网络写手伸出了橄榄枝，她们就松了劲，对网上马拉松似的洋洋几百万言的小说就消弭了斗志。铁娃打开QQ，每当看到心泪的QQ签名“各种不想码字”，心里就泛酸。他想帮帮她，不论对方是男是女，关键是他拉来的作家，他觉得有责任让别人得到一些补偿。所以，本来谈好了，只卖改编权的，后来铁娃在帮助心泪卖出改编权后，又向陈小米提出由作者参与编剧。建议得到了陈小米的认可。但陈小米也很鬼怪机灵，合同里签的稿费是有前提的，就是本剧要投入拍摄。剧本的一切费用在开机前付一半，播出后付另一半。开机便成了双方共同守望的一个钱的豁口。

心泪以十万元卖出影视改编权，又兴致勃勃开始夜以继日地改剧本。她没写过剧本，只得从网上定购，买了五本写剧本的指导书，然后现学现卖。好在文学的样式触类旁通，都是思想语言的艺术。只是剧本剔除了小说语言的枝蔓，重故事情节的推动和人物对话的技巧。心泪本就擅长编故事，自然看几本样书，也就对剧本驾轻就熟。

铁娃提出剧本写一集一万元。陈小米并不了解心泪的创作实力，但有铁娃冲锋陷阵，陈小米自然满口答应。心泪感激涕零。心泪说，铁老师，我拿什么感谢您呢？铁娃一直说，应该的，莫客气！可心泪不忍心无功受禄。她每天都在QQ里向子日发一条消息，消息说：铁老师，请您一定告诉我怎样谢您才好。铁娃从开始简单的回应到后来干脆避而不答了。心泪便将一腔感激放置心中。后来，心泪心里忽然闪出一道亮光，这亮光不是别的，正是铁娃的QQ昵称。子日，是什么意思呢？既说明孩子是他的太阳，也说明他的一切愿望都指日可待，还有一层意思，当然只是谐音的效果。她听说铁娃离婚了，当然这消息源自何处，她不记得了，反正作家圈里都口耳相传，有胆大的甚至当面问过他，但都得到否认。心泪想，自己是单身女人，铁娃这样对我是不是别有用心呢？或许他的这个昵称就是他的宣言，与感情无关，与婚姻无关。这大约是经历了婚姻沧桑男人的痛定思痛也未可知。不管怎样，她想试试。

心泪家在天门，离武汉有两小时车程，但为了报恩，她觉得有些理直气壮。还有个隐性的原因是她也性饥渴。她想推开命运摆在自己面前的一扇门，或许就有了另一番天地。尽管铁娃比自己大一轮还转了弯。权力是最好的春药。其实也不能说女人爱当官的男人是趋炎附势，是不讲真情的势利眼。男人当官更能显现一个男人雄性的力量。手执权杖，指挥千军万马，将别人的命运玩于股掌之间。即使女人不想让他为自己以权谋私，也足以对女人产生膜拜的力。女人说到底是青藤，需要仰视和依附。这样想着的时候，她一路都是兴奋而羞涩的，仿佛铁娃就在自己的对面向她微微含笑。

心泪是想来个突然袭击的。她只给文学树杂志办公室打了电话，知道铁娃没出差，就吃下一颗定心丸。心泪望着窗外。一望无垠的田野开着油菜花，金黄一片。麦苗绿油油的，有的开始吐穗。一切都像这肥沃的土地种满了茂密的希望。心泪觉得她所期待的名利场也是指日可待了。这样地想着，嘴里就情不自已哼起了情歌：阿里山的姑娘辫子长呀……手机竟然唱着同样的歌响了。她起初以为是自己唱的，后来才发现是有配乐的。她从提包里掏出手机，一看竟是铁娃。心泪想，这一切真是天意。什么叫心有灵犀，什么叫心想事成，什么叫心诚则灵？她脑海里泉涌起一连串的成语。

铁娃在电话里说，心泪吗？我是文学树的铁老师。心泪哧地一笑，说，我知道是您，您是我无比尊敬的亲爱的恩师。铁娃说，不好意思，我现在要告诉你一个很不好的消息。心泪的心一下子就提上来了。铁娃说，你要知道我是诚心想帮你的，可电视剧实在是个资本说话的市场。由于怡家公司没筹到款，你的剧本暂时就不必改了。心泪一下子就愣住了。铁娃说，你也别太伤心，你的影视改编权又回到了你手里。你可以再等待新的合作机遇。心泪哑口无言。她从兴奋的巅峰一下子跌入了低谷。心泪最后忍着极度的失望说了声，没关系，铁老师！您永远都是我的恩师。就挂断了电话。

心泪坐在疾驰的列车上，恨不得履带倒转。她是一刻也不想往武汉方向去了。她到汉口火车站下车时已是下午一点。她有些饥肠辘辘，便在售票厅门口的小摊上买了两个面包，一瓶矿泉水，然后去售票口排队买票。她脑子里纷乱地想着那些忽得忽失的钱。她对商海苍茫有了顿悟。只盼望哪天天上掉馅饼，忽然就有某一天，哪家影视公司打来电话，说心泪，你的小说我们要定了。下次，她才不会玩这种得而复失的游戏。她要的是十拿九稳，要的是一边签合同一边拿现钱。

铁娃当然听出了心泪飘忽的失落。那深深的失落无疑像一记鞭子抽打着他的尊严和信用。他觉得自己有愧了。他的好意竟践踏了自己的诚信。对这个女人他是无所求的。他只是作为一个职业编辑，希望她的作者有意外的收获。这次的问题根子还在自己。自己对郝裕国不手下留情，别人也就对自己临时拆台。这或许就叫与人方便，与己方便。

陈小米也很困惑。郝裕国说了一句狠话。他说，他铁娃自以为是文学树的铁腕人物，我们就掰掰看，看谁赢得过谁。我郝某人写诗是我的权利和自由，不往你文学树投，不指望你发稿，也是我的本事。你还能一手遮天不成？

郝裕国请老李喝酒。郝裕国不露声色地说，我太太怀上了。陈小米说要我一定请您喝酒。老李说，可喜可贺！可喜可贺！可与我有么关系呢？郝裕国哈哈笑道，没说您助人为乐，就想找个理由请您坐坐，聊聊天，总行吧？老李这天正好无所事事，便一口答应了。当侦探的工作，其实战线很长。一个案子往往拖几个月甚至一年。人家希望得到的真凭实据都拿到手了，这案子才算结了。办案人也才能领到这个案子的全额薪水。有时几个案子一齐涌来，恨不得生出三头六臂。有时几个月大半年都闹饥荒，一个案子也没有。饥一顿，饱一顿。人总是悬着一颗心。这也是他离开杂志社后最大的不适应。像空中玩杂技，腰上没系保险绳，做起事来就有些战战兢兢如履薄冰。

老李从公司下楼，就见一群乌鸦鸦的农民工围在写字楼下。他向路边一个蓬头垢面的年轻人打听，才知是建筑工人讨工钱。说是答应一季度结一次工资，现在半年过去了，一分钱没有。老李就给他们出主意，要他们找铁爪公司，公司干的就是讨工钱的活儿。那农民工说，那付不付钱呢？老李说，不付钱侦探公司喝西北风啊？那农民工双手一摊说，我们缺的就是这个。老李还要给他们开导开导，郝裕国的电话来了。他说他到了。老李只得挥挥手，大踏步向公交车站走去。

老李起初以为自己不过是一群人的配角，去了才知只请了他一个。老李便感动得不行。老李一感动就夸夸其谈。老李一夸夸其谈，嘴巴上就没了把门的。他的话就像打开的水龙头哗哗流个不止。讲到兴头处还辅助以手舞足蹈。有时老李的唾沫星子喷到了郝裕国的脸上。两人喝了没几分钟，郝裕国就对文人老李起了反感，觉得人与人还是不要走得太近，太近连体臭都闻得见了，自然就消弭了神秘和好感。郝裕国由老李想到了铁娃，说，你那同事铁娃是个什么鸟人？他妈的我的面子都不买。他有么来路？老李问清了事情的缘由，打了一长串的哈哈，说，他就两个字：认真。没别的！郝裕国说，我看他不是认真，而是仇富。我的诗他说是口水诗，是羊羔体。他妈的，他有本事写几句我看看。我看你们每期发的也不是篇篇精品嘛。他凭什么就卡我？狗娘养的。发我郝某人几首诗，就砸了你们的金字招牌不成？

老李举着酒杯敬郝裕国，准备与郝裕国的酒杯碰一下，可郝裕国弹出一中指，算是与杯壁碰了一下。老李很不舒服。老李单凭这个小动作就断定这家伙与铁娃不是一路人。老李说，郝总消消气，不就是文学吗？你说她重要，她比天王老子还重要；你说她不重要，简直一钱不值，做解手纸都嫌磨屁股。老李说着说着就将自己给卖了，暴露了原形。他说他就将文学树抛弃了。郝裕国说，您是么意思？老李这才发现自己成了一个岔巴子。他真想抽自己嘴巴。郝裕国问他在哪里高就，老李说不出口。老李支吾说，人活着无非是为上下两张嘴。喝酒喝酒，就囫囵吞枣搪塞过去了。

两个男人的握手言和

第17章

第二天，老李请铁娃到“好再来”喝酒时，铁娃也是屁股还没坐稳，就骂起了郝裕国。老李才发现，这俩男人确实像两只斗鸡公杠上了。铁娃愤世嫉俗说，他妈的釜底抽薪，为富不仁！我他妈越来越佩服中国的文字。遣词造句，无不精准，都他妈说绝了。老李不搭腔。铁娃说，这也是中国文学的魅力。文学不就是摆弄方块字吗？像他妈玩积木，就是个组合关系问题，调兵遣将的问题。铁娃吞下一杯啤酒，抹了一把嘴上的泡沫。唉，他妈的，钱真是他妈的王八蛋！老李听完一阵牢骚，说，我看你们还是要从源头上找原因。有时候得罪了人，你是无意，人家却记牢了。铁娃嘴一噘，手一摊，说，我不就是毙过他几个稿子吗？他又不靠写诗吃饭。而且你也知道，我向来对文不对人，一副门神嘴脸。难道这有错吗？他郝裕国做生意，也容许次品流入市场？不过，按他这逻辑，他是不管次品正品的。也难怪现如今哪个业主拿房子时不是吵闹不休？

老李说，其实，我看郝裕国为人还是很豪爽的。买过你们文学树一万本杂志不错吧？请客也大方。我喝了几次茅台，也全是他的。不然，这辈子真不晓得茅台的滋味儿。唉，入喉那个爽啊！铁娃冷笑起来，说，难怪你向着他，原来吃了别人的嘴软。你能不能做到贫而无谄呢？老李便有些着急，有些张口结舌。他长叹一口气，说，我是推心置腹，想不到你又起了误会。据我观察，其实你俩是一个平台上的人，只是阵地不同。你们既然有共同的志向和兴趣，完全可以成为同一个战壕的战友而非不共戴天的对手。

铁娃沉着脸吃芹菜炒肉丝，一星红辣椒片沾到嘴边被他发狠地往外一吐，正形成一个浑圆的呸字。现在呀，我看人都很贱。一点蝇头小利就把人心收买了！老李不舒服了。我何曾在乎别人的那点酒？我不是狗拿耗子，多管闲事吗？依照老李往常的脾气，他是要摔杯子走人的。可他这天怎的忽然就亮出一张黄牌，命令自己冷静再冷静。

老李给铁娃倒满一杯啤酒，又给自己倒了半杯，还拿过铁娃手中的筷子，夹了一箸豆角。老李说，喝喝喝，不提那些不愉快的事。铁娃说，既然你与郝裕国有私交，也请你给我带个话，要他别跟我玩儿阴谋，要玩就玩阳谋。老李说，不懂不懂，知乎哉？不懂也。铁娃说，要他别借别人的手打人。老李还是装着一头雾水。铁娃说，陈小米是他什么人？她为他作挡箭牌。明明是他背后拆台，蓄谋已久。老李说，听郝裕国说，你帮的那个作家是个有些姿色的少妇？铁娃更来气了，将酒杯往桌上狠狠一跺，说，他妈的，以小人之心度君子之腹！老李低头夹花生米，夹了半天没夹住。老李索性收起筷子，哧地一笑，说这也很正常嘛，符合异性相吸定理。铁娃说，老李，你他妈今天是不是也有哪根筋搭错了？老李说，个狗日的，我都是为你们好。看，本来是两边讨好的事，怎么就成了受夹板气呢？铁娃说，你也别充好人。在这件事上，谁也别想充好人。我相信事实。事实是他明知道是我的关系户，他撤资了。还是签了合同的事，应该是铁板钉钉吧？你说，要我这张脸往哪搁？

老李说，唉，世上事往往是人越近越容易生罅隙。有人曾做过一个统计，说一个人一生中能与六七百人相遇，而真正会打交道的，不过百十来个，若干年后能叫得出名字的可能就只十来个了。所以，就像牙齿与嘴唇，尽管免不了碰伤，归根结底还是谁也离不开谁。人一生苦也好，乐也好，做人的滋味还是要靠这些人来成全。你看这又何必？好像天大的仇，剥开来却是芝麻大的小事。不过，老兄既然谈到面子，我也顺水推舟。别人撤资，你认为是没给你面子，你把人家的诗毙了，是给别人面子了吗？人家大小也是文学树杂志的施主啊。再说，文学本就是个仁者见仁、智者见智的东西。你发了谁的，谁又跟你较真说这不够发表水平？

铁娃不作声了。他刚才的一股子拗劲在发过一阵牢骚后趋于平静。铁娃说，我也是太较真了。我想起邓小平的一句话，他说我们党在做工作时，要讲究工作方法，原则性与灵活性要结合起来用。老李举起杯子，轮着眼珠子说，对呀，山高不挡云，水浅能溶月。来，我敬兄弟一杯！铁娃笑起来，说，没想到老李不仅当侦探，也当说客。

老李当晚回家又给郝裕国拨了电话。他说，郝总，我跟铁娃又沟通了一次，铁娃检讨了自己的错误，还保证以后你的稿子都走VIP通道。郝裕国沉默了很久，很多话堵在舌面上，思来想去觉得损人的话还是少说为佳。老李等了半天，没等来回音，就挂断了电话。

铁娃真正接触了影视才发现这个行当完全是个资本主宰的市场。没有投资，再好的剧本都出不来。铁娃想到张主任到底是跑江湖的，他把资本家们看得那么重照顾得那么细是有道理的。

后来，铁娃几乎没再想给心泪帮忙了。何必自惹一身骚呢？可那天，铁娃与一刀出门办事，两个人坐在出租车上，一刀就将心中耿耿于怀的那个块垒揪出来了。她问铁娃，上次那个女作家的事你帮的怎么样了？铁娃脑海里有一根极敏感的神经，凡沾了“女”字，都让他有被侦察和审问的嫌疑。他自然是敏感地回答，你什么意思？一刀说，不都是工作吗？怎么？你俩的事不能过问？铁娃转过头来，碰见的正是一刀阴阳怪气的目光，那语气那模样都像针芒一般，让他想到过去每当自己与别的女人有什么蛛丝马迹，老婆水莲那副刺探和挑衅的样子。可你一刀算什么，你凭什么？铁娃觉得很冤枉，也很无理，简直无厘头。他扭着高昂的头，向着窗外笑起来：我与女作家的什么事让社长这么上心？一刀也嘿嘿干笑了两声，接着便是乌云翻滚。她本来欢快的情绪沉下去，沉到心底那个隐秘的痛处。她周身都聚焦到那一星疼痛里，抽丝一般，先是痛，后是酸，然后是铺天盖地的沮丧和崩溃。

两个人一下子陷入深不可测的沉默里。铁娃心里却是沉渣泛起，脑海里云涌的是自己那个在众人面前公示过的责任。他多么希望自己有个铁哥们儿是大款或者一方诸侯。他将朋友和同学两个圈搜索枯肠，有钱的有权的还是有一些的，可没一个是能听他调遣的。过去偶尔也会提到做影视的事，可一旦提到钱，个个都成了缩头乌龟。影视，特别是电影，成本高，战线长，谁也不能保证赚钱。不赚钱的玩意儿，就只能是有钱人的玩物。有钱人有这个雅好，又抱着玩的心态才可能投资电影，也才可能把电影做好。可是有这雅兴的人偏不是有钱人。精神富有与物质富有似乎很难和谐地统一到一个人身上。穷得只剩下精神与穷得只剩下钱，是社会的两个极端。他这样纷乱地想着，哪知一刀却是另一番心思。男人到底都是喜新厌旧的，见一个爱一个。天底下的女人天生都有仇。你何曾为我做过什么，尽管我不是你的什么人，可你当是明白我的心的。你这样一刀一刀地往我心上砍，我又何苦为你苦心孤诣？

有了这次交锋，一刀与铁娃的见面便大大地缩水。她几乎是在有意回避。铁娃却没事人一般，脑子里成天盘算的都是如何促成心泪的小说改编成影视。铁娃坐在办公室寻思着给哪些影视公司的老总打电话。上次开座谈会的老总逐一打过一遍，却没一个对心泪的小说上心。上心的只有陈小米。铁娃后来见到陈小米问她为什么喜欢这篇小说。陈小米说，这是一个成功男人的家庭经，是每个男人的梦想，也是每个女人的梦想，拍出来应该是受人欢迎的正能量作品。陈小米还补充说，如果我没猜错的话，作者的丈夫应该是个成功男人。铁娃却仰天长叹。陈小米问，我说的有错吗？依我的阅读经验，大凡女作家都爱写个人自传。铁娃说，你说对了一半。女作家离婚了。陈小米愣了一下，继而大笑。铁娃没想到陈小米笑起来这么有感染力，他也大笑起来。

又过了一个月，很久不交言的两个男人在酒局上握手言和了。这次饭局是铁娃作东，郝裕国埋单。猫和老鼠坐到一起奇怪了吧？这次聚会当然是有感情铺垫的，是铁娃率先作了妥协。昨天上午，铁娃主动向郝裕国约稿。铁娃在电话里自报家门，郝裕国没吭声。正要寻思一个理由挂断电话，铁娃随即抛出两个字让他心情大振。铁娃说，我们杂志社将举办一次诗歌评奖，如果你愿意参加，获奖的概率极有可能是百分之百。

获奖意味着什么？而且是世界华人诗歌赛。意味着，一旦获奖，我的头上将加冕世界诗人的桂冠。郝裕国当然傻眼了。郝裕国本想佯装视荣誉为粪土，可到底经不住本能的诱惑。郝裕国说，我的诗从来都不能入您铁大主编的法眼，又怎敢参加这么声名显赫的大赛呢？铁娃自然胜算在握。铁娃说，这就好比郝老板做地产生意。合同怎么签，最终的解释权由您说了算。郝裕国说，我就不明白了，铁大主编何以就又看上我的歪诗了呢？连文学树的正刊都上不了，何奢谈参赛获奖？铁娃说，罪过罪过。我后来仔细拜读了郝诗人的大作，觉得还是我当初粗了心。我似乎到老才明白一个道理，就是阅读也是要有生活经验的。所谓触景生情，不单是作者的经验，也应该是读者的阅读准备。

铁娃听出了鱼儿上钩的讯息。为了表明此言并非有诈，铁娃背诵起了一首诗：春天来了／怎不烦恼／昼看狗爬／夜听猫咬。郝裕国纵情大笑。铁娃本是想演戏，不料这诗一出口，还真把自己给感染了。离婚后的生理煎熬羞与人言，却轻易地被这几句诗展露无遗。笑过后的郝裕国心理的防线撤除了。他主动调侃起来，说，铁娃老师难道也感同身受？铁娃笑道，明天我做东，见面谈吧！郝裕国当然顺梯子下台，说，行，您请客我埋单。老李当之无愧被两人不约而同地邀请做了陪客。

全球华人诗歌大赛其实是铁娃在对话时产生的灵感，郝裕国信以为真，铁娃自然也以为一刀会惊为创举。不料，一刀一边听铁娃兴致勃勃慷慨陈词，一边叠现的是那个颇有风情的女作家如何风情万种地犒赏铁娃。她脸上的表情水波不兴，心里却是五味杂陈。她干咳了一声正色道，铁娃，应该肯定的是你的思想总是超前的，总是在引领，在超越。可文学树杂志是有头有脸的正规省刊，我们大可不必为讨一个人的欢心而兴师动众吧。因人举事，因人废事，我认为都是不可取的。铁娃立即据理力争。可还没等他开口，一刀已下了死闸。她打断他的有备而来，说，这就是我的意见。我想，也应该是文学树杂志的意见。铁娃犹如当头一棒。他没想到如此两全其美的好事，偏就卡了壳。她不是放马由缰，鼓励创新的吗？他十二分地不解。他想说，这点子并不是先斩后奏，只是酝酿，也做了调研，是可行的，是受欢迎的，效果也是可以预期的。宣传文学树，提升文学树在世界华人中的影响力。这可是前所未有的创举。可一刀已对他视而不见，开始目不斜视地从桌上一堆文件里找东西，像是某个重要急件等着她去看去批阅，其实就是下逐客令。铁娃扼制住一腔怒火，强作镇定地鼓起了掌。他偏着头，乜着眼，盯着一刀，看了好一会儿，唰地起立转身离开。木靠背椅在他身后发出与地面交手后尖利的叫声。

铁娃回到办公室，骨头缝里都蹿着一股恶气。他想，这说出去的话，就是泼出去的水，还怎么收得回呢？他在心里骂着一刀，狗娘养的，又是哪根神经搭错了地方！他正一筹莫展，老李的电话来了。老李说郝裕国的老婆怀孩子了。这几天天天乐得合不拢嘴。问几时有空，他请我们一起坐坐。铁娃却如坐针毡立时现出哭腔，说，爹爹，我现在哪还有脸见他？我在他面前要自打三嘴巴了。老李便问端的。铁娃将事情原委原原本本叙说一番。老李也哑了口，无言以对。老李说，这样，我来打个头阵，替你探探口风。看能不能把你这诗歌大赛给免了。其他事情却照办。人逢喜事精神爽，说不准就放你一马。再说，说实话，郝裕国的诗发表可以，要说得奖，做个人情得个等外奖尚可，你要把他送到风口浪尖，我看弄不好，你们都会惹一身骂名。可别忽悠文化人。他们认真起来，也不是好对付的。铁娃经这一点拨，也似茅塞顿开。说，这事就拜托你了。好歹你给想法应付过去算了。酒我就不喝了。到时有了转机我再请客，以示认罚和感谢。

铁娃接了老李这个电话，对老李的友情顿时有了升华，觉得这人生的紧要处有朋友帮助逢凶化吉，真是得一知己足矣。虽是前途未卜，心里却似卸下千钧重担。他对女人的嫉妒心更是领教三分。想想，这当了领导的女人又何苦与手下一个小女子过不去？看来女人当官对做下属的女人就是个灾难。想到一刀这份小肚鸡肠，铁娃明知山有虎偏向虎山行，臭脾气总是受不得一挤一压，像弹簧噌地一下就上来了。他想，我本无意英雄救美，可你偏要把我往那道上逼，也怨不得我了。

米果明天就回家过暑假了。她用手机给父母分别发了回武汉的车次和到站时间。水莲回信息：妈妈届时去火车站接你。果果回信息：爸爸也去接我。你们俩到时都去接我吧。水莲不置可否。

水莲没开车。车站地形复杂人流浩荡，她担心安全和扣分，同时也不希望铁娃的脏屁股玷污了自己的座驾。水莲来得早，扫了一眼出站口，见人头攒动却没看到铁娃，就信步到书刊店里溜达。抬眼就见“文学树”三个字很醒目地插在书架里。书很精致，掂在手里很轻，封面很时尚，里面的排版也是花花绿绿的。全然不像一份杂志。她在扉页里看见了铁娃的名字，前面写着执行主编的头衔。水莲问书店老板这书卖得咋样。老板说，还行，每个月都卖完了。水莲又问一次进几本。老板伸出五根指头。水莲问五百本？老板哈哈笑起来。你以为是卖烧饼啊！她想，我也买一本吧。也算给销量凑个数。水莲正要掏钱，铁娃来了，他从背包里掏出一本文学树杂志。水莲接了，也不称谢。水莲扫一眼铁娃的行头，见他头发油光可鉴，面容神清气爽，禁不住刮目相看。

铁娃笑道，想给我们文学树抬庄啊？水莲也不露笑，只说，反正没事。铁娃说，现在文学不景气，一个点上能销到五本，最多五十本就不错了。水莲说，你就没考虑趁年轻跳槽？不为自己，至少为果果也好攒点嫁妆吧。铁娃说，你放心，姑娘的事不用你操心。水莲再次扫描了一下铁娃。铁娃说，如果你愿意，我保证不再与你搞AA制。水莲一脸的淡然。

正说着，有人从后面在铁娃的肩上轻轻拍了一下。铁娃警觉地回首，竟是老李。老李打量着水莲，意味深长地抬了抬下巴，眼珠子在两个人身上来回打转。铁娃笑道，这是我孩子妈。老李说，哦，真是百闻不如一见啊，我还以为有新发现逮到铁娃的小把柄了哩。水莲漠然一笑。铁娃向水莲介绍说，这是我曾经的同事文学树的编辑老李。水莲疑惑地：曾经？铁娃说，人家现在弃暗投明，当福尔摩斯去了。老李不好意思地搔起了头皮。

老李又讨好地问水莲，听说你在报社工作？水莲点点头。铁娃说，伙计，我记得你去当侦探还是受了她文章的启示哩。老李想了想：你是说你夫人是长江都市报的深读？铁娃笑起来。老李两眼睁得奇大，说，我至今记得你写的那篇“卧底婚外情”。你一定想不到你这篇文章的分量吧？水莲依稀想起这人正是铁娃原来与她茶余饭后的笑料，一个号称男根无敌、来者不拒、去者不追、愿者上钩的老光棍。水莲的脸色立即就冷下来，嘴角挂着不屑的笑。她想或许正是铁娃与老李这样的角色厮混太久，近墨者黑。想到这个人身上沾了无数女人的体液，一股淫秽之气扑面而来，她内心打了个寒噤，惟恐避之不及。而老李却亲热异常，无话找话地恭维。老李巴结似的眨巴着沧桑的老眼，向铁娃瞟了一下，问，你俩这是做什么？铁娃说，接孩子。老李说，哦，难怪这些天学生如蚁，原来是放暑假了。老李一双贼眼又向两侧的人浪扫射。出站口的巷道里也陆续走出一些拖箱提带的人。水莲向老李摆摆手，赶紧向出站口快步走去。

老李盯着水莲的背影，又给铁娃当胸一拳，说，伙计，且行且珍惜啊！铁娃说，又在这里执行任务？老李正要回答，目光像蚊蝇粘到一个人的侧影。老李挥一挥衣袖，像猫一样弓一弓身子，迈着轻快的步伐远去了。铁娃向老李远去的方向看了看，也没看出任何迹象，便也大步流星往出站口去。

米果背着小背包，穿着白旅游鞋，白T恤，牛仔裤。高挑的身材。小麦色的脸蛋。黑葡萄样的大眼睛。灵动的马尾松摆来摆去。米果还没到出站口，就在一团黑乎乎的人头里认出了父母。她举起右手挥了挥。水莲赶紧叫，果儿，果儿。米果出了站口立即像小鸟扑向她母亲。米果叫了一声妈，又转头叫了一声爸。两个人都幸福地答应着，脸上笑开了花。铁娃站在母女身边，看水莲卸下女儿的背包，铁娃赶紧接过背包斜挎到自己肩上。米果说，爸，很重的。水莲说，双肩背上，别把带子拽坏了。铁娃想，这就是孩子心里的家，也是他希望回归的家。

三个人坐上的士，水莲便率先邀请女儿回妈妈家。米果当然顺水推舟，答应好。铁娃被水莲抢了先，沉默着。水莲又从包里掏出果冻、老汉口酸奶、牛肉干，一股脑往米果腿上放，要她赶紧吃。这些都是米果的最爱。米果却大人似的说，回家再吃。水莲只得又一一放回包里。水莲挽着女儿的手，侧望着女儿，询问米果在学校的生活学习。水莲与女儿有说不完的知心话。铁娃默默地听着，他周身的每个细胞都被久违的家的气团托举着，有隔世的恍惚和亢奋,可他按捺着一声不吭。

铁娃终于从前面的副驾位上扭过头，说，果果，奶奶在姑妈家，一直在等你去接她。米果说，好啊，我也挺想念奶奶的。铁娃又说，今天别忘了给奶奶打个电话。她老问你什么时候回来哩。暑假里，到亲戚家都走走，他们都惦记你。米果撒娇说，大热天到处跑多累啊。水莲说，出门就坐车，车上都有空调。爸爸妈妈两边的亲戚都走走，免得他们记挂。米果便说好吧，我当你们的外交大使。铁娃在秀水小区附近提前下了车。木莲在心里骂道，妈的，改不了的铁公鸡！

米果当晚就给她奶奶打电话请安报平安。她奶奶一听到米果的声音，声腔就提高了八度，喉咙里有微微的颤音：果儿啊，你到底回来啦。我盼星星盼月亮哩。米果便说，奶奶，那我明天就来接您吧。奶奶说，你妈妈还好吧？米果说，我妈吃香的喝辣的，好得很哩。奶奶便说，那就好，那就好。你先问妈妈，几时愿意你来接我就接我。米果说，您是要我把您接到我妈这边，还是我爸爸那边？奶奶笑起来。她真没料到孩子会这样问,于是顺水推船，说，这个要问你妈。米果便转头问妈妈。水莲说，傻孩子，你就说，生日时，妈妈请她吃饭。米果对奶奶大声说，我妈妈说您生日时，请您吃饭。米果奶奶听了，便笑出了眼泪，一个劲答应着好好好。这笑里有多勉强和失落，只有她自己知道。

水莲想，孩子是奶奶带大的，她这辈子都记得这个恩。她也打算不论与铁娃是不是一家人，她都会坚持给米果的奶奶过生日。女人在乎生日，到老都一样。水莲这样做，既是心里感恩奶奶照顾了小时候的果果，同时也想做给果果看。有一次，果果在水莲面前直呼幺爹的名字，水莲立即做了纠正。她教育果果说，幺爹是你爸的弟。亲戚中，幺爹把你看得最重。你小时候幺爹回家总让你当马骑。后来你上学了，他总是给你买漂亮衣服和上好的玩具。现在读大学，你每取得一点进步，他都给你发奖学金。这些连我对自己的内侄都难做到。我和你爸虽然离婚了，两边的亲戚关系都没变。应该叫什么，还是叫什么。不要厚此薄彼，也不要有什么亲疏。唯一的不同是，我和你爸不在一个屋子里生活。其他一切照旧。果果面前，她从不说她爸的坏话，总说你爸挣个钱不容易，要珍惜。对父母要孝敬。所以，果果始终很阳光很快乐。同学和老师都没发现她是离异家庭的孩子。

米果奶奶的生日在夏天，果果正值暑假。有米果在其中牵线搭桥，水莲也避免了尴尬。水莲安排在小区门口的欢乐酒店给米果的奶奶过生日。酒店隔壁是一家大型超市。水莲上午十一点半就坐到了酒店。她穿着枣红的棉布连衣裙，化了点淡妆，长发用水晶夹绾着。她点了剁椒鱼头、小炒黄牛肉、炕土豆、青炒南瓜叶。透过玻璃，她看见米果搀扶着她奶奶沿着墙根的阴凉走来了，就赶紧起身到门口迎接。寒暄了一阵，三个人围桌而坐。

水莲想，曾经在一起住了十三年的奶奶，现在沦为了客人。她看出老人的表情也有些不伦不类，甚至有角色夹生的窘迫和尴尬，像做客，也像亲人久别重逢。米果奶奶的头发烫成了小碎花，银白中掀着细小的波浪。耳朵、脖子和手指上是隆重的黄金三件套。丝绸的红花短袖衬衣，土黄绸裤，白软皮平底鞋。一切都是特意修饰过的。连奶奶与她对视时的笑容也有几分孩子走亲戚般的羞涩。

水莲笑说，奶奶，您好精神哦。米果奶奶笑道，唉，若不多些事出来，兴许还好些。水莲便低头不语，又招呼服务员上菜。她报了菜单，问还想吃什么，可以再点。米果奶奶说，够了够了。水莲说，我是按您原来的口味点的，也不知您现在有没有变化，或者有什么禁忌。米果奶奶说，我倒是从你嫁到我铁家就一成不变的。就是现在，我还是把你当我儿媳。唉，何必在酒店花钱，在家做，不好些吗？又干净又省钱。水莲说，工作忙，没时间在家做饭。米果奶奶说，我不是还有一双手嘛？水莲说，您是寿星，哪能劳烦您！米果奶奶便不再坚持。

水莲又问米果，你没叫你爸爸一起来吗？米果说，我爸出差了。再说，你也没说请他。水莲便不作声了。米果奶奶说，他去军训了，封闭式管理。统一要求，三天不许回家。大热天，当编辑的搞什么军训！水莲说，听说他们杂志现在又大卖了。我还收到电信公司的赠送本哩。办得确实不错。米果奶奶说，都是瞎折腾，当领导的就喜欢玩花样。又低头附在米果耳边小声喃咕了一声，米果就说，妈，我去一下旁边的超市，买一瓶饮料来。水莲说，妈妈给你准备了一瓶橙汁，不够吗？米果说，我想喝奶茶。水莲正要掏钱，米果说，奶奶给我钱了，就转身跑了。

水莲又要服务员打开红葡萄酒，给奶奶满上。自己也倒了一杯。一会儿，米果回来了。米果手里是一瓶奶茶和一件特仑苏牛奶，左拿右拎，人提得歪歪倒倒的，成了一张弓。水莲赶紧站起来说，我和你奶奶喝葡萄酒。你买这么多牛奶做什么？米果指指奶奶。米果奶奶说，是我给你买的，一点心意。水莲说，哪还用得着您给我买礼物？米果奶奶说，总不能空手来吃你的饭。唉，曾经锅碗瓢盆的一家人。水莲不好意思接话了。

三个人吃着饭，倒无话可说。水莲没想到一桩婚姻解了体，会让几十年的亲情也迅速划了线有了生涩。米果奶奶终于问，水莲没什么变化吧？水莲说，老了，我都有白头发了。米果奶奶当然不是关心这个。奶奶怜惜地看着水莲讪笑道，还是好看。又问米果，你说你妈妈是不是好看？米果说，奶奶，您是不是想说我没我妈好看？米果奶奶说，都好看。妈妈好看，丫头当然好看。水莲心底一阵悸动，泪急剧上涌，又理性地潮落下去。水莲说，奶奶要保重身体。您活到一百二十岁，我还是会年年给您做生。米果奶奶说，哪能活那久？水莲说，有人活到了。奶奶说，那我就耐心地活吧。米果笑得喷饭。米果奶奶又说，不过，岁月不饶人啊。人一晃就老了。水莲便无言以对。米果奶奶说，还有句古话：千个万个不如结发的那一个。又扫了一眼低头沉默的水莲。米果说，奶奶，人上了岁数是不是就成了生活的哲学家？米果奶奶笑起来，说，什么这家那家，我看能过好自个儿的小家就是大家赢家。

吃了饭，水莲依然要米果送奶奶回去。米果的奶奶在水莲住的小区门口停顿了一会儿，又朝里望了望，终于没说什么。水莲所住的小区十分气派，不看院子里那挺拔如林的高楼，单是看大门口着装威武的岗哨就似高人一等。米果的奶奶曾在水莲的新房子里住过一周，对房子的格局和装修赞不绝口。她口口声声说，铁娃享水莲的福了。不料这一切倏忽间都成了往事，再好的房子也可望不可即了。水莲是知道奶奶心思的，可她没顺着奶奶的意。她们毕竟不是一家人了。她们是一个孩子的血肉至亲，但她们被婚姻划了线，分出了鸿沟和天堑。奶奶由米果牵着手缓缓地朝前走。水莲在后面说，米果把伞举高点，路上慢点走，过马路看着车。米果清脆地答应着。幸亏两家离得近，十分钟的路程。水莲拎着那件牛奶，望着祖孙俩远去的背影，心里有些五味杂陈。

一老一少撑着遮阳伞走在路上，两个人都无话。终于回了家。米果问奶奶开不开心。米果奶奶嗯，嗯，却没有多余的词。奶奶问米果，果儿，你说你妈妈还会和你爸复婚吗？米果说，为么事要复婚呢？我觉得这样很好。奶奶说，你个小傻瓜，爸爸妈妈住一起不好吗？一家人开开心心的，做个什么都有个照应。米果说，奶奶您没我了解他们。他们其实在一起就是个错误。米果奶奶说，你个傻丫头，怎么说话的？没他们，能有你吗？米果嘻嘻笑道，这是他们唯一正确的错误。米果奶奶沉浸在自己起起伏伏的思绪里，说，我看，你妈好像对你爸死心了。米果说，离婚就是死心。这还用说吗？您给他们操那些心做么事呢？他们又不是小孩，还不知道什么是他们想要的生活？奶奶说，唉，你到底是个孩子。米果说，我是大学生，不是孩子了。奶奶说，人生好多事哪是学校学得来的呢？

摆不开的女人

第19章

投资《旺家三十六计》拍电视剧的事到底还是成了。铁娃汲取上次的教训，给心泪奉上的是十万元的真金白银。心泪自是好一番感激涕零。心泪要给铁娃分提成，铁娃却坚决拒绝。他对郝裕国和陈小米提了一个要求，就是举行开机仪式的时候，一定要把文学树的社长和小说的作者心泪请去。二人自然爽快地答应。他想，这样两个女人同台而站，各自的心得也应是千差万别。他甚至脑海里已浮现起那天的图景。一刀会是什么表情呢？他想想就情不自已地笑了。

自此，郝裕国的诗在文学树畅通无阻，逢稿必发。他有时对人吹牛：我现在放个屁都是香的，你们信不信？用脚画几个印子都能在文学树上发表。你们信不信？后来，大家都信了。有人甚至指出他的经典名句：生了姐姐生弟弟，不蒸馒头争口气。人家说这也叫诗么？有人说，你写不叫诗，他写就叫诗。不仅叫诗，还叫难得的好诗。有一次这话不胫而走，传进了铁娃耳里。铁娃像吞进一只苍蝇，半晌说不出话来。铁娃当即拨通郝裕国电话，本来是准备劈头盖脸臭骂一顿的，一开口却成了感谢。后来，他们成了朋友，郝裕国隔三差五设宴款待铁娃。铁娃喝得不知天地日月，可铁娃骨子里仍旧瞧不起郝裕国。他曾坦白地对郝裕国说，你用钱强奸了文学，这是文学的不幸。郝裕国反唇相讥：没钱，文学会死无葬身之地。说完，两个男人面对面打起很响的哈哈。

铁娃经了这般的较量，像一个不会游泳的人起起伏伏，呛水泅渡，倒是练出了一副呱呱叫的铁身板。他身上的底气足了，底气一足，走路的步伐就有了音乐的质感，有了铿锵的韵律。婚姻失败后的铁娃沐浴在事业如日中天的春风里。

自从女儿米果回家度假，铁娃便不再约香香见面。香香却像被铁娃抽走了灵魂，一日不见如隔三秋地思念。客人点菜，她支棱着耳朵，耳朵却成了聋子的摆设，眼睛直直地茫然地盯着客人的嘴巴，手捏着圆珠笔，客人一个菜名报了几遍，她却忘了在菜单上写字。有几次二柱听见了客人的牢骚，从厨房里出来，推了她一把，香香才如梦方醒。

只要客人不叫她，香香就不停地给铁娃发信息。铁娃偶尔回复一条，后来发现只要回一条，那信息就像戳开了洞眼的泉水，咕咕冒个不停，无休无止，他就懒得回。起初还看一眼，后来听到手机发出滴的一声，知是信息敲门，也不看不理了。香香却并不在意铁娃回不回，反正自己的心声都到了铁娃的手机上，她不愁他看不见。一天至少要五元钱信息费。花钱说废话，这不是过去的香香。过去的香香，一心为儿子赚钱就心满意足就在所不惜。现在她的目标更远大了，她要的是做城里人的妻子。她要像城里的女人那样天天到超市里买菜，吃完晚饭去小区里跳舞，或者牵着男人的手悠闲地散步。那样的日子在她三十九岁的生命里是想都不曾想过的。

现在她是城里男人的情人。情人离妻子有多远，她不知道，但因为铁娃的妻子是虚位以待，她就有了指望。她想，若嫁给铁娃，做城里知识分子的妻子，对于一个农村女人来说她这一生就是成功的了，是她作为女人至高无上的荣誉，也是生活对她额外的奖赏。她就是怀揣着这样一个美丽的梦想，将自己从头到脚，从举止到言谈，都尽力往城里女人的方向靠。她不再穿太花哨的内裤，也不用太廉价的脂粉，甚至说话都尽量摒弃方言。在“好再来”小酒馆里，她一反常态地效仿客人，说起了蹩脚的普通话。信念是兴奋剂，是不倒的钢梁，支撑着外表冷静内里疯狂的香香。她找各种理由不再让二柱碰自己的身体。她觉得既然自己是铁娃的老婆，就不能与别的男人有瓜葛。她是一心一意，全力以赴了。

香香心里涌动着肥皂泡般上下翻滚的梦想。她有多如牛毛的话想对铁娃诉说，包括她的离婚计划，她将来的工作，怎样使他家人接纳一个乡里离异女人等等，真是一揽子计划，连茎带根地，一根接一根，一串连一串，络绎不绝，层出不穷。昨天想到的，今天一早躺床上又冒出新招。总之，她为此亢奋不已。她觉得她今生想要的正是这样的婚姻。这婚姻仿佛隔着玻璃，看得见摸不着；像狭长的国境线，近在咫尺，又远在天涯。她认为最大的难题都在自己这一边。所以，她觉得每天的日子都是新的，每天的生活都向着美好进发，每天的下一个时刻都潜伏着巨大的惊喜。或许铁娃忽然就来个电话，或者一个信息，说做我老婆吧，我累了！这一切让她无限地向往，恨不得日子一日千里地奔跑，她已是身无挂碍，堂堂正正地坐到了铁娃的两居室里。他那寒酸的旧房子对她来说就好比金碧辉煌的皇宫。想到这里，她是一刻也不想与二柱在一起了。她甚至不愿回到那个低矮杂乱的出租屋里去。没有卫生间，没有厨房，裹满灰尘的旧电线像蜘蛛网，笼罩着她得过且过毫无前景的生活。最可怕的是她的丈夫和二柱并不专属于她。他们各自还有别的女人。而铁娃才是她一个人的。做了这样的对比，她就更加觉得对不起铁娃了。她决意向分身乏术的生活挥手告别。

香香实在忍不住，便约铁娃去自己与二柱租住的房子。这是唯一可行的去处，却是铤而走险。铁娃说，这不是把刀架在别人脖子上吗？香香说，谁让你舍不得花钱去宾馆呢？铁娃说，一个半月的时间你就忍不住吗？你不是还有两个男人吗？香香委屈极了。她几乎是带着哭腔道，我可以不要男人，却不能没有你。我不会再做别的男人的女人了。你也别想着把我往别的男人怀里推。铁娃便不再作声。他想，既然你敢，我又有什么不敢的？但要他为承一时之欢白白地往水里扔钱，这又绝不是铁娃了。铁娃有时觉得父母给的名字似乎注定了他的性格：铁公鸡、铁石心。

香香在逼仄的木板床上与铁娃完事后，便说，我已经向老公提离婚的事了。铁娃不作声。香香继续呢喃自语：可他不同意离。铁娃说，你以为离婚那么容易？算了，就这样吧。香香却说，他凭什么不离？他自己也有女人。他以为我不知道。我只是睁只眼闭只眼。想想他一个人在外打工也不容易，没女人的日子也苦，索性不戳穿他。如果不遇见你，我兴许这辈子就这样混过去算了。二柱也舍不得家里的老婆。我是两边挂空。我一个女人这样为家为孩子累死累活，值吗？铁娃，我下辈子跟定你了。铁娃一连串地说，别，别，别，你可千万别！

香香却自说自话：你别嫌我是乡里人，乡里女人对男人没二心。铁娃哧地一笑，说，你没二心？没二心的女人会和三个男人上床？铁娃侧开身子笑道，别人一心二用都嫌花，你一心三用哩。香香一听这话泪水就吧嗒吧嗒地往下掉。铁娃像鲤鱼打挺，说，哭什么，赶紧穿。这里一点都不安全。又说，小心，你老板才是最可怕的。

临走，香香又抱住铁娃的腰，脸贴着脸，近乎乞求说，亲爱的，你会要我吗？铁娃每次从香香嘴里听到“亲爱的”三个字总是起一身鸡皮疙瘩。他也不回应，瞟了一眼香香额头的皱纹，拧开门，像贼一样逃离了现场。

其实很多时候，铁娃都想坦白地对香香说，我并不爱你，即使我要再娶，也决轮不到你。可他说不出口。香香的情真意切，像一道道荆棘丛生的陡崖峭壁，堵住了他的口，也挡住了他的去路。

第20章 皮肉受苦心喊痛

这个夜晚对于香香来说仿佛灭顶之灾。香香向二柱撒了个谎，说是床单蹬破了，到王裁缝那里补床单。二柱黑着面孔答应了。香香用塑料袋拎着破旧的花床单就往黑夜里走。她走得很急，一步赶一步，像后面有个催命鬼似的。

香香今天给铁娃打了一天的电话，发了一天的信息，铁娃都是门板一块，不露一丝消息。她现在正急火攻心，火烧火燎。她想，她不能再这样拖下去了。他得给自己一个交代。他会不会娶她，她需要一个确凿的答案。他能到哪儿去呢？至少晚上他会如鸟归巢吧。今晚只要见了他，她一定要软硬兼施，敲开他的铁牙巴，得到她想要的象牙。她想，我今晚是不会再回那低矮气逼的出租屋了。她决定将自己像糍粑牢牢地贴到铁娃生活里去。她要铁娃做她的天她的地，她后半生唯一的男人。她提着下摆宽长的花裙敲铁娃的家门，却久久无人应答。老旧的灰铁门单调地发出浑浊的回响。

香香想，一不来二不休，干脆蹲坑。她将脖子像鸭蜷曲着，头埋在两腿间。她不想让任何人看清她的面孔。上上下下的人都从她面前背后穿过，再回头，心里犯嘀咕。有热情的人顺便问一声：忘带钥匙了？香香也不回应。楼道里的灯只有一楼和顶楼还亮着光，其他楼层的灯都是瞎子的眼睛，要么没灯泡，要么灯泡里钨丝断了。反正是公共区域，大家司空见惯。只有在晚上才想起灯的好，一到白天又丢到九霄云外。

香香坐在六楼黑暗的台阶上，没有电梯，七上八下的位置。她就那样一个人苦苦地守株待兔。别人家的门开了关，关了开，渐渐地一切都归于静寂归于黑夜。她想什么时候我背后的这扇门也能在我手里自由地开合多好啊。那样，我即使天天守着空房等铁娃深夜回家也不会有一丝一毫的怨言。嗡嗡的蚊虫飞来讨好她，她间或不耐烦地摸一把咬得痛痒的腿脚和胳膊，脑子里拥塞的是多如星辰的猜测。

香香想，他会去哪儿呢？他会不会去他母亲家，或者去哪个朋友那里胡吃海喝去了？他也没有出差吧，过去出差他都会提前报告的。她对他的行踪几乎了如指掌。现在竟一天的时间，她已像断了线的风筝，被遗弃在闭塞的山坳里。据她所知，只有老李是他最亲密的朋友。他讲话里提得最多的一个人也是老李。他们不是在一起聊天就是在一起喝酒。她决定拨电话问老李。这么晚问铁娃的去向，老李会不会起疑心呢？想想，只有这扇门还透着些光亮。铁娃喝醉了，或者手机设成了震动或无声，也是可能的。只有豁出去了。如果铁娃在老李家，我就顺便坦白我们的关系，让老李也支持我们。毕竟老李也算得上我的朋友哩。

香香给老李打电话：李老师您在做什么呢？声音尽管压得很低，依然被楼洞弄出混响的效果。老李说，哦，香香啊。今儿还是你第一次主动给我打电话哩。怎么想起我来了呢？香香捂着嘴巴轻声说，想问问您在忙什么。最近咋不过来吃饭呢？老李说，最近忙。等闲下来一定去看你。香香又问，您在哪里忙呢？老李说，在家，正准备洗了睡哦。香香说，哦，您一个人这么早就睡啊？老李笑笑道，也不早了，凌晨了。一个人没啥事只有洗了睡嘛。你又从来不陪我！香香这才得了答案，笑笑说，那不打扰您了。李老师，再忙也要保重身体啊！老李答应着，香香就迫不及待挂了电话。她没辙了，又继续沐坐在一个人的黑暗里。她不知坐了多久，反正瞌睡虫也开始打她主意了，她才不得不拖着酸麻的腿往楼下去。

香香看了看手机，已是凌晨三点。香香走出秀水小区在路边拦了好半天的士，却不是见不到影就是客满。她想反正是迟了，干脆省钱走回去得了。这个时候，二柱估计已是鼾声如雷。趁他熟睡之机回去，也免得多费口舌。香香一身香汗淋漓地回到出租屋门口。瞟一眼那唯一的窗子没有灯光。她掏出钥匙打开出租屋。她想，要是自己像这样随时可以拧开铁娃的家门也好啊。自己怎么从来不向铁娃要一把钥匙呢？唉，想到这里，还是觉得二柱对自己更贴心。

香香还没来得及关门，屋里的灯啪地亮了，亮得刺眼。她正要问怎么还没睡呢？话还没出口，一团影子飞过，她已被迎面一掌打翻在地。随即，二柱一脚咚地踢上了大门。香香正欲起身，腰上也迎来狠力一脚。香香本能地抱头骂道，你个王八蛋，你要打死我啊？二柱一声不吭，又是一顿雨点般的拳打脚踢。香香嘶喊起来，打死人了，打死人了！二柱厉声断喝：你个卖屄的，再喊，我就一拳要了你的命。香香戛然声息，蜷缩一团。二柱又上去撕掉她的裙子，边撕边踩，我叫你卖，叫你卖！我天天恨不得把你当菩萨供，你却花我的钱打扮成骚狐狸勾引野男人，你个没良心的娼妇、婊子！

左邻右舍有人起床开灯甚至开了门张望着打探着，听一听感觉并无人命案，又各自合了门回到床上睡大觉。这栋老旧的民房孤零零的像座孤岛，四周都拆成了残垣断壁，所以租金出奇的便宜。租户几乎是清一色的外来打工仔，各种方言俚语在这里几乎都能听见。租户间几乎不往来不交言，都像在壳里一样过着自己与世隔绝的日子。像他们这样的临时夫妻也有好几对，有的暗地来往，有的明目张胆住一起。大家虽然不闻不问，却心知肚明。半夜三更打得鸡喊鸭叫的也是家常便饭。

香香不哭也不求饶。她心里只有一个信念，不管如何要在这只疯狗手下保住一条命。香香知道任何的反抗只会激起更强烈的反击。她像一条菜虫老实地蜷缩在地板上，一动不动，心里却痛成一片苦海。想到铁娃的不闻不问，杳无音讯，想到与自己并不喜爱的男人委曲求全地苟合，丈夫的背叛，家庭的花好月圆已成泡影，泪水如雨后田埂上的蚯蚓泛滥成灾。脸上身上全裹着灰，如丧家之犬。二柱手打疼了，揉着右手腕。估计是一掌触礁似的打到了香香某根尖硬的骨头，他疼得全身一麻。

二柱喘着粗气，颓败地跌坐到床上。他浑身汗流如注，豆大的汗珠滴到水泥地上溅起轻微的灰尘。他伸出右手食指，上气不接下气说，你现在就给我滚，滚出去！越远越好！以后永远别让我再见到你。香香嘤嘤地哭起来。香香的哭声像哀乐萦绕在拥挤不堪的屋子里，跌落在堆积如山的一次性木筷子、塑料杯和塑料碗上。一场暴风骤雨现出平定前的微微的喘息。

香香忍着周身的疼痛，在地上翻了个身。她不由自主地呻吟了一声。她明白二柱的冲天怒火已是强弩之末。她气息奄奄却口气刚硬地说，扶我起来！二柱没听指挥。香香又说，你打我是犯法的。二柱狠狠声说，打了就打了，你还告我不成？又双手叉腰说，你吃我的住我的在我手里拿钱，你就是我老婆。香香哧地一笑：二柱，说你没文化你到底没文化。你没资格打我！你不是我老公。我也没法律上的义务做你老婆。你把我扶到床上去，我再跟你讲道理。

二柱冷笑道，你以为我还会听你指挥，还会天天把你捧在手心里？我手里有你和铁娃乱搞的证据。二柱扭腰转头从一个花哨的枕头下抽出两张照片，扔到香香面前。香香一眼就瞟到了自己裸着上身在铁娃家窗口晃动的样子。她脑袋轰地一响。谁他妈缺德盯我的梢！她正要伸手去拿照片，却被二柱如获至宝般地抢了回去。香香乜斜了一眼，说，你也没资格管我和谁好。我在法律上只是你的员工，你没权干预我的私生活。别忘了我是读过高中参加过高考的，我比你懂法。你个小学毕业生，啥都不懂。我和你就是非法同居。如果我老公或者你老婆起诉我们，可以让我们都坐牢。

二柱有些愣头愣脑地发呆。香香知道她的话渐渐点中了他的某个死穴。香香继续点迷魂穴：你有狠气回家离婚啊，顺便帮我把婚也离了，我就安安心心跟你过日子也行。你让我当了婊子，还把屎盆子往我头上扣，你像个男人吗？说到这里，又触痛了神经。她悲从中来，嘤嘤地声色俱厉地哭起来。她边哭边说，我是贱，我放着自己的男人不睡，天天要陪你睡。你赚的钱一分不少交给屋里的女人。你老婆有福气，手指头都不弯一下，就坐在家里数钱。我不仅陪她的男人睡，还挨他的打，还要为他一大家子人打工。我一年365天，你放过我几天假？你请外面的人何曾有我这样放心体己？我他妈怎么就是这样一条贱命！天天累死累活像狗一样跟着你，到头来还被你当猪当狗打。你再拿镜子照照，你这副嘴脸配得上我香香吗？你个没良心的东西！还想赶我走！哼，没门。要走，可以，赔我的青春损失费，现在还要加上医疗费误工费。二柱阴阳怪气说，赔多少？香香说，不多不少一百万元。二柱也不回应，转身端起桌上一只茶杯，喝了一口水。

香香索性仰面朝天，双臂抱胸，僵尸样地挺着。香香死目鱼般地盯着天花板。她想，这一天迟早都会到来，只是今天让她有些猝不及防。她本想弄定了铁娃，再与二柱和平谈判，好说好散。可铁娃连人影都不见无声无息地消失了。这俩男人像是合着伙地将自己往外推。

屋子里陷入死一般的沉寂。好半天，二柱从鼻子里哼出一口浊气，说，我没权利追究你和别人好，可你老公应该有这个权利吧？你不是说过你老公打起人来可以把一根竹棍子打成响叉子吗？香香听了不寒而栗。

第21章 胃出血

这天晚上铁娃确实没归家。晚饭时，铁娃与南湖风景区的秦总喝得胃出血。同行的张主任叫了120，把他送进了中南医院。一刀是接到张主任电话赶来的。一刀已准备上床睡觉了，只得匆促地更衣，然后打的，旋风般赶到医院。她见铁娃一脸煞白，极是心疼。顾不得张主任在场，一刀埋怨道，什么朋友值得你这样拼命喝？

铁娃无力地躺在床上，一语不发。他无比虚弱，刚才一番井喷式的吐血，让他以为与死神站到了一起。他眼前晃动着的依然是鲜红的泼墨般的弧线，像彩虹，像喷泉，有生命惊艳的美，从他肌体的深谷处拔地而起，让他猝不及防，防不胜防。他现在躺在床上，还有些惊魂未定，恍兮惚兮。再出现在面前的人对他来说就有了失而复得的味道。这周遭的一切，这纷扰的吃力的世界，也有了失而复得的欣喜。他看他们时眼里平添了许多的柔情。吊瓶无声地向他输送着生命的能量。他想，他是从黄泉路上捡一条命回来了。

办公室张主任说，社长要特别奖励铁娃才对。一刀问为什么。张主任说，其实我晓得他的极限到了。铁娃自己也晓得。秦总估计也有胜算。他要的就是这效果，我不喝也得让你醉。铁娃若不喝下那杯，这次南湖增刊就绝拿不到手。一刀豁然起立，愤然道，狗娘养的！我们为他们搞宣传，他们倒把我们当孙子！铁娃也不作声。他想，还不是冲着那五十万吗？钱是他妈的王八蛋！他眼里微微地泛着酸楚的笑意。听了张主任一番夸饰，他脸上竟现出英雄的神采。他想大笑，却不敢用力。他无神地看看一刀，又看看张主任，继而虚弱地合了眼。

张主任再次绘声绘色地向一刀描述了当时井喷的情境。张主任说，您不知道我们一桌人当时都吓傻了。秦总更是吓得全身筛糠。他哆嗦着，像给杀人犯递了刀。平常那大口气说话的人竟六神无主啊。一刀说，你平时不是很能喝的吗？张主任说，我也喝得不少。可我喝再多都不如铁娃喝。秦总要的是铁娃醉，而不是我。要是我，那算什么？我冲锋上阵，倒下的就不是我，而是他秦总了。一刀十分怅然，心里的疼又添了几分。

张主任接着说，秦总后来打电话过来，知道是胃出血才放了心。当时我们都以为他是肝上的问题，甚至想到了肝癌。张主任掩着口垂声说。一刀问，秦总来医院看望了吗？张主任说，暂时没来。今天太晚了，明天想必会来的。一刀的表情更难看了，脸黑沉沉的，悬浮着铅似的云块。

一刀临离开，俯下身去问铁娃，有没有什么需要她做的。铁娃瞟了一眼张主任。张主任想起铁娃与一刀的过往，如此切近地亲热，多少显出些不自在。他识趣地进了卫生间。铁娃这才对一刀低声说，我想让水莲来看我。声音非常孱弱，像个孩子。一刀没听明白。铁娃又补充说，她是我老婆。一刀想给他纠正，却忽然发现这样的纠正多么愚蠢。她望着这个面色苍白的男人，万千感慨欲说还休。一刀觉得自己成了一个大姐，甚至一个母亲。她平和地说，我知道的。你放心！

第二天，水莲刚到报社，就在办公室门口被一刀堵住了。一刀自我介绍后，水莲本能地起了警惕。干练、刚强、睿智，还有些不愿退去的风韵。这是她眼里的一刀。办公室里其他同志都在格子间低头做自己的事。水莲只得请一刀在自己办公桌前坐下。两个人说话都很小心，声音都按捺着，陌生和提防倒在一种低沉的气氛中有了某种暖意。

一刀说，你老公昨天为单位的事把胃喝出血了。水莲心里猛然一沉。水莲想，这消息干嘛由你来告诉我呢？他又不是没我的手机号。她再次扫了一眼这个老女人。她想，难道他们之间有什么？一刀揣着明白装糊涂，说，铁娃昏迷期间一直叫着你名字，后来到你们家走访过的老谭说，你是他老婆。这样我才来的。一刀不明白自己临场怎么编起了故事。或许她对铁娃太了解。放着手机不用，要我亲自来请，自有其难言之隐。水莲这一听也吓着了，昏迷？一刀看出水莲的紧张和焦虑，想，看来天下离婚的很多夫妻都是打断了骨头连着筋的。她有些欣慰又有些失落。

水莲没来得及买任何东西，就匆匆来到铁娃的病房。铁娃一见水莲，泪水顿时大河滔滔。一刀赶紧退出房间。她喉管里似有什么东西哽着，在走廊里默默地哇了好一阵，倒是什么也没哇出来，泪水却顺着鼻翼和眼角沟壑纵横地铺了一脸。

水莲坐到床沿上，路上一刀已将那些骇人的情境描摹了多遍。许多的责备和关怀便拥塞着，因为久违因为怨恨因为孩子因为同学，因为二十年婚姻，这个无法抹去的历史的天空，她倒一时不知说什么好了。她只看着他，离婚三年来，第一次近距离认真地看着这个人，这个曾经与她同床共枕的人，这个给她婚姻的人，这个给她女儿的人，这个往她头上拉屎的人，这个往她心上插刀的人。她长长地痛惜地叹了口气。铁娃伸手，将水莲的手指轻轻地碰了碰，他想要捉住，又怕水莲退却。水莲倒是一动不动，任那冰凉的手指挨着她取暖。

铁娃望着水莲无力地露出一个笑脸。这一刻，他觉得那么的幸福，却忽然泪花遮住了他的双眼。人生多少事都在烟雨中。他鼻子一酸，双手就奋不顾身地往前一扑，将水莲的手紧紧握住了。水莲先是紧张地一缩，继而她脑海里浮现起女儿果果的笑脸。她任他紧握着。她想，他是刚刚在死的线上走过的人了，她怎么能忍心拒绝？如霾的往事，没有出路的再婚，一张再也回不到清白的纸，一齐涌上来堵得她心头抽痛。她泪水哗然，转过脸去。铁娃赶紧从枕下抽出纸巾递给水莲，带着哭腔说，你看都这样子了，我们复婚吧？

水莲听了“复婚”二字，竟立即换了个人一般，甩开铁娃的手，唰地站起来，哼，多么轻巧！演苦肉计吗？我可不吃这一套！铁娃刚刚昂扬的心便立时缩回头去。他噤若寒蝉。他甚至不敢再看水莲一眼。他无助地望着病房的门。铁娃像个孩子乞求着她的谅解和回归。他经过了一次鬼门关，心思脆弱而浪漫，可她冷寂地坐在现实里。现实里没有浪漫没有后悔，即使有勉强的原谅，也不可能再有信任。信任像一座高楼大厦，倒了就只能是废墟。

水莲从包里拿出钱包，从里面夹出五百元钱放到床边的柜上，就转身往门边去，临走又回头说，你好好的吧！别拿身体不当回事。工作做不完的，身体却是自己的。眼睛却并不看他。铁娃却似得了巨大的恩惠，嗯嗯着，答个不迭。

水莲出了门，见一刀站在走廊的尽头，望着窗外。她便径直往电梯里去。一刀再进病房的时候，手里拎着一袋子水果。铁娃欠着身子正将桌上的钱往枕头下塞。一刀问，她走了？铁娃说，她总是忙。一刀便一脸和悦地坐下，从袋子里拿出一个苹果，削起来。两个人都不再说话。铁娃盯着那苹果皮，一圈圈地，像小蛇一样地蜷曲着，环绕着一刀的手指。他第一次很想摸摸这双手，像苹果皮一样。

一刀忽然唉哟一声，她左手的食指划伤了一条口子，血珠子冒出来。她转身近乎求救地望着铁娃。那表情竟有几分少女苦恋的哀伤。铁娃有一刹那上前拥吻那伤口的冲动，可床沿上水莲的气息还在。这气息一经沉渣泛起，便似巫术将他一切的歪门邪道给定住了，将他一切的浪漫撕成了碎片踩在了脚下。

一刀以细若游丝的声气问，这苹果你还吃吗？铁娃摇头。一刀便放下苹果，起身到卫生间去了。回来时，铁娃往一刀的脸上扫了一眼，他发现一刀的眼睛有些红肿，那是泪水走过的痕迹。

一刀再次坐到铁娃身边的时候，低声说，我做的总不是你所想的。铁娃无言以对。两个人的内心都百转千回，却无法出声。旁边病床上躺着的人在用手机放音乐。音乐弥散之处，人心也缓缓地释放。

还是一刀转得快。绵密而又毫无出路的心思经了刚才一番濯洗，脸上的表情立马换了。她抖了抖脸上的尘埃，说，你夫人总是忙，我就给你派个工作人员来照看你。铁娃说，没那个必要。我自己就行。一刀径直说，社里的事我可能走不开，只能等有空时再来看你。

一刀几次三番想狠狠心一走了之，又觉得那样做，不是对不住铁娃，而是对不住自己的内心。她跑上跑下，风风火火地进出，唯在铁娃面前才柔情似水。她照看铁娃吃过午饭才离开。下午三点多钟，社里的水电工老董来了。他说，社长派我来给你当护工。铁娃倒是轻松起来。

铁娃怕老董寂寞，寻着话题与老董唠嗑儿。 他天南海北地讲,就是不讲单位的事。好像单位的物事是一道屏障，他有意在回避。有几次，老董企图转述他听到的关于铁娃的好评，铁娃立即就操纵着话题转了向。还有一次，趁铁娃喝水的空当，老董说，社长其实是个好人，就是刀子嘴豆腐心。铁娃有一刹那的愣神，却不接话，倒是主动讲起了一个笑话。他讲的是老李在外面当侦探的故事，当然老李的名字都隐去了。那情节被他添油加醋一渲染，老董的眼神听成了两条直线，眼珠子瞪得像铜铃。末了，老董竟摩拳擦掌，也跃跃欲试想当侦探。铁娃在心里苦笑道，看来，人人都有窥探欲。文学一定要写出人内心的隐秘。这是他忽然得到的启示。也难怪报纸总拿明星的绯闻开刀，一些读者又像苍蝇专叮那些泛着血腥味的东西。这也是人性啊。他想，我们的文学固然主题要正能量，但若不揭示人性的真相，就不是真正的文学。没有黑哪有白，没有负何来正？现在提倡中国梦是对的，可没有生活的冷遇哪来对美好的梦想？没有直面惨淡的写实，哪来对理想生活的憧憬？文学绝不是歌功颂德的新闻或者报告。司汤达说，文学家们就像厨师，为读者奉献出丰富多彩、各色多样的美味，酸甜苦辣咸，百味杂陈。但其实这些美味的主料只有一种，那就是人性。铁娃躺在病床上思来想去都是文学，是文学树的命运。只有这样想着的时候，他才觉得世界是美好的，他死而复生是有意义的。

铁娃躺在床上，听老董天南海北地粉白。老董兴致很高，讲完单位老人的轶闻趣事，又讲自家的酸甜苦辣；讲完自家的儿子娶媳妇，又讲亲戚家的母猪下儿。铁娃其实很累很无力，他需要静养需要清空。而老董不知道这些。他觉得自己不讲话，就冷落了病人，就失了职，就对一刀不好交代。所以，铁娃越懒得说话，越无精打采，老董就讲得越卖力。老董认为自己在做一件史无前例却劳苦功高的工作。终于铁娃趁老董去食堂买饭的当儿给一刀打了电话。他只说了一句话：赶紧叫老董回去上班。语气很重，不留余地。

老董走后，铁娃松了口气。

二柱到底舍不得香香。后来，他把香香抱到床上，又泪流满面地跪地求饶，求香香不要离开他。他说他不能没有她。他也想离婚，可一家老小不能没有他。其实二柱与自己的老婆很恩爱。只要回老家，他肯定会给老婆买一堆吃的穿的用的礼物。老婆见到堆积如山的礼物乐呵呵的，对他也没一丝怀疑。二柱这时心里总是又酸又痛。

二柱想到自己对女儿对老婆对香香的亏欠，又涕泪长流。他用手摸了一把眼屎，继续说，你也晓得，门圪崂就竖着一根抵门杠，一棍子下来命还在不在我不能保证，所以我没舍得用。我用手打你，你疼我也疼，打你其实也是打我自己。顿了会儿又说，我是配不上你，可我的心配得上你。自从有了你，我是一心一意跟你好，过年都很少回家，就是回去也不想碰老婆。二柱始终没提“铁娃”两个字，香香不知他是有意，还是揣着明白装糊涂，或者侦探没交代男方是谁，或者他认为拉回女人的心才是关键。

香香一夜未眠，任二柱抱着自己僵硬的遍体鳞伤的身体。她的心固执地扑在神槛上谛听着来自铁娃的一声召唤。香香的手机被二柱从包里搜走了。香香想说这是我自己的钱买的，可她忍了忍没与二柱拗劲。她担心把事情闹得人尽皆知，特别是这里离铁娃的单位近，她怕二柱蛮横起来把丑事闹到铁娃的单位去，那样，她和铁娃就都没脸了。所以，她尽量保持沉默。沉默是千言万语，沉默是逆来顺受，沉默是息事宁人。趁二柱离开家到了店里，香香就一瘸一拐去路边的电话亭给铁娃打手机，连打了三天，铁娃都是关机。第四天再打已是停机了。铁娃像个巨大的哑谜，让香香猜不透又割不断。

二柱一日三遍跑，特意煨乌鸡排骨人参汤服侍。好吃好喝史无前例地堆满了床前那张小小的四方桌。这次痛打似乎把二柱内心的糊涂打明白了。他知道自己想要什么更爱什么了。二柱起初没收了香香的手机，后来见香香一心寻死万念俱灰的样子，就又心疼地还给了她，并承诺，等得了闲带她重新买个咬掉半口苹果的手机。他说，听说那是世界上最高档的手机。香香终于扑哧一笑，说，傻样儿，那是苹果手机，美国品牌。它的创始人前CEO乔布斯得病去世了。巨幅照片天天贴在居然之家的墙壁上。你没看见吗？

二柱嘿嘿一笑说，我哪有闲心看商场的墙壁。我连你都没工夫看个够。香香顺手往二柱酱红的脑门上戳了一指头。二柱轻轻咬住了这只指头。香香说，还当鸡爪啃啊？二柱说，是凤爪。我是含在嘴里怕化了，托在手心怕飞了。香香笑道，切，竟会调情了。看你还长本事了哩。二柱说，听说男人不坏，女人不爱。我想学得坏一点嘛。香香说，你还嫌你自己不够坏，差点把老娘几闷拳打进了阎王府。二柱一听就又赶紧跪地求饶，说我的姑奶奶，你看我以后的表现，看我还舍不舍得弹你一指头。你就踏踏实实守着我过，等挣到钱了，买套房子。我们再也不用住这样的窝棚。我们俩就成了真正的城里人了。香香说，呸，你买房子敢写我的名字吗？写我的才行。若是写你的名字，将来你老婆孩子一来，肯定把我一棍子就撮走了。二柱点头不止，像鸡啄米。

香香挨打后在出租屋里躺了半个月，又起死回生般地回到了“好再来”酒店的柜台后面。这个位置在冷寂了一阵子后又活色生香了。香香那个手机号在沿用了半年后终于欠费停机。铁娃半年后再打那个号码时，耳朵里传来一个女人冰冷的声音：对不起，您拔打的号码是空号。铁娃终于如释重负地吐出一口气。再经过那条逼仄的巷子时，他仍会习惯性地望一望小巷深处，但近在咫尺，却已远在天涯。他们在同一条街道上呼吸，却再也没碰到过彼此。世界豁然之间变得无比空旷。

二柱这次其实做得很彻底。他有时想，妈给我小时候算的命或许是灵验的。我这辈子注定是双妻命。为成全命运的说法，他狠狠心把想到的都做了。

香香不久收到一封挂号信。这是香香来武汉打工收到的第一封也是唯一的一封信。她见信封下角写的是云南，心里便涌起一股久违的欢喜。她在心里骂道：你个砍脑壳的，还跟老娘来这一着，电话不打，想学浪漫啊。

香香带着满心的愧意和思念，急切地想读到信里的文字。她很珍惜这封来信，怕随手撕信封撕成了狗咬边，特意到前台的屉子里翻出一把剪刀，一下一下剪得小心翼翼。剪下的一条边，她还贴到嘴上吻一吻。她没让二柱看到信，她觉得自己的家信让二柱看到，是对丈夫感情的亵渎。她一个人郑重地做着一件自以为神圣无比的事。她握剪刀的手由于激动而显出微微的颤抖。她在心里骂自己：你个没出息的东西！

香香打开信封，里面分别有两个折得齐整的东西，一封是信纸，一封却是打印用的白纸。她想这是什么呢？是老公怕我想他拍的照片？她先看薄些的信纸，打开来头一句竟让她倒吸一口凉气。“香香，我们离婚吧！离婚协议书附后”。香香先是震惊，后是愤怒。她心里骂道，狗日的王八蛋。还没轮到你先提离婚哩。信很短，三两句就结束了。协议书没细看，香香又打开那个折得整齐的打印纸，里面竟有三张照片，照片与二柱给的不一样，但扫一眼就知道是同一码事。照片的情境不一样，男女主角却一样，一个是香香，一个是铁娃。

香香本来想追究这照片的来源，可痛定思痛后的香香觉得这一切都没必要做了。她要的是结果，而不是过程。过程会让人遍体鳞伤，且伤口只会越撕越大，而不是结痂愈合。香香没想到自己一直期待的结果总在她不希望的时间里不期而至。她把离婚协议书收起来放到了自己的小木箱里。从此，香香从高耸的云端按落到地上，过起了沉默阴郁的日子。

一晃已是金秋时节。城里看不到农村那种麦浪翻滚果树飘香的秋收气象，只有一车一车金灿灿的橘子涌进城里，带来了秋的气氛和土地的告白。路边的梧桐开始摇晃起筋骨疏松的枝叶，一阵风来，便是哗然窃笑。

经过半年的筹备，《旺家三十六计》开机仪式到了。陈小米打来电话，铁娃却找个理由不愿参加。铁娃不参加，陈小米没多劝，似乎也没打算他来。铁娃有些失落。看来商人都是过河就拆桥。陈小米郑重地说出的是另一件事。他说，一刀不参加。铁娃愣了一下。陈小米说，您能不能出个面再请一下。铁娃问她说什么了吗。陈小米说，她问有哪些人参加，我一一报了名，然后，她就说有他们参加就行了。我与她不熟，也不好再劝。铁娃说，这也是我们文学树影视工作室头一桩事。她怎么能不参加呢？铁娃放下电话，就去找一刀。

一刀刚从外面回来，手里拎着几个金黄的橘子，深绿的橘叶还像耳朵在上面飘着。铁娃也不客气，坐下后就自己掐下一个大的剥开吃起来。铁娃的牙怕酸。他不是吃橘子，他是吃气氛。铁娃与一刀现在很久都不再像先前那样亲热了。表面上看，是因为单位少数同事不阴不阳的目光可以杀人，唾沫星子可以淹死人，还因为两人相处久了，都发现了对方的弱点，像老虎见久了贵州的驴子，终于发现驴也就那一踢一叫的本事。他忍着酸吃了一瓣。一刀的心情似乎不错，主动伸手要了一瓣。两人就那样呲牙咧嘴吃着，想着各自的心事，又想到目下的情境，两人不禁相视一笑。

一刀说，看你神清气爽的样子，得了什么喜事？莫不是有人对你动了心思？铁娃呸的一声往手上吐出两粒桔子籽，说，别跟我开这些没油盐的玩笑好不好？现在的女人一个个都是人精。我一行将朽木的老男人能有什么吸引女人的？无权无钱无貌。一刀说，我看你这话也只能在我面前当当挡箭牌。铁娃说，看你一天到晚乐乐呵呵的，莫不是有心上人滋润了吧？一刀说，你也别拿我的话敷衍我。你放心，我对谁都不动心了。铁娃说，不是我说你，你用什么笔名不好，非得用一刀，杀气腾腾。男人一听这名儿，就吓得屁滚尿流。一刀笑道，屁话，有这严重？

经这一番暖场谈话，二人的关系似乎一下子秋水平阔十里荷香。一刀眼里心里都泛起了秋波。铁娃再提明天开机仪式的事，一刀便不作声。她一直听，听到铁娃把想说的能说的都吐个干净。一刀说，其实，你完全没必要和我讲这么多道理。于情于理于责，我都应该参加。铁娃说，那个女作家人家有老公，听说今天她老公也会上台。一刀说，作家是什么性别我不关心，有没有老公更是与我无关，我关心的是事情本身。这件事你做得很好。希望你对我不要有什么误会。铁娃仍旧疑惑地盯着一刀看。一刀说，如果你实在不信任我，我只能说出真相。那天我有个手术要做，是医院里排的队。已经推过两次了，这次不能再推了。铁娃神色凝重了。他问什么病。一刀摇头。铁娃更紧张了。一刀说，有你这份担心，我死也足矣。铁娃合拳说，求你告诉我。一刀说，女性生理方面的手术，所以不好启齿。铁娃才舒了口气。他想无非是子宫肌瘤什么的吧。这可是妇科常见症。一刀说，有朋友说，我自取了这名字，就注定要挨一刀。铁娃笑起来，反而拨乱反正了，说名字不过是个代号，别信那个。又说了一番要不要人照看，一个人多保重之类的话，就退出了社长办公室。

铁娃经这一番谈话，心里倒轻松了许多。先前对一刀的怀疑和怨怼也腾空而去。陈小米听铁娃解释了原因，就说，难怪她原来是答应来的。陈小米转而请铁娃参加，说还请他在开机仪式上代表文学树杂志讲话。铁娃想了想，这不是你请我就去的，是我的职责所在，于是说，这是我的分内之责。社长不到，我更要冒名顶替了。铁娃想到的是借此机会好好宣传一下文学树。文学树影视工作室也需要营造声威。

第二天，铁娃胸前佩戴着两枝紫红的蝴蝶兰，和省委宣传部文艺处王处长、陈小米、郝裕国，还有心泪以及心泪带来的男朋友站在铺了红地毯的台子上。台上的嘉宾都佩戴着胸花。中间一个立式的麦克风。铁娃没带讲稿，却讲得声情并茂，热血沸腾。讲到最后，他觉得好像是在听别人讲，一不小心把自己给感动了。一讲完就自己带头鼓掌。大家听到掌声才从激情的聆听中醒转过来，于是跟着鼓掌。陈小米上前紧握铁娃的手说，讲得太好了。铁娃重回队伍里去，电视台的小刘继续主持。

话筒递给郝裕国，郝裕国倒是慢条斯理，讲得却诚恳。他说，投资文化是一份高尚的事业，也是一项朝阳产业。我本是个粗人，平常偶尔也写点诗，所以骨子里对文学亲敬。无论结果如何，我都做好了继续投资的准备。铁娃觉得今天的郝裕国朴实厚道，远比自己那些华丽的辞藻来得痛快。他将头伸扬出去，特意向郝裕国竖起了大拇指。

铁娃没打算参加中午的宴会，仪式一结束就去花店买了一束百合，径直往中南医院去。到了医院，在妇科六楼，一刀穿着蓝白相间的病号服，躺在床上打点滴。他问这么快就做了吗？一刀脸上满是温情，说，医生说要先消炎，还要空腹。唉，麻烦着哩。铁娃便知自己来早了，但也好，这样见面也不尴尬。铁娃坐在床对面的椅子上，不知说什么好。一个人到了病床上，强弓劲弩也被抽了筋点了穴。他想，这女人也真是可怜。旁边病床上躺着一个中年妇女，看那一脸酱色就知是农村人。可人家有丈夫守在身边。端茶递水，讲讲话，都是那么温馨自在。

一刀要铁娃自己削水果吃。铁娃看到床头柜上有好几个装了水果的塑料袋。一刀说，我妹妹刚来过。她也以为今天做，其实还要三四天哩。铁娃才想起自己也太不实际了，买什么花呀，还不如买水果牛奶哩。

铁娃倒是给一刀削了一只梨，一刀推辞了半天，终是拿住了，咬了一口，泪就哗然下来了。她趁铁娃转身的时候，在枕头上抹干了眼泪。她现在的百感交集自然是千言万语都难以形容。她啃着梨，铁娃再说什么的时候，她就只能回答一个嗯，其实她是喉咙哽咽，发不出音了。她现在竟像得了糖果的女孩有意要炫耀给旁边的夫妻看。铁娃想活跃气氛，就说住院挺闷的吧？一刀梨花带雨地点头。这样，我给你讲个故事。一刀像孩子似的抿唇一笑。

这天是周末，按照惯例，某单位顾局长要召集手下人聚一块儿喝酒。顾局长说这是深入基层、联系群众的最佳途径。顾局长喜欢吃鱼，在点菜的时候自然少不了点鱼，鱼是我们武汉的招牌菜武昌鱼。酒过三巡，菜过五味，鱼端上来了。服务小姐认识顾局长，在往餐桌上放菜时很识相地把鱼头对准他。不待大伙提议，顾局长就豪爽地连喝了三杯鱼头酒。顾局长放下酒杯，开始分配盘中的鱼。顾局长用筷子非常娴熟地把鱼眼挑出来，给他左右两边的两位副局长一人一个，他说这叫高看一眼，希望二位今后一如既往地配合我的工作。两个副局长面带微笑，感动地说谢谢顾局长，我们一定不辜负您的期望，全力支持您开展工作。顾局长把鱼骨头剔出来，夹给了财务科长，说这叫中流砥柱，你是我们局的骨干，这个自然归你。财务科长受宠若惊，说谢谢老板。顾局长把鱼嘴给了他的“表妹”，说这叫唇齿相依。顾局长的“表妹”就抛给他一个源远流长的媚眼，说谢谢顾哥。 听到这里，一刀哧地笑了。铁娃接着讲：顾局长把鱼尾巴给了办公室主任，说这叫委以重任。办公室主任感激涕零，说谢谢老大。

顾局长把鱼肚子给了策划部主任，说这叫推心置腹。策划部主任点头哈腰，说谢谢局长。

顾局长把鱼鳍给了行政部主任，说这叫展翅高飞，你是咱们局离局长最近的精英，绝对会步步高升的。行政部主任满脸笑颜，说还望局长多多栽培。顾局长把鱼腚给了工会主席，说这叫定有后福。分到最后，盘子里只剩下了一堆鱼肉。顾局长苦笑着摇摇头，叹了一口气，说这个烂摊子还得由我收拾，谁让我是局长呢？

一刀一直吃吃地笑，听到结尾，更是哈哈大笑。人一笑，心里的阴云和负荷就全抖落个干净。她一脸澄碧地望着铁娃，想倘若每天与这男人在一起耳鬓厮磨，生气了，吵嘴了，躺在床上没事儿干了，他就说，我给你讲个故事吧！一个讲，一个听，一个是大人，一个是长不大的老女孩。哦，人生将是多么有趣！那样的人生才是丰满的，有质量的。她这样地想入非非。不料，铁娃径直就起身了，说，好了，开开心心地养好身体，我们都等着你回去。

一刀有些不舍，问，你若是那个局长，会把哪个位置分给我吃呢？铁娃说，你如果觉得烂摊子好，就把最后的烂摊子都给你。一刀笑起来。想，这狗日的男人脑子好灵光！一刀说，我希望有人帮我分担烂摊子。铁娃笑道，感谢社长厚爱！就这样载言载笑其乐融融地离开。铁娃走出病房前还不忘回眸一笑。唉，这一局之长怎么可能轮到我头上？铁娃摇头而去。

铁娃下了电梯走到宽阔的院子里，一眼就发现走在前面拎着小花袋子屁股一扭一扭的香香。他吓了一跳。他想她不会是盯我的梢吊我的线吧？又想，不对。若那样，她就应该躲在暗处，不会让我发现。她会不会想当面揭穿我与别的女人呢？我看望女领导女同事理所当然。纯属巧合吧。我得躲着她。他怕她盘问。而且医院极可能遇见熟人。自从香香说要离婚再嫁他，香香就成了他嚼过的口香糖吐在地上，他不想一不小心又踩到地上粘胶样的口香糖。他甚至换了新的手机号。铁娃一直尾随其后，躲躲闪闪，直到香香上了公交车。铁娃才从一棵粗壮的梧桐树后钻出来。他几乎吓出一身冷汗。

铁娃挤上公交车，正好中间一个座位空着就坐下了。一坐下，就听人叫了一声铁主编。他扭头，见是一个胖乎乎的小姑娘。他眨了眨眼睛，立即想起这孩子叫水萍。水萍说，我正想去找您哩，没想就碰到了。看来真是故意不如巧遇啊。铁娃立即想起这女孩给自己设过的局，心想，这可是个不能惹的主儿。讪笑一下也不搭理。水萍倒是恭敬有加，坐直了，还拉了拉腿上的短裤。过去短裤只在夏天穿，现在这短裤是一年四季可穿的了，还成为时尚。有时铁娃偏执地认为这世界全让女人搞乱了。铁娃对这女孩早已失了兴致。他目不斜视望着前方。他现在是一千个一万个后悔，我挤个什么公交啊，丢人现眼，丢人现眼。

水萍倒是主动地拍了拍铁娃放在膝盖上的手。铁娃吓了一跳。铁娃有些愠怒了。他最忌讳大庭广众之下做不三不四的动作。他扭头极严肃冷峻地看着水萍。水萍倒是扑哧一声笑了。水萍亲热地叫了一声姨爹。这一叫不打紧，倒将铁娃惊出一身冷汗来。铁娃满脸狐疑问：你？水萍说，请我吃饭吧，堵我的嘴，否则我都告诉我莲姨。铁娃仍是一脸疑惑。水萍说，哼，铁公鸡！我随你一起回家也行。反正今天我是准备去莲姨那混吃混喝的。早知你是我姨爹，我又何苦去宾馆当什么服务员。铁娃说，你是水莲宜昌表姐的姑娘吧？听她讲过。工作的事等以后有机会再说。莫慌，总有办法的。水萍说，我现在去报社工作了，不用劳烦您了。铁娃便转头看着水萍，是你莲姨帮的忙？水萍说，是我自己。金子总会闪光的嘛。

现在轮到铁娃仓皇了。他现在明白水莲隐瞒着离婚的事。他又怎么回避这个问题而不致穿帮呢？他望着窗外，心里既喜且忧。喜的是水莲向亲戚隐瞒真相，可能是给复婚留余地；忧的当然是目下如何摆脱水萍的拘押。他正这样左右为难，老李的电话来了。老李的电话真他妈像及时雨像救生圈。他不等老李多言，就主动说，老李呀，你是说我俩晚上喝一杯？可人家老李在对面唉哟叫唤呸爹骂娘。老李龇牙咧嘴说，喝尿呀！我现在被人打了，躺在地上动弹不得。你快来救我！铁娃这下傻眼了。

铁娃一傻眼，就手忙脚乱，就思维短路。车一停，他就像泥鳅往下溜。水萍还没反应过来，他已跳下车。他在车外向水萍挥手，又情急之下，喊出了一句傻话：代我向水莲问好！水萍可是听真切了。一家人问什么好啊？水萍坐在车里耳朵里一直回旋着这句话。它像一个巨大的怪圈让她百思不得其解。这次去水莲家，水萍进门就单刀直入，说莲姨，我知道您离婚了。这叫兵不厌诈。水莲果然也不辩驳，就把前前后后的事讲了。当然细节没讲，她怕污染了一颗少女的心。水萍听后只说了一句话：莲姨，这个人根本配不上您。

水萍分享了水莲的隐私，自此与水莲更亲热了。后来，水莲寂寞的时候，就给水萍打电话，休息时两人一起逛街吃饭。水萍玲珑乖巧，几乎帮水莲填补了一半的生活空当。

邂逅农民工讨薪

第24章

老李住进医院是铁娃叫的120。铁娃安顿好了老李，坐下喘口气说，这下可好，一下住进来两个。老李从疼痛里抬起头，问咋回事。铁娃便说一刀也在这里住院。老李说，这可羞死人了，原指望不辞而别，衣锦还乡。现在被公司开除，还挂一身彩。

铁娃在路上已知道了事情的原委。还是那天老李去赴郝裕国的酒会，在写字楼下见到一群讨薪农民工。今天老李去上班又与这群人相遇。那原来搭过话的中年农民就跑上来，请他帮忙。他说他姓徐，这里来的是4家装饰公司的工人，他们为木林公司做事，公司拖欠他们一百多万元工资。他们从2013年就开始讨，讨一年多了，先是找项目负责人李建，打通一个电话，对方就把我们设成黑名单，再打，他的手机里就只有人说“您拨打的电话正在通话中”。凡打过他电话的人都是这句话 “您拨打的电话正在通话中”。随后，老李用自己手机尝试拨打李建的电话，电话接通后，对方立即挂断。再打，也只有那句话，明显被是列入了黑名单。

老李说，可以找人社局啊。姓徐的说，早找过了区人社局，可他们要我们找法院。去法院，一开口也是要钱，我们打不起官司，而且一拖就是一两年。我们不愿拖，就只有找最大的老板。姓徐的说木林的黄老板就在这栋楼里，可就是找不到他的人。天没亮就在这里守，饿得前胸贴后背了，一根人毛都没逮着。能不能请这位好人帮忙把他请出来，我们就想讨个说法，打个白条也行。老李觉得他们这样完全是蛮干，也完全没必要这样兴师动众。说这楼里多的是侦探公司讨薪公司，何不痛快出点钱，请专业人士干呢？

一个青年农民跑过来说，你本人就是侦探吧？鬼鬼祟祟的样子，我们都要成叫花子了，你还找我们拉生意？我看你看人的眼神就像盯小偷，是想让我们上你的套给你们公司送钱吧？老李笑着打量了一眼这青年农民，嘿嘿干笑了两声。老李说，我看你是狗咬吕洞宾吧。不是看在你们是我农民兄弟的分上，我才不会吃咸萝卜操淡心！

正说着，走来一个愣头青，冲上来对准老李的嘴就是一拳。老李莫名其妙地挨了揍，一看，这小子也是讨薪队伍里的。中年农民拉住愣头青说，你打他做什么？愣头青说，老子见不得别人开口闭口提钱。不打心都要气炸了。老李抹了一把嘴角的血，向那小子吐出一口浓痰，说，你个没文化的小狗日的！我看你就是个四肢发达头脑简单的苕货！你有本事打人，就没本事要钱！这话又将愣头青激怒了。他一把甩掉众人的胳膊，冲上来照老李的胸前又是一拳。这一拳几乎将单薄的老李打散了架。老李疼得当即瘫软倒地。

老李倒下后，其他不知情的农民又一齐涌上来，不分青红皂白对老李一阵拳打脚踢。姓徐的左挡右拦也没阻挡愤怒已久的人群。好在警察来了，一声警哨，所有人都住了手，否则老李一命归了西。

老李回忆这番情境还心有余悸。他哭笑不得，说，这要是死了，还不知为谁死的。白天死叫白死，黑天死叫黑死。铁娃连骂两个愚蠢，愚蠢。老李说，狗日的，真是一群文盲。

老李又自嘲道，最搞笑的是我还准备给他们出点子。话没来得及说，就自己中了枪。铁娃问他是什么点子。老李说，我准备怂恿他们把事情闹大，这样就会有街拍，有警察来，有记者来。他们一来，事情就会见报，事情一见报，政府就会出面找公司算账。

铁娃笑起来，你没讲，却亲自试了一把，也算是践行了苦肉计。你就等着吧！兴许那群人就会找上门来感谢你，给你送见义勇为的锦旗哩。铁娃边说边用手机上网，果然就见荆楚网上跳出赫然一标题：徐东街发生农民工讨薪血案。铁娃笑起来，这标题也够耸人听闻的。老李也跟着笑，一笑胸脯又牵着疼。他只得摆手，一副苦笑，样子可悲可叹。铁娃说，公司怎么就把你辞了？老李说，公司有规定，凡不是因为自己的工作受伤，一周不能返岗工作的，一律自动解职。老李说完，又骂了一句：狗日的黑心资本家！

铁娃感叹道，还是社会主义的大锅饭好吧？老李长长地叹了口气，无言以对。铁娃说，你这医疗费谁出呢？老李说，还能指望谁？你以为能指望那帮文盲打手？又轮到铁娃叹气了。两个人便都沉默，像进入一个四处屏蔽的黑洞。他们除了沉默，就是等待，等待正义的灯光忽然点亮他们的头顶。

铁娃给老李安排好住院手续，扯了会闲篇，就转到一刀的病房去。他想把老李的处境给一刀讲讲。看能不能让老李重回文学树上班。

铁娃到了一刀的病房。一刀的眼里立时浮泛起万般柔情。一刀病床旁边的柜子，包括地上都摆满了鲜花和水果篮。一刀完全被鲜花簇拥着。铁娃想，估计单位那些马屁精们都争先恐后来过了。他怕引火烧身，想快点说事脱身走人。一刀躺在床上吊针，伸手很轻地拍了拍床沿，示意他坐过去。铁娃只得拉过床头边的木椅坐下。铁娃问了声，好些没？一刀微笑道，你一回来，我什么都好了。这话说的！铁娃望了一眼旁边的病友，好在那对夫妻在说他们的闲话。

铁娃沉着声说，老李也在这里住院。一刀问，哪个老李？铁娃说，还能有哪个？一刀说，哦，他呀。想必他发了吧？铁娃说，发什么呀。

你别以为人活着都只为钱。有时人就想为自我活一把。一刀说，我没反对呀。铁娃说，他其实是个好人，也挺可怜的。一刀问，他做什么？铁娃说，唉，混饭吃呗。也不是什么正经职业。不过图个自由。一刀说，自由？他现在不是自由了吗？我看绝对的自由是没有的。人完全没了管束，离森林里的野兽就不远了。铁娃说，看，又犯一刀切的毛病了吧？你口口声声标榜自己没文化，说起话来又像哲学家上纲上线。一刀笑起来。她眼里注满了温柔。有人批评有人像家人一样地教训和提醒，这就是爱，是她渴望的男人的爱。

铁娃温情地盯着一刀，趁热打铁：如果他想回来，你还要吗？一刀也盯着铁娃的眼睛看。她在猜测这两个男人之间的关系。无疑他们是心息相通的。很多事她不知道别人不知道，但铁娃是铁定知道的。一刀不好回答了。一刀转身仰面朝着天花板。铁娃看不见一刀的表情了。他想说些什么，又无从说起。他干干地咳了一声，说：他这次是见义勇为受的伤。帮农民工讨工钱。一刀振奋了，问，讨到了吗？铁娃说，想必是没问题的。他都上报纸和网页了。一打成名了。一刀侧过脸来，眼里像灯箱忽然拨亮了一根灯管。铁娃决定给老李镀金。铁娃将老李的故事讲成了一个见义勇为的英雄。一刀说，好样的，总算没给文学树丢脸。

铁娃说，结果是他的工作丢了。一刀说，英雄的工作怎么会丢呢？嘉奖还来不及哩。铁娃说，那个公司是个体老板。公司有规定，凡不是因工作受伤而影响工作的，一律自动辞退。一刀骂了一句：无德！一刀问，既是这样，我们文学树欢迎他回来。不管这个社会怎么变，崇尚英雄的传统不能丢。

铁娃便如释重负，心头的一块巨石落了地。铁娃就要起身走人，一刀又将铁娃叫住了。她说，你等一下，我吊完这瓶，就和你一起去看看他。铁娃说，他现在的样子有些吓人。还是等伤好些再看吧。一刀却热情地坚持。一刀说，再怎么他也是文学树的元老。一刀起床后到洗手间好好梳洗了一番，又换了一身平时穿的衣服，人一下子从病号的萎靡里振作亮堂起来。一刀又问，你说是下去买花，还是从我这些花里拿一束去？铁娃说，何必浪费，就从你这现存里的拿一个就行。其实不拿也没关系。老李不讲这个。铁娃很想说，你一定想远了，完全没必要这么正式。可他怕言多必失，打扰了一刀的良好情绪反弄巧成拙。

到了老李的病房，一刀眼里一百瓦的灯光瞬间暗淡。铁娃所讲的故事与她心里的预期形成强烈的反差。冷清寂寥苍白，她甚至没看到一束鲜花。不是一打成名了吗？怎么没人来这里采访跟踪报道？老李从惊愕中醒过来，全身包扎成了大雪人。一刀在床头柜上放下鲜花，就叫了一声老李。老李从白纱布缝里睁开眼，一看竟是一刀。老李激动地伸出手，像见到阔别数年的亲人。那手因失血和清瘦而显得无比孱弱，在寂寥的空中微微地颤抖。一刀握住了这只手，那表情无疑是见了英雄才有的，尊卑而谦恭，激动而热切。铁娃眼里浮现的是一位军营女兵崇拜英雄的形象。铁娃无声地笑了。

一刀转身对铁娃大声说，要好好宣传！不能让我们的英雄流血又流泪。铁娃忍俊不禁，轻轻拍了拍老李的腿。老李却是丈二和尚摸不着头脑。一刀说，文学树永远向英雄敞开大门！老李喉腔里一阵翻涌，眼一闭，口里随即发出哇的一声巨响，像笑，像哭，像山崩地裂。

婚姻的底线

第25章

自从女儿米果回家度寒假，铁娃又有了与水莲套近乎的借口。铁娃给水莲打电话，说要过年了，三个人一起吃个团年饭吧。水莲想了想，就答应了。水莲心里有根弦，也是一把标尺，大凡为女儿好，都可以妥协，可以通融。好在，铁娃现在也不像以前铁公鸡一毛不拔了。偶尔会让孩子带给她一双袜子，一瓶护手霜什么的，都是不值钱的东西。看似不经意，却是用了心的。偶尔在一起吃饭，也是铁娃主动埋单。

铁娃每次出场的衣服也渐渐被名牌取代。听米果说，在花钱的问题上爸爸再也不扣门了，只要米果张口，爸爸就给。爸爸钱夹子打开，银联卡都有两三张。以致这次米果回武汉，更多的时间是待在她爸爸家里。水莲心里很有意见，忍了忍终于没忍住，还是直言了，问，米果，你现在好像把爸爸看得比妈妈重了哩。米果先是否认，后来到底说出了真话。米果说，我的日常花销都是爸爸给的。你去年一年才给我一千元的奖金。人都很现实啊。

水莲便异常的失落。水莲说，我和你爸离婚，你爸赚了四十万，我却是背了二十万的债。因为两边房子的继承权都归你，所以才让你爸为你承担生活费和教育费。我还承诺你结婚时再给你二十万，你说是你妈付出的多，还是你爸付出的多？米果便无语。末了，米果说，我爸说，他不会再婚了。水莲顿了一下，也没回应。她想我是断然要再婚的，否则太对不起人生了。水莲在心里说，那是他的事，也是他的自由。他个铁公鸡，天下哪个女人愿意跟他？可你这孩子也不能因为这个理由，亲爸爸远妈妈呀。

水莲窝着这股火参加三个人的团年饭，便心有不甘。三人来到销品茂五楼坐下。开饭不久，水莲心中的不悦便显山露水。还没找借口发作，铁娃倒是雪中送炭。

铁娃低声对女儿米果说，听你建议，我给社长买了一条七百元的羊毛围巾。铁娃本是向女儿表功的，表示他听取米果拉拢腐蚀领导的建议。女儿回家后，铁娃做事就爱与女儿商量，征求女儿的意见。米果有被尊为大人的自豪。铁娃有家人可以依靠的欣慰。铁娃对米果说过，最近社长在住院，而且还有一年就退休，接任社长的人选还在预谋中。米果就怂恿父亲争取把社长位置拿下。米果说，中国是个官本位的社会，即便当了土豪也不如当官的声望高。铁娃也尝到了权力的甜头，自然是顺水推舟，开始在跑官要官上下功夫。他深知一刀对自己的感情，但这感情也是一柄双刃剑。花好月圆，遂了人的意就好，可他是铁了主意不会与一刀有感情上的亲近。所以，这关系的拿捏就有了技术性和微妙处。送物送礼，不亲不疏，这就是他目前掌握的分寸。

父女俩像议论只属于他俩的私事，把水莲晾到一边。水莲听了，却怒火中烧。水莲说，我跟你结婚几十年，你几时给我买过七百块钱的东西？为你生养女儿不说，离婚让你房子净赚四十万，你有感恩之心吗？铁娃一时语塞，但对房子赚钱不买账。他说，房子卖了才有钱赚，我又没卖房，哪来的四十万赚？水莲说，像你这种人给你一座金山，你都以为是一坨屎。要是我，早把这房子卖了，变成两套房子，不就赚了吗？

自己住一套，再出租一套。孩子的房子也有了保障。你说你是不是不会动脑子规划生活？

铁娃最忌讳别人说他无用。铁娃说，我为什么要卖？如果一卖马上通知拆迁，那不是掉得大？水莲说，就是拆迁，也不会再让你住中心城区。你在卖房时把这个因素当作砝码出价，再拿着活钱想住哪住哪不行啊？何况拆迁是个未知数，你等天上掉馅饼，人家就是不掉。如果一直不掉，等你再作打算，房价又跌了。你不是后悔都来不及？我看你有老婆时靠老婆，没老婆时靠天。你就是一等靠要的人。跟你几十年，人家都是一结婚就把工资卡交老婆，你是生怕老婆用了你的钱，死死地攥手里，结果又怎样？我离婚了，如今买了车买了车库还了房贷，你的生活却一成不变。这就是我们的差距。

铁娃说，我是没你能干。我也承认你能干。水莲哧地一笑，说，哼，听我妈说，你给我父母打电话，说过年时要我和你一起走走亲戚人家。你以为我会同意吗？米果见父母吵声渐大，赶紧阻止。米果说，妈说的也对，你就给妈也买条七百块钱的围巾。铁娃马上附和，说，好好，马上去买。水莲泪水吧嗒吧嗒地往下掉。水莲想起再婚的艰难，说，你以为我稀罕你那七百块钱的围巾吗？莫说七百，就是七千，我立刻就可以买来。我跟你二十年，大好的青春都被你糟蹋了。给你时你不珍惜，现在你后悔了。对不起，老实告诉你，我不会跟你复婚的。世上没有后悔药可吃。我也从不吃回头草。

铁娃心虚说，我也没强买强卖。水莲说，别以为我坐在这里跟你吃什么团年饭。全是看在孩子面子上。实话告诉你，我已经有男朋友了。现在轮到铁娃倒吸凉气了。铁娃手中的筷子抖了几下。他的脑神经也凝固了一瞬间。但他还是故作姿态地挤出一丝笑容，说，我祝福你！也希望你幸福！又对米果说，别听你妈的，她不会找什么朋友的。水莲哧地一笑，切，我会开玩笑吗？我是开玩笑的人吗？铁娃神色僵持了。他说，就是担心你，莫受骗！水莲含泪笑道，哼，嫁给你就是我人生最大的骗局。

话说到这里，铁娃便起身埋单。水莲走在头里，铁娃牵着女儿的手走在后面。他望着水莲的背影，心里着实七上八下。他第一次感觉到这女人是真的渐行渐远了。心里酸酸的，泪水不知不觉滚将下来。他转头故意看两边的食品店，抬手擦了下眼角。

水莲自从在医院亲耳听到铁娃提出复婚，又在母亲的电话里知道铁娃有复婚的请求，就反复问自己还能不能接受铁娃，问的结果是不能，永远不能。他们可以是亲人，但不可能再做夫妻。她的身体永远不能接受他的靠近，这就是无法抗拒的事实。夫妻是要有肌肤之亲的。直到这时，她似乎才明白性在婚姻的存续里多么重要。男女之情也正是从肌肤的亲近开始的。肌肤如果没有亲近的愿望，也是绝做不了夫妻的。男女之间，肌肤像磁铁，不相吸便相斥，没有中间状态。

性是婚姻的底线，也是婚姻的生命线。这是水莲忽然冒出的一个观念。一个人在漫长的人生里不能保证精神上的移情别恋，但只要没有在身体上出轨，那就保住了婚姻的底线。说到底，婚姻就是用法律规定性的专一。谁突破了性的禁区，谁就游戏了婚姻。水莲誓死捍卫婚姻的贞节。她是这样想的，也是这样做的。正因为如此，水莲永远不可能回到铁娃的怀抱。复婚，对她来说只是形式上的行尸走肉，那还不如单身的好。单身至少是干净的，是没有痛苦打扰的，没有委曲求全，没有同床异梦。既然挣脱了婚姻的笼子，为什么还要回去自戴枷锁呢？生活真是一个自习室，也是实验室。

水莲还从失败的婚姻里明白一个道理。委屈自己的感受，成全他人的爱情，对别人是行善，对自己却是灾难。因为春天总是一去不返，世上最痴狂执着的爱情也终究是过眼烟云。

第26章 爱与不爱都是世上最遥远的距离

那些照片香香用脚想也能猜到是老李的杰作。很多次，香香都打算去申讨老李，那样好的哥们儿，你竟下得了手？后来又想，是不是铁娃与老李合谋，要将她从铁娃身边拉开，也未必。

香香怀着这纠结的心思，期待着俩光棍的到来。这两个男人却从此不上“好再来”的门。她愈是相信自己的判断。他们一定是做贼心虚。香香也偷偷去过文学树杂志社的大院，她连他们的人毛都没见一根。香香更加深信不疑。她就在心里将两个酒肉男人祖宗三代通通臭骂了一顿，骂过还不解恨，还诅咒他们得不治之症。咬牙切齿一番后，与铁娃的种种过往又温馨地扑来，一颗决裂的心顿时软下来，又沉溺于无边无际的思念和怀想里。经了这样的折磨，香香原来饱满红润的脸再也泛不起一丝笑容，憔悴的菜色取而代之。

一天晚上，香香又像忽然想通了一切，对二柱说，我们结婚吧！二柱被香香突如其来的决定弄糊涂了。这话不是今日才提的，二柱也不当回事。二柱随口道，你晓得的，还说这有么用？香香却郑重其事了。香香说，你他妈的流氓恶棍，就想吃着碗里占着锅里。二柱小心了。二柱垂着头，不敢吱声了。

香香却放肆了。香香说，你也太欺负老娘我了，你也不拉泡尿照照，你是长得像个人样呢，还是财大气粗呢？你今天就给老娘说明白了，到底是娶还是不娶吧？二柱佯装老实巴交的样子，矮声说，你看你不也离不了婚嘛。香香转身将抽屉一拉，拿出丈夫那封信，啪地按到桌上，在胸前叉着手说，你娶我，我明天就离！二柱可不敢造次了。二柱抬手去拿那封信，香香一把抢在手里。香香说，这不正是你想要的结果吗？二柱摸着脑袋，额头的皱纹更深了，像三条粗壮肥硕的蚯蚓。

香香继续大声说，想不到老子天天陪着上床的男人个个是他妈的蛇蝎心肠！二柱依然不敢吱声，在出租屋里转来转去。香香说，看你平时还挺会装老实的，哼，乌龟王八蛋！二柱央求道，你何必这么大声？香香说，你他妈的就知道背地里下黑手！二柱说，我也没做什么呀。香香狠狠骂道，妈的，猪头煮烂了，还牙巴硬！在武汉，我老公打工的地址除了你，还有第二个王八蛋晓得？二柱便明白是那几张照片生效了。他要的就是这效果，离婚，然后死心塌地跟他一辈子做事实夫妻。

香香知道再这样吵下去也不会有什么新结果，二柱压根儿就不会离婚。香香吵累了，把心里郁积的怨气怒气掏空了，就上床睡觉了。睡得非常踏实，好像一切的重负都像盔甲四散开去。第二天，香香没按时起床，更没去上班。二柱起床通常比香香早两小时。他和往常一样右腿撂上旧摩托，左脚一踩，右手一拧油门，就突突突去店里了。日上三竿，也不见香香，几次三番想给她打电话，但到底没胆量打。想必她前夜的气未消，就姑且不惹她，任她去了。

香香起床后，就细致地穿衣打扮，衣服一件件往床上扔。床上扔满了，花花绿绿的，像春天的原野。她勉强配了一身衣服，上身是格子的短袄，下身是厚厚的黑袜子，然后套上时尚的红点黑底花短裙。裙子是厚厚的呢料。又找出一双只在见铁娃时才穿的红高跟鞋。铁娃说过，人的衣着从头到脚，不能超过三种颜色。她穿来穿去，至少有五种色。她又将夏天用过的花露水往衣服上洒了一通。她怀着最后一丝侥幸一摇一摆来到文学树杂志社。人执著一念，先前种种的顾虑和拘谨便消失殆尽。香香理直气壮地进了门房，问，文学树杂志的铁主编铁娃在吗？在哪个办公室？门房要她登记，她说我是她妹妹，不必登记。门卫扫一眼气势，便放了行。

香香走到三楼，见门上方插着一小木牌子，写着主编室。很庆幸门是微开着的，风一吹，或者别的办公室有人进出时，那门还会随着震动偶尔大开大合。香香好一阵窃喜。她激动的心甚至有几分狂跳。原来他在，他一直都在。她想，这是我最后的希望了。如果铁娃肯留我，我给他舔屁股都行。他就是我全部的尊严，也是我人生全部的希望。香香正这样浮想联翩，门里却传出朗朗的笑声。有女人！香香轻轻推一下门，本想只是偷窥一下的，不料门大开了，香香就直直地傻傻地站到了门口。

铁娃正坐在面朝大门的靠背高椅上。他抬眼就看见了香香。铁娃瞬间收敛了笑，脸像铁板一块，冷冰冰的，没有一丝热气。坐在他对面的女子也扭过脸来，上下扫描着她。那女人穿着这个季节极不合时宜的薄纱裙，披散着波浪似的乌发。香香甚至闻到一股香风扑来。那香瞬间盖住了她身上的花露水，并显出一种高高在上的气势。她十分的窘迫，有被人剥光衣服示众的羞辱。她忽然发现自己十分多余。她从来就没真正进入他的生活，他也从没有过让她加入他生活的打算。在铁娃的生活里她完全是个异数，甚至连过客都算不上。她忽然悲哀得想哭。可她已晾在了这里，这个对她来说十二分陌生的地方，一个井水不犯河水的地方。她恍惚起来，眼里的一切都似梦境一般，让她迷离又无所适从。

铁娃站起来，走向她。她激动得恨不得立刻扑进他怀里。那样，她全部的思念和委屈都有了归宿。香香仰着脸愣愣地望着他，目光像线牵着他这只木偶。她几乎想咚的一声跪下去。她想求他，哪怕让一世界的人都知道她在求他，求他收下她，娶了她。爱与不爱都在其次了。可是，铁娃什么也没说，甚至没顾上看她一眼，就把门关上了。香香本能地往后退了一步，她的脸和鼻子几乎就擦着了门板。梦中的香香一下子就从梦境里跌落了。她触摸到的是翻手为云覆手为雨的冷冰冰的现实。狗日的！香香的腿软得打颤。泪水都似僵硬了一般，失了知觉，失了魂魄，好一会儿才冲破冰层哗地奔涌而出。香香举起拳头倾尽全身的心力使劲擂了一下门，就转身跑了。她的腿无比沉重又无比轻飘，像铅，像棉花。香香脑海里疯狂地叫着三个字：狗日的！一声比一声重，一声比一声高。

心泪说，铁社长，刚才这女的好像找您有事哩。铁娃面部神经痉挛了一下笑笑说，能有什么事，一看就是走错门的人。到这里找我办事的只有两种人，一种是作家，另一种是朋友。心泪便与铁娃继续谈拍电影探班的事。她说，太好笑了，演员手里拿的刀竟是泡沫做的，嘴巴上粘的胡子是猪毛。心泪笑着说着，铁娃微微有些走神。心泪说，铁社长，下一步您可要让这电影获奖。获奖了，我的名气就上来了。以后，我成了名人，自然忘不了您。铁娃问心泪，那天开机仪式，你带的那男的是你丈夫？心泪说，是我一个朋友。他也是一个追星族，听说拍电影，就想往台上站。他以为往台上一站，记者的照相机闪几下，第二天就成家喻户晓的明星了。呵，完全像个大男孩！

铁娃便有无限的失落。这失落写在脸上，落进心里却像一块巨石发出剧烈的轰响。他说，好了，你可以走了。心泪莫名其妙。心泪看了看铁娃的表情，铁板一块。先前春意盎然的调笑便戛然而止。心泪一走，铁娃就用力将门踢上了。香香擂门的声音重新回到他耳里，他不禁周身打了个寒颤。他掏出手机，在通讯录里查找出“香香”二字，他到底没勇气拨出去。这个交往了近两年的女人，他竟没记住她的手机号。

心泪被铁娃的坏心情驱逐，漫无目的地走到大街上。杂志社门口的路很雅致，两边是蓬勃的香樟树。香樟四季葱绿，让人看不到冬的寒意。她隐约觉得铁娃对自己吃了醋。从他对她的态度里，她知道他是喜欢她的，至少可以说欣赏。她沉浸在小说变电影的喜悦里。这意味着她的文字插了一副翅膀，可以满天飞了。至于飞得多高多远她不知道，可她脑海里浮现的是首映式上她的光彩照人。她想象着自己站在一群明星中间，被记者争先恐后的采访环绕着。而这一切都要感谢铁娃。她在心里说，铁社长，我会记得你对我的好的。

香香此刻正坐在回恩施的火车上。她走前将离婚协议书撕成碎片，放到二柱的枕头下。二柱买给她的衣服和化妆品她一件没要，全放在出租屋的桌上。她的箱子很轻，有限的几件衣服，最宝贵的是一张银联卡，放在随身的人造革提包里。她将自己清理得干干净净。她背着一个小包，拖着一个箱子，就这样上路了。她没想到先前那颗纠结痛苦的心现在竟丢盔弃甲，一身轻松。城市的一切都像“好再来”的油烟，有一些温暖，却并不贴心，勾起过梦想，却不能靠近。她不知道那样的生活里潜伏着怎样的危机会在何时以怎样的结局出现。这些都是她不能掌控的，也无法改变。她不愿活在谜一样自欺欺人的日子里，日复一日。好在想到儿子上学的钱是有指望的，她的脸上浮现起晚霞般的母亲眺望村口般的金光。

香香看着窗外沉寂的田野，心化作一只小麻雀恨不得破窗而出。井字样的稻田镜子样的堰塘绿绸子样的麦苗在窗外在咫尺之间向她招手。她似乎刚刚从沉睡中苏醒，从一个尘土飞扬的梦里走出。她第一次发现乡土对她来说才是最亲切最可靠的，她甚至很想跳到麦地里抓一把黄土紧紧贴到心口上。她们像血脉重新流进她几近干涸的灵魂，而她离开土地太久太久了。

香香想到了就要到来的春节，她很久没和老公亲热了。家里的电器要换了，房子要重新粉刷。很久没人住的家一定落满了灰尘。她得把家弄得亮亮堂堂的，让黄卫国一回来就情不自禁地大叫，哦，外面千好万好，都不如我的家好。她要让住校的儿子一回家就把眼睛睁得奇大：哇噻，我的那个爹我的那个妈吔，你们竟然回来啦。儿子会喜得合不拢嘴的。而我呢？我腰上一定系着围裙，在灶前绕着锅台转。锅里炖的，炉子上煮的，全是好吃好喝的。满村满山里都飘着她家的腊肉香！对了，我还要把在城里吃过的特色菜做给老子儿子们吃。我总不能让这几年白混了。嘿嘿，这才是我生命中两个重要的男人。当然除了我那早去的老爹以外。女人，我终于明白女人才是一个家的主心骨。我可不能一不小心把家给拆了。我再也不会离开家了。我要把黄卫国这几年在外面野的女人清零。我得想法把黄卫国过去对我的好唤回来。我们两口子再也不分开了，我是他的，他也是我的。谁也别想在我俩的身上再弹一指头。我相信我有这个魅力，我也相信凭我俩的能力和这几年的见识，足够当好我们的本分农民。

香香就这样纷纭地浮想联翩。她还想到一个问题，钱是好东西，也是坏东西。她的家就差点被这东西给毁了。钱这家伙也像人的欲望，没个止境。有了还想有，得了还想得。她反思自己对铁娃的感情也是这样。能做他的朋友就是命里多出的八颗米。我怎么还得寸进尺想一辈子与他同床共枕呢？唉，贪！世上好多事都毁在一个“贪”字上。想到这个问题时，她把自己吓了一跳，她以为自己成哲学家了。想到哲学家这个词，她的心揪痛了一瞬，泪水夺眶而出。幸而窗外的阳光照进来。她眯缝着眼，奔跑的井字田终于将她沉沦的心带动起来，像古老的车轮一般，捎着流亡者向温暖的家园回归。

第27章 惜别

一刀手术后躺在床上继续吊针。她心里一根弦牵挂着细胞化验的结果，问了几次主治医师蔡医生。蔡医生说不急，等一等就出来了。蔡医生是个中年女人，微微地有些发福，肤白面善，说话和气。

三天后，蔡医生问一刀，家里来人了吗？比如老公，或者姐姐妹妹之类。一刀注视着医生的表情，她看到了闪烁其词，看到了欲言又止，看到了欲盖弥彰，也看到了非同小可。一刀说，我自己的身体自己负责，要别人来干什么？一刀装出一副可以上刀山下火海的神武劲，说，您告诉我吧，我喜欢真相。我什么都能接受。蔡医生还在寻找理想的措词。一刀却没耐心了。她大喝一声，告诉我！我对我的身体有知情权。这是我的人权！话到了这分上，蔡医生自然没必要充这个好人。

一刀盯着手里的病情诊断书，眼睛死死地盯着那个醒目的“癌”字。先是手与纸通了电情不自禁地抖起来，接着电流从指尖顺着手臂传到心里，再从心里涌出一股排山倒海的恐怖惊骇地传遍全身。她整个身子成了即将退役的发动机喘息着老迈地失了节律地颤抖起来。

当一切友好的关心瞬间撤退，这世界只余下她，一个正被恶毒的病原体疯狂肢解啃蚀的老女人。她无力地靠到医院走道的墙壁上，在与医生经历了一番银样镴枪头的争斗后，她长在外面的犄角顿时萎靡偃旗息鼓。她现在无比虚弱。如果没有本能的羞耻心支撑她，她早已像一只空麻布袋瘫倒在地。泪水从黑暗的深井里抽拔出来，顺着腺体的管道往外喷涌。

泪水迷蒙着一刀的视线。那张写了死亡判决书的纸从她松开的手指间无力地滑落，枯叶般静静地飘到地上。有过路人从地上捡起来，轻声问，是你的吗？一刀木然地摇头。她像个傻子漠然地瞪着死鱼样的眼。过路人看了看那张诊断书，疑惑地扫了扫一刀，又弯腰让那纸躺回原处。

一刀坐到过道里的长条靠背椅上。“宫颈癌”三字让她一生的雄心瞬间飞沙走石云散开去。对生活的热情也在如潮奔涌的泪水中化作一摊烂泥。蔡医生叫来一年轻护士扶她进了病房。一刀坐在床上，呆呆地看着地面。目光无力而茫然。她现在像一路冲锋的战士被阻截在了硝烟滚滚的半道上。蔡医生默默地垂立，似有话说又觉得这个女人太聪明太强势，哪用得着旁人同情安慰。

蔡医生又去看望另一张床上的病人，低声询问病情。一刀却忽然一脸平静地抬头望着窗外，说，蔡医生，我想出院。我得找个更好的医院重新化验。她的声音像个可怜的向命运认错的孩子。蔡医生走过来站到她面前，和缓地说，这个病并不稀奇，要有信心。

一刀也不管蔡医生答应不答应，就开始收拾房间的东西。抽屉拉开全是粗细不一的药瓶子，一股混合的药味冲上来让她恶心。她在心里嘲笑它们：你们这些小样儿装模作样，能打败身体的恶魔么？她一个没要就合上了抽屉。她吸了一下鼻子，抹了一把鼻翼边的泪水，说，您开好结账单，我马上下楼结账。也不容蔡医生回应，转身进了卫生间。

一刀离开病房时，向病友温和地挥了挥手。病友姓陈，是个扫大街的清洁工，城中村的农民。她忽然觉得自己对这个人有了亲近。清洁工衣服上总是隐约蹿着一股垃圾的混合气味。从她面前经过，一刀总是屏住呼吸。一刀吃饭时也不敢看清洁工的手。她的手黑乎乎的，折皱处和指甲里全是黑垢，看了就全身作呕。清洁工的那张酱色脸也不能细看，被风霜打磨得如同石磨般厚硬苍黄。头发也粗糙如杂草，斑白着，杂乱无章。

清洁工比一刀小五岁，看上去却至少老十岁。清洁工刚做过子宫切除手术。清洁工的丈夫一直忙前忙后地照顾。这就是一刀自愧不如的地方。她想，我其实过得比扫地的都不如。她现在恍然明白，人的幸福感在很大程度上来自两性之爱。性让一个孤独的个体与另一个个体有了世间最隐秘最亲密的联系。这种关系尽管是不牢靠的，变化的，却最能直抵人心。幸福感说到底是心的认知和感动。占领了心，就占领了幸福高地。想到这里，她更是对命运的残酷表示愤慨。过去是生活一点点地挤占了她对男人的爱。尽管年龄一天天让她的自信打折，可她的爱依然是挑剔的，是趾高气扬的，是挑三拣四的。现在，命运将她手中仅有的一点点尊严和自信也悉数收缴个干净。她想到了铁娃，这个今生唯一让她魂牵梦绕的男人。她想到他时，心底涌起一股漫天的悲凉。她无限期许的人生也像一张乌黑的大幕在她眼前唰地合上，遮没了全部的天光。

清洁工从床上坐起来，向一刀挥手，说，您终于好了？！一刀点点头也摇摇头。她忽然想哭，可她怕把清洁工吓着了。一刀病房里的病友走马灯般地换，都是三下五除二就好了，将病痛割下，将健康带走。可她不是，她来了就被一直埋伏在暗处的病魔逮住了。她遭遇了绑架，不把她治死也要把她吓死。她想到医院对付癌症的办法只有一个，就是永无止境的放疗化疗，直到榨干病人最后一个活性细胞和最后一枚铜板。那时头发掉光了，身体也是千疮百孔。一个濒死的人何苦让死神对她生命最后的呈现鄙夷地发笑？一刀火眼金睛。她看出了端倪。她不想成全病魔的花招。她要走出去，再在死神的背上踏上一脚。一刀对清洁工说，陈妹妹，其实你比我幸福！然后，拉开门头也不回地走出去了。

一刀打车回到家里就把自己摊在沙发上。她看着空空荡荡的房子，看着墙壁上琳琅满目的书画，想这些东西真是身外之物。生不带来，死不带去。她就要去死神那里报到了。她想我现在最想要的是什么呢？不是房子，不是画，不是名利，竟是一个人的爱情。她决定与铁娃见最后一面。

她简单地煮了一碗青菜粥，喝了几口就收拾行李。箱子里除了那把作画的小刀，其他就是衣服，连化妆品都免了。然后给省委宣传部写辞职书和推荐信。理由陈述得很充分。她觉得推荐信其实比辞职书更重要。辞职书只是一个礼节一个招呼。推荐信却是一种责任一种使命。她在写推荐信时才想到将铁娃身上的优点归纳总结出一二三点。这种总结仿佛举着电筒看黑暗中的人。专注的光照，让模糊变得异常清晰。也让那些模棱两可得到了最后的澄清。她从这种澄清里看见了自己对一个男人深刻的爱的倒影。最后她写道，我以我一生的忠诚和经验建议组织把文学树交给铁娃同志。我坚信，有他在，文学树就永远没有枯萎的那一天。她写完后又将信看了一遍，确信上级领导会相信她人之将死，其言也善，这才交给快递送走。

一刀又给旅行社打电话，她要一个小姑娘随便帮她找个小国家。小姑娘就建议她去海的那边，沙漠的那头，一个横空出世的小城阿联酋迪拜。小姑娘说，那里有直插云霄的未来感建筑，有纸醉金迷的奢华酒店，有漫天黄沙的沙漠腹地，是个梦幻感极强的地方。一刀说，我要的就是梦幻。我要让梦幻消灭现实。小姑娘说绝对的，您一下飞机就成了另一个人。小姑娘送来当晚夜航的机票。

一个人踏上不归路。生命最后的旅程，是环游世界，然后随风留在大自然的怀抱里。这就是一刀对余生的安排。

安排好行程，一刀就给铁娃打电话。她想无论怎样要与铁娃见最后一面。铁娃接到电话，很是诧异。铁娃说，我女儿约好了，今晚要我陪她一起吃饭哩。一刀便说，如果我告诉你这是我们最后一次见面，你来吗？铁娃当然再也找不出推诿的理由。

他们约在一家咖啡厅见面。咖啡厅在长江边，汉口的老租界区。这里百年前是香港的花旗银行。看着那巍峨厚实的欧式老银行建筑，一刀总是感佩武汉最美的建筑竟是五国租界的遗存。这是武汉的耻辱，也是武汉永远的风景。咖啡厅门上用彩光电线狂草着“百年好合”四个大字。过去一刀每次经过这里，总在心里想，将来遇到一个两情相悦的男人，一定要和他来这里喝咖啡说情话慢慢消磨时光，最好是在这里定情举办婚礼，可惜她这一生恐怕都不能如愿了。她唯一欣慰的是她爱的人现在就在眼前，就在她伸手可及的地方。她的生命化作灰之前，她还能感受到他真实的呼吸。尽管这一切有一厢情愿的痛。

铁娃坐在一刀的对面。朦胧的烛光罩着他帅气的剪影。他们是生离死别的两个人，而他浑然不知。一刀想想就喉咙发哽。铁娃脱下呢大衣外套，露出洁白的衬衣和灰色的毛背心。夜色和灯光修剪着铁娃岁月的痕迹。他的头发比她三年前初见时稀疏了些，倒还能柔顺地盖住头顶，瓦片似的掩着微凸的前额。他有些下垂的眼睑里有淡淡的笑容，浅浅的疲惫。一星火苗默然地摇晃。如果时间允许，她愿意他们谁也不作声，就这样彼此看着，看成两座雕塑，看到天荒地老。

烛光的光晕是一个梦的光圈，在铁娃眼里，今天的一刀也脱去了职场的强悍独立，格外的纤弱妩媚。她看他的目光甚至有一抹少女怀春的羞怯和隐约的凄切的忧伤。铁娃要了一杯龙井绿茶。一刀要了一杯磨铁咖啡。铁娃喝了一口茶，一刀也端起咖啡抿了一小口。一刀又要服务员拿来风干牛肉、开心果和一个果拼。她本来还想为铁娃点几道简餐，可铁娃说来前陪女儿吃了几口完全不饿。一刀疼惜地望着铁娃。

铁娃一直不主动说话，他想既是她有备而来，还是由她主动好。他静观其变。一刀对自己的感情他了若指掌。她为了亲近自己，想出什么别出心裁的法子来也是可能的。只是，她这人向来不说谎，他坐下就一眼见到桌旁的行李箱。看来她说这是他们最后一次见面是真的了。

一刀说，孩子她妈可好？铁娃说，应该还好。一刀又说，其实我早知道你离婚了。铁娃也不惊不乍。一刀说，老谭家访回来就给我讲了。社里目前为止应该只有我和老谭晓得你单身。铁娃转动着手里的茶杯，觉得这个话题已非常遥远了，远到几乎不知那个离了婚的铁娃是谁，与自己有何干系。他甚至想提醒她，在送她回别墅的那个晚上，她其实已说过类似的话。“离婚“二字有必要反复地炒吗？离婚并不意味着继任者就是你。这也是过去早就明朗交代过的。他静候着一刀后面的话。他对一刀欲言又止的心情一眼见底。

铁娃叹了口气。一刀凝视着铁娃。她多想说，你是我今生唯一的爱人，可我已没资格爱你了。我的生命都将被拿走。我现在唯一幸存的是有一颗心还蹦跳着，心牵扯的每根神经依然惦记着你，与你紧密地相连。你从没真正爱过我，我知道。你对我的好，都有某种功利，我也知道。我一次次试图纠正我自己，又一次次让自己掩耳盗铃地陷落。我这将死之人不求别的，只求你假装爱我一回，让我带着你的假爱上路，我也是知足的了。一刀在心里诉说着。心似双丝网，中有千千结。两人都似在心里对话，无声胜有声。

一刀说，铁娃，你知道吗？在文学树四年的日子，是我生命里最快乐的时光。铁娃感觉一刀真的像总结，像惜别。他说，你言重了吧？生命还长着哩。一刀凄然低头。她忍着泪，勉强展唇做出一笑。铁娃问，你要去哪里高就？有更好的单位挖你啦？一刀又苦涩地一笑，喑哑地说，你觉得如果真那样，我会离开吗？铁娃低头说，不知道，但人各有志。一刀说，依我们相处四年的经历，你认为我的志向是什么，是钱吗？铁娃看了一眼一刀，他发现她眼里有泪光闪烁。铁娃没想到自己的曲解让一刀如此伤心。

铁娃咬着嘴唇，不敢作声了。他怕他再说错话惹她不高兴。他想，她离开总有她的理由。比如，她有了理想的男人。为了幸福的婚姻，完全可以选择离开。一刀盯着铁娃白而饱满的手，她伸过手去。她多想摸摸他，摸摸带有他体温的肌肤。她想带着他的体温上路。那样即使天涯海角，她也不孤单。一刀想到一句古诗：无情不似多情苦，一寸还成千万缕。天涯地角有穷时，只有相思无尽处。她想念出来给铁娃听，可她想到自己正在被病菌抢夺的身体，觉得说出来已毫无意义。她嘴里念出来的竟是另一句诗：一向年光有限身，等闲离别易销魂。

铁娃微微笑起来，说，我记得你说过你没上过正规的大学。一刀说，所以，我能遇到你完全是一场意外。铁娃说，我一钱不值。一刀说，在我心里你是高山是大树。铁娃不敢应对了。他怕逼出更多不堪的话来。

一刀说，如果有高薪挖你走，你会走吗？铁娃看着一刀。他想，难不成她想让我与她一起走？铁娃摇头。一刀说，不是让你和我一起走。我没这个奢望。铁娃便更加坚信了一刀离开的原因。两人想了又想，是告诉他呢还是不告诉？不说吧，不要用病诋毁一个女人在所爱的男人心目中的形象。一刀说，你那么爱文学树吗？铁娃说，也不知是谁取了这么个名字。它真的就像树扎根了。不怕你笑话，它的根现在和我的血管差不多。一刀欣慰极了，她想她的判断没有错。她对事物的预感向来有宿命般的准确。铁娃说，其实我要感谢你。是你的到来，让我重新找到生命的价值。

一刀温和地笑道，希望我在你心里不是母老虎。铁娃笑道，即使是母老虎，也是一只可爱的母老虎，是小和尚下山见的那只母老虎。一刀双手支起头，紧闭双眼，泪水哗然。铁娃注视着她。他想我这句话何至于让她如此激动！他脑海里浮现出在一刀别墅的那个夜晚。一刀的表白已经很明朗了，他告诫自己掌握分寸。别无意中又害了人家。

好半天，一刀抬起头，从桌上的纸巾包里抽出一张纸擦了眼角和脸。铁娃不好意思了，他的表情像犯了错的孩子。他低头搅动着两只食指。一刀忽然就恢复了一个长者或者一个大姐的表情，说，铁娃，我希望你好好栽培文学树。它见证了我们共同走过的一段人生。其实她想说的是，它见证了我对你的爱情，可她说不出口。铁娃郑重地点头。他没想这句话的分量，只是想到一刀说过她对自己的感情几乎与来文学树杂志工作是同步的。她对自己的偏爱几乎陷他于不明不白之地。他不明白如此大相径庭的一个人对自己怎么就一往情深。好在，她要走了。她有了更好的归宿。我也不必背负感情债了。

一刀站起来，说，在我离开前可以向你祈求一个拥抱吗？铁娃非常吃惊。时间还早哩。瞟了一眼墙上的挂钟，刚好七点。他还等着揭谜哩。为什么要跟我打哑谜呢？

一刀已经毕恭毕敬地站着了，像个孩子。铁娃也不等答案了，他总得成全点什么。他绕过椅子和桌子，将手臂伸开，形成一个怀抱。一刀整个儿填进去。她紧紧抱住铁娃，泪水再次泄闸一般奔涌而出。她拼命咬紧牙关，她不想失控呜呜出声。铁娃没有动。他像根木桩固定地保持着站姿。一刀将鼻子凑到铁娃洁白的衬衣领子上，她闻着了这个男人淡淡的香水味和隐约的烟草香。这一瞬间她温暖极了，她几乎就要整个儿瘫软下去。她豁出全部的勇气，将嘴巴蹭到他粗实柔软的脖颈上。她亲吻到了这个男人的肉体。久违的性感的肉香，每个毛孔都散发着他身体的气息和血亲。她像饥饿太久的乞丐贪婪地吮吸这生命的甘露。她唇上的口红肆无忌惮地蹭到了铁娃的衣领和脖子上。在生命远行的时刻，她感激老天爷赐给她勇气。她带着这最后的满足，理性重新回归。她推开了铁娃的怀抱。她看了看手机上的时间，冷峻地说，我得去机场了。铁娃看见一刀的睫毛上有泪水打湿的痕迹。铁娃的心沉到了谷底。

铁娃拖着一刀的行李箱，挥手叫停一辆的士。他望着她一身羊毛西服裙的侧影，轻轻挥手说，再见了。刚刚抚平了神情的一刀却转瞬泪水狂奔。她喉咙哽咽，说不出半个字来。她再次深情地望了一眼这个流入她生命之河中的男人。她狠力闭了下眼钻进了的士。铁娃看着的士车载着一刀消失在茫茫夜色里，才若有所失，才想起忘了问文学社谁来接她的手。一阵江风吹来，铁娃打了个寒噤。他摸一下脖子，发现衣领和后颈上的衣服湿了一大片。

脱胎换骨

第28章

三天后，宣传部和组织部来了四个同志到社里考察，考察对象就是铁娃。铁娃莫名其妙。问老李考察自己做什么，不是考察我有什么问题吧？老李捶了他一拳说，你他妈的，别装蒜了行不行？听说一刀走前向组织举荐了你。铁娃还糨糊一般问，举荐我什么？老李说，妈的，还揣着明白装糊涂。演戏给谁看呢？一刀难道没给你吹口风？铁娃便在脑子里将与一刀最后见面的情境过了一遍，又将一刀说的每句话检索了一遍。确实没有，她甚至都没告诉他她真正的去向和辞职的原因。公示一周后，宣传部和组织部又派三个同志来杂志社开了一个小时的全体职工会，宣布铁娃任文学树杂志社社长。尽管铁娃觉得杂志社除了他没有更合适的人选，但对这一任命仍觉得有些突然，简直像从牛粪里得了一坨狗头金。铁娃没当领导的经验，突然就让他发表就职感言。他咯噔了一下，好在他心里的话似乎已储备了一个深潭，只要掘一个小小的口子，就可以一泻千里。

铁娃明显有些激动。他眼角闪着泪光。他还听出自己的声音有喉咙哽咽和颤抖的痕迹。他迅速作了调整。他使劲吞了一口唾沫，眼睛也猛力眨了眨。他镇定了，他和缓了，他深沉了。他尽量压抑着自己的嗓音，不要让它打飘。他的就职感言充满了深情，没有稿子，完全凭一张嘴像沟渠一般将心里话引出来。

有几句诗意的语言只在开头和结尾用。中间是他的雄心。他的雄心是让文学树枝繁叶茂，万古长青。他也深情地回忆了一刀任社长以来留下的宝贵经验和取得的业绩。他的每个字音都咬得很准，简洁而明了，没有一个字的废话。像深山里释放的一股洪流，厚重，深沉，充满气势和力量。

铁娃第一次以杂志社主人的身份送走了客人。他与上级领导一一紧紧握手：谢谢，好走！是说给对方的，其实也像是说给自己的。他有太多的感动和感谢，也有太多的未知和艰难。

客走主人安。当了社长的铁娃胸中鼓荡起汹涌澎湃的激情，他想让人分享这份难得的喜悦。这是一个男人奋斗了半辈子终于站到潮头的成功。他首先想到的是水莲，他得将这个消息告诉她。他终于扬眉吐气了。他离开她水莲照样可以成为人上人。他想让水莲知道他铁娃并不是她的下半寸，不是事事不如人的孬种。不论是亲人，还是孩子她妈，他都有义务让她最先分享。他迅速拨通了水莲的电话。电话一通，他脑海里又浮现起水莲上次在医院对自己决绝的态度。他的心又瞬间凉了半截。不等水莲开口。他一字一顿，抑扬顿挫地说，我当文学树的社长了。说完，就挂断了电话。他将手机扔在办公室里，就锁门走出去了。锁门时，手机唱起了悠扬的歌：好想有个家，一个不需要多大的地方……

当晚，水莲在电话里对铁娃说，你趾高气扬地告诉我，你当社长了。我还没来得及搭话，你就挂了电话。嘿嘿，你以为我稀罕你当官发财吗？铁娃像孩子受着大人的训诫，老实地竖着耳根。水莲说，人品，人品，比什么都重要，你明白吗？所以，我倒要担心由你这样人品的人能当好文学树杂志的社长？你要记住：文品，也是人品！

铁娃这天晚上辗转反侧，一宿都没睡踏实。他想起《大学》里有句话：意诚而后心正，心正而后身修。他还想到六世班禅的一句诗：世上最遥远的距离，不是生与死，而是我站在你面前，你却不知道我爱你。他想把这句诗改一改，改成：世上最遥远的距离不是离婚，而是离婚后你不知道我的心依然固执地召唤着你。

第二天，铁娃几乎与他屋后地层里穿梭的地铁蚯蚓同时醒来。他醒来时也像那火车满满当当，却带着新的人和空气向着新的一天疾速地前行。他屋后的地铁开通才半年，却让他发现地铁的到来，确实给城市带来了新貌。至少好些公交车即使到了节假日也不再拥挤，地面上的小车也减了流量。他上下班再也不必担心塞车误点。他前妻水莲甚至后悔买车。她的车停在车库里，一放就是两三个月。铁娃好几次都想说，你不想开，我来开呗。可他说不出口。他觉得这太失了一个爷们儿的颜面。

铁娃坐在拥挤的地铁里，左顾右盼，感叹这里真好。这里是一个与世隔绝的时空隧道，这里也是一条流光溢彩的俊男靓女的风景线，这里还是一个南来北往永远热热闹闹的大家庭。进了地铁，人就像钻进了一个蚕蛹，至少在这短暂的行程里，是生死与共祸福同当的了。他偶尔也会想，这地铁是城市表皮下的血管，它给城市带来了生机，当然也埋藏着隐患。它是坚强的，其实也是极脆弱的。比如，倘是一个毒气弹，或者一个钻地弹，或者一个恐怖分子拿刀对准了司机，这地下发生什么惨绝人寰的事，都是无法想象的，而且地下刀光剑影，地上却水波不兴。这将是多么可怕的事情！但这种恐怖的场面，在铁娃脑海里只是偶尔飘过一丝浮云。他更多的是往好的积极的方面想。他更多想到的是地面上人与人的陌生与疏离，在这里汇成一股五彩缤纷的暖流。一个孤单的人到地铁里坐一坐就不孤单了。身边是上上下下川流不息的人，你会觉得这一火车皮的人都是你的亲人。一个小小的生命汇入众生的流里，在一个城市的肚皮里穿梭来去，像蟒蛇，像蚯蚓，像肠里的一个蛔虫，甚至像母体里的婴儿。这是一个人与一座城市亲密的依恋。

时间真不是个东西，看不见摸不着，但你又无处不感受到它从你身边走过的痕迹。铁娃的单身生活已是三年有余。回首这三年，他倒似在经历一段人生的混沌期。很多事情，无论是事业，还是感情生活，都像被一根棍子驱赶着。他像一枚棋子或者一只苍蝇。他任人成全也被人抛弃。他从来不曾想过真有一天坐到杂志社社长的位置上。他也从来不曾想到会与一个小餐馆的打工女弄出些猫鼠之欢。他更没想到的是他以为可以白头偕老的婚姻会忽然将他扫地出门。而且，从架势上预测，水莲压根儿都没迎接浪子回头的意思。这些都不是他想要的，可他却已经经历了或正在经历着这些人生的流变。

从混沌到困顿，他忽地觉得该是觉醒的时候了。有句大白话说，你不能改变世界，你却可以改变你自己。他现在唯一不能改变的是水莲对自己的感情，他能改变的是一个杂志社的状态。他想，水莲说得对，我这个社长算个什么官啊，就是个官，又能么样？这职权这位置是要实实在在做事的，是无数双眼睛盯着的责任。我能带动文学树杂志像这地铁一样让一个城市焕发出新的面貌吗？问题在于文学树不是新事物，倒像前朝的遗老遗少，现在正张着口等着他喂食哩。

铁娃掏出钥匙打开办公室门的时候，忽然觉得这个开门的人倒像个行窃者，与自己沾不上半毛钱的关系。这走进门去的已经不是一个叫铁娃的人，或者那个叫铁娃的人已不是他，或者他们很久前曾经相熟，或者他只是新铁娃淘汰下的胚胎。像长出新红薯的苕母子，是没用的，是老态龙钟的，是锈迹斑斑的。他将过去的那个叫铁娃的胚胎抑或苕母子扔在房门外，一个新的铁娃坐到了办公桌后的那张藤条靠椅上。他一脸严肃，眉头紧锁。他开始思考文学树杂志的命运。他决定将自己后半生仅余的十年工龄与文学树杂志牢牢地绑到一起。他与文学树，一个是车夫，一个是战车，或者他们是同一个战壕的战友，或者是一对刚刚拜了天地的夫妻。林和靖不是还梅妻鹤子吗？

铁娃在笔记本上对近期和远期做了一些规划。他平生最反感开会，他想开会集思广益，又怕别人骂他谋财害命。这话是他当年反一刀的。他想，不如先听听老李的意见。自从老李重回文学树杂志，老李也不再是原来的老李了。老李成了一个感恩戴德的老李。有意无意就想为文学树杂志脸上贴金，或者做点什么特殊贡献。一旦在外面遇到有人表扬文学树杂志办得好，他就会死乞百赖地凑上去说，那就多多宣传多多掏钱买吧！他这一说，人家反倒不好意思了。人家在心里嘀咕，这杂志办得好与你有一毛钱关系？可老李就这样。他通过单位的离与复，特别是杂牌公司的赴与弃，重新认清了自己与文学树的关系。他亦是决定与文学树患难与共生死同荣的了。

铁娃正给老李拨手机，老李倒举着手机，在弦乐激昂的伴奏声中步入铁娃办公室。老李说，你不找我，我倒准备找你哩。还好，俩人考虑的是同一件事。铁娃打起了响亮的哈哈。他心里想着的是这一切得感谢一刀。一刀帮他清理了战场，扫了雷，拔了刺猬的针毛。轮到他，已是宜将剩勇追穷寇了。

铁娃说，我最近看严独鹤传记，他把旧上海一份濒临倒闭的报纸《新闻报》从几千份的发行量办到了10万份以上。无论当时处于怎样的社会环境，这总算得一个奇迹。他当时主张办好副刊要抓住三个要领。一须有一篇好言论；二须有一幅好的画；三须有一部好的连载。我认为这三条用在今天我们办杂志也一点不过时，很值得借鉴。我的想法是增加三个内容。一是每期刊物有一篇当期小说的评论。二是与美院合作，或作配文插图，或者将画家的画作插页。三是有一部好的长篇连载。

老李都赞成。问题是评论是请编辑写，还是请外面的评论家写。铁娃当即拍板，还是我们的编辑写。头条是谁的责编，就由谁写。老李说，这倒省事，也节约成本。可我看这些编辑过去几乎都没有写评论的经历。铁娃说，我看有。过去我们开编前会，大家不都要谈用稿理由吗？那些理由虽然是零碎的，不成大文章，可精髓都出来了。再说，编辑们都积累了丰富的看稿经验，他们写起一篇文章的得失来，更能左右逢源信手拈来。这就比单单去请大学或者作协里的评论家更有针对性，评论起来可能更入情入理更接地气哩。

老李似乎无话可说。铁娃说，我建议第一篇评论就由你来操刀。我记得一刀曾在我面前对你的讨刀檄文赞不绝口。你就拿出当年写讨刀檄文的才气和勇气写一篇开山作吧！也刷新一下大家的耳目。

老李爽朗大笑，笑得眼冒水花，金光四射。铁娃心里的一块石头顿时落了地。老李笑完，又黯然神伤。他说，唉，到底是个好人！也不知她现在怎样了。铁娃说，等有消息，我会第一时间告诉你。老李说，你相信她还会联系咱们吗？那可是个赴死的人啊。铁娃说，至少她会牵挂文学树！

老李默然。老李又说，我想起一刀当年来文学树时立下的一个宏愿。铁娃问是什么。老李说，与你没关系。又说，不过现在与你有关系了。革命尚未成功，同志还需努力。你算是继承她的遗志吧！铁娃笑起来。说，你这个家伙，能不能说点吉利的，或许她哪天就起死回生，忽然回文学树了。老李说，那敢情好。铁娃又问，我只记得她说过一句：长江不断流，文学树常青。是这句吗？

老李说，还有条是与我有关的。你是有妻室的人，当然没放在心上。铁娃倒是无语了。他刚刚浮扬起来的好心情像一片羽毛回落，坠落到他一个人孤伶伶的地窖里。老李说，她说要消灭光棍！你们还都笑翻了。老子当时还接口说，不用你消灭，我们自裁好了。有几个同事后来说我这句话把他们肚子都笑疼了。

铁娃到底笑起来，可他的笑容明显有些僵硬，紧绷绷的，像一个弹琴的生手，不能手达我心。他差点就要向老李坦白一个事实，可他现在被供到了一个更高的神龛上。老李说，你他妈现在是要风得风要雨得雨，当然想不到我们这些光棍的苦处。铁娃说，婚姻是缘分，岂是像一刀说的那样能消灭就消灭的？权当一句笑话吧。我看她也并不当真。

老李说，我可是当真了。做领导的，更要讲话慎重。军中无戏言哩。铁娃立即正襟危坐，一脸严肃起来。老李见铁娃像学生改邪归正的样子，摇头笑起来。老李说，我倒是希望你不要变。我宁可你继续当我无话不谈的哥们儿。铁娃听了更是惶然而惭愧。老李最后起身走时，向铁娃意味深长地点头说，苟富贵，勿相忘！铁娃爽朗地大笑，说，你言重了！

新的文学树杂志再出来时，封面上“文学树”三个大字的下面赫然印着“铁娃主编”四个黑体小字。虽然小，却被铁娃的眼睛像凸透镜，放大，再放大，一直盯出了二维三维的效果才算罢休。铁娃关着办公室的门，笑出了声，也骂出了声：狗日的铁娃，你给老子也有今天！

铁娃当晚约请同学朱前吃饭。朱前深以为奇。从同窗四载到工作二十五年，铁娃从来都是一双肩膀抬着一颗脑袋吃白食的主儿。现在真是太阳从西边出来了。铁公鸡也可以拔毛了。铁娃这次请客的架势也不小，人由朱前召集，地点酒水一应事务由朱前张罗。铁娃平生第一次当起了甩手掌柜。他的任务只有四个字“吃饭埋单”。朱前骂他，狗日的，芝麻大点官就长威风了。铁娃讪笑道，别以为我和你一样腐败，我可是自己掏钱埋单。朱前说，哟，还清正廉洁啊。铁娃叹息道，唉，文学树不容易，想揩油都不忍心啊。

当掌声四起，铁娃夹着十本文学树杂志出现在小包房时，铁娃目光来回搜寻，却没搜索到他想要的那个人。他那堆叠在波尖上的兴奋便迅速地退潮而去。同学们争相传看文学树。眼尖的女同学周小荷最先发现封面上铁娃的名字。她一声星探式的惊叫，让一群老大不小的伙伴们恍然大悟。大家便说，原来是杨白劳翻身做了主人。朱前捧着文学树杂志，装出万分激动的样子，说，这就是我儿时的作家梦啊！也有人泼冷水，说，现在谁还买书啊。书店都垮了。还有的说，要是早二十年，我们可都是文学青年啊。那时，我们武钢有个人就在这本杂志上发了个中篇，单位就分了他一套房子哩。唉，现在……铁娃任同学们讴歌、讽刺和挖苦。他在心里说，你们这帮狗日的，真是站着说话不腰疼。就是这么个不起眼的小萝卜头儿也倾尽我大半生的心力啊。

男人们今天逮着了理由，一窝蜂地向铁娃猛蛰。铁娃喝得晕头转向。他沉醉在喧嚣的孤独里，用一群人的狂欢浇内心无法言说的块垒。女同学们却一个个低着头专注地读杂志。她们好多年都不曾买文学杂志，今天得了免费的精神食粮，物质食粮便退居二线。还是中年发福的周小荷心细。她问，铁娃，这老李是谁？他这篇评论写得好哩。如果不是他这篇评论，我可能没兴趣读这个头条。他这一评一论，我就要看看是不是像他评的那样好。果然不错哩。

铁娃说，不错就好。我们要的就是这效果。朱前也拿起杂志找到那篇评论，说，我倒是要看看周小荷是么眼光。铁娃说，看来，我有必要在文学树为周小荷开个专栏。这样，至少会吸引朱前这样的高人。

周小荷笑起来，叉着腰说，我名气太小，还不如给你家那位大名记开个专栏。这不经意的玩笑打趣，给一颗刚刚沸腾的心泼了一瓢凉水，也给黑暗中的人无意砸开了一条亮着光的通道。铁娃最后给大家敬了一杯团圆酒。他说，今天还是我的收获最大。大家说，你他妈历来都是收获最大的那一个。我们的校花不也被你摘到手了吗？铁娃满心的阳光灿烂又吹来一片阴云。分别的时候，周小荷挤到铁娃面前说，以后可要期期送啊，不然连载就白看了。铁娃说，你们能不能把买衣服和化妆品的钱匀一点出来买精神食粮啊？周小荷嘻嘻笑道，这不是近水楼台吗？有权不用，过期作废。铁娃无奈地笑道，唉，好在我也就这点小权！

铁娃第二天给老李的见面礼就是大学同学们对老李评论的评论。老李自然喜上眉梢。铁娃又提出在文学树杂志开辟著名作家专栏。小说、诗歌、网络文学，三大块，各有一面旗手。这旗手是在读者心目中有影响的知名作家，由他们来主持一个专栏。每期写简单的评语，给作家自由裁量的权力。老李说，你这又是哪来的灵感？铁娃说，是同学聚会偶然的玩笑。说者无心，听者有意。

老李当然是赞同的。但他认为，这事好是好，作家却不一定有时间，或者愿意花功夫。这会牵涉他们很多精力。选稿、写综合性短评，看似很小的一块自留地，要种好，得花很多心血。铁娃说，这也是扩大他们自身的影响啊。而且给了他们刊中刊的权力。我们所选的作家肯定不是最尖端的，应该是属于爬坡阶段的。他们也需要这样一个平台和窗口。这样我们就有了合作的平衡点。

老李像看一个陌生人，专注地望着铁娃。铁娃任他望着，他想我总得给熟悉的人一些新气象吧。老李说，我总算明白什么叫在其位谋其政了。铁娃说，五十知天命了，总得让生命的尾巴闪一闪光。老李打趣说，那是萤火虫哩。大城市里看不见了，神农架的深山老林倒是有。铁娃说，文学树复苏的过程，相信也是社会生态好转的过程。老李频频点头。他说，文学即人学嘛。铁娃与老李这样的对话多了，更让铁娃有如虎添翼之感。一个人能顺势说出你下半句预备说出的话，这要省多少心啊。他想，这不是传说中灵魂的伴侣吧？我们俩光棍总算在这方面是志同道合的一对。想想，不禁哑然失笑。老李见铁娃傻笑，也傻笑着离开。

第29章

铁娃上任后一连串的改革和创新，让文学树杂志有了前所未有的新面孔。铁娃一个人的生活是自由的，是信马由缰无所羁绊的。他没事的时候，就背着手在各书店报摊和火车站汽车站打转。在一堆花花绿绿的杂志里，文学树以其厚重而大气，优雅而轻盈的模样脱颖而出。铁娃无疑是长脸的。他以读者的身份，以消费者的身份，在市场上与文学树面对，就像一个做父亲的，在暗地打探和监督儿子的成长。他有时停在一个报摊前，手里翻看着文学树杂志。杂志的封面上“文学树”三个字特意被左手向上张扬着，在熙来攘往的人流中，他这样的图景多少有做广告的嫌疑。很多这样的时刻，他都是依依不舍的。他想，能不能请一些模特儿像我这样拿着文学树杂志呢？那势必比我此时的效果好上千倍万倍。

铁娃自从清空了女人的位置，心里便无时无刻不与文学树心息相连了。他每走一地，每看一物，每听一言，似乎都能找到文学树新的生机和商机。他想，原来所谓世上无难事，只怕有心人，这心现在才真正活在他肌体里。他是真真正正活在文学树的肌体里。他每一时刻的所思所想所虑，都仿佛是文学树心脏的搏动。这瞬间的感觉让他觉出一丝人生的暖意，也有一丝人生的悲凉。他是被生活的很多无形的推手架到现在的境地。每当夜幕四合，华灯骤起，他一人迈步在宽阔的马路上，或者站在拥挤的地铁里，或者独对一江大水，他是孤独的，他又是渺小的。天地一沙鸥，飘飘何所似？只有当他坐到办公室里，面对文学树的每一天，面对单位那二十号人马，他才气定神闲，又热血沸腾，有将军运筹于帷幄之中的使命和迫切。

这天，下班路上，又与老李邂逅。老李手里依然晃荡着一只透明的塑料袋，袋里装着简单的菜蔬和他形单影只的生活。铁娃看一眼，便有些悲从中来。他与老李不同的是他走在另一条道上，不同的是与他相遇的那些人里没有老李。他的悲凉是他一个人的倒影。铁娃准备叫一声老李，便与无数个往常一样擦肩而过。可忽然老李邀请铁娃周末看车展。铁娃说，你发财了？老李说，当侦探吃了些苦，文学树的工资福利也好了些，想把挣来的钱买辆车，一为犒劳，二为庆祝，三为提高生活档次。铁娃说，狗日的，什么事情到了你嘴里，总像中医把脉，非得列出个一二三来。

老李笑道，这就是多年单身生活练出的本事。没人可商量，总得想法先把自己给说服。理由充分点，再去做事，心里就坦然些。铁娃说，你就不能存点钱娶老婆用？老李哈哈笑道，现在的女人都喜欢看得见摸得着的实惠。我有了车，自然多了一个娶老婆的条件。铁娃笑道，狗日的，这才是你的狼子野心！老李说，你家有车吧？铁娃一时语塞。末了，说，老婆的。与我基本没关系。我还是喜欢走路。再说，地铁这么方便，车实在有些多余。老李说，总有地铁和公交不方便到的地方。车总是必要的。铁娃也不多辩白，便拍了一下老李单薄的后背说，那我等着坐你的新车！

两人错开，各走各道。铁娃忽然定住了，转身召唤老李，答应周末去国际会展中心看车展。老李直摇头，心想，这家伙总算够朋友。买车是花大钱的事，多个参谋总要踏实些。

第二天，铁娃便从老李手里要来车展的宣传单。问了一大圈，总算拨通了车展中心负责人的电话。又联系了两三家公司营销经理。他简要地谈了一些想法，主要是问有没有车模，希望车模能在手里拿一本文学树杂志。铁娃说，这是增加文化含量的做法。漂亮车模的书卷气一定可以成为独树一帜的风景。公司方没耐心，不等铁娃说完就挂断了电话。

铁娃却并不甘心，电话叫来发行部张主任，简单地谈了自己的想法，要张主任做个准备，带上二十本最新一期文学树杂志，下午一点出发去会展中心。张主任问是坐地铁还是坐公交。铁娃说，坐的士。张主任便明白铁社长要赶时间。见铁娃神情专注不达目的誓不罢休的样子，心想一个人的潜能是多么不可限量啊。潜能就像潜伏的种子，如果没有外在的土壤和空气，种子可能就永远没有开花结果的那一天。所谓良将思明主，责权匹配，是多么重要。

两人各自想着自己的心事。一路都是沉默。铁娃在苦思冥想问题与对策，张主任在想与铁娃的旧账。自古言：一朝天子一朝臣。张主任一直担心铁娃找个理由将发行这个肥窝子挪给别人。尽管他口口声声念叨这行当是个吃力不讨好的部门，可杂志社除了这个部门，还能与钱与商人打些交道，其他都是清汤寡水。尽管铁娃常把自己叫到办公室谈天说地，像哥们儿，可张主任心里紧绷的那根弦却从来不曾真正松弛过。特别是铁娃对每个地摊精确的描述，让他时常诚惶诚恐，以为这是铁娃让自己下课的预告。哪知他说，这是他当社长观云识天气。如果有可能我愿意把全国各个销售点走一遍。没有调查，哪来的发言权？不知终端，怎么搞产出？

铁娃甚至反复提到，我们要继续沿用张主任提出的营销战略：欲占领全国，先攻占武汉。这不叫短视，恰恰叫远见！就像推倒两千多年的封建帝制，是从武昌起义开始的。一屋不扫，何以扫天下？本地都搞不定，还奢望什么全国？铁娃还说，我们在追求利润最大化的同时，永远不能放弃文学的普世性和公益性。这些都让张主任耳目一新，刮目相看。

临到下车时，张主任才问，是免费吗？铁娃说，看情况。如果鱼与熊掌能兼得，我们又何乐而不为？张主任尾随在铁娃后面下了车。下了车，张主任才想起应有的礼仪。应该是下级先下车给领导扶车门。看来铁娃根本不在乎这些虚礼。张主任几步跑到展厅门口去买票，不料竟是免费入场。张主任也不知该往何处去，倒是铁娃自己在低头看大楼指示图。张主任觉得很过意不去，这鞍前马后的活儿铁娃自己全包了。

张主任站在铁娃身后踯躅着。铁娃在一扇玻璃门上轻轻扣了三下，无人回应，就径直推门进去。屋子里坐着一位年轻的小平头。铁娃将名片递上去，说，您这长城车在我们院子里信誉度最高。周日，我好几个朋友会过来买车。那小平头立即满脸堆笑，一副彬彬有礼的样子。请坐倒水递名片忙个不歇。铁娃扫一眼名片问，赵经理，这次车展有没有什么优惠活动。小平头立即将两份宣传折页双手呈上。

铁娃绕了很大一圈，总算问归正题：请车模了吗？小平头说，我们从不追求那些华而不实的东西。铁娃说，车模其实也有家常款与豪华款。家常款既经济又实用。您这边不试试吗？小平头说，那些花架子净烧钱，我们不稀罕那个热闹。铁娃说，只是想节省成本吧！其实车模也是您公司身份的象征。如果不介意，我们可以帮您提供免费车模。小平头说，您办杂志哪来的车模？铁娃说，我们有高校的文学志愿者。小平头立即笑开了花。学生当然好。受过车模训练吗？铁娃说，那是我们的事。小平头又问，真的免费？铁娃说，您看着办。小平头说，我们只重结果，不看过程。铁娃说，我也只看结果。过程一律免费。小平头笑道，如果是您车模带动的生意，我们让车模和您单位拿提成。铁娃说，好，一言为定！

小平头坐到办公桌前，问有合作协议吗？铁娃从包里掏出一枚白色U盘。他报了文件名，小平头在电脑上一目十行地扫读文件。文件很简洁，就一页纸。小平头微笑道，我明白您为什么要免费了。等打印好再签完字，又说，车模读文学树。这样的画面会是什么效果？我参加过很多全国车展，从来没见过，会不会不伦不类？铁娃微笑道，恰恰相反，您会发现生硬的机械也有了诗情画意。这就叫一阴一阳谓之道。但愿，但愿。双方笑声朗朗握手告别。走出长城汽车经理办公室，张主任仍心潮起伏，久久难平。

二人又来到三楼转角。张主任这次学聪明了，赶紧夹着公文包走到前面躬身敲门。可没等他举手，屋里走出一位婀娜多姿的年轻女子。湖水蓝的职业套裙，头发在脑后绾一个髻，黑色网子兜着。干练而不失优雅。张主任一身豪华打扮总算没白费功夫。那女子见来人行头不俗，主动问有什么事吗？张主任立即点头哈腰说，买车。不仅如此，还忽然冒出奇异的智慧：去年俄罗斯冬奥会为贵车做了一回超级大广告哩。那女子倒也非孤陋寡闻之辈。一副和颜悦色的样子退回办公室，应和道，我们正琢磨着给俄方写一封感谢信哩。三人会心大笑。女子很殷勤地递上名片。张主任不请自坐。女子见铁娃站着，赶紧挪过一把旋转靠背椅。铁娃这才有模有样地坐下。张主任瞟一眼铁娃，心想这才是咱文学树社长的范儿。

女子问看好车型了吗？张主任顿时语塞。铁娃接口道，我们打算先作个咨询，再到车展上去看。铁娃又问，熊经理，奥迪A6适合乡间小路吗？城市待久了，越想念乡村。熊经理倒是弹开了话匣子，如数家珍地介绍起来。铁娃从裤兜里掏出手机瞟了一眼时间，立即打断了熊经理的滔滔不绝。他说，奥迪的车模有名角吗？熊经理说，请了一个网络红人狗狗。铁娃立即亢奋了。他这才掏出自己的名片，说，我们杂志倒是有好几个网络红人，不知您有没有意向合作。熊经理接过名片，夸张地拍拍脑门，唉呀，竟是著名的文学树呀。我读高中时，还给你们投过稿呢。张主任赶紧问，用了吗？熊经理说，那只是一个遥远的梦想。努力过，可没成功。张主任谄媚道，继续投，总有投中的那一天。世界上好多名作家都遭遇过退稿。熊经理嫣然一笑道，有了你们二位领导，我何愁投不中？张主任唯唯诺诺，头点得像手扯木偶。

有了这样的基础，铁娃开始谈条件了。铁娃说，一是你们的车模手里都要拿一本文学树。二是启用我们的网络红人。因为他们是网上蹿红的作家，与一般的车模肯定不能等量齐观。从一定意义上讲，作家出面，可能更有文化效应。如果请他们出来，你们是要付费的。

熊经理说，不论男女，只要年轻漂亮。有吗？铁娃略一思忖肯定地回答有。我们的特产就是这个。熊经理当即拍板说，离正式车展还有三天。您这边的作家可能还要来做个预演吧？铁娃说，这个我们征求了作家的意见再联系好吗？如果时间来不及，您这边就请人做向导迎接一下，簇拥一下，送到应该到的位置就行。

这一趟走下来，张主任发现自己只是个小跟班。一切都好像是见习。怎样在陌生的领域开掘有利的空间，怎样以不变应万变，怎样让不可能成可能。这是一堂实践课。铁娃与张主任一前一后走进地铁，半天的使命就在马不停蹄中蓦然收缰。铁娃提了提背上的衬衣，衣服汗湿了贴在背上有些黏乎得难受。铁娃像从战场上归来的战士，依然处于持续饱满的亢奋中。他在心里总结着工作经验。他发现人做什么事都需要急中生智。那些临时蹦出来的灵感恰是十分有效的，而且当这些灵感电光石火般闪现时，心情格外的振奋，格外的昂扬，好像忽然发现自身是有无限潜能的。这种惊喜的发现，是对自己的再认识，你会由衷地赞叹自己真了不起。或许人的自信人超凡的能力就是在乘风破浪的实战中砥砺出来的。

铁娃对张主任微微展唇一笑，笑里有激战后的劳累和疲惫。张主任说，社长您辛苦了！铁娃微笑道，还是叫我铁娃吧！我喜欢。又说，还有好几家，余下的你明天带人来能行吗？张主任先是默然，继而微微点了下头。铁娃说，不要怕。要敢于做主。兵无常势，水无常形。能因变化而取胜，才叫用兵如神。你知道造成拿破仑滑铁卢惨败的主因是什么吗？是他手下的格鲁希元帅不懂将在军，君命有所不受。张主任似懂非懂地点头。铁娃说，我们的目标是宣传文学树，附带销售。社会效益与经济效益既可以并驾齐驱也可以前后发展。这就是这次行动的总体框架。在这个框架内，我们要临场应变，因势利导。既要周济整体，又要各个击破。张主任很受鼓舞，赞许道，您的市场营销能力远远超出了我们的想象。铁娃说，其实每个人都有无限可能。只看环境给没给他这个机会。张主任这才全身心释然。他想他是遇到真正的明主了。他忽然想学编辑们酸一下，说，不才明主弃，多病故人疏。人一生在工作中遇到您这样英明的领导多幸运啊。铁娃说，可别这样类比。孟浩然可是因为这首诗被唐玄宗打入冷宫的哦。张主任才蓦然想到酸气没酸到地方。他是武钢的工人出身，八十年代初以工代干进的杂志社。最初也就高中学历。这次对话倒提示铁娃后来在杂志社大兴读书之风。

第30章 无意晃动女人的心

周末的车展果然人流如潮。有看热闹的，有蓄意已久想来买车的，有开眼的，有会友的，是车和车友的大聚会大超市。老李与铁娃一前一后在人流中穿行。音乐如水般流淌。斜挎彩色绶带的推销员和服务员穿着或蓝或白或裙装或裤装的制服点缀其间。有几个着长衫的铜人，全身涂了金粉，戴瓜皮帽，蹬瓦口鞋，远看像铜雕，手执一长水烟袋，悠然地坐在太师椅上，是供人合影的道具。仔细观察那眼睛也会偶尔眨一眨，才发现那雕塑一个个全是活物。老李叹息不止，说钱害人啊！

拿着小喇叭的推销员在车海里逡巡，有的偶尔组织一下，更多的是比划着手势。老李说，这车展竟不像是商人作为，倒有几分文气。铁娃说，你以为是菜市场啊？老李说，我就怕高音喇叭狂吼乱叫。那会让我疯掉的。铁娃说，你看看那些车模，人家闹中取静读书哩。老李定睛一看，果然每人手捧一本杂志。老李走到一位女模跟前，失声大叫，我日！铁娃故作淡定，默然不语。老李转头扯铁娃的手。铁娃依然漠不关心的样子。老李急了，打了铁娃一下，说，妈妈的，我们的文学树怎么跑这儿来了？铁娃这才淡然一笑，说，文学树无处不在。老李说，好，就用这句做我们的广告语！铁娃说，还是一刀那句经典：长江不断流，文学树常青！老李笑说，大气！

老李现在的专注点不在车，而在那些车模手里的书了。他一一走过去，铁娃在后面缓缓地跟着。老李内心的震撼和惊诧从眼里脸上蜂拥而出泛滥成灾。铁娃的表情却是水波不兴。他在人群里搜索他的关键词：心泪。可他一直没见着。他有些着急。难道中途又变了卦？作家们就爱自由主义。他给心泪拨手机，手机关机。他给张主任拨手机，通了却没人接。铁娃又用眼睛搜索熊经理和奥迪。那里除了几个职业装在晃来晃去，没别的人。

正在这时，所有的人群像一股突然暴涨的洪流往门口疾卷而去。一会儿像是遭遇狂风堵截，强劲的人流又蜂拥而回。铁娃正不知进退，却被一个浪头迎面打来，他被推到奥迪展位面前。好几个穿警服的人在前面劈波斩浪开路。铁娃正要细看他们簇拥的人，却被又一个浪头推到了一边。铁娃几乎一个趔趄倒到别人身上，脚跟未稳，又一拨人浪将他贴到一面人墙上。铁娃惊惧地全身一颤，妈的，不会出现踩踏事件吧！他听人兴奋地叫，狗狗来了！

幸好，一双钳子般的大手掐住了他的腰。他立稳了，又被那双手牢牢地拽着往外拉。他只有被动地深一脚浅一脚在人流中拐行。张主任松开铁娃汗津津的手，喘口气，说，狗日的，这么追星！又低头看自己的鞋，一双新鞋给别人做了鞋垫。铁娃这才哑然失笑。甩手一抹竟是满头大汗，一半却是吓出来的。

铁娃问，心泪呢？张主任说，她临阵换了场地。我从早上睁眼到现在就没顾上别的，全围着她这个磨盘心。铁娃不明端的。原来心泪听说奥迪还请了网络红人狗狗。狗狗是靠裸乳上位，又与某臭名昭著的富人不清不白才大红大紫的。她认为与这种人为伍简直是奇耻大辱。张主任幸亏养成二十四小时开机的习惯。他联系长城汽车，心泪成了长城汽车的车模。

铁娃便决定去看看心泪。正要去，老李挤过人群扑面而来。老李说，长城的车模竟然搞起了签名售书。铁娃说，可有人买？老李说，这女人有心计，我原来还当过她的责任编辑。她事先武装了一帮学生。那些孩子排着长队举着她的书。出版社和湖北汽车杂志的两个编辑也来了，送来一堆书，拍了几张照片就走了。铁娃便有些不高兴。这将文学树置于何地？老李说，我看见车的侧面打着一横幅：文学树杂志的当红作家心泪来了。铁娃想，这个爱出风头的女人总算吃木耳没忘了树根。老李问张主任，这是谁策划的？张主任向铁娃的背影抬了抬下巴，说，还能有谁？

铁娃挤到长城车展示区。签名售书已然结束。三五个青年学生围着车远远地晃动，见有客人便主动迎上去。小平头赵经理正与心泪飞短流长地理论。心泪一身水绿旗袍凹凸有致，一袭长发如漆似瀑。她抱着手臂，一脸不屑又无辜的样子。铁娃一现身，小平头就似讨债人见了债主，眼珠喷火。他愤愤地走到铁娃面前说，社长大人您总算来了！您看看这搞的么名堂，卖车变成了卖书。买车的人挤都挤不进来。心泪挤过来说，你看看这些学生手里拿着什么？不是你们的宣传单吗？我签名是有前提的，散发你们的传单，宣传你们的车。我处心积虑为你们好，你却狗咬吕洞宾。小平头还要抗辩，却从身后冒出一女学生领着一中年男人过来，说，赵经理，这位客人想买长城车，还是麻烦您介绍一下吧！赵经理立即转怒为喜，一脸的和气瞬间吹散了乌云。

铁娃对心泪会意一笑。心泪似见了亲人，委屈的泪水顷刻泉涌。铁娃将手一指，示意走到一边说话。铁娃从裤兜里掏出一包纸巾，抽出一张递给了心泪。他幸运地想，早上出门顺手捎上这包玩意儿，总算派上用场。铁娃微笑道，没想到我们的作家大人这么有创意，是用编小说的手法演绎生活吧？出其不意，又在情理之中。心泪扑哧一声笑了。再多的委屈顿时云散。心泪的五官端庄大气，一双杏眼更是顾盼生辉。红唇不点自丰，目光不语含情。

铁娃说，作家最大的优点是想象力丰富，天马行空，不拘无束，但是，社会是讲秩序和规则的。如果事先有商，事后才有量，否则出其不意的才华就变成了无法理喻的棱角。心泪也不作答。她无疑是心悦诚服的。铁娃说，今天是端午节。中午我请客，找几个人聚聚？心泪倒是现出小姑娘撒娇的表情，说好啊。您要负荆请罪，就私下请我。我可是代您受过的。铁娃迟疑了一下，正要回答，老李从后面拨开人群挤到眼前，大声说，我已决定买长城越野。大气。经济。安全性好。就是不知要柴油版，还是汽油版。你说呢？铁娃同志？

铁娃说，你跟我先说说各自的优缺点吧。老李说，柴油的劲大，油也便宜，但噪音大，一使劲屁股后面就冒黑烟，像公交车烧的就是柴油。还有个问题，柴油虽然便宜，但很多加油站经常会没柴油可加。城内倒还好。铁娃说，这不很简单吗？你使用频率高的是什么场合，再考虑车的性能是不是匹配。老李想了想，我买车其实只是生活的点缀。出远门还是坐火车飞机，不愿自己开车。劳心费神，而且不便宜。铁娃说，在城里用，就买汽油版吧。老李说，伙计，就依你的，定了！心泪在一旁欣赏地望着铁娃。一股从未有过的柔情从丹田处井喷而出。她闪闪地望着他，嘴上不着一词，心中却似有千言万语。

老李走出丈许，掏出手机看了看，又回返来，说，中午一起吃饭吧？你看都过点了。心泪一脸的落寞。铁娃说，行，把张主任叫过来，我们一起过端午节。心泪沮丧地想，这就是大局，一个男人的大局。我又怎么拗得过？

到了酒店，铁娃说，今天我埋单。作家负责点菜吧？心泪被安排在铁娃左手边落座。心泪说，今天不是公事吗，干嘛您埋单？张主任说，就从发行费里走。文学树吃不掉一片叶子的。老李开玩笑说，我可是私事啊。那我就不吃了吧？铁娃笑道，那老李的这份就由老李自己埋单。老李倚老卖老说，我可是老同志啊。你们可别忘了尊老爱幼是中国人的传统美德。而且，我利用休息时间来为文学树捧场。看在哥们儿铁娃的分上，加班费就免了。吃顿饭也算你们的顺水人情吧！

铁娃说，还是我请大家。你们都辛苦了。大过节的。就算我个人感谢各位对我工作的支持。特别是美女作家为文学树精心创意，还受了委屈。我更应该请客赔罪。老李嬉笑道，作家今天的打扮完全就是一棵文学树嘛。张主任说，社长，干脆请作家当一回我们的封面人物如何？心泪当然知道文学树的封面历来不搞美人图。女人在男人堆里注定是抬着捧着拿来开涮寻开心的。心泪看铁娃极认真的模样，就为他解围。她说，如果您真想赔罪，就下次专门请我。今天还是公事公办。老李便起哄了，说，嘿嘿，看看，我们的作家心疼社长哩。作家同志，我们社长可是名花有主哦。心泪说，我也是名花有主啊。张主任说，老李什么事都爱往男女关系上扯。这叫术业有专攻对不对？大家轰然一笑。

心泪优雅地剥着粽子，听大家你一言我一语地说着闲话。老李是个话痨。有女作家在场，更是荷尔蒙分泌过盛，话出口都有卖弄之嫌。而且心泪听出了这个男人内心的饥渴，像蛇吐信子，贪婪而可怖。尽管她略知老李是荒芜多年的老光棍，看在文学编辑的分上，心泪也不介意，倒是随波逐流有一句无一句地附和。老李从瓷盘里拿起一个粽子说，今天是端午节，我讲个小笑话应景。大家便耸着耳朵听。铁娃提示，注意口味，今天少儿不宜。心泪望了望左右笑道，这儿没少儿，只有少儿他妈，但讲无妨。

老李嬉笑道，看，社长怜香惜玉，把人家当孩子。人家可不领情。张主任催他快讲。老李说，我今儿特意刷了牙漱了口，保证口气清新，耳根干净。他说，这天是端午节，米饭和包子闲着没事，看人家买粽子吃粽子忙得不亦乐乎。米饭说，见不得包着的。凡包着的东西都不怀好意。包子一听火了，两个就开始打架。米饭人多势众，见了包着的就打。糖包肉包煎饺无一幸免。粽子也被逼到了墙角。眼看拳头飞来，他急中生智，撕开衣服，大喊一声：看清楚，我可是卧底。

张主任笑道，唉，竟是个软骨头。老李说，这叫适者生存。心泪说，你们说的都不对，人家这叫襟怀坦白！铁娃想到自己隐离婚，也有卧底之嫌，于是说，为卧底干杯！大家都举杯相庆。心泪又提议大家合影。一朵花自然成为绿叶们热捧的道具。唯有铁娃是被动的，他似乎不热衷合影，与心泪合影还是老李撮合心泪主动的。心泪又用手机拍几张桌上的菜和粽子，说，我把你们放我微信群里了。老李说，那得收肖像费。心泪将手一伸说，拿来！老李往上一拍，却扑了个空。心泪狡黠地孩子似的咯咯直笑。

老李热情地给心泪夹菜，手时不时有意碰到心泪。心泪唯恐避之不及。张主任说，作家，我想请教你一个问题。你说一个女人怎样才能旺家呢？《旺家三十六计》是你的成名作吧？心泪淡然笑道，旺家不单单是女人的事，每个家庭角色都有义务。去看书或者看电视剧吧。答案全在里面。老李笑起来，嘿嘿，可见你没看人家的作品。电视剧都放个把月了。你这完全叫不尊重知识不尊重人才！张主任对老李说，那你说说看，你一定比我尊重作家。老李说，其实我也没看，因为我不需要看。我一光棍，自己旺自己就行了。我是按作家指示精神执行的。心泪便故意噘嘴嗔怨，唉，真让我悲摧啊。什么名不名的，原来都是虚情假意啊。又在心里说，只有铁娃对我才是真的好。那些表面热闹的人其实只为显摆他自己，哪里是真心尊重她把她放眼里呢。她甚至想，若不是铁娃在，他们又何曾想到要请她吃一口饭呢？她被这样地拱着抬着，也无非是做给铁娃看，表示你铁娃在乎的人我们也巴结着，这就是曲意讨好。

铁娃一副正襟危坐、不苟言笑的样子，说，老李，回去后拟个文，在杂志社开展人人读书活动。选读和必读列个范围。一年要集中搞几次读书交流。我们做书的，却不读书，岂不是天大的笑话！他的一本正经形成一股强大的磁力，将心泪潜伏的温情挖掘出来又汩汩地导引而去。一个巨大的涡漩将她全副的心思卷进了暗流。张主任和老李顿时愣住了，像无意的玩闹嬉戏却被老师抓了辫子。大家便进入一段沉默，只听到牙齿切菜唇舌吧嗒的声音。

心泪好几次给铁娃舀排骨绿豆汤，铁娃目不斜视地接了。他低头极认真地喝她舀的汤。她斜眼见了只是默然地欢喜。她想，这是一头雄狮样的男人，现在却如此的安详。心泪又给其他两个男人舀汤，一边嬉笑道，来，多喝汤，有助于消化。张主任表态了，说，社长说得对。社里最应该多读书的就是我。我是大老粗出身。老李笑了，与大家一一碰杯，拽着口气说，学，然后知不足。学而时习之，不亦说乎？人只有不断学习，终身读书，才能不断进步。心泪说，我更要多读书。读书破万卷，下笔如有神嘛。大家都笑起来。

心泪瞟了一眼铁娃，心想，何至于因为我的事提出一个决议呢？要是传扬出去，我成了读书活动的缘起。这将置你我于何地？但她无疑又是感激他的。他时时处处维护她。有他在，她的心是安适的。可她不愿他的一举一动因她的出现受一点点非议。若是我们成了夫妻，我倒是宁可做他背后的那个女人。即使放弃一切名利都在所不惜。我会天天给他做好吃的，把他的身体养得壮壮的。将屋子里打扫得干干净净，布置得温馨怡人。让他没有一点后顾之忧地工作，倦了累了只想着回家回到有她的身边。倘是真有上帝，我祈祷上帝将铁娃赐予我，做我一生一世的爱人。心泪这样漫无边际地想，眼里心里都如水墨漫开了。人心一动，表情也随之摇摆，像风吹过树叶。心泪的神情竟似羞涩的玫瑰静悄悄地开。心泪有意将自己的体温试图通过裸露的手臂送过去，却被铁娃巧妙地避开了。唉，这番有意无意的游戏倒成了这餐饭唯一的意趣。

心泪凹陷在自己漫天的心境里。佛说，这一世所有的相遇，都是上一世的重逢。爱了，是续写前世故事；恨了，是了却前尘仇怨。没有哪次相遇可以准备，没有哪次重逢可以预演。生命是一场情理之中的意外。她与铁娃这是第三次见面，她蓦然发现这个男人已铁定地走进了她的生命。她再看他时，目光就成了娇花照水，成了清晨草尖上的露珠，盈盈的都是爱恋。

铁娃给每人面前又满上一杯啤酒，举杯说，其实这个读书活动早在一刀任社长时我就有考虑。一直碍于一刀本身没正规大学学历，怕她多心就没提出来。我们的读书活动，不妨扩大到社会上的文学爱好者，组建一个文学树读书会。这里的文学树就有了双重含义，一是文学树杂志，一是我们聚集到文学的树下。你们看这样行不行？老李说，好。一石双鸟。不仅有助于我们自身的学习提升，也可以推动文学树的阅读推广和销售。张主任也赞许，好。看来没有做不到，只有想不到。心泪举手说，我第一个报名当会员。老李说，你远在天门，来武汉几不容易。心泪说，只要你们一声召唤，我就插翅膀飞来。大家拍手而笑。只有铁娃没笑。心泪说，我建议还可以请一些省内外著名作家来讲座。这样，大家的积极性可能更高。与咖啡馆与书吧联合，借鸡下蛋，那样可在整个武汉乃至全国形成有影响力的文学沙龙。铁娃微笑点头。老李说，为文学树读书会干杯！

大家喝干杯中酒，开始吃饭。铁娃余下的全副心思似乎全在一个“吃”字上。他两只手肘各有一个点搁在桌面上，左手端碗，右手握筷子，都支在空中，碗筷的上沿与下巴平行。筷子只需轻轻摆动，饭菜就进了嘴里。他目不侧视，只径直盯着盘中菜和碗中餐，若有所思。

心泪的心是忙碌的，也是失落的。她恍若隔世地畅想着与铁娃一起生活的美好，花前月下，举案齐眉，有讲不完的情话，有诉不尽的缠绵。却是老李一句话让心泪跌回现实。老李忽然打破沉默说，作家的名字有楚楚可人的灵意，对滋养和成就你的文学是有益的，但这名字又暗示你的精神生活并不如意。心成天被泪泡着，可见心有不足。不足则生怨。怨则流泪，则自我折磨。这话让心泪听了无比感伤。她没有反驳，竟是一脸淡淡的落寞。铁娃叫服务员过来埋单。服务员走来说，已买过了。张主任将手中的发票晃了晃，铁娃顿时明白还是自己迟了一步。

席终人散，大家都站到了酒店的院落里。初夏的阳光像午宴的酒分子纷然地飘洒，薄薄地笼罩，让人有些微醺，有些倦怠。老李说他要去4S店试车，明天估计就可以开个大奔上班。张主任说估计没那么快，办牌照很花时间，没个两三天是开不了车的。他下午要去车展会场继续巡视。铁娃嘱咐，不要喧宾夺主。文学只是背景，是点缀，要润物无声。张主任说，我看见一些客户领到一本文学树都喜滋滋的样子，像得了宝。铁娃说精神食粮本来就是宝嘛。

心泪微微地笑轻轻地听。铁娃的话乍听有些酸气肉麻，可在这种特定的圈子和氛围里又非如此表达不可。这就是文人谈话的诗意，是文学长期浸润的结果。不是故作高雅不是装逼，是从骨子里潜滋暗长出来的。她脉脉地看着铁娃。她希望他没别的事。可铁娃说，我要回家看看老母亲。张主任问心泪后面有什么安排。心泪无比怅然地说，我坐火车回家。她迷茫地望了一眼铁娃。她希望至少他能送送自己。这是他们私下独对的最后机会。可铁娃却吩咐张主任打车送心泪去火车站。一切都理所当然，一切都了无痕迹，一切都没有回旋的余地。

一辆的士正好应声开进院子下客，张主任便招呼心泪上车。心泪的表情便与她的内心哗地一下黯然无光。她猜度铁娃对她的心思是知晓的，简直洞察入微了如指掌，可他装聋作哑视而不见。她恨的就是这个。明朝戏剧家汤显祖说：情不知所起，一往而深。如果说过去，她对他有过漫不经心的别离，有过淡若雏菊的擦肩，有过阡陌纵横的俗念，可感情的事是需要火候的。那时的火苗没有被点燃，或者他有意她无心。今天这突然蹿起的火苗不知怎么就烧着了她，燎烤着她，让她内心有烘焙的沸腾，有烧灼的燥痛。在命运的棋盘面前，她束手无策。她只是一颗被动的棋子。她不能主宰命运的脚步。

心泪不知铁娃真实的生活处境，特别是铁娃右手无名指上那枚闪着白光的金圈，像一则谜语，像警示牌，像栅栏，像紧箍咒，像孙行者为唐僧画下的那道圈，困扰着她，阻挠着她，又无时不吸附着她。她只能自怨自艾听天由命。她的表情木然而冷漠。她走过铁娃身边时眼睛径直盯向远方的蓝色的土。她是他面前的一抹流星，偶尔的交汇虽有互放的光亮，却依旧要行走于各自的天空。委屈地低头，不如高傲地放手。

心泪坐到车上，仍恍兮惚兮，好在她隔离在副驾位上。张主任乘着酒兴喋喋不休，颠三倒四地说着车展的感想和对心泪才貌双全的赞美。心泪置身事外置若罔闻。她一声不吭，忧郁地望着前方。她沉陷在渺茫的甜蜜和模糊的忧伤里。有好几次，心泪都想问问铁社长的婚姻状况，可她张不开口。搞文学工作的人都是人精。她怕漫长的路还没起步就被人设了绊脚石。一会儿，挡风玻璃上啪啪地响起了豆大的雨点。这雨点似是来为她的内心助阵的。心泪眼睛眨巴了几下，竟淌下两行清泪来。

铁娃注视着那辆蓝色的士倏忽远去，心里到底泛起一丝不可名状的失落和惆怅。人与人其实是有磁场的。一个人起了什么意念，就像电磁波会对目标发动感应。铁娃一中午的饭都吃得有些不自在，说话也有些灵魂出窍，正是他接收到了心泪发出的感应波。可他迅速对自己和她进行了扫描体检，或者叫量体裁衣。他收回的答案是不尽合适。她不是他为自己设定的妻子的形象，做精神上的知己是可以的。他现在的身份以及他对作家无度的想象与随意的表达所形成的深刻的戒备，让他的肉身迅速化作铜墙铁壁。一切的坚船利炮和水漫金山都宣布无效。

老李扯了一下铁娃，他才如梦方醒。老李说，当社长了，到底爱惜羽毛了。铁娃笑道，想什么呢？老李说，还有什么掖着藏着的？铁娃立即做贼心虚。沉默是最好的盾牌。老李说，其实我理解你。你不就想制造点儿平中见奇出人意料吗？铁娃一脸的绯红。他想的是自己离婚秘而不宣的事。这事像一块巨石压在他心里的耻辱柱上。他咽了一口唾沫，正要和盘托出。老李又说，我知道你的点子多。尽管你没提前告诉我今天的事，我还是要由衷地表扬你的创意。当我看到车模与文学树那样有机地组装在一起，我就想这与当初一刀设计的封面如出一辙。嫁接，有时正是文学的生机。铁娃长长地松了口气，又催促老李去4S店。老李才停止了滔滔不绝的赞美诗。

端午节后接着上班。铁娃刚坐进办公室，就听手机间或震动了好几次。除了节日，祝福的信息此起彼伏。其他时间，他想十之八九是广告信息。也不知哪个环节泄了密，反正卖房子的、做家教的、电信做积分活动的、银行做理财的，几乎无所不包，天天都有信息敲门。他都怕看短信了，特别是与香香断了后也几乎无人给他发私密的信息。有事都是电话里讲。为防那些恼人的信息干扰，他将手机设了震动，扔进了抽屉，直到临近吃午饭，他用手机看时间，才发现手机信息盒子写着25。他打开信息夹发现密密麻麻全是心泪的信息。说是信息，倒不如说是长篇大论的文章。铁娃头皮一麻，怎能这样投稿？他想，看看吧，看她写的什么，值得这样急不可耐。

垂暮的花瓣剪去春的尾翼。立夏的蛙声隔墙嘶鸣。季节交叠，白驹过隙的窄缝里，感谢主让您我相遇。众目睽睽，比肩相依。以为两条河望一眼彼此，静静地错过，也就错过。勇气似这强弩之末的暮春，起伏徘徊躲躲藏藏。思念窖酿着芬芳，无处着陆。感谢主让命运的车轮峰回路转。停靠不是陨落，恰是电光石火的驿站。陌生消解于无涯，三载萌动的种子在一朝交汇里吐芽。战栗惊心，不敢凝眸。凝眸是勇气的笙箫。我哑然无声。谛听，跟随，遥看瀑布挂前川。无语亦胜千言万语。饯行的长宴逶迤绵延，思念掀动飓风狂潮。

您是诗意的栖居，是我人生必经的风景。哦，不，不是风景，是一个孤寂的灵魂邂逅了另一个自己。有人说世上最好的夫妻是灵魂的伴侣。灵魂可以唤来主的力量，凤凰涅槃。主对彼得说，我实在告诉你：今夜鸡叫以前，你要三次不认我。彼得真让我失望，也让俯瞰芸芸众生的主失望。尽管他洞悉人性并做好了被背叛的准备。可以肯定的是，我不是彼得。即使向一世界的人承认我爱您，结果是与您一起被处死，我依然不会是彼得。昨晚睡得出奇的好，几乎十年来没有过。前后两段是死一般的空白。唯中间估计是半夜醒来，或许是接受彼得式的审问。我明白地回答了三遍，甚至说出您的名字，然后继续沉睡。直到东方既白。想必鸡已叫过三遍。牵挂的是昨夜是否有人也如耶稣遭受羞辱和拷打。对于您，对于我，这不是宗教，是一个关于爱与余生的故事。复活即再生即希望。

铁娃迷惑了，困顿了。这是投稿，还是抒情？铁娃笑起来。饭都不着急吃了。他接着读另一则断续的长信息：您的笑真好看，是花，是心开出的花。我一直不敢对视。羞涩长满了芒刺。现在可好，您在我手机里安营扎寨。您是我的寨主，前世今生情的债主。一个卑微的女人荣幸地做了寨的怀抱。您容光焕发，印堂闪着光羽。唇红而厚，像含苞待启的牡丹。括号将您所有的言语引起来，熠熠生辉。不着一词，却洪水滔天，注入我心里。

旁边站的人是蜂是蝶是流年是过客是恒星是铁锚。您的表情穿云钻雾瞬息万变。您是花叶，万绿丛中最敏感的那一枝。是船是行星，你有你的航线和领空。有人对彼得说，你的口音把你露出来了。我想告诉那个怯懦的十二分不自信的女人：他的笑把他露出来了。我想告诉您：今天我饿其体肤，空乏其身，靠饮照片度日。这是真的。静置的偎依，像秘密的锋刃切开冷寂的硬壳。时光永恒，一颗孤寂的灵魂长出少女怀春的梦想。多么灵异，如果不是主的力量，怎能听出心灵振翅的声音。这声音于我颐养天年。我想找出些虔诚的方式以答谢主之开示。隆恩浩荡，不敢懈怠。

将一国浓缩于一城，将千沟万壑收折眼前，地球也只一小村庄。您的笑灼灼其华，我做了您唯一的背景。背景是家园，是一个男人与一个女人最终的归宿。萎靡沉默，还有不能遮挽的呵欠一起合谋，加剧着一个女人内心的抽痛爱怜和惆怅。沉静的暖流低回摇荡。感谢主赐我勇气，冰河漂移，到您眼前。我终于可以注视您，洞穿人林的厚障壁。您的气息舒缓地流溢，心跳触手可及。我起立，心思张皇，突兀得像个孩子。俞伯牙摔琴谢知音，是说一个人到另一个人的距离究竟有多远。枝叶藤蔓，山岚雾气，拨开来，是一个女人向一个男人艰难的泅渡。他必被动，你必出发。主对我耳语。谢主隆恩！我想做他的妻，余生的伴侣，生生死死轮回的伴侣。请主转告他吧。让他给我一些哪怕是风的消息。

铁娃在心里说，唉，所谓爱情全是一个人的妄念意淫。我是和你合过影了，我甚至笑得很开心，也与你吃过同一桌饭，唉，我何时就有过与你做点什么的想法。末尾更是不像话了，有蹬鼻子上脸的嫌疑。铁娃由最初的疑惑竟至有些恼怒了，有被人栽赃陷害的厌烦。这女人真是惹不起。屁大点事，被她夸大其词到何种地步！唉，真是想入非非，异想天开。以后对作家尤其是女作家，说话做事须得谨慎些再谨慎些，别一不小心成了人家笔下的男主人公。别人朝思暮想，自己还蒙在鼓里，满身插着弓箭。

铁娃将手机继续扔进抽屉里，就去食堂了。他坐在食堂，倒是胃口大开。他反刍着心泪的文字。那是一个女人的梦中呓语，可怜的女人。他想着想着又不免生起一股怜悯。爱一个人何尝不这样？张爱玲对胡兰成说，我见了你，很低很低，低到尘埃里。从尘埃里开出花来。唉，要说，我过去经历的女人真是如云若风，而这样被人写进文字却是平生头一遭。我有什么可爱的呢？或许因为距离，因为陌生，因为我做了一社之长。唉，爱情有时其实只是一时的情绪，一时一地而已。如果她在这里多待几天，我和她多腻些时辰，结局或许真的就是另一番样子。唉，我何时竟以何事何形象何作为打动了一个女人的芳心呢？不说我爱不爱她吧，就是爱又能做出什么结果来？唉，像我这年龄要从头经营一份感情谈何容易？没耐心没心绪甚至不愿淘一点点力费一点点周折。工作已经很累了，生活还是简单点好。即使男女之情，最好也像衣来伸手饭来张口那么简单。别跟我谈情说爱，不是我不想要，是我要不起。我且不要管她吧。不理不睬，自生自灭。特别是前妻水莲依然没再婚，我又怎么能够割舍？

尽管铁娃没让心泪的情书干扰自己的生活，由情书漫染的情绪却变得无比柔软，无比温馨。原来被人爱竟是如此奢侈。人的情绪像一团云浮到了半空，四周都是软绵绵的。每天的日子都像待揭的谜，像装满鲜花的屋子，门一开扑面而来的都是兴奋是期许是惊喜。铁娃这天一脸温煦地推开老李的办公室门，说，伙计，晚上开你的车去东湖兜风吧！老李起立走到铁娃鼻子跟前，来回跨步。眼珠子像探照灯在他脸上晃了又晃。铁娃哧地一笑，说我很正常！老李说，行，算我义务为领导服务！

初夏的东湖生机勃勃。铁娃坐在副驾驶位上。窗玻璃全按下来了。月色如纱。满天的银辉一泻千里。湖风微微地带着温热的气息呼呼地掠耳而过。道旁的枫树香樟和白桦簌簌地晃动着浓密的手掌。青蛙从荷叶的缝里探出头来，偶尔粗着嗓门问个好。不知疲倦的情侣游客乘着银白的汽艇飞跃着欢叫着，在银光闪闪的湖面倏忽划过。偶尔几只晚归的知更鸟在影影绰绰的树林里做着落巢前最后的客串，唧的一声道着最后的晚安。东湖的湖中走廊因绵延的车灯在湖里形成迷离的倒影。湖心亭的沙滩浴场播放着袅袅的模糊的歌声。这音乐帮夜行人清扫着暂别红尘的寂寞。

老李认真地开着车，神情专注，目不斜视。两只嶙峋的手鸡爪似的抓着方向盘，每一次转动都那么迟滞生涩。老李的驾龄有二十多年了，第一台车是薄薄的伏尔加，一股风来就可以刮走的那种，是当小老板时置下的。后来抵了账。虽然新车拿到手里开了些时间。社长在车上，他使命崇高，责任重大，紧张是显而易见的。他们从九女墩出发往湖中心的磨山去。这条湖中走廊是最能将东湖风光尽揽入怀的。从这里经过，相当于置身湖心。两边烟波浩荡，波宽涛涌。长堤蜿蜒，曲折通幽。微风吹来，是不染一丝土尘的，是尽可以敞着嘴巴大口吐纳的，好不心旷神怡。这湖中公路是六十年代初人工挑土填湖筑建的，是东湖之中唯一的交通要道，只容两车相错。两边水杉夹道，密线成林。林中又杂有花开不断的夹竹桃，远看恰似一条闪烁着红宝石之光的翡翠路，若龙走蛇行，逶迤有致。倘是空中俯瞰就像根脐带，曲曲弯弯，浑然天成。广阔的东湖因之形成湖外有湖、湖湖环抱的湖泊风光。大湖如海，碧波万顷；小湖若塘，清荷飘香。十里湖堤，翡翠凌波，成为东湖一大胜景。

老李想与铁娃唠嗑儿。刚开了个头，铁娃便截住了，说，还是安静地享受夜色吧！“安静”二字说得特别重。老李匆促地瞟了一眼铁娃。他感觉社长有心事，也不作声，也懒得猜。从九女墩到磨山到南望山到珞珈山，将东湖绕了一圈又一圈，只当是练手活儿。转到第五圈时，铁娃依然望着窗外，头发吹得像一撮麦苗往后倒，眼睛有时炯炯发亮，有时闭目养神。老李实在忍不住，说，你让我练车技哩。铁娃说，后面是开得越来越好了，如入无人之境。走，打道回府！老李总算松了口气。李铁娃忽然高声道：凉风拂柳春光暗，荷香绕岸夜阑珊。半城碧波三面山，满天烟霞一银盘。老李望了一眼天上的圆月，连赞，好诗！好心情！李铁娃哧地一笑。这笑有些诡谲，像是有人背后借他之口作诗。他也不明白最近为什么缪斯女神异常活跃动不动就即兴赋诗一首。一个人的单身生活，像闭合太久的酒窖，一经风吹草动，就冒泡就醇香漫溢了。

回返的路上，暴忍着的沉寂弹开了闸门。你一言我一语，都是对夜色的感叹，对东湖的赞美，对三峡大坝建成后带给武汉气候变化的感慨。老李说，据说以后武汉将是中国第二大城市。铁娃问，第一大呢？老李说是上海。铁娃说，我刚看到网上一个消息说今年中国最具幸福感城市排行榜，武汉倒数第四。唉，一看这些题目我就蛋疼。真是他妈的闲着没事儿做。一个城市的幸福感与一个人的幸福感一样，是可以排序的吗？老李说，一时一地是可以的。比如，今晚你就比我幸福。铁娃笑起来：幸不幸福能让你看得见吗？老李嘿嘿地干笑。两人再次陷入沉默。

一个多小时的兜风，铁娃其实是在捋感情上的思绪。理来理去，都没一个他想要的结果。他想，人生不就活个谜局吗？因为是谜，所以有期待有希望。原以为这晚自己会饱尝失眠之痛，不料，回家后冲了澡往床上一躺就呼呼大睡，竟睡得比猪还沉。

经过一夜的修复和沉淀，铁娃一清早就醒了。他在冷水里洗把脸，甩两下头，一切又都回复了原状。他就这样摆脱了对女人的念想，边走着去上班，边思考文学树的下一个新动作。一路市声喧哗。他坐进一个路边小店，在拥挤的人群中吃了一碗热干面，就匆匆进了地铁站。他在地铁的墙壁上看到大量的广告。上了地铁，门边的电视屏幕上也滚动播放着海量的广告。年轻人无论坐着的、站着的都低头看着划拉着手机。喜欢实证主义的铁娃越来越认定一个文学媒体也像一个明星，要不断地出镜不断地活跃在公众视线里，否则，人们根本无暇想到“文学”二字。文学树更是一棵小草都不如。这是个信息狂轰滥炸的时代，是商家争先恐后抢夺眼球的时代，你不主动上前就只有被淹没的命运。这就是文学树的生存环境。

第32章 无声的回复

铁娃一上班就召集部门负责人开会。这样的诸葛会他很少开了。他不在乎形式，也不在乎过程，他在乎结果。过去一刀每次开会，他都会唱反调。学鲁迅的口气说，浪费别人的时间，等于谋财害命。现在，他觉得自己点子是有，但实现起来总有难度。他越来越觉得一个人的智慧和能力是有限的，纵然三头六臂也有局限。他想用用大家的脑子。他的开场白是，我不常谋财害命，但今天取决于大家的智慧和诚意。大家一笑。铁娃也浅笑道，我没有绑架大家的意思！我是想开个高效的会。如果今天的会能帮文学树长出几个新枝条，开出几朵新花，我认为就不是谋财而是聚财，不是害命而是延年益寿。

上午的会包括他在内共五人。大家果然都很卖力。有些意见是一时的灵感乍现，却像一根根引线触动着旁人的思考。往往一个人还没讲完，另一个人立即就迸发了新想法。这样的取长补短，这样的平等交流，这样的纵谈阔论，让大家都享受到了思想碰撞的快感。像开碰碰车，碰才是乐趣。

铁娃发现其实每个人都是诸葛亮，都是一盏灯，能照亮别人，同时也照亮自己。铁娃最后小结会议的成果。一、我们永远不要等靠政府养我们。文学树的奶就是文学本身。文学的优势就是文学树的土壤。二、文学的优势是每个人都是精神的人。不论社会如何变化，人都需要文学艺术的滋养。文学是一切艺术之母。三、文学要跟上时代的风潮，对人的精神的引领是目的，但实现的途径可以不拘一格。这些都是指导思想，而实现这些思想，具体措施和活动安排也很详细，甚至商量到实现进度。一个突出的动作就是文学树杂志要掀开头上的盖头，从羞羞答答的深闺中主动走向人们生活的前台后院。

铁娃最后说，这样丰硕的会议成果，我铁娃非常想请大家喝餐酒，给大家敬一杯，可是，我又不能这样做，不能让大家背上贪腐的骂名。特别是中央现在抓得紧。八项规定和《廉政准则》8个“禁止”52个“不准”都执行得很严。我听说读党校的人一次不在党校吃晚饭就通了报。一个单位拿了一点小特产也被点名批评。我们虽然是杂志社，在这个大环境下还是随大流好。好在几个部门负责人也不在乎吃公家的饭。铁娃心里有句话是这样说的，其实这也是你们分内之责。铁娃自从当了领导，很在乎民意、重视形象。他想，水莲说的没错，人品是最重要的。人品是最高的文凭。为人之道，以修身为本。

铁娃一副暖风吹得游人醉的样子坐到办公室。他拉开办公椅右边的抽屉，看了下手机还好，很干净，就去食堂吃饭去了。吃过饭，又躺到办公室沙发上睡午觉，一躺也睡着了。正在梦里游弋，被桌上手机一串震动叫醒。醒来一时还没弄清身在何处。他看看手机，已是两点多了，也该工作了。信息夹写着一个七字，可见有七条信息等着他读。他想定是心泪无疑。她没等来她要的答案，当然要索问不止。看来，我不理不睬并非上策。

信息由于篇幅长分成了七条，是这样写的：

我病了。病得很重。吃喝无趣，心肌无力。像感冒却不是感冒。感冒随时发生，我这病却是此生头一次。我很难受，寝食不安，心情或飘向高空或坠入深谷。这魔在心里跌跌撞撞，似要将我粉身碎骨才肯罢休。我猜我是中了箭毒。丘比特神箭，要么是金箭，要么是铅箭。我没经验，射箭者打着哑谜。哑谜是魔障。只会让我病入膏肓。我知道治愈的方子有两种，结果也只有两种，要么欢喜，要么独自舔伤。医师却只有一个。他就是您。请告诉我那插入我心房的是金簇还是铅镝？救死扶伤是人类的良知，请看在您一贯仁慈的分上，赐我一副解药。

铁娃吓了一跳，事态严重了。我不理不睬，不会生出人命案吧？有人说爱情是一种病，精神病。这话看来不假。铁娃想想自己，过去的感情经历虽是摇曳多姿，却也一曝十寒。有时动了真情也是有的，可要他为一个人朝思暮想，吃喝无趣，心肌无力倒是不曾有过。即使对前妻水莲，尽管追求时花了点心思，耍了点小伎俩，也算是天遂人愿，顺风顺水。他脑子里浮想着心泪一袭绿衣娉婷袅娜的形象，尤其是端午节那天谈话、合影和吃饭，一一像过胶片。又想到她发过的小说，她在车展上的创意，她与人的谈吐，觉得这女子固然看去有风流之嫌，骨子里倒清高自洁。以他的个人经验，任何一个人要生出单相思来，也是很难迁就的，而且无法造假。有人说，女人比男人更精神，从这件事上看也不虚。铁娃反复地读了读心泪的文字，觉得字里行间有真情流露，也不乏才情的显摆。她是想用文字打动我哩。唉，我几十年的人生就是在文字堆里刨食，什么样的文字我没见过？看戏替古人担忧。读别人的爱恨情仇，累自己愁肠百结，那不是编辑们干得出的。编辑也像情场高手，对情话对文字，已是百毒不侵，刀枪不入了。铁娃的心柔软了片刻，激动了片刻，又回复了职业的宁静。

按活动计划，心泪是目前 项活动的主要对象。如果没有心泪这番文字干扰他们正常的同志关系，铁娃直接打电话联系心泪就成为理所当然，成为心无挂碍。他们之间交流说事就是高速直通车，点对点随时到达。他拿起桌上的话筒，对着手机上的数字按了三个键，右手食指便垂下了。此时此刻，此情此景。他最好的回答除了沉默，别无他法。沉默有时具有语言无法抵达的力。语言说出来就是一种态度，一种结果，一种唯一。而对于术业有专攻的作家来说，任何语言他们都能一眼见底。那样，他得到的结果，要么是得罪，要么是疏离。即使是误会，也没有澄清的机会。

铁娃转而给编辑部主任老李打了电话。他建议将心泪的推介放缓一步。老李说，这女的不是对你还特有意思吗？叫过来也让你俩缠绵悱恻一下吧。铁娃严肃地说，工作是工作，不要瞎扯淡。老李笑起来。笑声在听筒里像鸭子嘎嘎地爆响。

铁娃现在的项目是推介一批在全国没出大名但已取得创作实绩有无限潜力的作家。铁娃起初的想法是只推三十五岁以下的作家，把他们当明星来推。用明星效应传播文学树的影响力。后来老李说，在我的意念里，作家是不应该以年龄划线的。一个人如果起步晚，但创作成绩突出，说明他是一个潜力十足的年轻作家；一个人很年轻，若在创作路上走了几十年，依然成绩平平，只能称作没大用的老作家。

老李这个观念一出，大家便附和。铁娃也觉得有道理。只是在“明星”二字上就与年龄为难了。老李又举证说，马尔克斯57岁才写出他认为最好的作品《霍乱时期的爱情》。门罗82岁高龄才得诺奖。全世界获诺奖的作家平均年龄都在64岁左右。如果我们忽视了文学创作这一特殊规律，我们就与世相纷纭的演艺界同流合污了。

老李笑过后觉得铁娃的吩咐不对头。他到铁娃办公室的沙发上一屁股坐下，说，社长，我记得你向来强调对事不对人。既然名单是大家讨论定下的，你怎么能一个人说改就改呢？他盯着铁娃的脸，说，不会你吃了人家的软钉子徇私报复吧？铁娃呵呵笑道，你认为我是这样的人吗？铁娃说，世间事纷纷扰扰，试问谁人能看透？铁娃说，我是觉得她还年轻，以后有的是机会。而且，她写的主要是网络文学，与我们对传统作家的要求还有距离。老李说，不对，这话在会上大家也讨论过。你当时还特别提到心泪，说她尽管是网络作家，但具有传统精英作家的实绩和潜质。朝令夕改，好像不是你的风格吧?

铁娃只得说，好吧，还是按会上定的办。老李说，我看她对你有意思，你是不是直接联系她?铁娃沉着脸，不再言语，算是逐客令。老李讪笑着离开，心想，人家到底是领导了，我又何苦拍马屁拍到人家马蹄子上。

第二天一早，铁娃又收到心泪的信息：母亲问我去哪了?我狐疑。她告诉我昨天是她生日。我竟忘了，忘到九霄云外。我不敢告诉她，我恋爱了，一个人的单恋。我想告诉她，那时我正经历着炼狱般的苦痛。一个人在另一个人的沼泽里沦陷。我想呼救，可无人能将我拯救。那唯一能治愈我的，您却冷着心肠见死不救。我必将自己充满，时间让伤感无处立足。我把自己填得满满当当。可关于您，关于那些甜蜜又恼人的飞絮依然无孔不入。我想把您的手机号删除，不料那数字竟奇迹般在脑海里回响。它们叽叽喳喳连缀成茫茫天河上的鹊桥。我盼着七夕夜幕的莅临，那是我能抵达您的亲密的通道。人生的旅途没有永远的高峰。我无意攀龙附凤。相反，我期待在您走不动路时做您倚仗的那根拐杖，我期待在您眼睛看不见风景时做您那双明眸，像简·爱之于罗切斯特。而您沉默，继续打着狠心的哑谜。或许也正是您开具的其中一味方子。我该明智，我该独自舔伤。

铁娃依然沉默。依然视而不见。依然置若罔闻。依然形同陌路。他想，爱情毕竟是精神上高波段的激情。激情就像船尾的浪花，跟一阵自然会波平浪静。飘风不终朝，骤雨不终日。让时间冲淡她一时的狂热吧。即使是一种伤害，只要我置身事外，这事就基本与我无关。她也断不会责怪到我头上来。自己撕开的伤自己愈合。

另一种明星

第33章

半个月后的明星作家推介会在汉口江滩举行。江风呼呼地吹动着书页。正忙着摆台子的老李笑道，清风不识字，何必乱翻书？忙碌的同事们都笑了。今天杂志社的同志们倾巢出动，全员上阵。台上的铁架子拉着一红艳的横幅：文学树明星见面会。电视台的新闻三十分主持人王波主持节目。一些记者带着长枪短炮先后到来。广场音乐像海里狮鬃水母的触须柔韧地漂移弥漫。

铁娃率先发表讲话。他简明扼要说明活动的主旨。铁娃当然想讲得幽默些深刻些。他说，各位拿着我们的文学树杂志，见的却不是你们想象中的明星，多少有些挂羊头卖狗肉的意思吧……可他一贯肃穆的表情让幽默的语言产生不了幽默的效果。他还讲：一个民族的精神境界，在很大程度上取决于全民族的阅读水平。一个国家谁在看书，看什么书，决定着一个国家的走向。一个不爱读书的民族，一定是个精神上的侏儒，是可怕的民族，是没有希望的民族。书是人类进步的阶梯。书里的智慧远比钱和钻石贵重。匈牙利是世界上读书风气最浓的国家。他们诺贝尔奖的得主就有14位，涉及物理、化学、医学等众多领域，是当之无愧的诺奖大国。他们的发明也数不胜数。他们从书中获得智慧，又用智慧造福人类。感谢各位云集到文学树下。这是一棵文学的树，也是一棵精神的树……他妙语连珠的讲话除了心泪和几个作家竖着耳朵聆听和揣摩，对听众来说几乎是对牛弹琴。铁娃见观众如群蜂嗡嗡，只得简单地讲了下活动的意义，就匆促地画了句号。

接着是五个作家依次讲话。还是作家木然牛。他年龄最大，五十五岁。尽管年龄不占优势，但他有当老师的经历，所以很重视与观众互动。他一张口便是一片哄笑。他说，我说我是明星，你们信吗？你们会说打鬼我也不信吵。大家哄然一笑。木然说，我确实不是明星，可我拉着一张老脸来冒充明星，只差学明星整形去皱拉双眼皮儿。唉，是谁把我逼成这样呢？大家又笑起来。木然说，是你们啦！因为你们喜欢明星。你们是上帝，所以，你们喜欢的，我们就只有迎合。但是，今天你们看了我，又读了我的小说，以后会发现文学的明星与年龄无关！你们说是不是？要是武侠作家金庸老先生来，你们说他是不是明星中的明星呢？大家高声喊是。木然接着讲，我真的算不上明星。可演我小说人物的那些演员都成了明星。所以，如果我说我是明星的爹，你们不反对吧？大家继续大笑。我知道你们喜欢看电影看电视剧，而我们的文学作品正是一切艺术的妈。所以，你们要真正喜欢明星还得喜欢明星的妈们。因为没有明星的妈，就没有你们眼里的明星。木然又高高举起一本文学树杂志。他说，你们看见这棵树了吗？这是我们省里的文学大树。你们一定知道获诺奖的莫言吧？他就在这棵树上做过窝下过蛋。我们作家都需要这样的树做窝下蛋。如果没有这些树了，这些作家就没地方下蛋了，所以，你们要多多支持这棵树。怎么支持呢？就是要去看看这棵树里有什么，只要你去买去看，你就会发现树上有好多蛋。你们吃下去，是可以营养你们的身体和思想的……

木然讲话妙趣横生，台下观众的情绪全被他抓在手里，大笑声一波接一波，构成一片欢乐的海。他的话很浅白，却有酸甜苦辣的妙味。这一浪一浪的笑，就是极好的广告。远处好奇的游人听了就像铁粉遇到磁石，纷纷吸附过来。一直让铁娃担心的冷场，由曲高和寡，由孤岛一座，很快被里三层外三层围得水泄不通，热气掀天。

心泪讲话时，人声鹊起。她今天依然穿着修身水绿印花丝绸旗袍，一袭长发瀑挂腰间。她袅娜的声音很快被她出水芙蓉的外表淹没了。有人评说，这才是我们心目中的明星形象。有人大声喊：还是唱个歌，跳个舞吧！好在心泪也不怯场。心泪简短地结束讲话，微笑道，既然大家觉得唱的比说的好听，那我就献丑给大家唱一曲。她唱的竟是京剧里的武生：今日痛饮庆功酒，壮志未酬誓不休。来日方长显身手，甘撒热血写春秋……嗓子一开，身板一亮，竟有招有势，字正腔圆，浑厚有力，与纤纤外表大相径庭。观众拍手喝彩，还高叫再来一个。心泪却见好就收，惹得观众余兴不尽。

作家们一一作了简短的献辞，武大、华科、湖大三所大学传媒学院的学生开始朗读作品。作品是这五位作家发表在文学树上的小说散文。有的学生还排出小品，像话剧，让诵读妙趣横生。

台子外围是一些发传单的学生。学生的宣传语是有统一口径的：文学树半价文学不半价；五元钱，看书看表演得签名，一举三得！当然也可以自己创造。这些学生全是大学文学院的文学爱好者和志愿者。他们喊一阵歇一阵，到后来就是默默地递传单了。他们的嗓子冒烟了，手臂也递软了。宣传单正面是文学树封面、作家的彩照和作家简介。反面是明星见面会的活动安排。武汉、武昌、汉口三个火车站的地铁站过道也贴了广告。

最后一项是作家为读者签名。读者高高地举着文学树，队伍排得挤挤挨挨，如龙蛇一般。有的读者喊，五个作家的签名我都想要，怎么办？有人说，那只有多买几本。作家只在自己文章的那一面签名的哦。于是，又挤出人群，或者站在原处高喊：卖书的过来，把今年第一二期的给我各拿一本。杂志社卖书的当然勤快，可旁边排队的人不答应了。你在这个作家队伍里排在前面，要请另一个作家签名，就得从头排队。

已有几个读者在下面推搡起来了，都不想重新排队。有的中间插熟人的队，不能容忍的吼几句，脾气火爆的动起了手。张主任和几个搞后勤的高声维持秩序，也是弱不禁风，孱弱无力，根本不顶用。

这个问题是铁娃始料未及的。他脑子转了几转，还没想出辙来。心泪起立了。她一起立，便是一道醒目的风景。她大声说，这样吧！朋友们，不管你手里有几本书都只需要排一次队。你在找这个作家签名时，把你所有的书递给这个作家就行了。其余的由我们解决。麻烦杂志社的工作人员把书送到这里来。想买的可以随时买。动荡的人群很快波平浪静。心泪坐下后，就演示了一个范例。她将另几本传给旁边的作家，要他们签完后回传给自己，然后由她返还读者。当然也有读者抓准时机与她合影的，甚至有冷不防亲吻拥抱的她也不推辞。

这女人急中生智化险为夷让铁娃刮目相看。他想，这到底是个怎样的女人，她是作家，怎么还有组织领导才能呢？又想，这话不是问得蠢吗？铁娃背着手在外围走来走去。江风吹着他额前的头发，白衬衣后背灌满了风，下摆在风中抖动有声。他好几次站定，目光试图翻越重重人山，看看那个心性如水的女人，可办不到。刚才站在台上的时候,他只是礼节性地与各个作家握手。走到心泪面前，他以为会顺势与她双手相握。他们还从没有过真正的肌肤相亲哩。走到她面前的那一刹，他身体里甚至奔涌出一股触摸她拥抱她的渴望，他还一百次一千次地想她的手在他掌心里会是什么样子，会不会趁机揪他的肉挠他的痒，他会不会假装不住而失了态，可心泪没伸手。她的手臂自然下垂，眼前的握手与她全然无关。他伸出去的手横亘在空中，十分的落寞，像求乞，很尴尬，很突兀，好在后面一双手及时地伸上来，作了补救，作了衔接，以致他感激地望了一眼那后来居上者。你太及时了，太善解人意了，简直天衣无缝。他今天看上去十分绅士。微笑一直饱满地维持着，不露齿，唇叠唇，嘴角微微上扬。眼睛灼灼发亮，全神贯注。他伸出去的手势也很标准，右手四指并拢，大拇指直线前倾，虎口温柔地等着另一只手前来填空。两手相握时，身体微微前倾，作俯就亲和的意味。可他这些姿势像没有对手的空拳，让他有瞬间的恼怒。又想自己一直以沉默对付汪洋，以冰窖对付火炉，又有打了个平手的释然。

上午半天很快就如火如荼滑到了尾声。铁娃从几个卖杂志的摊位上问了几次数据。在人堆外绕着走了几个圈。他想，我到底是得罪心泪了。唉，得罪了也好，彼此轻松。六世达赖仓央嘉措的诗不错：最好不相爱，如此便可不相弃。张主任过来低声说，有点估计不足。铁娃问：怎么？张主任说，杂志带少了。一万本只剩百十来本了。铁娃咬着下嘴唇笑了。他说，这次就吃个半饱。以后还有机会。

铁娃独自走到江边，从起伏的江水里摸得一粒白石头，然后右臂向空中甩了两个来回，再拼足劲，向江心狠劲扔去。此时的江面泥流翻滚，是浑浊的，是厚重的。往来的客轮和货船，还有在汉口与汉阳门之间穿梭的渡船，沿着隐形的轨道来来往往，刚好为他留出一片开阔的空白。那银白的鹅卵石在空中划了一个漂亮的弧线，悄无声息地扎入江底。张主任看了一眼铁娃，觉得今天的社长竟像顽皮的孩子。而在老李看来，铁娃眉宇间平添了少年维特的烦恼。

大约过了一周，宣传部桥副部长带着文艺处王处长来到杂志社。没事先通知。当桥部长推开铁娃办公室的门，无声地站到铁娃面前的时候。铁娃正从一本书上抬起头。铁娃心里暗叫，好家伙，微服私访！人一紧张，就有些不自然。桥部长倒是爽朗地笑了。

桥部长笑意盈盈说，你们在江滩的活动声势很好，有创意，有产出。报纸我看了。我儿子还现场买了一本。铁娃嘴巴合成一个O字，半晌发不出音来。他想说，既是您儿子喜欢，我们免费赠送就是了。可他没说出口。这样的马屁很臭也很轻，不说还好，说了反让人瞧不起。

桥部长谦和地坐到紫红的皮沙发上，环视这间小巧整洁的办公室。有淡淡的油墨书香萦绕。王处长依然恭敬地站着。铁娃赶紧沏茶请坐。好一阵紧张忙乱。这是铁娃上任以来第一次在自己的办公室见部领导。

桥部长中等个头，肤白眉浓，慈祥和蔼。他笑眯眯地说，我是来兑现承诺的。铁娃不解。王处长将文件放到铁娃桌上，这才坐到铁娃办公桌对面的木椅上。桥部长继续以伯乐相马的亲切看着铁娃说，一刀社长的眼光不错。事实证明，抓铁有痕，好谋而成。

铁娃倒不感动领导的溢美之词，他盯着文件上那“八百万元”的数字，热泪盈眶。百感交集却无语凝噎。铁娃坐下汇报：我们研究了一揽子振兴文学树的计划，有改稿会，有编辑培训班。我们还要做影视剧场，将小说与影视舞台剧互动。还会研究不同的读者群，像商场的服装一样，针对不同的读者群，向作家订制作品。还有，我们打算根据作家的需求，出单行本。根据地方宣传的需求，办增刊。桥部长听了很满意，又提了两条要求：一永远不要偏离文学的轨道，二永远不要偏离社会主义核心价值观。桥部长兴致高昂，又要铁娃领着到各办公室看望编辑职工，沿途嘘寒问暖。分别的时候，桥部长紧握铁娃的双手，说，要让文学树万古长青！铁娃噙着泪，点着头，说，一定的！

桥部长走后，铁娃一屁股坐到办公室，右手支着下巴，呆愣着，沉浸在对一刀的想念里。往事像退在脑后的风景，一转头却是那般清晰，历历在目。后来，他从宣传部王处长嘴里得知一刀离开的真相。他对一刀生死未卜的离开更多了深深的忧虑和歉疚。作为朋友，或者知己，他对一刀的牵挂其实一直都在，可不知为什么，今天如此强烈炽热。他脑海里播放着一刀对自己的种种好。想到自己曾经虚与委蛇的应对，喉管里便被一口痰堵着，堵得心慌。很多次他都幻想某一天，他抬起头来看见的是一刀玉树临风站在眼前，或者当自己站在院子里的时候，能一眼见到一群人热闹地围着，走近去看围在中间的不是别人，正是一刀。他想，她若回来，他一定做得比过去好很多。比如，他可以像亲弟弟一样在她孤独的时候多一些陪伴。在她需要他的时候，多一些迁就。

铁娃感觉看电脑屏的字迹有些模糊。原来是泪花在眼角凝成了两颗晶莹的珠子，眼一闭就滚落了下来，滴到面前的稿签上，湿了一大片。

光棍正脱光

第34章

铁娃收到一刀的明信片是在一个月后的上午，像忽然接到天外飞碟，铁娃的手甚至有些情不自禁地发颤。明信片上是两棵枝繁叶茂的大树簇拥着守卫在巍峨的埃菲尔铁塔两边。下面有两行法文写着：埃菲尔铁塔身披60万株绿色植物。这一巴黎地标性建筑成了“全世界最大的树”。铁娃当然不认得，是借助网上翻译通认出来的。他不愿遗漏任何一点关于一刀的蛛丝马迹。一刀在空白处端庄地写着：愿铁娃像铁塔，愿文学树像陪伴铁塔的树。铁娃笑了。我怎么可能像埃菲尔铁塔举世著名呢？让文学树像铁塔还差不多。可铁塔是没有鲜活生命的，即使铁，也终有锈蚀倒掉的那一天。文物是历史的呈现，是旧物的遗存，岁月总会让它风蚀消失，而文学树是不断被注入和消化的，是人在时代和社会生活中的脚印和倒影，怎么会倒呢？除非长江水断流，除非地球上没有人了，除非……除非他铁娃不当社长，除非后来人不珍惜不努力，可他不敢这样推理下去。即使万不得已，一棵树倒了，文学的另一棵树依然延续。文学因人类而生生不息。这些都有些不着边，他的使命是在他的任期里让文学树杂志这独一无二的一棵树枝繁叶茂。接力棒还在他手里，至少还有九年的工龄哩。这样一想，铁娃更加兴奋，更加紧迫，更加虔敬。他仔细查看了名信片上的邮戳时间，是半个月前发出的。又看上面有没有电话和地址之类，都没有。她还活着。她还在世界的某个角落活着，这就行了。活着就有希望。她像一只风筝，只要他手中的线没有垂下，她即使被千山万水阻隔被万里云层遮挡，他亦是心安的了。

铁娃是在看到末尾“保重”二字时，泪水唰地夺眶而出的。这两个字像两只沙袋砸中了他隐秘的内心，也将他们生离死别远隔重洋的距离浓缩为零。那么近，那么亲。千言万语凝结为两个字，像金风玉露，像万山沟壑中亮出的那一星红艳的酒旗，若隐若现，又勾魂摄魄。这里面蕴藉着多少理解多少诉说多少安慰多少期待！只有他明白，她明白。他也多么想对她道一声珍重。那珍重里有多少感激多少牵挂多少惦念多少歉疚多少怀想，他都一言难尽，无法言说。也许，不能说出的恰是最珍视的。无法投递的告白，与无法告白的回复，同样百转千回，余音袅袅。捧着一颗心来，不带半根草去。不知怎么的，这句话落入他嘴里，他竟自言自语念念有声。

这天，东湖的云水乡酒店生意格外兴隆，张灯结彩，人流如织。穿过古朴的门廊是一座依水而建的欧式庭园。一律的木制地板，四周有婆娑如华盖的龙爪槐，有浓荫匝地的垂柳。树的间隙是盆景，蝴蝶兰、竹菊，兰草。一个个花团锦簇，婆娑生姿。院子的北边是一湾莲池，或红或黄的睡莲扎在绿叶中浮于水面。一阵风来有袅袅的清香。院落里摆了很多木制的圆桌。宾客们都挤坐在这院落里。院子的南门角一间扎了玫瑰花的小木屋特别显眼。一对新人着白西服白婚纱站在这屋子的门口。一个精干的小伙子正主持着婚礼。他声音浑厚，满头大汗，按程序折腾着这对新人。

铁娃坐在靠近小屋的圆桌旁。这桌以杂志社的领导及家属居多。铁娃用眼睛四下搜寻老李。他想，老李总该来沾沾同事的喜气。一会儿，老李一身新装从大门侧走来。簇新的蓝T恤贴在他精瘦的躯干上，还有没散开的折子。他臂弯里挎着一个中年女人。那女人浓妆艳抹，衣服是蕾丝镂空连衣裙，能一眼见出丰满的腰身。俗气是显而易见的。可那走路的姿态倒落落大方，像是见过大世面的人。铁娃向老李招了招手。老李便在铁娃身边填了空。旁边的张主任打趣了，说，老李，干脆一起把喜事办了吧！老李笑得合不拢嘴，说，可以呀，只要你肯出双份的人情！张主任说，讨中央文件的好，不允许收份子钱哩。老李便从口袋里掏出一个红包，问此话当真？铁娃说，收起来吧。还能有天文数字不成？老李说，只要他敢收，我就敢送。张主任说，我就不信，换了是社长，还差不多。老李笑道，你看，为了拍领导马屁，恨不得拆了领导的家。

铁娃欣慰地看着老李，心想老李这次找的女人单从年龄上看是接烟火气的，应该是可以结婚过日子的。过去老李玩的女人都不超过三十岁。年龄和现实让这狗日的老男人到底收了心。他有很多调侃的话想说，在这种场合又不知如何开口。老李与同事们插科打诨一圈，突然对铁娃说，社长怎么没带夫人？铁娃说，她加班。铁娃惊异自己临场应变的能力。又想起一刀上午寄来的明信片。他将一刀有消息的事说了。老李笑起来，说，看来一刀的梦想在你手上开花了。这叫铁树开花，还是铁娃开花呢?

铁娃的脑子一时没遛过弯来。老李说，我一结婚，文学树的光棍就全脱光了！这不是一刀当年的梦想吗？铁娃豁然笑道，你别胡说啊。文学树的人不能脱光，反要枝繁叶茂。老李说，同理，同理。铁娃笑过后，心里又泛起一丝隐隐的酸痛。他想，不知何时我才有勇气告诉大家我是单身。我这见不得光的光棍与越来越茂盛的文学树实在是太不匹配。命运何时让我枯木逢春梅开二度呢？正这样地感伤，只见三个服务员穿行于各桌子间，给每个客人面前放了一本杂志。铁娃瞟了一眼就认出是文学树。铁娃纳闷，这演的是哪出戏，有这样作秀的吗？

一会儿，新郎华然发言了。原来他与新娘贵枝是文学树在凤凰岛搞采风活动时认识的。当时贵枝在这里度假。贵枝听说华然是文学编辑。贵枝是文学爱好者。两颗陌生的心便因文学靠近。他说，我们因文学树结缘，因文学树相爱。我自费买下一百本文学树赠送各位，一是期待我俩百年好合，二是祝愿各位生活工作树树花开！

铁娃本来是受邀做主婚人讲话的，他有这个身份，也可以有这个义务。可他坚决地婉拒了。一是中央廉政文件不允许，二是他怕一个光棍身玷污了别人的良辰大吉。可此时此刻，铁娃激动了亢奋了按捺不住了。他像一家之长起立，并举双手热烈鼓掌。他的掌声似一根冒烟的引线，全场随即响起噼噼啪啪鞭炮般的掌声。

热烈的掌声继而生出一股强大的助推力将铁娃推向了前台。他接过新郎的话筒，清了清嗓子，说，朋友们！现场顿时像下了一场阵雨，霎时归于寂静。只有零星的小孩子的叫声和嬉笑声传来。铁娃说，我不是主婚人，我是新郎华然的同事文学树杂志社的负责人。大家知道，文学树是我省根基深厚影响深远的文学杂志。正如一棵树的生长，会享受阳光雨露的滋润，也会遭遇风霜雷电的考验，特别是岁月的更迭，环境的变迁，都会影响她的枯荣乃至生命的延续。作为编辑，作为这棵树的园丁，我们需要衷情、自信和坚守。本深则木茂。我想这棵树之所以今天还能体面地走到各位面前，并被当作一份神圣的礼物馈赠各位，只能说明这一切都是爱的结晶。我总认为：一片土地一个单位总是有灵性的，只要你付出真爱，真心爱她呵护她为她添枝加叶增光添彩，富不淫，贫不移，那么她总会给你回报，最终也总会让理想照进现实！不知谁带头鼓掌，掌声冲断了铁娃的声音。

铁娃等掌声停下，接着说，文学树，她是一棵树吗？她是一棵树，一棵有灵性的树，一棵可以给我们的精神和灵魂乃至生活带来阴凉、花香和果实的树。新人的爱情更是见证了文学树的神奇。今天各位嘉宾的到来是对一对新人的关爱支持，也是对文学树的关爱支持。在此，我对大家光临我社大龄青年编辑华然与新娘贵枝的婚礼表示由衷的感谢。我还想说，一个人的心灵成长史，就是他的阅读史。文学期刊也是书，但与常规的书又有本质的不同。她是常读常新的，像一个果拼，一小份一小份的，什么样式的都有。全面快捷新鲜，这是期刊有别于书的地方。她也是您了解当前文学现状的窗口。她是流动的风景线，是文学的源流活水。如果您想享受最新的多样的文学成果，请不要错过您身边的文学树！场上再次爆发热烈掌声。

铁娃余兴未平回归座位，心似战鼓隆隆地蹦跳。一桌人都起立，举杯祝贺，赞不绝口。铁娃激动地与各位碰杯。老李转身对铁娃笑道，社长，你这是假私济公，还是假公济私呢？铁娃说，算是公私兼顾吧？又有人说，社长把文学树夸成了一棵神树。铁娃说，文学总离不开神奇。大家都附和称是。老李侧身低声道，你还顺带批评我了。铁娃一笑说，算你有自知之明。老李又自嘲地笑笑，说，我建议在我们院子里干脆栽一棵树，就取名文学树。这样即使将来文学树杂志不在了，但文学树这棵树还在。若干年后，那自然就成了一棵人人膜拜的神树。也不失为一处名胜古迹哩。铁娃说，你这张乌鸦嘴能不能少磨点嘴皮子，多留点功夫给身边的那位女士说甜言蜜语去？老李说既是乌鸦嘴，怎么能说出甜言蜜语来？有个女家属说，现在是大数据时代，文学树只怕前途堪忧吧？铁娃说，物竞天择，适者生存。你们放心，文学树不会倒，更不会死，除非人类不需要语言，不关注精神。那女家属说，我相信铁社长！并起立说，我敬铁社长一杯。您随意，我喝干。一桌的人见了都起立，向铁娃敬酒。老李拉起女友的手说，我们两口子也给各位敬一杯。

铁娃一杯啤酒下肚，就听手机发出石头落水的乐音。他从裤兜里掏出手机，竟是陌生手机号发来的信息：过去的永远只是个梦想，而我们真正想要的却是脚踏实地的生活。铁娃愣住了，这会是谁呢？既然知名不具，必是老相识；既然没存号码，十之八九是有意删除或可有可无。音讯久隔是一定的。那么，散了也就散了吧。

铁娃长长地叹了口气。新郎新娘过来给他敬酒，铁娃脖子一扬喝了个底朝天。同桌的同事都赞社长好酒量。有人说，社长今儿是真高兴。铁娃触景生情，想到自己出出进进一个人的日子恨不得掉下几颗泪来。他极力掩饰激动的情绪，低头掏出手机，竟发现不知何时心泪发来了信息：我不会再打扰您了。但我深知您的心靠我很近。

铁娃几乎是信手给心泪回复了两个字：夏安!

短暂的沉默后，心泪以光速回发一行字：唉。您总算理我了。一会儿又是一串文字的风铃：曾经眼在流泪，心已成灰；曾经像狗一样无处躲藏独自舔伤；曾经咆哮的热血瞬间冰冻；曾经痴狂的困兽撞向南墙；曾经推开您的影你的音将您一切的消息屏障；曾经大笑枉为绕指柔，何意百炼刚；曾经驾一页扁舟在漆黑的夜空漂泊流浪……此刻您的音容如风吹水面滔涌心间，您的唇您的眼呼吸可及。原来您其实一直就在我身边，近到可以听见彼此灵魂的私语。白色的衬衣，敦厚的笑容，有一丝俊逸，有一缕忧伤。您是孤独的，不论您身居何处，也不论您官居何方，我们注定是灵魂的伴侣。今天醒来才知昨夜又是一场与您纠结的梦。相思令人老。我的脸写满了憔悴，我的心积下了老茧。生命只余几缕游丝与您喁喁对白。一个人的爱情是一个人幸与不幸的遭际。她做了命运手中的一粒棋子，独自下一盘没有对手的棋。像梦，不能预测也无法周全。没有出口，唯一的出口是醒来，可我不愿醒来。今天因您只言片语的回眸，晚晴的余晖里亮起万丈晨曦。阴霾尽散。萎靡伸展蓬勃的枝条。

铁娃温馨地笑了。他心里涌起一股久违的柔情。软软的深情如云似雾，从远方从岁月的深处缓缓弥漫，淹没了他一向严肃的脸和无处着陆的情绪。他望着众人瞩目的一对新人，浅浅的笑容盈盈地荡漾。他恍然觉得对面就坐着那个深情款款的女人。他的笑于是有了别样的生动，像山林里一座静泊的深潭，撒满馥郁的花瓣。

席终人散。老李牵着女友的手走在铁娃身边。他们顺着东湖边走，穿过沧浪亭，往行吟阁去。垂柳轻摆如绦如裙，碧波微漾如丝如绸。附岸的木篷船打着瞌睡。湖湾的荷塘红浮绿妆，矮树丛里有潜藏的喇叭低低地播送音乐。铁娃信口赋诗一首：红缀绿妆碧玉秀，乐颂鸟鸣东湖幽。午晴修得侧畔过，天地逍遥一沙鸥。

老李笑道：想不到我们的社长有这份雅兴。总出口成诗！铁娃扭头望苍茫东湖，心绪难平。老李说，我发现一个奇怪的现象。铁娃扭头看了他一眼。老李说，你今天有几句话和一刀当年劝我的话竟如出一辙。铁娃问哪句话。老李说：一个人对一片土地一个单位的感情是有灵性的。铁娃仰天长笑。老李说，这话可能过几年也会从我嘴里说出来。铁娃转身注视着老李的表情。他是严肃的，是生发于心的。铁娃说，你俩先走吧。我想一个人看看东湖。

天光澄明。对面的磨山拨云见日，苍翠地伫立。铁娃漫步荷风桥上。一边是映日荷花别样红，一边是波光粼粼浩若海。他极目远眺，心旷神怡。他很想放声歌唱，也很想大声哭泣。忽然湖面波涛滚滚，不是风，是汽艇的飞翼跃起。鲜红的五星国旗猎猎招展。汽艇前角高高地翘起，屁股沉在水里，机声轰鸣，风驰电掣，撒两捧碎银划翼而去。浩浩碧波，扯缰驭马。这还不够，还要将艇身整个儿抡起来，化作一柄薄薄的刀背，切水劈波，犁出一片险奇，一片惊声，一片齐声的喝彩。

受到感染的铁娃情不自已，张开双臂，噘起宽厚的嘴唇向湖面吹了一个尖利的唿哨，特别悠长婉转，像彩带，像他体内出笼的精灵，向着东湖水向着无涯的天宇轻灵地飞翔。

第35章 愿爱情照进婚姻

心泪自从得了铁娃的回信，便生出一缕希望的游丝。虽然柔弱，却极坚韧，像一根袅娜的水草，被淹没在沉默的汪洋里。她看不到出路。他打着哑谜。这哑谜是拒绝，是默认，是等待，还是煎熬。她实在无法判断。她一日日地憔悴下去。一切的神思与激情都被一根遥远的绳子牵绊着。她想，我是实实在在爱上他了。这爱现在是一只关在黑屋子里的金丝雀，飞不出去，也不能让铁娃看见她的好。他们其实只有过几次很有限的见面。他讲得多，温润地发声，像一泓深潭，静泊地流动，不是往外澎湃，而是内敛着，向下渗透和钻探。每次听他讲话，她都是专注的。他一个表情，一个微笑，一个字，她都牢牢地记着。她现在困在情网里，无法自拔。很多次她想发信息给他，可不知写什么好。她怕他厌烦。她想他是忙碌的，忙中添乱只会适得其反。

心泪将她与铁娃的合影设成手机主屏。只要拿起手机，她就与笑着的铁娃久久地对视。铁娃灼灼其华地笑，她也跟着温润地傻笑。她对他说，铁娃，我在想你哩，你在想我吗？他的身体向她自然地倾斜。他高出她半个额头。他们并排站着，肩并肩。她比他矮三至五公分。她的右侧身几乎贴着他的左胸脯。她无数次地想，假若没有旁的人，假若他稍稍一个左侧身，他俩就像蚌壳的两个侧翼正好面贴面合二为一了。她甚至不用踮脚就能接住他的吻。他的嘴唇比她还红。他笑的时候，双唇抿着，丰润地亮着一星光。下巴成了金元宝，两条侧线往脸庞上方伸去，与耳上方的鬓角接壤。这让他的脸显出立体的轮廓，从额头到鼻梁到嘴到下巴聚焦起全身的精气神。整张脸因之熠熠生辉，形成一道睿智俊逸的风景线。白衬衣黑西服与心泪的水绿印花旗袍构成刚柔和谐的审美图案。心泪后来把照片给闺蜜芸芸看。芸芸笑说，你们有夫妻相哩。或许正是这句话点醒了她。她想做他一生的妻子一生永不相弃的爱人。他们的合影成为心泪唯一可以寄托相思的去处。心泪每天睡觉前都要和铁娃说会儿话。她亲吻他厚实的嘴唇他闪着亮光的前额，向他道晚安。心泪就这样日复一日地沉浸在单相思里。时光从她生活里哗然路过，没给她留下多少有价值的东西，只将她袅娜的爱情如酿酒一般越酿越浓越酿越醇。

心泪晚上在小区散步，遇到党校同学王德。王德穿着暗花短衣裤，正甩着胳膊汗水淋漓地疾走。昏暗的灯光印出一张肥硕白腻的脸。王德先发现了她。王德叫她，作家同学。心泪一惊，可她想不起他的名字。只模糊地知道他在政协工作。心泪任主任科员四年后与他在党校同过一个月的学。当时一共两个班，心泪是学习委员，王德是另一个班的学习委员。心泪出版第一本小说《婚姻的五花八门》还当礼物给两个班的班干部各送了一本。她这个作家之名也就在那时得以扩散。

这时有熟悉的人从一旁经过，大声说，遇到老乡了？王德纠错，是同学。现在人们的实际交往中，称同学的，很大一部分只是同上过一个培训班，比如党校、军艺、鲁院。即使同学一个周，一个月，也叫同学。而且因为党校是同级别的干部培训，吃吃喝喝，多了一些人情事故。其实大家都心知肚明。啃书本受教育是其次，织关系网养人脉才是重点。所以，这种同学关系远比单纯的学历教育同学要生龙活虎。王德说，作家又出了什么新作？心泪说，如果从你得过的那本书算起，后来出了五六本吧。王德竖起了拇指，说，高产啊。心泪说算不上。现在高产的多。

心泪自从离婚后，出出进进一个人，现在有同学聊天，也兴致盎然。王德问心泪的小孩多大了，老公在哪工作。对于隐离婚的人来说，这些问题是冰山一角，隐秘敏感，牵一发而动全身。可人们见了面寒暄起来，总习惯拣这些看似平淡无奇却极具婚姻体温的问题下手。心泪说，我老公在部队。孩子放暑假去乡下了。王德说，你老公还在部队？那不是师级干部了？心泪立即将球回踢，问，你也在部队待过？王德说，我是省军区转业的。心泪便觉得自己撞枪口上了。心泪赶紧把这个话题撂下，问王德的夫人在哪里工作。王德说在街道办工作。心泪想，这大约是一般转业军人配偶安排的路数。心泪问他，单位忙不忙，最近是不是天天晚上看世界杯。他们俩沿着小区的林荫道边走边谈。

王德说，我最近在上党校，有个同学是你们档案局的。心泪问是谁。王德记不起名字。心泪问在哪个党校。全市有三所党校。级别不同，党校不同。她是知道哪些人上党校的。心泪便由同事的级别推知王德已提拔成副处长了。她悲哀地想，当初的同班同学只有她一个人还在原地踏步。十年了，职务没动弹过。想到这里，她就觉得自己混得太窝囊，家不成家，单位也没有温暖。这地儿都对她没了吸引力。她丈夫在一个二本大学当教授，本是爱她如命的，可见了更年轻的女孩子，命都不要了。心泪原本很多次继续沿用着一个虚假的前夫的姓名和工作单位，后来渐渐地清醒了。她不愿再让一个玷污了自己感情清白的人继续混迹她的生活，那实在是一种晦气。于是，对人讲丈夫在部队，便成为一个幌子。身份不差，也正好说明不常在身边的理由。

心泪说，我们科干班的同学，只有我一个人没提拔了。你们一个个都是处长副处长了。我落伍啰！王德说，你太优秀了，所以大家起嫉妒吧？再说，你当作家的，还在乎那个级别？心泪说，写作只是我的业余爱好。我可是正儿八经的公务员，是要按级别拿工资享受福利的呀。一晃主任科员十年了，唉，工作没少做，贡献没少出，提拔的时候就是靠边站！王德倒真不在意心泪是科员还是处长。他说，李白杜甫曹雪芹，我们谁记得他们当什么官啊？我们记住的是他们的作品。官就一张纸。其实，历史浪里淘沙，最能流芳百世的还是作家。作家，我几时请你喝酒。心泪爽朗一笑道，我不喝酒，除非茅台或者五粮液，我喝一点点凑个兴。

心泪是实话实说，平时请她参加饭局的朋友很多，无非是大学教授，或者学术杂志社的社长总编。心泪参加宴请，不过像绿叶上浮红花，是个点缀。大家多了一个插科打诨的话题。请客埋单的人往往是在读研究生或者博士。他们以教授为桥梁认识杂志社实权人物。席间教授不停地叫学生为社长总编敬酒。心泪一看便胸中了然，原来是为发表学术论文。隔三差五总有饭局，且高大上。心泪像个角儿被众人捧着。让那交易的饭局索然无味中平添出许多的生趣。心泪有时想，这或许也是自己出场的一个贡献。她是和局去的。

王德竟不觉得诧异或者矫情。他说，行，哪天我请你喝好酒。心泪说，现在党校读书不是管得严吗？听说。一个文化单位的头儿一次没在食堂吃饭就通报了哩。王德说，我们还好，照样吃喝。我们每个人交五百元班费。按一次两桌算，至少可以吃个五六次吧。心泪说，那能喝什么好酒？王德说，我个人请你啊。心泪说，可以。还有谁呢？王德说，我不能单独请你吗？我想向你汇报思想。你的那本小说我认真拜读过。里面的人物我都喜欢。我到时跟你谈谈我的读后感。心泪哧地一笑说，请我吃饭，还有谁呢？王德说，就我俩。心泪说，我有个原则，若是异性须得三人以上。王德打起了哈哈，说，作家思想还这么保守？心泪说，难道在你眼里作家都是没原则的？王德说，也不过是吃吃饭嘛，又没别的。心泪说，反正我是这样坚持的，也是我老公对我的要求。王德说，你老公管你这么紧？心泪说，老公的严也是爱嘛。其实，主要是我对自己有要求。

王德高昂的兴致便在这个话题上蔫了头，但是二人的脚步倒是加快了。小区很大，有九栋楼房。楼房间都是绿化带。一些锻炼身体的人有的在一楼的架空层打乒乓球，有的挺着肚子甩着胳膊绕着绿化带快步走。在小区中间空阔的广场上，一群中老年妇女在跳扇子舞。

二人话不离口，走了一圈又一圈。每到一个岔路口，都由心泪决定去向，王德及时跟上。王德问心泪，作家你说什么是爱情？你能不能给爱情作个定义。心泪说，不好定义。她应该是精神层面上的高级享受，比亲情友情来得热烈，但又极脆弱，是一种尖利霸道的需求。她说的同时想到的是自己这段时间对铁娃的感情，其实更像是一种精神病。既然是病，就有人受苦。她就是那个忍受痛苦的人。能医治的处方可能有很多种，但她没找到那个最好的良医。她在病痛里自我折磨挣扎，希望像感冒，不吃药也能抗过去。只是需要时间，需要周期。所有的症状一个不少地上演。可看这架势不像是感冒。病情普遍，别人的药却吃不好自己的病。心泪长叹一口气，说，爱情是人类一个永恒的话题。似乎谁也没有破解，谁都受益也都深受其苦。谁都希望爱情与婚姻一致，永远保鲜，但做不到。

王德说，我这次在党校代表班级发言，题目就是爱情与婚姻。心泪笑起来，心泪问，党校竟可以讲这样的话题？王德说，不定题目，叫自由谈。心泪说，太好了。这个班主任不错。王德说，看来作家的思想还停留在传统上。心泪说，党校应该有这样的胸怀。党校不仅要讲党性，也要讲人性。

王德说，我讲的时候，大家都竖着耳朵听。同学们都很满意，连班主任都说我的观念新颖。心泪便极想听听下文。王德说，我认为爱情包含三个方面的内容：一个爱，一个情，一个性。性是关键，爱是基础，情是根本。爱可以随时随地在很短的时间内发生。情却是天长日久的相处积累。性在婚姻里为什么是关键呢？你看凡是无性婚姻最终都离了。

心泪赞同。她联想自己与前夫的婚姻其实有五年是无性婚姻。因为前夫乱搞男女关系，她就取缔了与他的夫妻生活，最终导致他在出轨的道路上越滑越远。婚姻变得四分五裂，以致二人去办离婚证，她竟没有一丝痛苦的表情，倒是如脱樊笼，一身轻松，觉得寒来暑往蜕了一层皮，解脱了，松绑了。如此而已。

王德的观念受到作家的肯定，更加自得，说，你看我既讲了内容，又讲了三者的关系，是不是从来没人这样定义过？心泪说，爱，其实包含了性。比如一见钟情，其实是精神和肉体一起接受的。除了交易，女人不爱是不会与男人上床的。王德也赞成。他说，现在有的人一遇到老公出轨或者老婆外遇就离婚，我认为不可取。特别是女人，认为男人出轨就是不爱自己了，其实大错特错。多数情况下，男人对妻子的爱和情依然存在，只是性脱了轨。人从本质上讲还是动物。有人说过，人的快乐其实是人的动物性得到满足。在《论语》的记载中，孔子曾两次说到吾未见好德如好色者也！孟子也说食色性也。可见性与吃饭一样，有那么必要看得那么严重吗？她以为换个人就不一样了。其实同样的剧情在不同的人身上继续上演。聪明人就是守住一次婚姻，却从不拒绝偶然的爱情。法国存在主义哲学家萨特与作家波伏娃就是这样的。他们更新潮，订的合同婚姻。其实，爱情只是乏味的婚姻生活的调料。人生短短几十百把年，图的不是折腾，而是快乐，是享受生命的过程。

心泪说，你他妈的，光谬论。我的确发现现在要找一个干净纯粹的婚姻已经很难了。可是，我们永远不能放弃对理想的纯粹的婚姻的追求。这是一个理想，也是一个梦。我们如果连梦都没了，大约精神和灵魂都死掉了。心泪一边如此说，一边悲哀地想，这就是男人们，而她的前夫与王德的观念惊人的一致。她甚至想到难怪前夫死不愿离婚。即使离了这么久，还说心里只有她一个人，还期待她吃回头草复婚。这究竟是谁的错？是社会，还是人性，或者婚姻这种体制本身？

心泪说，由你的逻辑推论，假若你在外面看上了一个女的，你会不顾及婚姻追求爱情啰？王德意味深长地望了一眼心泪，说，那要看是不是两情相悦。心泪在心里冷笑。王德说，其实人的思想一变，天地就宽。比如原来我在部队时，从不约女孩子单独吃饭，转业后不一样了。约女人吃饭很正常啊。心泪说，可见社会是个大染缸。王德说，其实社会才是大课堂。不这样又能怎样？这就是人性。人是社会的产物。人既脱不了动物性，也脱不了社会性。

心泪说，其实女人比男人更精神。如果精神标志着人进化的程度，我认为女人比男人进化的层次更高些。比如，一个女人爱上一个男人，其实是不计较他性能力和财产地位的。也就是说她的爱情可以超越肉体和物质。这个念头一直放在心泪心里。她多次想到假若铁娃的衰老走在她的前边，他将来下了岗，老了病了什么都没有，她还是一百次地打定了主意要嫁给他。王德的答案却是：这样的婚姻长不了。即使在一起，那女的依然会在外面找性，找所谓成功的男人。这答案多么可怕，却对心泪不起作用。心泪很想对铁娃说，请打消一切的顾虑娶我吧。可她没勇气。她的勇气被软禁在一条黑暗的胡同里，困兽一般来回徘徊，看不到一线希望的光。

二人来到小区的室外健身草坪。这里摆放着一些健身器材。心泪到太空漫步机上运动。手臂一前一后地划动，脚也前后迈步。王德在旁边的太极推盘上活动腰臂。心泪说，你说的这些观念，我只能承认它代表了一部分人，但绝不是全部。比如我就不会持你这个观念。否则，婚姻多么虚伪可怕，简直就是情欲横流的遮羞布。如果这样，我们还要婚姻做什么？

王德并不顺着心泪的话直接回答，而是说，我在会上还以李嘉诚的婚姻与李连杰的婚姻为例，讲了爱情与婚姻的关系。心泪知道他们三人之间的瓜葛。她说，李连杰非常爱智利。王德说，既然你知道我就不细讲了。你说爱情与婚姻是什么关系？心泪说，爱情与婚姻一致就是幸福。

王德笑起来，说，我用柏拉图与苏格拉底的对话回答你吧。有一天，柏拉图问苏格拉底：什么是爱情？苏格拉底说：我请你穿越这片稻田，去摘一株最大最金黄的麦穗回来，但是有个规则：你不能走回头路，而且你只能摘一次。于是柏拉图去做了。许久之后，他却空着双手回来了。苏格拉底问他怎么空手回来了。柏拉图说：当我走在田间的时候，曾看到过几株特别大特别灿烂的麦穗，可是，我总想着前面也许会有更大更好的，于是就没有摘；但是，我继续走的时候，看到的麦穗，总觉得还不如先前看到的好，所以我最后什么都没有摘到。苏格拉底意味深长地说：这，就是爱情。

又一天，柏拉图问苏格拉底：什么是婚姻？苏格拉底说：我请你穿越这片树林，去砍一棵最粗最结实的树，回来好放在屋子里做圣诞树，但是有个规则：你不能走回头路，而且你只能砍一次。于是柏拉图去了。许久之后，他带了一棵并不算最高大粗壮却也不算赖的树回来了。苏格拉底问他怎么只砍了这样一棵树回来？柏拉图说：当我穿越树林的时候，看到过几棵非常好的树。这次，我吸取了上次摘麦穗的教训，看到这棵树还不错，就选它了。我怕我不选它，就又会错过了砍树的机会而空手而归。尽管它并不是我碰见的最棒的一棵。这时，苏格拉底意味深长地说：这，就是婚姻。

还有一次，柏拉图问苏格拉底：什么是幸福？苏格拉底说：我请你穿越这片田野，去摘一朵最美丽的花，但是有个规则：你不能走回头路，而且你只能摘一次。于是柏拉图去做了。许久之后，他捧着一朵比较美丽的花回来了。苏格拉底问他：这就是最美丽的花了？柏拉图说道：当我穿越田野的时候，我看到了这朵美丽的花，我就摘下了它，并认定了它是最美丽的，而且，当我后来又看见很多很美丽的花的时候，我依然坚持着我这朵最美的信念而不再动摇。所以我把最美丽的花摘来了。这时，苏格拉底意味深长地说：这，就是幸福。

心泪说，太好了。道出了真谛。两人临分手，王德向心泪要QQ号和手机号。心泪给了，却加了一句话：我很忙，从不QQ聊天。也不爱接手机，怕辐射。王德诧异了一下，说，请你吃饭总可以吧？心泪说，有事说事，记住我的原则！王德说，好。心泪挥挥手，逃也似的回家去。

心泪回到家洗澡睡觉，躺在床上，辗转反侧，一直想着怎样从铁娃那里得到她想要的答案。她想，只要铁娃一声召唤，她就义无反顾地嫁给他。无论风雨无论变迁，她依然选择将婚姻进行到底。这一切只因为爱情，只因为目前为止上帝还从没成全过她一次爱情。她的婚姻是她对对方爱情的妥协，而非她之真爱。尽管如此，她的成全依然遭到践踏。所以，她多么渴望与相爱的人走进婚姻啊。爱情是阳光是花香。她的梦想就是让爱情照进婚姻的温床。即使情路坎坷亦是此生无憾了。她想这可能要算今晚散步的全部收获。她在手机上划来划去。这样写道：亲爱的铁娃，我爱你的意义，在于只爱你的人本身。其他都是浮云是外壳。我愿当你的拐杖，当你的眼睛，当你的心脏。可写完后，又哗啦一下全删了。她不能让他认为她贱。她一定要征服他，而不是举手投臣。她要他终有一天主动告诉她：我爱你，我娶你！

第36章 枝繁叶茂不是梦

铁娃在办公室点着一支烟，屋子里烟雾缭绕。两管日光灯下，他的脸色有些煞白。自上任以来，他拼足了劲地让文学树活出精神活出味道活出精彩，拉赞助设文学树大奖；面向社会各阶层各领域做问卷，了解文学市场，做订单文学；召开作家作品研讨会打造文学精品；组织作家改稿采风凝聚作家心气；不间断推出文学树作品剧场，门票即是一本文学树杂志。活动一个接一个，窗户一扇接一扇地开。可这些零碎的游击战，让他依然有一种强烈的不满足感。

已是夜幕四合。铁娃起身望着窗外，茂密的树林里传来知了震耳欲聋的集体大合奏。这高亢的嘶鸣声弱智地助推着烦躁，撕扯着人的心肺。他强迫自己闹中取静。铁娃喝了口茶，又对着空调吸些凉气，重坐回办公桌前。他脑子里云涌着纷纭的想法。当草根时，他为怀才不遇而忧愤；当上主政的领导，他又为自己的脑子不够用感到紧迫。权力是实现梦想的捷径，可以帮助自己求出生命的最大值。他的理想像动漫里的镜头，让他沉浸在创业的快感里。一个人的价值与一份大众的事业紧密相连，仿佛汉水注入长江，只有奔向更加深广的大海，才是其生命延续的意义。想到根深才会叶茂。他再次从这些词汇里生发灵感。他还想到一刀，那个带着死亡标签的女人，这个对自己恩重如山的女人。我该如何回报？

他每坐到办公室，仿佛面对广阔的良田，只待他播种。播什么样的种子，已远非他一个人的智力和能力所及。他需要开会。他立即给老李拨电话，说，通知各部门负责人明天下午开会，小结第二季度工作，布置第三季度工作，谈成绩，谈问题，谈对策。老李说，我记得你原来最反对开会。现在怎么热衷谋财害命了？铁娃大笑，说，真是不当家不知柴米油盐贵啊。如果一刀在，我会向她道歉。我现在才发现开会是必不可少的工作方法。民主集中全在那里。会，这个字博大精深。只有会，才能会啊。老李说，什么会不会的，我都绕糊涂了。现在大家都下班了，明天上午通知也不迟吧。铁娃说，发信息通知。让大家早做准备。我的经验是晚上一个人躺在床上，思想最活跃最清晰最有创造性。老李嘎嘎大笑，说，人家夫妻到了床上不忙私活，想你的工作？铁娃想，狗日的，差点就败露我的光棍生活。铁娃放下电话，又觉得这次会议需要扩大到全员参与。他想给负责人一个集体亮相的机会，也想让全员有一个爆冷门的机会。

第二天下午会议开始，铁娃便谈感想，谈他对会议的新见解。他说，我先要向同志们澄清一个关于我对会议的认识过程。过去我对开会有误解和偏见。现在轮到我来组织开会，才明白会其实是一种借大家智慧的工作方法。是民主，也是集中，是各抒已见，也是众人拾柴。小到一个家庭，大到一个单位，要团结要进步要兴旺都不可能离开会。试想想，家里人每次见面，吃饭，说说话，谈谈事，其实就是家庭会。这个会虽然不正式，却正囊括了会的真正内涵。相反，如果一家人总是聚少离多，即使偶尔见了面也不谈话不议事，那又怎么是一家人呢？这个家又何谈兴旺呢？久而久之，成了一盘散沙也是可能的。同志们都笑起来。

铁娃主持会议。他宣布了议程。部门负责人便开始一一汇报。铁娃心里的算盘不是这些。这些都是惯例，是按部就班。他要的远不止这些。他说，几位部门负责人都谈得很好。工作都很饱满，成绩也很突出。当然有些工作还在过程中，结果子还有待时日。刚才我注意观察了大家听会的表情，好像并不兴奋。为什么不兴奋，我想至少有两个原因。一、成效并不明显，不足以引起兴奋。二、成绩大小与自己关系不密切，兴奋无意义。甚至有人认为干好干坏都是我铁娃的事。大家说是不是这个理?

全场笑起来。铁娃说，我总是感动汉字的博大精深，言简意赅。也不知是谁当初为杂志起“文学树”这个名。这是一种怎样的智慧和远见！既然是树，就要考虑如何让她枝繁叶茂。现在我们的资金不缺，也就是根的养分充足。所以，今天的会还有两个思考题：一是我们想让文学树多长几棵枝杈，长什么，大家想一想。二是这些枝杈，谁能担当主帅？如果我们现有的人才里不够，怎样引进人才？铁娃说完，大家便立时静默下来。

铁娃问谁能够先讲讲。大家都使不上胆的样子，面面相觑。铁娃环视了一圈，还背过身，扭过脖子，确实没人打算发言。他说，如果大家没想成熟，我来先开个头，算是抛砖引玉。当然也不是突发奇想，为慎重起见，我写了个草案。我想先谈，大家再讨论。一是建立一个以《文学树》杂志为依托的期刊集群。这个期刊集群，我建议针对现在的读者群，增加两份期刊：《文学树儿童文学》和《文学树动漫帝国》。名字可以再斟酌，但内容涉及两个方面，儿童文学和动漫。目前的市场看，社会普遍重视对孩子的教育，家长自己可能不读书，但对孩子读书舍得投入。不管多贵，只要孩子喜欢。孩子是每个家庭的王。动漫是孩子们的天堂。所以，尽管成人文学有些萎靡，针对儿童的各种读本却是异常的火爆。二是推动文学树影视公司、广告公司、印刷公司、出版公司的成立，形成以文学树杂志为龙头的文化产业链。我们有小说连载，在结集成书上，包括出文集，我们都具有优先权。我们的影视工作室虽然开了门，但没有专人专班花气力去做，所以，还是有些形同虚设。将我们刊物的作品实行捆绑式承包，交给影视公司来办，可能就是另外一个样子。关于广告和印刷两个公司，也是从我们的资源优势和短板出发，力求取长补短，做大做强。这样我们就具有了集团的规模，真正到了这一天，我们的文学树就成为以正刊为主干，以副刊和产业公司形成的集团公司。大家感觉一下，路线对不对？

铁娃边讲边察言观色。他感觉大家都竖着耳朵在听。像投石探路，他是谨慎的，又是自信的。铁娃说，大家可以自由发表意见。二十号人先是像谛听发令枪般的安静，枪声一响，顿时嗡声四起，左顾右盼，议论纷纷。这无异于往一盆死面里扔进一团发酵粉。

只有老李没作声。老李在想，狗日的铁娃又扔重型炮弹了。他这狼子野心胃口大哩。一个垂死挣扎的小杂志社竟然梦想一夜暴富，这不是黄昏胆子大吗？又转念一想，这就像中原突围，不放胆一搏，只怕像沙漠中的月牙泉，诗意的美丽也只似大地的回光返照。或者像沙漠中的胡杨林，即使千年不死、死了千年不倒、倒了千年不朽，也不过引人发出一声浩叹，还能怎样呢？可他不能泼冷水。他是铁娃最铁的哥们儿。他得处处维护他，而且谁都知道他俩铁。

蓄山羊胡子的编辑老吴说，半年我就退休了。我只关心退休后工资和福利会不会受影响。老吴全部的工作经历都在文学树。他的话对铁娃的草案无疑是个肯定。铁娃正欲回答，小说编辑中年妇女老高说，这一口下去能吃成一个大胖子吗？想法是好，我就怕是肥皂泡。编辑小贾说，我举双手赞成铁社长的改革。和我一起毕业的同学在企业一个月拿一两万元工资。每每同学聚会，我们就怕别人问工资。工资固然不能体现人的价值，但可以从一个侧面检验自己造福社会的能力。这种检验一方面来自个人的选择，一方面依靠组织的选择。我想，只有把我们这些青蛙像鸭子一样扔进一个新的更加广阔的水域里，才能分出高下显示活力。文学并不一定要守住清贫，自作高雅。在社会发展到资本积累的阶段，我们的文学完全可以走出象牙塔。钱并不是一个令人羞耻的概念。我觉得我们应该理直气壮地谈钱，为钱工作。

老李不紧不慢地说，我来发个言吧。大家立时安静下来。老李说，我认为铁娃社长的这一宏伟蓝图是在文学树发展到关键时期提出来的，可谓高屋建瓴，高瞻远瞩。一点不吹牛，具有划时代的战略意义。我认为他的想法尽管是个草案，但可以看出他是深思熟虑，是做过市场调研的。我发现他的业余生活不是在图书市场，就是在广告市场，在人群之中。他的视野是开阔的，是接地气的。他能提出做大做强，与时代的洪流看起来是逆流相向，其实也是顺势而为。所以，是切合实际的，是有发展前景的。现在，我所忧虑的是，人才从何而来，资金从何而来。套用毛爷爷的话，正确的路线确定之后，人才就是决定因素。我们通共二十条枪，都是几十年泡在温水里煮着的青蛙。说实话，我们习惯了一种固有的体制，不求大富大贵，只求有个温饱，有个旱涝保收。现在，全国的纸媒文学都进入冬季大萧条期，我们文学树在寒风中还维持着树的姿势，偶尔还回光返照，开几朵花结几个果，但没引起多少人欣赏的兴趣和食欲是一定的。到底她能站多久，活多久，我们心里曾经是犯嘀咕的。现在，这个犯嘀咕的时期是过去了。由于一刀与铁娃两任社长的前赴后继，承前启下，我们赢得了政府的支持，这是根保险带。但，说实话，我们真正长远牢固的信心并没建立。每当耳边传来书店倒闭的消息，我的眼前就浮现起沙漠中月牙泉，或者沙漠中胡杨树的形象。我们的文学树即使像胡杨树，千年不死、死了千年不倒、倒了千年不朽，又怎样呢？说到底，我们需要自身的壮大，把一棵胡杨树变成一片胡杨林，把长江中的鹦鹉洲变成内蒙的呼伦贝尔大草原。这就是铁娃社长提出这个草案的意义。

铁娃率先鼓掌。他听得聚精会神。他没料到他没用心思考的地方全被老李填了空，填得天衣无缝，简直堪比晴雯帮贾宝玉补绣的那件雀金裘，结实而漂亮。同志们也都跟着鼓掌。

铁娃说，老李同志分析得非常好。高编辑忧虑得也很到位。老吴的担心也是改革过程中我们必然面临的问题。既然大家赞同我的草案，接下来，我们要思考的是人才和资金。我认为第一位的还是人。人是生产力中最能动的因素。怎样把优秀人才聚拢来，这是一切的关键。老李分析得很对。体制是院墙，是温水。要迅速网络我们需要的人才，我们必须推倒院墙，倒掉温水，这就有了新旧的交流和淘洗。所以，我们一方面要打破体制的界限，将我们需要的新人引进来，同时，对已有的老人实行重新选择和分流。大家从中看到自己的危机是一定的，但一定要看到这种改革是大趋势，否则，光靠我们按部就班这几号人，累得吐血，都不会有大的根本的起色。我们给每个人都有一个公平竞争的机会，只要你敢于承担风险，你可以出来一试。这就叫是骡子是马，拉出来遛遛。当然，这其中有人是冲着钱干事，有人冲着事业干事。我觉得应该都不错。但君子爱财，取之有道。我们一定要分清什么是本什么是末。这样才不至于迷茫和迷失。为什么开全体职工会，也是想听听大家的意见。在涉及一个单位的前途命运面前，我们既要把自己摆进去，也要把自己摆出来。摆进去就是要以主人公的态度为单位的前途命运着想，为文学事业的发展道路着想；摆出来就是不要把个人的得失看得太重。在正式的文件下达之前大家都有建言权，一旦确立，任何人都只能遵照执行。

副社长老程与铁娃年龄相仿，在这个不痛不痒的交椅上坐了近二十年。副社长仅是个名号，在外行嘴里叫起来好听，却是个有名无实的虚衔。不过，他习惯了这个不上不下的位置，像城乡结合部，是尽可以自由发挥的。他是自在的，也是从容的，十九人之上，一人之下。别人不会高看，也不容小觑。他的发言常是一座主菜的配盘，是可有可无的。有不嫌多，没有不嫌少。但重要关头，他是要站出来表态的。而且，在那些小兵张嘎面前，多少有些领导的威信。他扶了扶滑到鼻尖的眼镜，看了看周围，说，我十二分赞同铁社长的意见。我觉得我们首先要打破用人体制的壁垒，破除论身份、论年龄、论户口、论学历、论门第等观念，唯才是举。同时，要报请省政府批准成立“文学树期刊出版实业集团有限责任公司”。文学树和文学树的职工以什么方式参股可以因情况而定。各分公司自主经营、自负盈亏。全面实行企业化管理，市场化经营。在体制过渡阶段，我建议采取老人老办法，新人新办法，两条腿走路。转轨后，我们首要的一条就是改革分配体制，对主要负责人收入与杂志效益捆绑挂钩，实行目标责任制。每个公司负责人有自主用人的权力。不管来头，不讲关系，不讲资历，谁业绩突出，谁贡献大，谁就得到重用，谁就有高收入。对人才实行“生产力标准”激励，营造“有为必有位，有位更有为”的发展环境，形成“能者上，庸者下”的选人用人机制，从而彻底改变吃大锅饭的现象。铁娃听来仿佛句句出自自己之口。他由衷地郑重其事地点头，并向老程投去深情的一瞥。他在笔记本上画了一个星形重点符号。

老李说，这是不是意味着像国有企业改革一样，新一轮下岗即将到来？几家欢乐几家愁的局面即将拉开序幕？铁娃说，现在职工的去向，其实并不是我们改革面临的主要矛盾。对老同志，我们可以提供多种选择机会。一是继续聘任，二是买断工龄，三是转岗，四是对前面工龄实行核算清零，后面与新人一样重新起跑。对于股份制问题，大家也不用担心，不要怕外人夺了文学树的饭碗。文学树即使没有钱，她的金字招牌就是最大的股份。我们这一切的终极目的还是为文学树杂志培土施肥。这是我们的立足之本。我说的对不对，大家还可以再酝酿。

会计小马起立说，有句话说不想当将军的士兵不是好士兵。我也想站出来承包印刷这一块，可我怕血本无归，还连累了杂志社。怎么办？张主任笑道，小马的话也是我想说的。比如，我想承包发行，当发行公司的总经理。可我怕到时销不出去，还惹一身债。怎么办？

铁娃微笑道，这是好现象。我也欢迎大家都能站出来试试身手。对这个问题，我认为应该从两个方面去考虑。一是要有充分的智力和经济准备，要有试错的精神，给自己发现潜能提供机会。二是要正确估量自己。不要踮着脚做长子，觉得好事就得自己沾边，不沾边就吃了亏是不对的。其实利益与风险从来都是并存的。夸大利益，或者夸大风险，都有失偏颇。有当将军的想法固然好，但不是那块料，也不要硬拼，否则牺牲的不仅是自己，还有别人。所以，我们要建立一个考察班子，对主将进行全方位的考核考察，这是组织的审慎，也是对个人的保护。

这次会议可谓一石激起千层浪。铁娃看火候很好，最后小结时说，根据大家的讨论意见，我们会尽快研究出台一个全方位改革方案，再来征求大家修改建议，然后提请宣传部批复。

会散后，杂志社的同志们还余兴未尽，议论纷纷。老李跟到铁娃办公室说，社长大人，这次我可得找你开个后门。我要当正刊的负责人。以后你摊子大了，你不可能顾得上每个月发稿和出刊。你腾出手脚当集团的老总，我来帮你把这个主干抱住。这个主干，可不是外人新手一下子能上路的。你要相信我的判断。我甚至想好了，怎样管理质量的问题。老李看铁娃并没打断他的意思，他干脆一屁股坐下了。他说，铁娃，你看啊，我都想好了。这文学树呢不管如何变，文学性不能丢。丢了这个，你是要挨骂的。铁娃也坐下，给茶杯续了开水，喝一口说，挨骂是轻的。卷铺盖走人，甚至遗臭万年，成为千古罪人都是铁定的。

老李盯着铁娃的目光，看出他对自己在掂量在思考，于是继续趁热打铁说，你看看，我有几个优势：一我是老编辑。我拥有相当多的作者资源；二我能写能编。我一个至少顶俩，节省了人力成本；三我有过离开和回归的经历，我更能珍惜文学树对我的感情。铁娃笑眯眯的。他想这个鬼头到了快退休的年龄，总算来个回光返照啊。

老李继续说，我还想好了，怎样抓好稿子，怎样形成文学树在文学在作家心目中的品牌。比如，我要实行业绩激励。推出签约作者制度，买断作者版权。对作者发稿数量不设限。唯质用稿，多劳多得。鼓励原创。原创才是我们的核心竞争力。对获奖和转载或改编影视的作品实行奖励。无论集团怎么发展，《文学树》始终是集团的核心品牌。我们要以过硬的质量，保证主干的支撑力和辐射力。

铁娃故意引而不发。他其实早就在琢磨这个人选，而老李的才能也是他首先想到的，只有一条他拿不准。他怕老李倚老卖老，有船到码头车到站的思想。老李现在这样，他喜在心里，却又要考验老李。他越含而不露，老李越是将自己的奇思妙想抖个干净。

老李滔滔不绝，几乎绞尽脑汁，有些想法甚至远远超出了铁娃的预期。老李见铁娃依然不发话。老李急了。老李站起来，敲了一下桌子说，我的领导大人，你倒是发个话啊！你不信任我？铁娃淡定道，值得考虑。老李说，你他妈的，在我面前还装腔拿调。铁娃说，我听你的宏伟蓝图也是一种考察嘛。老李急切道，你就给个干脆话吧，行还是不行？铁娃说，你忘了，我说我会组织一个考察专班。我不能一人说了算。还记得你离开文学树的理由之一吗？反对专制和奴性。怎么一碰到自己头上，就想让专制成为自己的绿灯？

老李笑起来。他笑得很开心。他说道，妈的，没想到，原来与你掏心窝子的话到最后都成了你反戈一击的理由。这叫请君入瓮吗？铁娃站起来说，还是请君去食堂吃饭吧，再不去汤都没得喝了。两人哈哈大笑。老李玩笑道，好，有人吃肉，有人喝汤。我就喝汤去！铁娃说，狗日的，营养全在汤里。随手就在身后拉上了办公室的大门。

第37章 让梦想开花

意气风发的铁娃让办公室和人事处联合起草了一个全方位改革文案。他埋头在文案里圈圈点点，一边修改，一边鼓荡着扼制不住的创业热情。他想，这就是当官的好。让一个人的理想开花，最便捷的手段原来是职权。

桌上的电话响了。铁娃惊了一下，握起话筒。对方竟然说，小铁吗？我是桥三石。桥部长怎么想起主动给我打电话呢？铁娃心里咯噔一下，既紧张又荣幸。铁娃其实很不喜欢别人称他小铁。老大不小了，都五十岁的人了，比您也就小个五六岁吧？可这话像菜青虫团在他肚子里瑟缩着。铁娃不善于联系领导。除非是领导主动找他，除非是公事公办。桥部长说，小铁啊。大热天的，可好？铁娃满耳都是震天高叫的知了声。他恭敬地说，谢谢桥部长。还好，还好。就是这知了声吵人闹人。桥部长笑起来说，嘿，我儿子说，大热天最烦这漫天的知了叫，恨不得把周围的树全部砍光。铁娃笑起来，想，真他妈的像我的儿子哩。

桥部长笑说，你没这想法吧？铁娃连连说，相生相克是自然规律。桥部长说，很好。这话我喜欢。听说，你们要伤筋动骨搞改革？铁娃说，方案还在酝酿中，打算弄成熟了，来向您汇报。桥部长没吱声。铁娃待自己的话音一落，寻思着，不对啊。等生米煮成熟饭了再向领导汇报，是将领导置于何地？不是先斩后奏吗？铁娃赶紧检讨：桥部长，是这样的，我们先在内部职工大会上吹了风，也做了初步的动员和探讨。本来想先来向您请示，再着手的，可想到，这事涉及职工切身利益，觉得有必要把单位内部摆在头里。我是想，如果职工们都认可了，再来向领导汇报，一是有条理有针对性，二是让领导看到希望掌握情况也便于批示。

桥部长咳了下喉咙，清了下嗓子说，你的想法不错。我发现一个现象，有的同志做工作不愿找领导，总觉得领导是掐脖子的，是使绊子的。其实领导是为下属开展工作遮风挡雨，撑腰壮胆，保驾护航的。有领导在上面定方向，当参谋，担责任，不是减轻自己肩上的担子吗？铁娃不好意思了。铁娃说，我只是想慎重起见，也是想为领导减负。桥部长说，做前请示，做中商量，做后再互通情况。上下通畅做事不更减少弯路吗？铁娃顺着桥部长的思路一想，也对哦。看来，我确实没摆正上级与我的关系呢。这都怪自已缺少行政领导经验。他说，谢谢桥部长！桥部长说，你让我很被动啊。事先不知道，你那边来个人反映情况，我怎么好回复别人呢？小铁啊，你敢想敢干，出奇思妙想，是优点。行政也是一门学问啊。要把社长这个一方诸侯当好，以后还要学学行政管理。党校每年有培训班。不要觉得培训耽误了时间。编辑和社长毕竟是两个不同的岗位。磨刀不误砍柴工啊。

该铁娃沉默了。他想，有人告状了？他不敢问，更不能打听这人是谁，说了什么坏话。桥部长说，小铁，还是按你的思路先弄个方案，再送到我这里来看看。也不要怕同志们有意见。有意见很正常。但我们要尽量把大家的意见变成正能量。铁娃洗耳恭听，连称是是是。

第二天，铁娃将全方位改革方案在中层干部中传阅了一下，就急不可耐地来到桥部长办公室了。他觉得昨天的电话一下子拉近了他与上级领导的关系。他以前以为的壁垒森严没想到被一个举报者轻易地攻克了。这就是正能量，是祸兮，福之所倚。铁娃从不记仇，大约也因为他一向坚持这种理性的辩证思维。

桥部长听了铁娃的汇报，又将方案扫读了一遍，脸色十分严峻。铁娃观察着桥部长的表情，心想，不会有雷霆万钧或者狂风暴雨吧？铁娃的心揪紧了。桥部长侧身拉开旁边的办公桌抽屉，从里面拿出一个文件夹。他打开夹子，说，这是我帮你收集的一些相关资料，你可以拿回去看看。我想，应该对你们有用。事业单位改企一直是个烫手的山芋，政府不敢碰，你们自己也不愿意。现在，你在实践中摸索出新路，看来是为改企找到了充足的理由。你能把单位的同志思想做通，就是了不起的贡献。遇到什么困难，及时与我联系。

铁娃拿过文件夹，翻开来第一页写着“13位总编共话媒体融合转型”。第二篇文章标题是“纸媒人的看家本领”。后面，他陆续看到的是“做好媒体融合的四则运算”，“美国数字化媒体发展态势探析”，“拥抱移动媒体，加快融合发展”，“从传统媒体思维向互联网思维转变需要做几件事”等。铁娃觉得一股暖流传遍全身。他轻轻吐出一口气。

桥部长说，方案里的内容，我都没异议。我只提三条希望：一是牢记使命，认清本末。手段可以千变万化，目的却只有一个，那就是促进文学的大发展大繁荣。二是顺时者昌，逆时者亡。时代的变革有时是瓶颈，但我们要从中发现机遇。三是以人为本，最大限度地保护和调动每个人的责任感和能动性。铁娃有些激动，亲人般地望着桥部长。他想叫一声敬爱的桥部长，可他叫不出来。他感慨万千，却不能道出万一。起立告别时，铁娃紧握桥部长热情的大手说，谢谢，谢谢部长。

铁娃以为受训的谒见却以如此简洁的方式倏忽地结束了。铁娃坐在车里，还在脑海里过电影，将每一个细节回放了数遍。他想到自己对领导的误解和自己好大喜功的浮浅，就觉得桥部长称自己小铁是对的。我在他面前就是一小学生嘛。连小铁都算不上，简直与一片鸡毛无异。

文学树传媒集团有限公司成立的那天，铁娃与桥部长再见面了。这时，铁娃对上级领导已完全消除了敬畏的紧张和误解的隔膜。文学树杂志没一间可容百人左右的大会议室。集团公司成立大会在省艺术馆宽阔的大厅举行。省委省人大省政府省政协四大家均有领导代表出席。动漫影视、出版印刷、广告、儿童文学和文学树杂志社五家公司的负责人也都登台亮相剪彩。陈小米、郝裕国、老李也在其中。他们分别拉起了文学树动漫影视公司、文学树出版印刷公司和文学树杂志社的大旗。当主持人请集团总经理铁娃讲话时，铁娃有一瞬间的紧张。这时他身边伸过一只手，是桥部长。他接过这只手的祝福和鼓励，顿时充溢一股能量。他镇定了一下神色，健步走上前台，在竖立的麦克风前止步。他向四周的观众鞠躬。掌声四起。他抬头再看人群时，眼里竟噙了泪花。

时令转眼已入秋。朱前走进洪山广场地铁站，抬头见墙壁上写着让诗歌伴你同行。墙壁的彩板上印了一些诗。主办方写着文学树传媒集团文学树杂志社。朱前立即给铁娃拨电话，说，铁娃，你们真行啊。诗歌都跑公共空间来了。可我怎么看怎么就觉得像一群贵族公子小姐穿着花衣服走在乡村的田埂上啊。你不觉得滑稽么？这是什么时代啊，还这样搞文学？铁娃说，扫一扫微信公众平台码吧，你会读到更多我们的作品。朱前这才关注这彩板的右下角的确有微信码。他用手机对准条码刷了刷，果然就分享到文学树杂志。朱前说，这样让人白看，还会有人愿意掏钱买吗？

铁娃说，这就是我们的商业秘密了。朱前搔了搔头皮，说，呵呵，我吃咸萝卜操淡心啊。铁娃说，伙计，谢谢你这么关心我，关心文学。等忙过这阵子，我请你喝茶聊天。朱前说，喝个茶还没时间？你也太把自己当大人物了吧？铁娃受这一激将，就说，行，那就今晚东湖茶社见。朱前又提要求了：把我们老同学水莲叫上吧？铁娃这才想起与前妻水莲也几乎半年没联系了。他说，她是个大忙人，要不你亲自邀请？朱前说，难道我一个外人比和她一张床上睡觉的人还有号召力？铁娃说，不是有句话说外来的和尚好念经吗？朱前笑起来。

晚上，铁娃没吃饭就来到东湖茶社。他前脚到，朱前后脚就映入眼帘。朱前坐到对面了，铁娃继续昂着头望门口。铁娃若有所失，问：她呢？朱前也不作答。朱前坐下后，问喝什么。铁娃递过茶谱本，说，我请客。你随便点吧！朱前也不看茶谱，便要了一杯金骏眉。茶水浓正，像红葡萄酒。朱前喝了一口，问铁娃：水莲说和你离婚了，是真的？铁娃的心顿时凉到了谷底。

朱前望着铁娃，说，多久的事，怎么一直都没听你们说起？铁娃向服务员招手，要了一份牛肉煲仔饭。铁娃说，三年了。朱前说，看你，一个人把自己都过得不成形了。铁娃捏了捏松弛的下巴，又吐出一口气，笑道：是吗？我倒是光棍一身轻啊。朱前说，早知道你他妈的会中途变节，我就紧追水莲不放了。铁娃哂笑道，人能长后眼睛就好啰。不过，其实如果真让你们在一块儿，也不一定能好到哪里去啊。婚姻真他妈像个磨盘，再好的感情都磨平了磨淡了。离婚三四年了，现在冷静一想，觉得我们还是不般配。我们的感情从一开始就不对等。我爱她远多于她爱我。这种不对等，如果没有后来将比分追平，婚姻总是在追求平衡上窝里斗。所以，最好的婚姻，要么是一见钟情，两情相悦，要么是强势的那一个多爱对方一些。这样，即使遇到风浪和考验，也容易制衡。

朱前笑起来，转动着手中的茶杯，说，唉，婚姻这东西没人能看透。横看成岭侧成峰，怎么说都不为过。到我们这个年龄再来看婚姻，觉得能带着纯粹的爱情的初心走进婚姻是多么弥足珍贵。现在很多人选择婚姻，却是利益的博弈。铁娃不作声。他在思考，水莲为什么不来，而且向朱前坦白离婚。答案只有一个，水莲破釜沉舟了，她下狠力斩断了他想复婚的退路。

铁娃不禁悲从中来。加上朱前坐在面前，就像一本大学时代的老影集，强烈地提示着过往。想到自己当年血气方刚，如绢花照水的美少年，每天都想着怎样讨好水莲。天天像蝴蝶在花丛中飞来绕去，目的只有一个，就是引起水莲注意。那时，他早上必用香波洗头发，人一天都是香的。从水莲面前经过，香气引起了水莲的侧目，他的心情也是香的。那时，他省吃俭用，买齐了齐秦和姜育恒的所有歌带，一有空就跟着小录音机翻来覆去地唱。常常学着歌星的模样坐到水莲宿舍下的那棵大樟树下，弹吉他，唱情歌。那时，他穿着喇叭裤，头发烫成了浪花卷，水莲见了他还有羞怯之态。无疑他的时尚领先了潮流，也像一束彩光刷亮了女孩子们的眼睛。他成了女生宿舍集体的谈资。有多少女孩子暗怀春心，给他递纸条，他由蝶变成了花。水莲尽管没多看他一眼，但他放弃美女如云去讨好她，她自然是骄傲的。她没对他设置过多的障碍就是明证。

朱前的说话打断了铁娃纷纭的怀想。朱前说，我现在是不是应该叫你铁总？说实话，现在文学越来越被边缘化了，你铁娃没走滑铁卢，不败反兴，让我好生佩服。铁娃哧地一笑，说，这都叫逼上梁山。朱前盯着铁娃的眼睛看，他看到了顽铁的坚毅和自信。朱前又讪笑道，我是不是应该祝贺你离婚？现在应该是天下美女任你挑吧？铁娃说，你试试看。朱前笑起来。

茶社古色古香，一律的明清老式样家具。音乐像一团水雾缓缓地漫溢。朱前说，什么时候再请我喝喜酒？铁娃苦笑了一下。他再次想到了水莲的决绝。他忽然悟出一个道理：离婚可以一个人说了算，结婚却一定是两个人的事。他说，相信会有那一天吧。朱前说，这话不像集团老总的口气。铁娃笑而不语。

朱前问，米果大学毕业了吧？铁娃说，马上去德国读研。朱前说，一眨眼我们的孩子都成大人了。铁娃联想到曾经给女儿的承诺，心里又是一份揪痛。孩子羽毛丰满了，就有了自己的天空，哪还需要我这个老头子呢！

晚上回家，铁娃洗漱完毕，躺在床上玩手机。他信手打开文学树的微信平台，读到的竟是心泪的一首诗：

窗衔圆月来问候

心　泪

你是谁窗下的一面圆镜
趁世界安静地入睡
你投入漆黑的夜空
只为扒开我的窗帘
照亮床上人的无眠

如果你就是我梳妆台上的这方圆镜
你是否正好嵌入他床前的窗口
是否也如我
甘愿沉寂在一片漆黑里
只为转头刚好与你相遇

别，别逃离我的追逐
时光渐走
谁也无法将谁挽留
如果照亮只为远行
我宁闭上双目
细数你彳亍前行的脚步

别，别这样来去匆匆
我们还未来得及
将彼此看清

还有多少心绪
只有在对视的双眸里
才能将彼此读懂

别，既然到来只是刹那的芳华
又何必搅动一池静水
来了就别远走
隔空高悬
即使只是一个遥远的念想
也请别模糊了你的身影
给我你圆圆满满的照耀
清辉朦胧　车喧虫鸣　催夏入眠
一夜好梦
与明日的阳光一觉醒来
安然无忧

黑夜，要感谢这四周浓浓的黑夜
才让我们将芜杂纷扰过滤
当世界只剩下黑暗
我们才有欣喜的邂逅
黑夜给了我们光明的眼睛
让我们发现彼此的君临

不愿转头
不愿想起你嵌在我窗口
那短暂的明亮的凝眸
以为黑暗马上即会严丝合缝

不料满天竟洒下你目光的清辉

因为通透，所以懂得

因为懂得，所以照耀

铁娃转头看窗外，恰见一轮圆月明镜一般镶嵌在窗格里。那圆而晶亮的脸盘像心泪，含情脉脉，顾盼生辉。他猜测她梳妆台上是不是真的放了一面圆镜。他的心被温柔地撞击了一下。铁娃又翻出保存在手机里的信息，重温那些如诗如画的情信，无限温情如钱塘大潮席卷而来。他想给心泪拨个电话，只说读到她的一首诗了。可深更半夜里，他怕她骂他神经。更重要的是他不想让她感觉到他心里有个角落已开始缓缓下陷。

铁娃又翻看着文学树的微信公众平台文章，看了一会儿眼睛就艰涩发胀，眼角似扎进无数的针芒。他立即关了手机，眼前依然晃动着两团绿晕，泪水不知不觉沁将出来。他关了灯，隐入深长的黑夜，却始终难以入睡。他想，我想她的时候她也应该在想我吧？这是他的直觉。这是不是就是所谓灵魂深处的伴侣。不言不语，却心息相通。见或者不见，说或者不说，她就在那里。她不问你的过往，她只在意你的现在。她不问你是否爱她，她只将自己生死相托。

第38章

心泪再次出现在铁娃面前，已近隆冬。天寒地冻。只有心泪的心正涌动着春释冰雪的快乐。铁娃马不停蹄的奔忙到底抵不住年龄。年龄是季节，是节令，是警戒线，是分水岭。谁都别妄想身体可以当机器硬扛。何况你只是铁，不是钢，铁还会生锈哩。这是心泪坐到铁娃病房里对他说的第一句极富诗意的话。

铁娃的心脏出现严重的早搏。自组建集团以来，他的双脚似踏在了风火轮上，踩上去就停不下来。一些公司之间存在交互关系，必须打配合战。他做得更多的就是协调。发现火苗，及时救火，也成为他任新职以来的主责。广告与发行就打起了仗。铁娃现在主张的是发行免费，让广告商看到的是发行面的广阔性和权威性。这就是免费发行背后的商机。

铁娃终于发现身体有零件闹故障了，像一辆新车一气跑了几万里要维护保养了，何况他是一部用了五十年的老机器。他的心脏常常突突地跳出体外。这天他约了几个影视公司的老总看《黄鹤归来》预演，边看边评。他的思维一直紧绷在一根弦上，嘴巴不停地说，谈得非常累。晚饭只吃了几口就回家了。

他坐到沙发上看电视，忽然就心闷得慌，额头冒冷汗，继而开始恶心。他躺到沙发上，但是不行，天花板在转，整个房子都在转。他闭上眼睛，还是不行，天旋地转。他想可能是累了，睡下觉就好了。他脸都没洗就上了床，可他连脱裤子的力都没了，人一歪就哇地向地板上吐了一摊。他拨120，告诉了家的地址。又放心不下，拨了老李的电话。

老李听出铁娃有气无力，这是近乎与阎罗王拔河的求救。仿佛一只手被阎王拉着，一只手拼命地抓着老李的衣襟。老李被这种感觉吓怕了，赶紧说，你等着，我马上到。老李接到铁娃的电话时，正在看电视。他沙发背后的墙壁上挂着一面红丝绒锦旗。红底黄字竖写着“见义勇为”四个大字。走近看，上面有一列小字，写着“一群懂感恩的农民工”。这要算老李家里最醒目最生动的地方。老李的老婆星星从卫生间洗澡出来，说，深更半夜的，谁叫魂呢？还一叫就跑！老李一边往身上套羽绒服，一边说，枪在你手里握着，子弹也没几颗了，哪还有闲心打野食吵！他拉开门，就噔噔噔冲下楼去了。还好，一辆的士正好路过，他一挥手就停了。

老李进门就发现了这个家没有女人的烟火气。他想，天下的光棍男人几乎都是一个模子，懒散，安静。一切因陋就简。即使摆了华丽的装饰品，也是久无人动的。放到一个地方便生了根。看不见女人的手抚弄的痕迹。老李没明知故问，只顺手拉开衣柜，收拾了几件换洗的内衣，还有牙膏牙刷毛巾手纸口杯和洗脸盆。他刚收好，救护人员到了。两个医务男穿得像警察，将铁娃抱到担架上。老李在一旁护卫着。临关门，老李又折回铁娃的卧室，从床上摸到铁娃的手机揣进了包里。三人从逼仄而昏暗的楼道里将铁娃从六楼抬到救护车上。老李一直焦急地轻轻地叫着铁娃铁娃。他怕他不省人事。120呜呜呜地冲进了中南医院。医护人员抬着担架进了急救中心。

第二天，铁娃醒来，已住进普通病房。他望着老李苦笑了下。一切似乎心照不宣。他一直预感老李总有一天会发现他离婚，可万没想到会以这种方式将自己袒露无遗。他要老李保密。老李愤愤地说，人都死过两回了，还死要面子！面子值个屁呀！

这一夜，老李守在铁娃身边寸步不离。铁娃打吊针，医生要老李负责间或听听他的心脏摸摸他的腕脉。医生的忙碌换来的是老李的紧张。一小时后医生说他没生命危险，老李才长长地舒了口气。

后来，老李虽然困得呵欠连天，可就是睡不着。他一直呆呆地望着铁娃。昏暗的灯光下，这个铁头娃成了一只苟延残喘的纸老虎。他在想这家伙是从什么时候开始给我打埋伏的呢？狗日的，杂志社竟然没漏半点风声。他真会瞒，也真能忍啊。都是太要面子了！面子顶个屁用。面子说好听些，叫虚荣；说得不好听些，叫虚伪。人为面子活，多累啊。老子尽管单身二十多年，虽然很多狗娘养的瞧我不起，可我活得自在洒脱。老子享受的人生是他妈的狗娘养的几辈子都享受不到的。

老李无聊得很，在心里发过一阵牢骚，百无聊赖，索性翻弄铁娃的手机。他想，这二逼估计暗地还是有女人的，否则这么年轻怎么过啊。果然就见心泪的情书。他读来读去，一个字一个字地品咂。字字句句仿佛水漫金山。即使一颗铁石心也会泡软。他很受感动。他的脑海里甚至出现了一个崭新的心泪。她风姿绰约她曼妙多情她热烈忠信她诗情画意。铁娃这个在我眼里狗日的伪君子，在她眼里成了神成了仙了。一个男人被一个女人爱进了骨子里大约才会这样吧。老李一边读一边傻笑。他笑他这一辈子都没铁娃这份福气。

老李从心泪的文字里看到了心泪对铁娃一往情深欲罢不能，爱情的期盼和绝望几乎将心泪逼疯。老李越看越兴奋越看越觉得有一个声音在向他求援。当初铁娃与香香的那段地下情也浮现出来。他想，这狗日的铁娃估计那时就已经是光棍了，否则不会对香香动心思。饥不择食啊。如果没有自己从中作梗，结局也许是另一番样子。现在守在铁娃身边的或许就是那个叫香香的女人而不是我这个外人。尽管香香在身份上的确配不上铁娃。可男人与女人脱光了抱到一起，还考虑什么身份地位呢？

唉，人都是自己给自己画地为牢。还是简·爱说得对。她对罗切斯特说：你难道认为，因为我穷而且平庸，我就没有感情？我告诉你：如果上帝赐予我财富和美丽，我一定会让你对我也难分难舍，同我现在对你一样。但上帝他没有。可是我的灵魂，可以和你说话，就好像我们两人同时穿过坟墓，站在上帝面前，完全平等。老李想，上帝是不是真的存在没关系，我且来冒充一下无妨。

心泪一早醒来打开手机，不久嘀的一声传来一条信息：心泪，我知道你爱我，其实我也爱你。只是这次突然生病，我怕来不及说爱你。现在总算死神饶恕了我，我又回来了。我心脏病犯了，躺在中南医院心内科701病室。别打电话，我有气无力说不了话。她看出这条信息是凌晨两点发的。

心泪平地三尺跳。她发出喜从天降的惊呼。哇，我的铁树开花了！她即刻收拾行装，涂脂抹粉，穿戴一新，便打的去火车站，连早餐都免了。从接到信息，到坐上火车没超过一个时辰。她那样迫不及待，恨不得腋下生翅。直到坐在火车上，还仿佛在做梦。见了乘务员手推车上的面包，她才想起总得填一下肚子，别到时一激动连说话的力都没了。她胡乱地吃了一个面包，喝了一口水，心神仍无时无刻不被远方的那个人牵着。她很想给铁娃打个电话，可她不能违背他的意愿。她低着头翻看存在手机里的合影。她对着铁娃展开的红唇亲了又亲，又用手指在他脸上摸了又摸。她低低地说，亲爱的，你终于想要我了。漫天的柔情包裹着她，浸润着她。她多想听听他的声音，哪怕只是那轻轻的一个喂。可她不能，她不想违逆他，她想什么都迁就着他，顺着他的意。她满腹的话便只有依靠手机信息了。她右手食指在屏幕上划来划去，思念牵挂和安慰像长长的丝线，源源不断地从她心里脑海里往外拉。她想起李商隐写爱情的那个千古名句：春蚕到死丝方尽，蜡炬成灰泪始干。她的文字她的思念她的真情就像她吐出的丝，根本吐不完。她发到第十条，虽然没一个字的回信，她依然觉得他在读。她的信息全是洋洋洒洒的散文诗，情意绵绵，缠绵悱恻，如洋似海，铺天盖地。她的手写酸了，才决定还发一条信息就收手：好了，一切等见面吧。亲爱的我的铁娃，我恨不得即刻插翅飞进你的怀抱。你好好地等我！记得我的心就是你的心，我们一起跳动。吻你！

尽管心泪的突然造访，让铁娃十二万分的诧异。他看了一眼老李。老李意味深长地诡笑。他便觉得一切都毋需多言。心泪只向老李礼节性地点了点头，便扑向铁娃。好在，老李及时地铿锵地咳嗽了一声，心泪理性地收敛了脚步。她说，李编辑，让您辛苦了！老李说，你早该来的。铁娃一直想见你又不好意思。所以只有我受罪了。老李又搬过一张凳子，心泪只得克制地坐下。她注视着铁娃面若死灰的脸，千言万语却吐不出半个字来，泪如洪水决堤。

铁娃说，没死，哭什么？她来看他，他很高兴。他的高兴不是言语表达出来的，是眼神的自然流露。他厚实的嘴唇向两边扯了扯，无力地做出一个笑的样子。心泪想起了他们最初的合影。他的笑就是从心里开出的花，像沼泽里盛开的荷花，那么明艳，那么丰富。她的心醉了。她想，这个坚若铁石的男人总算有化作绕指柔的这一天。不是谁在征服和臣服，而是命运的关照和成全。他其实一直将我搁在心里，否则，不会是这样的眼神这样的语气。我们这半年里几乎没通过一次话，没见过一次面，可我们见了面却似金风玉露，对起话来也没半点生涩，仿佛时时天天都在一起厮守，耳鬓厮磨。

心泪想着自己煎熬漫长的相思苦，想着倘若这个顽固的男人真是顽抗到底地去了，他们就永远地错过了彼此，错过了今生。那样，他们谁都来不及向对方面对面地表白。纵然她的表白如山似海，可那毕竟是一个人的自言自语。文字没有听众，便少了一半的生气。情话其实是需要互动的。你一言我一语，或者你说我听，那样，才仿佛溪水潺潺，悦耳入心。那是人生精致的风景，是人内心隐秘的欢乐。如果没有这次邀请，她的爱情便成了永远的烂尾楼。灵魂四处流浪，永远没了安放地。想到诸如此类，甜蜜幸福与委屈忧伤一起纠结着喧闹着，形成一股洪流奔腾着咆哮着，滚滚热泪止不住地簌簌而落。说实话，一路上她曾一百次一千次地感谢主让他生病。这只不知疲倦的猛虎，这块倔强顽固的生铁，如果不用病将他绊倒，谁也阻止不了他疯狂地工作。可到了眼前，见了心爱的人真似霜打一般，那么虚弱，嘴巴乌青，眼睑下垂，无处不有与阎王打斗的痕迹。她就想我来迟了，我为什么囿于距离，囿于自尊心，而止步于文字的单相思呢？她心若刀绞，深深的自责和漫天的忏悔啃蚀着她。她想，倘若我早一些来到他身边照顾，他又何至于受到这一番凌辱与摧残。人与人之间横亘着多少厚障壁啊，其实有时轻轻竖起一个手指头就可以洞穿，可往往即使有万般勇气的那一方也囿于某种固执的设限将手脚牢牢地固定住了。她又何曾想到这临门一脚依旧不来自主人本身，而是外力，仿佛上帝之手。

心泪将铁娃的手捧在掌心窝里紧紧地握着。他的手冰铁一般。她咬着他的手指，泪水吧嗒吧嗒顺着手背往下淌。她想到一句诗：得成比目何辞死，愿作鸳鸯不羡仙。老李识趣地走出了病房。他昏昏沉沉又一身轻松，伸了个懒腰，打了个长呵欠，就说，你来我就放心了。我回家补个觉。心泪赶紧起身相送。她是站在原地目送。见老李离开，铁娃整个儿就成了她的了。心泪扑上去搂住了铁娃的脖子，嘴巴像磁石迫不及待地黏附到那两片磁铁上。铁娃差点喘不过气来。他望着这个疯狂的女人，定定地看着，四目相对，千言万语若电流在视线上穿梭不息。

铁娃第三天出院。老李依然奉旨来接他。铁娃对老李说，你知道我被抬到担架上时在想什么吗？老李说，连命都快熄火了，还想个屁呀！铁娃郑重其事说，我在想，假若这次我真的不行了，我得对后事有个交代。

老李看着正收拾行李的心泪，努努嘴说，替你照顾好这个女人？铁娃拍了一下老李的背说，狗日的，就没正经的时候。老李说，还有什么豪言壮语不成？铁娃笑了笑：还真他妈像豪言壮语哩。老李问是什么。铁娃说，把我的骨灰撒在文学树集团的院子里，然后栽上一棵香樟树，将来浓荫盖日。老李哈哈大笑，对心泪说，作家，你听听，你听听，你家的老铁竟然把我的创意当了临终遗志！

心泪疼爱地搀扶着铁娃，幸福地将头靠在男人重新律动的胸前。心泪一脸甜蜜的憧憬说，还是等我俩一起长一棵合欢树吧。老李说，不对，应该叫文学树。我敢预言，那将是享誉世界的风景名胜。

三个人情不自禁都开怀大笑。心泪不住地抚摸铁娃的左胸，说刚刚好，别激动别激动。她生怕这颗失而复得的心跳出胸膛失了节律。她要从此抓牢他，让他须臾不再离开。老李说，我还有半年就退休了，作家干脆调文学树当编辑吧？心泪说，我自然求之不得，就怕别人对铁娃说闲话。铁娃说，你当专业作家就不必坐班了。心泪撒娇说，反正你在哪儿，哪儿就是我的家。

铁娃与心泪的婚礼办得典雅而简朴。婚礼在胭脂路的感恩堂举行。这时已春暖花开。东湖的梅花还寥落地开着，樱花已纷纷扬扬登场。满街的行道树玉兰花次第开放。教堂的钟声庄严响起，声声撞击心扉，震魂摄魄。耶稣在十字架上见证着一对新人走出旧婚姻的阴影重新出发。嘉宾只有双方的亲戚和几个贴心至交，五十多人。心泪穿着定制的白婚纱，头上戴着光灿灿的银皇冠。化过新娘妆的心泪更是巧笑倩兮，美目盼兮，千娇百媚。她一直深情迷离地望着他的新郎。她轻轻说，亲爱的，谢谢你让我第一次穿上婚纱！铁娃悄悄附耳道：难道还会有第二次？心泪嗔笑道，愿得一人心，白头不相离！

新人转身面向亲友时，铁娃忽然眼前一亮。人群里有个穿戴精致的女人在注视着他，他们。那女人身边是一位黄发碧眼白皮肤大块头的洋人。那女人神采奕奕容光焕发，正是一刀。一刀发现铁娃在看她，轻轻举手微笑示意。老李与他老婆坐在一刀旁边。

铁娃转身亲吻他的新娘。他尽管有过一次婚姻有过很多女人，现在却浴火重生成了一个脱胎换骨的新人。新娘搂住了她的新郎搂着她追求了一生的婚姻梦想。文质彬彬的铁娃心里叨念着一句诗：伊，揽我之怀，祛我半世轻浮。

酒宴开始的时候，铁娃与换下婚纱穿上旗袍的新娘挨着给客人敬酒。他抽空扫了一眼他的女人，觉得还是旗袍经典，从雍容中简洁出来，人一下瘦出好几圈，恰到好处勾勒出女人婀娜的曲线。他情不自禁将左手放在心泪的左胯部，轻搂着。她贴着他缓步游移。他洁白的衬衣在黑色蝴蝶结的烘陪下在黑色西装里泛着高贵雅致的光。

这对新人星光灿烂地来到人群中。铁娃打定主意要好好敬一敬一刀，可一刀不见人影。老李说，一刀和他的洋丈夫提前走了。他们要赶下午一点飞北京的飞机，来不及吃饭。铁娃便惊喜又失落。老李说，看来得了癌症的人都是自已把自己吓死的。她在外面走走画画，不仅病好了，还认识了一个美国驴友。两人臭味相投，凑成了一对。这也算是老天的另一种成全。铁娃说，看来她在文学树提出的梦想都实现了。老李说，总算都兑现了。一刀还是念念不忘文学树。一早来到杂志社，她想回来看看大家。她没找到你，就径直找我了。老李说完，递过手里拎着的一个精致的礼品盒，说，这是一刀要我转交你的礼物。铁娃打开，竟是一对黄金做的小小娃儿。铁娃将礼物递给心泪。心泪羞得满脸绯红。铁娃笑道，看来你任务重哩。心泪娇羞道，有你，我什么都不怕。

铁娃带着心泪去恩施度蜜月。其实也算不上蜜月，只是双休去玩两天。他们走了恩施大峡谷，钻了腾龙洞，看了土司城，游了神龙溪，然后到路边一家农家乐吃午饭。两层小楼农舍俨然，房檐上挂着黄灿灿的包谷和红彤彤的尖辣椒。一楼门上的红对联写着“菜好千杯不醉，家和万事都兴”，横幅是“好再来”。铁娃看了若有所思。

心泪对农家风味的菜赞不绝口。她见铁娃也吃得欢畅淋漓，问年轻的女服务员这些菜是谁做的。小姑娘说都是女老板亲手做的。野味是男老板到山里亲手打的捉的采的。心泪便叫服务员请女主人出来。女主人果然就麻利地出来了。一身蓝底印花的民族服装，头上系着花头巾，脚上是黑布鞋。心泪说，好一个阿庆嫂哩！铁娃倒一下呆住了。香香也一眼认出了铁娃。好精神的男人！铁娃藏蓝休闲夹克微敞着，胸前露出雪白雪白的衬衣，脚上是打了勾的白旅游鞋。铁娃起立，有些手足无措。倒是香香爽朗大方，说，原来是铁老师带夫人啊。稀客贵客哩。她在围腰上擦了擦手，又大声对着屋子里国子国子地叫。一个黑壮的男人走出来。

香香响亮地说：国子，快拿好酒来！我们好好敬一下城里来的稀客。香香一一介绍。铁娃要介绍自已的爱人，香香笑着说，您不用介绍了，一看就晓得。他乡遇故知，也算人生一喜吧？整个院子全是香香的亮嗓门。两个心知肚明的故人都有些百感交集。铁娃不住地打量着香香。这女人长得更鲜亮更活泼了。虽然丰满得有些过分，但看得出生活的安逸滋润。香香想，到底是金鞍配宝马，这样的一对人儿怎么看都是相映生辉。

铁娃举起酒杯说，我代我夫人敬你们二位。看到你们的日子这样红火，我真心为你们高兴！说完一仰脖子一饮而尽。香香羡慕地友好地看着心泪，左看右看，觉得这女人丰润标致，眼里蓄满了温情，内里似有锦绣文章，不言而威。他那样的男人或许也只有她这样的女人才收得住。她心生羡慕，也真诚地祝福，觉得往事如烟，人各有命。

铁娃这一趟乡土之行，算是得了意外的收获，全副的心思都放下了。没了歉疚，没了负债。夫妻二人坐在回城的动车上，群山逶迤而过。铁娃轻揽着爱人，一身轻松，了无牵挂。心泪迷离地望着铁娃柔声说，老公，我想改名字。铁娃问，为什么？心泪说，有你了，我的心就不会再被泪泡着了。铁娃莞尔一笑，问，改成什么。心泪娇声道，还没想好，等我想好了再告诉你。

铁娃轻轻抚弄着爱人的长发，心泪更紧地依偎进他怀里。她的唇和鼻子伸向他白衬衣敞开的脖子，吮吸着他的肉香，贪婪而深情。铁娃痒痒的暖暖的默默地凝望窗外。岁月如流，世事若梦，匆匆已别万重山。他想从此只需一心守着一个人一棵树过他的余生。他的日子正像一列节奏平稳的动车，向着芳菲的未来隆隆驶去。

2014年8月9日定稿

于武汉东湖侧畔